王建詩集校注

下

〔唐〕王　建　著
尹占華　校注

上海古籍出版社

王建詩集卷第八

律詩

初授太府丞言懷㈠〔一〕

除書亦下屬微班㈡，喚作官曹便不閑。檢案事多關市井，聽人言不在雲山㈢。病童喚著唯行慢㈣，老馬鞭多轉放頑。此去仙宮無一里〔二〕，遥看松樹衆家攀㈤。

【校記】

㈠初授，席本作從叔。

㈡下，原校一作不。

㈢不，全詩作志，校一作不。

㈣喚，全詩校一作嗔。

㈤ 家，全詩校一作皆。

【箋注】

〔一〕王建爲太府寺丞約在元和十三年，由其留别張廣文詩可證。詩云：「謝恩身入鳳凰城，亂定相逢合眼明」，「亂定」指元和十二年十月平定淮西吴元濟叛亂事。元和十三年，王建新授太府寺丞，張籍則新爲廣文博士，故皆「謝恩身入鳳凰城」。新唐書百官志三太府寺：「掌財貨、廪藏、貿易，總京都四市、左右藏、常平七署。凡四方貢賦、百官俸秩，謹其出納。」「丞四人，從六品上。掌判寺事。」

〔二〕仙宮：指蓬萊宮，即大明宮。據宋敏求長安志卷七，太府寺在承天門街之東第六横街之北，正北爲大明宮。

贈李愬僕射〔一〕

唐州將士死生同〔二〕，盡逐雙旌舊鎮空。獨破淮西功業大㈠，新除隴右世家雄。知時每笑論兵法，識勢還輕立戰功。次第各分茅土貴〔三〕，殊勳併在一門中。

【校記】

㈠ 功業，原校一作家傳。

【箋注】

〔一〕李愬爲德宗時破朱泚之名將李晟之子。此詩曰「獨破淮西功業大，新除隴右世家雄」，據舊唐書李愬傳：淮西吴元濟平，李愬以功授檢校尚書左僕射、兼襄州刺史、山南東道節度、襄鄧隋唐復郢均房等州觀察等使。憲宗有意復隴右故地，元和十三年五月，授愬鳳翔隴右節度使。未發，屬李師道叛，乃移愬爲徐州刺史、武寧軍節度使，代其兄李愿，兄弟交换岐、徐二鎮。故知此詩作於元和十三年。

〔二〕「唐州」句：元和十一年，用兵討淮蔡吴元濟，唐鄧節度使高霞寓戰敗，命袁滋代之，亦無功。李愬抗表自陳，願於軍前自效，遂命李愬爲檢校左散騎常侍、兼鄧州刺史、御史大夫，充隋唐鄧節度使。李愬善撫衆，將士樂爲之用，夜襲蔡州即率隋、唐、鄧之兵。見舊唐書李愬傳。

〔三〕次第：依次。謂李愬與其兄李愿各爲方鎮。茅土：謂受封爲一方諸侯。古代帝王社祭之壇以五色土建成，分封諸侯時，按封地所在方向取壇上一色土，以茅包之，稱爲茅土，給受封者在封地立社。文選李陵答蘇武書：「陵謂足下當享茅土之薦，受千乘之賞。」李善注引尚書緯：「天子社，東方青，南方赤，西方白，北方黑，上冒以黄土，將封諸侯，各取方土，苴以白茅，以爲社。」

書贈舊渾二曹長〔一〕

二年同在華清下〔二〕，入縣門中最近鄰。替飲觥籌知户小〔三〕，助成書屋見家貧。夜碁臨散停分客〔四〕，朝浴先迴各送人。僮僕使來傳語熟，至今行酒較殷勤。

【箋注】

〔一〕曹長，李肇唐國史補卷下：「宰相相呼爲元老，或曰堂老。兩省相呼爲閣老，尚書郎、丞郎相呼爲曹長，外郎、御史、遺補相呼爲院長。上可兼下，下不可兼上，唯侍御史相呼爲端公。」王建曾在太府寺、太常寺、祕書省爲丞，此詩即是時贈同僚之作。舊、渾皆爲姓氏。鄭樵通志氏族略五：「冑氏、舊氏，並見姓苑。」漢有上黨太守舊疆，中牟人。渾則爲唐著姓，名將渾瑊即是。岑仲勉唐人行第録誤以此詩爲贈「渾二」者。舊、渾二曹長之名未詳。

〔二〕華清：指華清宫。王建曾爲昭應縣丞，華清宫即在昭應，舊、渾二人皆爲王建在昭應縣供職時的同事。

〔三〕觥籌：觥爲酒杯。籌指酒令所用的籌碼，上書各種罰飲的章程。説郛弓九四皇甫松醉鄉日月所記酒席間設律録事、觥録事，律録事掌監督違令者，「席人有犯，即下籌」。觥録事掌罰酒事。一九八二年江蘇省丹陽縣丁卯橋出土唐代酒器中，就有酒令籌五十枚。唐人飲酒行令，以犯令爲罰，犯者抽取一籌，以籌碼所書之章程行罰事。元稹何滿子歌「如何有態一曲終，牙籌記令紅螺盞」；白居易與諸客空腹飲「碧籌攢米椀，紅袖拂骰盤」。詩話總龜前集卷二三引雜誌：「封特卿爲湖州軍倅，與同年李大諫詩酒唱酬，以疾阻歡，及愈，有詩曰：『已負數條紅畫燭，更辜雙帶繡香毬。白蘋洲上風煙好，扶病須拚到後籌。』」户小：酒量小。唐人稱酒量爲户，如白居易久不見韓侍郎戲題四韻以寄之：「户大嫌甜酒，才高笑小詩。」皇甫松醉鄉日月記律録事須「善知令、知音、大户」。

〔四〕停分客：停，止息。分客，與客人分手。停分客，即不與客人分手之意，亦即客人留宿家中。

上崔相公〔一〕

枯桂衰蘭一遍春，唯將道德定君臣。施行聖澤山川潤，圖畫天文彩色新。開閣覆看祥瑞曆，封名直進薜蘿人〔二〕。應憐老病無知己㊀，自別溪中滿鬢塵〔三〕。

【校記】

㊀應，全詩校一作愁。老病，全詩校一作漸老，明鈔本、席本作漸老。

【箋注】

〔一〕崔相公爲崔群。據新唐書宰相表中，元和十二年七月丙辰，户部侍郎崔群爲中書侍郎、同中書門下平章事，至元和十四年十二月己卯，群罷爲湖南觀察使。

〔二〕薜蘿：薜荔與女蘿。屈原九歌山鬼：「若有人兮山之阿，被薜荔兮帶女蘿。」後以薜蘿指隱士的服裝。

〔三〕「自别」句：據此句，王建與崔群早就相識。據舊唐書崔群傳，崔群爲清河武城人。唐貝州清河郡屬縣有武城，王建早年去過貝州，其宋氏五女詩可證。周紹良等編唐代墓誌彙編續集元和〇〇五有崔群撰唐故江南西道道都團練副使侍御史滎陽鄭府君夫人清河崔氏權厝志銘并叙，墓主爲鄭高之妻、崔積之女、崔群之姊。文中云崔積一家「建中末，因官徙居，違難遠迹，故全家南行，止於毗陵之義興」。可見建中末年間王建與崔群還是有機會在河北一帶相識的。

寄楊十二祕書〔一〕

初移古寺正南方〔二〕，靜是浮山遠是莊。人定猶行背街鼓〔三〕，月高還去打僧房。新詩欲寫中朝滿，舊卷常抄外國將。閑出天門醉騎馬〔四〕，可憐蓬閣祕書郎〔五〕。

【箋注】

〔一〕楊十二祕書爲楊巨源。晁公武郡齋讀書志卷一七「楊巨源詩一卷」云：「右唐楊巨源字景山，河中人，貞元五年第進士。爲張弘靖從事，自祕書郎擢太常博士，遷禮部員外郎，出爲鳳翔少尹，復召除國子司業。」白居易有贈楊祕書巨源，朱金城白居易年譜謂元和十年作。元稹亦有和樂天贈楊祕書詩。時楊巨源年事已長，故張籍題楊祕書新居云：「愛閑不向争名地，宅在街西最靜坊。卷裏詩過一千首，白頭新受祕書郎。」考楊巨源有辭魏博田尚書出境後感恩戀德因登叢臺、和裴舍人觀田尚書出獵、賀田僕射子弟榮拜金吾，見全唐詩卷三三三，皆爲田弘正而作，可知楊巨源曾參田弘正幕府，王建與楊巨源當結識於魏博幕。楊巨源有寄昭應王丞詩，即酬王建之作。

〔二〕古寺：張籍題楊祕書新居云「宅在街西最靜坊」，王建此詩云「靜是浮山遠是莊」，楊巨源新宅當在朱雀街西最僻遠之坊。唐長安西南隅爲永陽坊，坊有大總持寺，隋時建，見徐松唐兩京城坊考卷四。此「古寺」疑即謂大總持寺，在楊巨源宅之正南。

〔三〕人定：夜深入寢之時稱人定。玉臺新詠闕名古詩爲焦仲卿妻作：「淹淹黄昏後，寂寂人定初。」街鼓：城坊警夜之鼓。劉肅大唐新語卷一〇：「舊制，京城内金吾曉暝傳呼，以戒行者。馬周獻封章，始置街鼓，俗號鼕鼕，公私便焉。」新唐書百官志四上：「左右街使，掌分察六街徼巡。凡城門坊角，有武候鋪，衛士、彍騎分守，大城門百人，大鋪三十人；小城門二十人，小鋪五人。日暮，鼓八百聲而門閉。乙夜，街使以騎卒循行嘂諱，武官暗探。五更二點，鼓自内發，諸街鼓承振，坊市門皆啓，鼓三千撾，辨色而止。」

〔四〕天門：指宫門。如杜甫宣政殿退朝晚出左掖：「天門日射黄金榜，春殿晴曛赤羽旗。」

〔五〕蓬閣：蓬萊閣，以神仙所居之蓬萊閣喻祕書省。

謝田贊善見寄〔一〕

五侯三任未相稱㊀〔二〕，頭白如絲作縣丞。錯判符曹群吏笑，亂書巖石一山憎。

自知酒病衰腸怯，遥怕春殘百鳥凌。年少力生猶不敵，況加顛頷悶騰騰。

【校記】

㊀任，原校一作仕，全詩校一作仕，一作貴。相，原校一作將。

【箋注】

〔一〕田贊善，韓愈答魏博田僕射書：「奉十一月十二日示問，欣慰殊深。贊善、十一郎行，已曾附狀」，魏懷忠五百家注音辨昌黎先生文集卷一九於「十一郎行」下注引孫汝聽曰：「弘正子布、肇、㸦、卓、牟、章。」意「贊善」爲田弘正諸子之一，然不詳到底是哪一個。韓愈此文作於元和九年。然頗疑此田贊善爲田弘正之兄田融。舊唐書田弘正傳：「仍以其兄檢校刑部尚書、相州刺史融爲太子賓客、東都留司。」新唐書百官志四上東宫官：「左贊善大夫五人，正五品上。掌傳令，諷過失，贊禮儀，以經教授諸郡王。」「右贊善大夫五人。」時王建正爲昭應縣丞。

〔二〕五侯：指在魏博連任節帥的田承嗣、田悦、田緒、田季安、田弘正。田承嗣原爲安禄山、史思明部將，史朝義敗後歸降朝廷，朝廷用爲魏博節鎮，子孫世襲。三任：指王建先後在田季安、田懷諫、田弘正的幕府中任職。此詩道出在田季安時代王建即已入魏博幕。

晚秋病中

萬事風吹過耳輪〔一〕，貧兒活計亦曾聞。偶逢新語書紅葉，難得閑人話白雲㊀〔二〕。霜下野花渾著地，寒來溪鳥不成群。病多體痛無心力，更被頭邊藥氣薰。

【校記】

㊀話，原作語，據全詩改。「語」字重出，作「話」是。

【箋注】

〔一〕耳輪：耳郭。南齊書廬陵王蕭子卿傳：「（上敕之曰）汝比在都，讀學不就，年轉成長，吾日冀汝美，勿得敕如風過耳，使吾失氣。」

〔二〕白雲：太平廣記卷二〇二引陽松玠談藪：「齊高祖問之曰：『山中何所有？』（陶）弘景賦詩以答之，詞曰：『山中何所有？嶺上多白雲。只可自怡悦，不堪持寄君。』」

薛二十池亭㈠

每箇樹邊消一日，遶池行匝又須行。異花多是非時有，好竹皆當要處生。斜豎小橋看島勢，還移山石作泉聲。浮萍著岸風吹歇㈡，水面無塵晚更清。

【校記】

㈠二十，全詩校一作十二。

㈡歇，全詩校一作散。按：此詩又作姚合詩，見四部叢刊本姚少監詩集卷七、全唐詩卷四九九姚合卷。薛二十，姚詩作「薛十二」。姚合與王建同時，交遊亦相仿，故此詩難斷，姑兩存之。

故梁國公主池亭㈠〔一〕

平陽池館枕秦川〔二〕，門鎖南山一朵煙〔三〕。素柰花開西子面〔四〕，緑榆枝散沈郎錢〔五〕。裝簷玳瑁隨風落〔六〕，傍岸鵁鶄逐暖眠〔七〕。寂寞空餘歌舞地，玉簫聲絶鳳歸天〔八〕。

【校記】

〔一〕按：此詩又作姚合詩，見四部叢刊本姚少監詩集卷七、全唐詩卷四九九姚合卷。此詩亦難斷，可兩存之。

【箋注】

〔一〕梁國公主爲順宗女。王溥唐會要卷六公主順宗十一女：「普安，降鄭何，贈梁國，謚恭靖。」新唐書諸帝公主傳順宗十一女：「梁國恭靖公主，與漢陽同生，始封咸寧郡主，徙普安。下嫁鄭何。薨，追封及謚。」憲宗女普寧公主，下嫁于季友，改封永昌，薨，亦贈梁國，謚惠康。王建此詩首云「平陽池館枕秦川」，平陽公主爲漢武帝姊，封陽信長公主，爲平陽侯曹壽妻，後嫁衛青。此以漢平陽公主喻梁國公主，則梁國公主必爲皇帝之姐妹，詩作於元和間，可知此梁國公主爲順宗女，而非憲宗女下嫁于季友者。

〔二〕平陽：漢書衛青傳：「平陽侯曹壽尚武帝姊陽信長公主……青有同母兄衛長君及姊子夫，子夫自平陽公主家得幸武帝，故青冒姓爲衛氏。」

〔三〕南山：終南山，在長安南。

〔四〕素柰：柰爲林檎之一種，也稱沙果。李時珍本草綱目卷三〇：「柰與林檎，一類二種也，樹實皆似林檎而大。西土最多，可栽可壓。有白、赤、青三色，白者爲素柰，赤者爲丹柰，青者爲緑柰，皆夏熟。」西子：西施，春秋時越國美人。孟子離婁下：「西子蒙不潔，則人皆掩鼻而過之。」趙岐注：「西子，古之好女西施也。」

〔五〕綠榆：榆樹果實聯綴成串，似錢而小，俗稱榆錢。漢書食貨志下：「更令民鑄莢錢」，顔師古注：「如淳曰：如榆莢也。」庾信燕歌行：「桃花顔色好如馬，榆莢新開巧似錢。」沈郎錢：晉書食貨志：「吴興沈充又鑄小錢，謂之沈郎錢。錢既不多，由是稍貴。」

〔六〕玳瑁：動物名，甲殻用作裝飾品。淮南子泰族：「瑶碧玉珠，翡翠玳瑁，文彩明朗，潤澤若濡。」可裝飾屋梁或屋檐。如沈佺期古意呈喬補闕知之：「盧家少婦鬱金堂，海燕雙栖玳瑁梁。」

〔七〕鵁鶄：水鳥名，一名鳽。史記司馬相如傳司馬相如上林賦「鵁鶄鸀目」。本草綱目卷四七：「鵁鶄大如鳧鶩而高脚，似雞長喙，好啄，其頂有紅毛如冠，翠鬣碧斑，丹嘴青脛，養之可玩。」

〔八〕玉簫：用蕭史、弄玉事。蕭史善吹簫，作鳳鳴，秦穆公女弄玉悦之，穆公遂以女妻之，並爲作鳳臺以居其夫婦。一夕吹簫引鳳，二人皆升昇而去。見列仙傳卷上。

【輯評】

金聖歎貫華堂選批唐才子詩卷四下：（前解）寫故主池亭，不十分作荒涼敗意之語，只輕輕下「門鎖」二字，便已無意不盡。「枕秦川」妙，言欲看池館一路行來也。「南山一朵煙」妙，言不意前看門鎖，因而轉身回看，反見南山也。柰花、榆莢，微綴西子、沈郎，妙。言門前荒涼，花木色色皆爲公主舊物也。一解四句中全寫池館門前一人彷徨歎息。（後解）玳瑁，水中介蟲，故得與鵁鶄爲對。此五、六，正寫七之「寂寞」二字也。空餘歌舞地，言只有一片地在，其餘簫已無，鳳亦無，一切都無也。

題柱國寺〔一〕

皇帝施錢修此院〔二〕，半居天上半人間。丹梯暗出三重閣，古像斜開一面山。松柏自穿空地少，川原不稅小僧閑。行香天使長相續〔三〕，早起離城日午還㊀。

【校記】

㊀午，席本、全詩校一作暮。

【箋注】

〔一〕柱國寺，當作持國寺，「柱」爲「持」字之訛。太平廣記卷三九七引傳載：「昭應慶山，長安中亦不知從何飛來。夜過，聞有聲如雷，疾若奔，黄土石亂下，直墜新豐西南。一村百餘家，因山爲墳，今於其上起持國寺。」段成式酉陽雜俎卷一八：「京西持國寺，寺前有槐樹數株。」鄭嵎津陽門詩注：「持國寺，本名慶山寺，德宗始改其額。寺有緑額，複道而上，天后朝，以禁臣取宫中制度結構之。」新唐書地理志一京兆府昭應縣：「東三十五里有慶山，垂拱二年湧出。」

〔二〕皇帝：指唐德宗，德宗改慶山寺爲持國寺。

〔三〕行香：佛教儀式。程大昌演繁露卷七：「即釋教之謂行道燒香者也。行道者，主齋之人親自周行道場之中，燒香者爇之於爐也。東魏静帝嘗設法會，乘輦行香，高歡執香爐步從，鞠躬屏氣。按：凡云行香者，步進前而周匝道場，仍自炷香爲禮也。静帝人君也，故以輦代步，不自執爐，而使高歡代執也。以此可見，行香只是行道燒香，無撒香之事也。」

昭應官舍書事〔一〕

縣在華清宫北面，曉看樓殿正相當。慶雲出處依時報〔二〕，御果呈來每度嘗㊀。臘月近湯泉不凍〔三〕，夏天臨渭屋多涼〔四〕。兩衙早被官拘束㊁〔五〕，登閣巡溪亦屬忙。

【校記】

㊀ 呈，全詩校一作頒。

㊁ 衙，全詩校一作年。

【箋注】

〔一〕昭應，新唐書地理志一京兆府：「昭應，次赤。本新豐，垂拱二年曰慶山，神龍元年復故名。有宫在驪山下，貞觀十八年置，咸亨二年始名温泉宫，天寶元年更驪山曰會昌山……六載，更温泉曰華清宫。宫治湯井爲池，環山列宫室，又築羅城，置百司及十宅。」此詩作於王建爲昭應縣丞時。

〔二〕慶雲：五色祥雲，亦名景雲、卿雲。漢書禮樂志載郊祀歌：「甘露降，慶雲集。」又天文志：「若煙非煙，若雲非雲，郁郁紛紛，蕭索輪囷，是謂慶雲，喜氣也。」

〔三〕近湯：湯指温泉。驪山有温泉。

〔四〕臨渭：宋敏求長安志卷一五臨潼：「渭水在縣北十里，西自萬年縣界來，東入渭南縣界。」

〔五〕兩衙：古時吏員齊集衙門向長官請示公事，稱衙參，有早衙、晚衙之分，因稱兩衙。

昭應李郎中見貽佳作次韻奉酬〔一〕

窗户風涼四面開㈠，陶公愛晚上高臺〔二〕。中庭不熱青山入，野水初晴白鳥來。精思道心緣境熟，麤疎文字見詩迴㈡。諸生圍繞新篇讀，玉闕仙官少此才〔三〕。

【校記】

㈠涼，原校一作吹。

㈡見，原校一作和。

【箋注】

〔一〕李郎中未詳何人。

〔二〕陶公：陶潛。以喻李郎中。陶淵明飲酒二十首五：「山氣日夕佳，飛鳥相與還。」

〔三〕玉闕仙官：謂在朝廷中做官的官員。

閑　説㊀

桃花百葉不成春〔一〕，鶴壽千年也未神〔二〕。秦隴州緣鸚鵡貴〔三〕，王侯家爲牡丹貧〔四〕。歌頭舞遍迴迴別，鬢樣眉心日日新㊁〔五〕。鼓動六街騎馬出〔六〕，相逢總是學狂人。

【校記】

㊀題，全詩校一作聞説。

㊁心，全詩校一作分。

【箋注】

〔一〕桃花百葉：重瓣桃花。韓愈題百葉桃花：「百葉雙桃晚更紅，窺窗映竹見玲瓏。」

〔二〕鶴壽：舊説鶴爲長壽的仙禽。淮南子説林：「鶴壽千歲，以極其遊。」

〔三〕「秦隴」句：古時隴山出鸚鵡，如禰衡鸚鵡賦：「命虞人於隴坻，詔伯益於流沙，跨崑崙而播弋，冠雲霓而張羅。」岑參赴北庭度隴思家：「隴山鸚鵡能言語，爲報家人數寄書。」

〔四〕「王侯」句：李肇唐國史補卷中：「京師貴遊，尚牡丹三十餘年矣，每春暮，車馬若狂，以不耽玩爲恥。執金吾鋪官圍外寺觀種以求利，一本有直數萬者。」康軿劇談録卷下：「京國花卉之晨，尤以牡丹爲上，至於佛寺、道觀，遊覽者罕不經歷。」

〔五〕「鬟樣」句：此諷時世妝。白居易代書詩一百韻寄微之：「風流誇墮髻，時世鬬啼眉」，自注：「貞元末，城中復爲墮馬髻、啼眉妝。」又新樂府詩時世妝：「時世流行無遠近，腮不施朱面無粉。烏膏注脣脣似泥，雙眉畫作八字低。妍媸黑白失本態，妝成盡似含悲啼。圓鬟無鬢椎髻樣，斜紅不暈赭面狀。」新唐書五行志一：「元和末，婦人爲圓鬟椎髻，不設鬢飾，不施朱粉，惟以烏膏注脣，狀似悲啼者。」

〔六〕鼓動：劉肅大唐新語卷一〇：「舊制，京城内金吾曉暝傳呼，以戒行者。馬周獻封章，始置街鼓，俗號鼕鼕，公私便焉。」六街：資治通鑑卷二〇九唐睿宗景雲元年：「中書舍人韋元徼巡六街」，胡三省注：「長安城中左右六街，金吾街使主之。左、右金吾將軍，掌晝夜巡警之法，以執御非違。」

【輯評】

瀛奎律髓卷四六方回批：歎時世衰薄，不務本，長安富貴之家，所知惟此，而不知生熟好惡也。馮舒評：亦不應入「俠少」。馮班評：首句不可解。紀昀評：亦淺亦俗。無名氏（乙）評：第四句可警愍頑。

金聖歎貫華堂選批唐才子詩卷四下：（前解）立題妙絶，不知其説何國也，不知其説何年也，不知其説何人也。非曰見之也，夫亦聞之而已，竊謂其不可也。夫聞之而尚竊謂其不可也，胡可又令之或見之也。一解寫争奢鬬侈，無有底止，至於如此。（後解）二解寫心短事蹙，不可少延，又至如此。學狂人，「學」字妙。隱然指一始狂之人以爲痛戒也。

自傷

衰門海内幾多人，滿眼公卿總不親。四授官資元七品〔一〕，再經婚娶尚單身〔二〕。圖書亦爲頻移盡，兄弟還因數散貧。獨自在家長似客，黄昏哭向野田春。

【箋注】

〔一〕「四授」句：指任太府寺丞、祕書郎、祕書丞、殿中侍御史四職。此詩即作於爲殿中侍御史之時，七品即其現任官品。新唐書百官志三御史臺：「殿中侍御史九人，從七品下。」

〔一二〕「再經」句：王建荆南贈别李肇著作轉韻詩「自知再婚娶，豈望爲親情」，可知王建曾再娶。詳情不可考。

【輯評】

黄周星唐詩快卷三：仲初嘗舉進士，官侍御史，爲司馬，而其言孤苦乃爾。詩能窮人，果不謬耶？

田侍中宴席〔一〕

香薰羅幕暖成煙，火照中庭燭滿筵。整頓舞衣呈玉腕，動摇歌扇露金鈿。青娥側座調雙管㊀〔二〕，彩鳳斜飛入五絃〔三〕。雖是沂公門下客，争將肉眼看雲天㊁〔四〕。

【校記】

㊀青娥側座，原校一作華堂閒坐，明鈔本、毛本校一作青娥閒坐。

㊁雲天，原校一作神仙。

【箋注】

〔一〕田侍中爲田弘正。舊唐書田弘正傳：「是年（元和十四年）八月，弘正入覲，憲宗待之隆異，對於麟德殿，參佐將校二百餘人皆有頒賜。進加檢校司徒、兼侍中，實封三百户。」詩曰「雖爲沂公門下客，争將肉眼看雲天」，此詩作於田弘正入覲時，於其子田布家設宴席，王建是以故屬的身份參加的。

〔二〕管：樂器名。漢書律曆志：「八音……竹曰管。」有大管、小管。

〔三〕彩鳳：樂曲名，崔令欽教坊記曲名表中有鳳歸雲。又有火鳳。唐會要卷三三讌樂：「貞觀末，有裴神符者，妙解琵琶，作勝蠻奴、火鳳、傾盃樂三曲，聲度清美。」詩云「彩鳳斜飛」，是將無形的音樂轉化爲形象的藝術性寫法。五絃：樂器名。新唐書禮樂志十一：「五絃如琵琶而小，北國所出，舊以木撥彈，樂工裴神符初以手彈，太宗悦甚，後人習爲搊琵琶。」

〔四〕肉眼：凡人的眼光。法苑珠林卷二四敬佛六首之五玄奘譯讚彌勒四禮文：「凡夫肉眼未曾識，爲現千金一尺軀。」

寒食日看花〔一〕

早入公門到夜歸〔二〕，不因寒食少閑時。顛狂遶樹猿離鏁，跳躑緣崗馬斷羈。酒污衣裳從客笑，醉饒言語覓花知。老來自喜身無事〔三〕，仰面西園得詠詩。

【校記】

㊀日，歲詠一二無日字。

㊁公，歲詠作空。

㊂身，歲詠作常。按：此詩全唐詩卷三八五又作張籍詩，但明刊本張司業集不載，蒲積中古今歲時雜詠卷一二作王建詩，當是王建作。

【箋注】

〔一〕寒食，節令名。宗懍荆楚歲時記：「去冬節一百五日，即有疾風甚雨，謂之寒食，禁火三日，造餳大麥粥。」唐人寒食有郊遊之俗，如白居易六年寒食洛下宴遊贈馮李二少尹「東郊踏青草」，寒食日寄楊東川「嘉陵江近好遊春」，皆可證。

【輯評】

都穆南濠詩話：王建寒食看花詩云「顛狂繞樹猿離鎖，跳躑緣岡馬斷羈」，此建之自況。吾於是知功名之累人，不如幽閒之肆志也。

和少府崔卿微雪早朝〔一〕

蓬萊春雪曉猶殘，點地成花遶百官。已傍祥鸞迷殿角〔二〕，還穿瑞草入袍襴〔三〕。

無多白玉階前濕，積漸青松葉上乾。粉畫南山稜郭出〔一〕〔四〕，初晴一半隔雲看。

【校記】

〔一〕稜，原校一作城。

【箋注】

〔一〕新唐書諸帝公主傳：「（順宗女）東陽公主始封信安郡主，下嫁崔杞。」姚合有崔少卿鶴，張籍有崔駙馬養鶴，賈島有崔卿池上鶴，綜合諸詩觀之，所謂崔卿、崔少卿者皆謂崔杞。王建此詩之少府崔卿亦爲崔杞。據新唐書百官志三：太府寺卿一人，少卿二人；少府寺監一人，少監二人。少府寺長官爲監，不名卿，故此少府卿當指太府少卿之職。

〔二〕祥鸞：即翔鸞，閣名。康軿劇談録卷下：「含元殿，國初建造，鑿龍首崗以爲基址，彤墀釦砌，高五十餘尺。左右立栖鳳、翔鸞二闕，龍尾道出於闕前。」

〔三〕瑞草：草色緑，此以瑞草喻服色。袍襴：新唐書車服志：「太尉長孫無忌又議：服袍者下加襴，緋、紫、緑皆視其品，庶人以白。」馬縞中華古今注卷中：「袍者，自有虞氏即有之，故國語曰袍以朝見也。秦始皇三品以上緑袍深衣，庶人白袍，皆以絹爲之。至貞觀年中，左右尋常供奉賜袍，丞相長孫無忌上議於袍上加襴，取象於緣，詔從之。」

〔四〕南山：終南山。爲秦嶺山峰之一，在長安之南稱南山。如杜甫秋興八首五「蓬萊宫闕對南山」。

【輯評】

金聖歎貫華堂選批唐才子詩卷四下：（前解）「曉猶殘」之爲言，從夜到曉，而曉不得積也。「繞百官」之爲言，才得成花，而繞墀正拜也。「已傍」「還穿」之爲言，雖無所積，而飛飛未止也。寫微雪至此，可稱天女散花手矣。（後解）前解殿角、袍襴，從上寫至下。此解階前、松上，從下寫至上。從上寫至下者，飛雪也。從下寫至上者，消雪也。以無多，故階前已先消也。以積漸，故松上猶未消也。末又寫朝廷，正面結之。粉畫者，未消也。稜郭者，已消也。總是前解寫飛，後解寫消；前解寫百官，後解寫至尊。

和胡將軍寓直〔一〕

宮鴉栖定禁槍攢㊀，樓殿深嚴月色寒㊁。進狀直穿金戟槊，探更先傍玉鉤欄。漏傳五點班初合〔二〕，鼓動三聲仗已端〔三〕。遥見正南宣不坐〔四〕，新栽松樹唤人看。

【校記】

㊀ 定，原校一作盡，英華一九一作盡。

〔二〕嚴，宋本校一作沈。

【箋注】

〔一〕舊唐書胡証傳：「証，貞元中繼登科，咸寧王渾瑊辟爲河中從事……田弘正以魏博内屬，請除副貳，乃兼御史中丞、充魏博節度副使，仍兼左庶子……（元和）九年，以党項寇邊，以証有安邊才略，乃授單于都護、御史大夫、振武軍節度使……十三年，征爲金吾大將軍，依前兼御史大夫。」新唐書百官志四上：「左右金吾衛，上將軍各一人，大將軍各一人，將軍各二人，掌宫中、京城巡警，烽候、道路、水草之宜。」

〔二〕班初合：新唐書儀衛志上：「朝日，殿上設黼扆、躡席、熏爐、香案，御史大夫領屬官至殿西廡，從官朱衣傳呼，促百官就班……左右金吾將軍一人奏『左右廂内外平安』，通事舍人贊宰相兩省官再拜，升殿。」

〔三〕仗已端：新唐書儀衛志上：「每朝，第一鼕鼕訖，持更稍皆舉，張弓者攝箭收弩，立門隊及諸隊仗皆立於廊下。第二鼕鼕聲絶，按稍、弛弓、收鋪，諸門挾門隊立於階下。復一刻，立門仗皆復舊，内外仗隊立於階下。」

〔四〕正南：指皇帝御座之處。宣不坐：即由宦官出來宣佈今日皇帝不坐朝。古代朝會之日，若天子有事或因故，可輟朝，即中止群臣的朝見。

春日五門西望㊀〔一〕

百官朝下五門西，塵起春風過御堤㊁〔二〕。黄帕蓋鞍呈了馬㊂，紅羅繫頂鬬迴雞㊃。館松枝重牆頭出㊄〔三〕，御柳條長水面齊㊅〔四〕。唯有教坊南草緑㊆〔五〕，古苔陰地冷淒淒㊇。

【校記】

㊀春日，百家一三作早春。五，全詩校一作午。

㊁過御堤，全詩作過玉堤，校一作滿御堤。

㊂了，全詩校一作過。

㊃繫頂，全詩校一作纏項。按：江休復江鄰幾雜誌：「晏相（殊）改王建詩『黄帕覆鞍呈馬過，紅羅纏項鬬雞回』爲『呈過馬』、『鬬回雞』，爲其語不快也。」可知此二句爲晏殊所改。西、堤等與雞皆屬齊韻，回（通迴）字屬灰韻，若以回字爲韻脚，便是齊、灰通押，爲違例。晏改當是恢復原貌。

㊄館松枝重，原校一作宮松葉重，明鈔本、毛本校一作宮松葉重，一作古城葉重，百家作宮松葉重。

㈥御，原校一作渠。

㈦坊，明鈔本、毛本、席本作方。緑，原校一作色，百家作色。

㈧苔，全詩校一作城。地，全詩校一作處。古苔陰地，百家作古城陰處。此句原校又作古城陰冷又萋萋。明鈔本、毛本校同。

【箋注】

〔一〕五門，資治通鑑卷二三一唐德宗興元元年「尚可孤屯望仙門」胡三省注：「唐大明宫南面五門：其中曰丹鳳門，丹鳳之東爲望仙門，又東爲延政門；丹鳳之西爲建福門，又西爲興安門也。」

〔二〕御堤：御溝之堤。御溝爲流入宫内的水道。三輔黄圖卷六：「長安御溝，謂之楊溝，謂植高楊於其上也。」

〔三〕館松：唐門下省屬下有弘文館，中書省屬下有史館。

〔四〕御柳：御溝柳。唐御溝上植柳，如毛文錫柳含煙其四：「御溝柳，占春多，半出宫牆婀娜，有時倒影蘸輕羅，麴塵波。」

〔五〕教坊：新唐書百官志三：「武德時，置内教坊於禁中。武后如意元年，改曰雲韶府，以中官爲使。開元二年，又置内教坊於蓬萊宫側……京都置左右教坊，掌俳優雜技。」

【輯評】

周珽删補唐詩選脈箋釋會通評林卷四五：周弼列爲四實體。顧璘曰：次聯仲初本色。周珽訓曰：前四句詠昔日朝廷好嬉樂，致午門西畔風塵起處，馳馬鬭雞，極其驕逞。後四句詠歲久事去，惟餘館松堤柳，春緑坊草，城陰冷落，舊時韶華，徒博眺望者一增慨而已。此與薛逢開元後樂同有寄感之意。

王夫之唐詩評選卷四：别有吹送，非有藻詞。中唐詩至王建、劉禹錫、杜牧，一變十才子之陋，眉目乃始可辨。太和以降，唐以小康。大曆、貞元，國幾於亡，音乃亂矣。盧綸、耿湋，當爲風氣所攝。

丘迥刊刻王荆公唐百家詩選何焯首聯後批：中二連皆庾公塵也。又尾批：發端二句是賦，下六句皆比也。朝無君子而賢者獨不得志，隱然在言表。張籍集中有贈太常王建藤杖筍鞋、使至藍溪驛寄太常王丞二詩，此云「教坊南草色」，其爲太常丞時所作乎？紀事但言其爲太府丞，蓋失之疏，或訛字也。

金聖歎貫華堂選批唐才子詩卷四下：（前解）「下」之爲言退也，散也。塵起者，朝散官退，人多馬多，故塵起也。「春風」之爲言光輝也。句法最好，向來只誤讀作「風起香塵滿御堤」耳。三、四不寫百官，卻寫馬，卻寫雞，妙，妙！黄帕蓋鞍，此馬之春風也；紅羅纏項，此雞之春風也。馬與雞尚有遭時得君之日，則亦下午門、行御堤，光輝遍身，顧盼自豪，其春風也如此。彼避立門西，閑看下朝者，獨奈之何哉？晏元獻欲改「呈馬過」、「鬬雞回」，癡狗咬塊之才耳。呈過馬、鬬回雞，言呈過之馬、鬬回之雞也。言馬與雞，則人見；言人，則馬與雞不見。故不寫人，但寫雞與馬也。晏元獻豈非失言！（後解）館，御館也。渠，御渠也。此皆避立門西閑看下朝之人之熱眼也。言何獨御馬，何獨御雞，雖無情之一松一柳，而但托天家，即春風十倍。末因自比坊南弱草，獨自失時。嗚呼，又何言哉？「古城」字妙，比不入時尚。「陰處」字好，比不到人前。此詩頭尾以「午門西」字應「教坊南」字，以「滿御堤」字應「古城陰」字，以「春風」字應「冷淒淒」字。

高士奇三體唐詩輯注卷三引何焯評：觀落句，仲初爲太常丞時所作。塵起，即指上百官，詩人所謂「維塵冥冥」也。其朝無人焉，而賢者獨擯壓不得志，下六句皆申此意。

長安早春

霏霏漠漠遶皇州〔一〕，銷雪欺寒不自由。先向紅粧添曉夢，争來白髮送新愁。暖催衣上縫羅勝㊀〔二〕，晴報窗中點綵毬〔三〕。每度暗來還暗去，今年須遣蝶遮留㊁。

【校記】

㊀ 羅，宋本校一作人。

㊁ 今，全詩校一作年。遮，全詩作遲，校一作蜂，一作遮。席本校一作逗。

【箋注】

〔一〕皇州：京城爲皇帝所居，故又曰皇州。如李白古風五十九首十八：「衣冠照雲日，朝下散皇州。」

〔二〕羅勝：以綢羅制的人勝。人勝即人形裝飾物。宗懍荆楚歲時記：「正月七日爲人日，以七種菜爲羹，剪綵爲人，或鏤金簿爲人，以貼屏風，亦戴之頭鬢。又造華勝以相遺，登高賦詩。」

〔三〕綵毬：海録碎事卷二引玉燭寶典：「寒食賜麥粥，帖彩毬，鏤雞子。」

早春病中

日日春風階下起，不吹光彩上寒株。師教絳服禳衰月〔一〕，妻許青衣侍病夫〔二〕。健羨人家多力子〔三〕，祈求道士有神符。世間方法從誰信㊀，卧處還看藥草圖。

【校記】

㊀信，全詩作問。方法從誰問，全詩校一作六法從難信。

【箋注】

〔一〕絳服：道教崇尚絳色，故仙人多服絳服，如雲笈七籤卷一一三下載酆去奢與戴遠遊冠、絳服、螺髻垂髮、碧綃衣男女四人，對坐侍從，又載羊愔夢一仙人青幘絳服，自稱靈英，邀入仙洞。故道教禳災須服絳服。

〔二〕青衣：指婢女，侍奉丫頭。

〔三〕健羡：甚羡，非常羡慕。力子：勤勞的兒子。後漢書樊曄傳：「涼州爲之歌曰：『遊子常苦貧，力子天所富。』」

上陽宫㊀〔一〕

上陽花木不曾秋，洛水穿宫處處流。畫閣紅樓宫女笑，玉簫金管路人愁。幔城入澗橙花發㊁〔二〕，玉輦登山桂葉稠〔三〕。曾讀列仙王母傳〔四〕，九天未勝此中遊〔五〕。

【校記】

㊀此詩宋本無，據王建詩集六繆荃孫補遺、英華三一一、明鈔本、毛本、席本、胡本、全詩三〇〇補。

㊁橙，繆補作春，據諸本改。按：日本上毛河世寧輯全唐詩逸卷上于鵠名下收最後二句，題亦作上陽宫，當是誤收。

【箋注】

〔一〕上陽宫在洛陽。新唐書地理志二東都洛陽：「上陽宫在禁苑之東，東接皇城之西南隅，上元中置，高宗之際常居以聽政。都城前直伊闕，後據邙山，左瀍右澗，洛水貫其中，以象河漢。東西五千六百一十步，南北五千四百七十步，西連苑，北自東城而東二千五百四十步，周二萬五千五十步，其崇丈有八尺，武后號曰金城。」

〔二〕幔城：幔帳圍繞如城。藝文類聚卷二九庾肩吾應令詩：「别筵開帳殿，離舟卷幔城。」

〔三〕玉輦：帝王的乘輿。文選潘岳藉田賦：「天子乃御玉輦，蔭華蓋。」李善注：「玉輦，大輦也。」

〔四〕列仙：列仙傳舊題劉向撰，記神仙諸事七十一人，與伊洛有關者有王子喬。西王母則爲神話傳説中的女神，見穆天子傳、山海經、舊題班固漢武内傳等書。

〔五〕九天：中央與八方。吕氏春秋有始謂天有九野：中央曰鈞天，東方曰蒼天，東北曰變天，北方曰玄天，西北曰幽天，西方曰顥天，西南曰朱天，南方曰炎天，東南曰陽天。淮南子天文略同，唯「顥天」作「昊天」。

【輯評】

金聖歎貫華堂選批唐才子詩卷四下：（前解）一，將寫宫中行樂，先寫宫中景物也。言外邊的一片秋風秋日矣，今宫中之樂如此，定是未解秋來也。二，忽然又思宫中行樂，其事甚祕，外人在外，安得與聞，於是特地抽筆閑插七字，言人自在宫牆之外，看他洛水漫流。三、四實之，然所以又知此中情事者，只爲樓閣出雲，笑聲時度，簫管亮發，行路共聞，其實此外固曾不得而又知之。

次句之忽地抽筆閑插七字，最是唐人通身本事。如元微之連昌宮辭，亦忽地抽筆插「彼邊老人爲予泣，少年選進因曾入」十四字，又忽地再抽筆插「去年敕使因斫竹，偶值門開暫相逐」十四字，皆其法也。（後解）上言不曾秋，此又换筆，言是時其實已是一片秋風秋日也。「幔城入澗」、「玉輦登山」，虚寫行樂；「橙花發」、「桂葉稠」，實寫秋光。言入澗、登山雖不可知，橙花、桂葉固莫不睹也。因歎九天仙界未勝於此，而筆墨之外，輕輕已安「王母」二字，嗚呼，其辭婉，其法嚴，真稱詩史無愧矣。

寄賈島㊀〔一〕

盡日吟詩坐忍飢，萬人中覓似君稀。門當古巷風偏入㊁，驢放秋原夜不歸㊂〔二〕。迎暖併收新落葉㊃，欲寒重著舊生衣㊄〔三〕。曲江北岸時時到㊅〔四〕，爲愛鸕鷀兩翼飛㊆〔五〕。

【校記】

㊀ 此詩宋本無，據王建詩集六繆荃孫補遺、鑑誡録九、英華二五四、明鈔本、席本、全詩三〇〇補。寄，英華作贈。

㊁ 此句鑑誡録、全詩作僮眠冷榻朝猶卧。

㈢驢，全詩校一作鶴。原，鑑誡録、全詩作田。

㈣迎暖併，鑑誡録、全詩作傍暖旋。新，全詩作紅。

㈤欲，鑑誡録、全詩作覺。重，全詩作猶。

㈥北岸，鑑誡録、全詩作池畔，全詩校一作北雁。

㈦爲，英華校一作尤。兩翼，鑑誡録作雨裏，全詩作雨後，英華校一作水裏。

【箋注】

〔一〕賈島，字閬仙，范陽人。初爲僧，後還俗。文宗時授長江縣主簿，遷普州司倉，卒。其生平事迹見全唐文卷七六三蘇絳唐故司倉參軍賈公墓誌銘、新唐書韓愈傳附。有長江集十卷。

〔二〕「驢放」句：賈島騎驢事見王定保唐摭言卷一一：「（島）嘗跨驢張蓋，横截天衢，時秋風正厲，黄葉可掃，島忽吟曰『落葉滿長安』，志重其衘口直致，求足一聯，杳不可得，不知身之所從也。因之唐突大京兆劉栖楚，被繫一夕而釋之。」

〔三〕生衣：絹制的夏衣。如白居易秋熱：「猶道江州最涼冷，至今九月著生衣。」

〔四〕曲江：康輧劇談録卷下：「曲江本秦世隑洲，開元中疏鑿，遂爲勝境。其南有紫雲樓、芙蓉苑，其西有杏園、慈恩寺，花卉環周，煙水明媚，都人遊翫，盛於中和、上巳之節。綵幄翠幬，匝於堤岸，鮮車健馬，比肩擊轂。……入夏則菰蒲葱翠，柳陰四合，碧波紅蕖，湛然可愛。好事者賞芳辰、翫清景，聯騎攜觴，亹亹不絶。」

〔五〕鸕鷀：水鳥名，毛黑，嘴長，頷下有小喉囊，栖息水邊，漁人常飼以捕魚。郝懿行爾雅義疏下之五鸗鶿：「按今鸕鷀乃卵生也，處處水鄉有之，蜀人畜以捕魚。杜甫詩『家家養烏鬼』，或説即此。今江蘇人謂之水老鴉。」

【辨證】

按：此詩全唐詩卷三八五亦收入張籍名下，題作贈項斯，然明刊本張司業集卻無之。文苑英華卷二五四共收王建詩十五首，注云：「以下十五篇並見集本」，當是由舊本王建詩集録出者，自當可信。何光遠鑑誡録卷九「分命録」條：「咸通中，王建侍御吟詩寒碎，竟不顯榮。乾符末，李洞秀才出意窮愁，不登名第。是知詩者，陶人情性，定乎窮通。……王建侍郎寄賈島詩曰：『盡日吟詩坐忍飢，萬人中覓似君稀。僮眠冷榻朝猶卧，驢放秋田夜不歸。傍暖旋收新落葉，覺寒重著舊生衣。曲江池畔時時到，爲愛鸕鷀雨裏飛。』」亦云此詩爲王建作，字句與文苑英華所收略有出入，所言王建官職亦不確。故定此詩爲王建作。

【輯評】

吴慈培手抄本王建詩集載録錢謙益題注：鑑誡録云：詩之作也，窮通之分可觀。王建詩寒碎，故仕終不顯。李洞詩窮悴，故竟下第。韋莊詩壯，故至台輔。何瓚詩愁，未幾而卒。因引此詩云云。

誤收之作

李處士故居

露濃煙重草萋萋，樹映闌干柳拂堤。一院落花無客醉，半窗殘月有鶯啼。芳筵想像情難盡，故榭荒涼路欲迷。風景宛然人自改，卻經門外馬頻嘶。

【辨證】

此詩原無，全唐詩卷三〇〇收王建名下，陳乃乾題跋南宋書棚本王建詩集卷六亦有此詩補入，然全唐詩卷五七八又作温庭筠詩，韋縠才調集卷二、文苑英華卷二三〇皆署温庭筠，唯元好問唐詩鼓吹卷八署王建，當爲全唐詩及補入者所本，顯爲誤收。

【輯評】

元好問編郝天挺注唐詩鼓吹卷八廖文炳解：此言處士舊居草樹萋然，更無客至，惟有鶯啼而已。是以芳筵不勝其想像，故榭惟見其荒涼，風景儼然而人無復在，經其門外，馬亦爲之長嘶也。「人自政」疑當作「人自改」。別見温庭筠集，云「惆悵羸驂往來慣，每經門巷亦長嘶」。

方東樹昭昧詹言卷一八：王仲初李處士故居：起句寫本居之景。三四興在象外，悽然耐想。五六平滯。收佳，又繞回説，悽愴。

又卷二〇評黄庭堅夏日夢伯兄寄江南：從王仲初李處士故居出。

維揚冬末寄幕中二從事

江上數株桑棗樹，自從離亂更荒涼。那堪旅館經殘臘，秪把空書寄故鄉。典盡客衣三尺雪，鍊精詩句一頭霜。故人多在芙蓉幕，應笑孜孜道未光。

【辨證】

此詩全唐詩卷三〇〇收作王建詩，陳乃乾題跋南宋書棚本王建詩集卷六亦有此詩補入，然全唐詩卷六九二又收作杜荀鶴詩。按：此詩又載祝穆方輿勝覽卷四四淮東路揚州題詠條，云「杜荀鶴維揚冬末寄幕中二從事」，所引即此詩。可見此詩確爲杜荀鶴作，作王建詩誤。又，此詩所寫爲一派亂後景象，當是指僖宗光啓三年淮南軍亂，殺節度使高駢事。王建也曾到過揚州，其夜看揚州市云：「夜市千燈照碧雲，高樓紅袖客紛紛。如今不似昇平日，猶自笙歌徹夜聞。」與維揚冬末寄幕中二從事所寫景象迥然不侔，益可證此詩非王建作。

王建詩集卷第九

絶句

御獵

青山直遶鳳城頭㊀〔一〕，滻水斜分入御溝〔二〕。新教內人唯射鴨㊁〔三〕，長隨天子苑東遊〔四〕。

【校記】

㊀ 遶，全詩校一作入。

㊁ 教，全詩校一作校。

【箋注】

〔一〕鳳城：相傳秦穆公女弄玉吹簫引鳳，鳳凰降於京城，因稱京城爲鳳城。如杜甫夜：「步蟾倚杖看牛斗，銀漢遥應接鳳城」，蔡夢弼杜工部草堂詩箋卷三六注云：「鳳城，言長安也。」

〔二〕滻水：程大昌雍録卷六：「滻，原出藍田縣境之西暨，稍北行至白鹿原西，即趨大興城。隋世自城外馬頭堰壅之向長樂坡入城，西至萬年、長安兩縣，凡邑里、宫禁、苑囿，多以此水爲用。……直至霸陵，乃始合霸，又至新豐縣，乃始同霸入渭。其力比霸差小，而與之對行，故語霸者，多舉滻而與之俱也。」

〔三〕内人：唐宫中女伎藝人。崔令欽教坊記：「妓女入宜春院，謂之『内人』，亦曰『前頭人』，常在上前頭也。」

〔四〕苑：宫苑。

長門燭〔一〕

秋夜牀前蠟燭微，銅壺滴盡曉鐘遲〔二〕。殘花欲滅還吹著㈠〔三〕，年少宫人不睡時㈡。

【校記】

㈠花，明鈔本、毛本、胡本、全詩作光。欲，全詩校一作吹。

㈡不，胡本、全詩作未。

【箋注】

〔一〕長門，漢宮名。竇太后獻長門園，武帝更名長門宮。陳皇后失寵於武帝，別居長門宮，樂府因之有長門怨。郭茂倩樂府詩集卷四二：「樂府解題曰：長門怨者，爲陳皇后作也。后退居長門宮，愁悶悲思，聞司馬相如工文章，奉黃金百斤，令爲解愁之辭，相如爲作長門賦，帝見而傷之，復得親幸，後人因其賦而爲長門怨也。」

〔二〕銅壺：銅製漏壺，宮中計時器。

〔三〕殘花：花謂燭花，即燭焰。如杜甫官亭夕坐戲簡顔十少府：「不返青絲鞚，虛燒夜燭花。」

過綺岫宮㊀〔一〕東都永寧縣西五里

玉樓傾倒粉墻空㊁，重疊青山遶故宮。武帝去來羅袖盡㊂〔二〕，野花黃蝶領春風。

【校記】

㊀綺，崎之訛。見注〔一〕。

㊁倒，萬曆本絕句二四作側。

㊂羅，絕句作紅。

【箋注】

〔一〕崎岫宫，新唐書地理志二河南府：「永寧，畿。本熊耳，義寧二年更名，隸宜陽郡。……西五里有崎岫宫，西三十三里有蘭峰宫，皆顯慶三年置。」

〔二〕武帝：指唐玄宗。開元二十七年，玄宗加尊號開元聖文神武皇帝，見舊唐書玄宗紀下。高士奇輯注周弼三體唐詩卷一云：「武帝謂玄宗也。天子崩，謚曰某，有功德者上廟號曰某宗，以爲不遷之廟，至漢猶然。然則某宗者，非謚也。及唐則不論功德，廟號皆曰某宗，然臣稱其主猶或以尊號中最下一字曰某皇帝，如則天稱太宗爲文皇帝，詩人稱玄宗爲武皇帝是也。至宋則直稱曰某宗，無稱某皇帝者矣。」

【輯評】

删補唐詩選脈箋釋會通評林卷五六：敖英曰：唐詩妙處，多在虚字上用工，所謂字眼也。王荆公云：吟詩要一字兩字工夫。孫季昭曰：一字出奇，便自過人，正謂此耳。如此詩「領」字，正是良工苦心。若專於寫景賦事，貴乎宛轉玲瓏，又不必拘拘於字眼。周珽曰：故宫之感，情景悽絶。又訓曰：殿宇荒凉，山園如故，昔時歌舞鬬美於春風者，今但爲野花黄蝶所領，覩此得無懷感之思。「領」字奇。

朝天詞十首寄上魏博田侍中㊀〔一〕

【輯評】

吴喬圍爐詩話卷一：求雅於杜詩，不可勝舉。而如王昌齡之「明堂坐天子，月朔朝諸侯。清樂動千門，皇風被九州」，韋應物之「身多疾病思田里，邑有流亡愧俸錢」，王建爲田弘正所作之朝天詞，羅隱之「静憐貴族謀身易，危覺文皇創業難」，皆二雅之遺意也。

山川初展國圖寬㊁，未識龍顔坐不安。風動白髯旌節下，過時天子御樓看。

【校記】

㊀萬曆本絶句二四題作朝天詞寄魏博田侍中十首。

㊁展，原校一作定，全詩同。

【箋注】

〔一〕田侍中爲田弘正。舊唐書田弘正傳：「是年（元和十四年）八月，弘正入覲，憲宗待之隆異，對於麟德殿，參佐將校二百餘人皆有頒賜。進加檢校司徒、兼侍中，實封三百户。」

相感君臣總淚流，恩深舞蹈不知休㊀。初從戰地來無物，唯奏新添十八州〔一〕。

【校記】

㊀深，毛本校一作榮。

【箋注】

〔一〕十八州：元和七年，魏博田弘正以所轄魏、博、貝、衛、澶、相六州歸順朝廷；元和十四年平李師道，淄青平盧節度使所領之青、淄、登、萊、齊、兗、鄆、海、沂、密、曹、濮十二州被分爲三節度。所謂「新添十八州」，即指魏博所領與平李師道所添之州。

催修水殿宴沂公㊀〔一〕，與別諸侯總不同㊁。隔月太常先習樂㊂〔二〕，金書牌纛彩雲中〔三〕。

【校記】

㊀催修水殿，全詩校一作奏催三殿。憲宗宴田弘正於麟德殿，麟德殿即三殿，似作「三殿」爲佳。

㊁與別，絶句作別與。侯，絶句作君。

㊂先，絶句作花。

【箋注】

〔一〕「水殿」當作「三殿」。舊唐書憲宗紀下：「（元和十四年八月）己未，田弘正來朝。……丁亥，宴田弘正與大將判官二百人於麟德殿，賜物有差。」麟德殿又稱三殿，錢易南部新書丙：「麟德殿三面，亦謂之三殿。」王應麟玉海卷一六〇：「三殿者，麟德殿也，一殿而有三面，故名。亦名三院。」皇帝常於此殿宴享群臣，或聽樂、觀百戲。如唐會要卷三三諸樂：「貞元三年四月，河東節度使馬燧獻定難曲，御麟德殿，命閱試之。」

〔二〕太常：唐官署名。新唐書百官志三太常寺：「掌禮樂、郊廟、社稷之事，總郊社、太樂、鼓吹、太醫、太卜、廩犧、諸祠廟等署。」

〔三〕牌纛：有題榜的大旗。纛謂儀仗隊的旗幟。

無人敢奪在先籌，天子門邊送與毬㊀〔一〕。遥索綵箱新樣錦㊁〔二〕，内人舁出馬前頭㊂。

【校記】

㊀門，絶句作開。

㊁綵，絶句作十。

〔三〕出，全詩校一作到。

【箋注】

〔一〕「無人」二句：所寫爲打馬毬，參加者騎在馬上，以杖擊毬，先將毬擊過毬門者得頭籌。資治通鑑卷二五三唐僖宗廣明元年三月「上命四人擊毬三川，(陳)敬瑄得第一籌」，胡三省注：「凡擊毬，立毬門於毬場，設賞格。天子按轡入毬場，諸將迎拜，天子入講武榭，升御座，諸將羅拜於下，各立馬於毬場之兩偏以俟命。神策軍吏讀賞格訖，都教練使放毬於場中，諸將皆駷馬趨之，以先得毬而擊過毬門者爲勝。先勝者得第一籌，其餘諸將再入場擊毬，其勝者得第二籌焉。」

〔二〕新樣錦：新式花樣的錦緞。

御馬牽來親自試，珠毬到處玉蹄知〔一〕。殿頭宣賜連催上，未解紅纓不敢騎。

【箋注】

〔一〕珠毬：此指馬毬之毬。毬或稱鞠丸，以皮爲之，中實以毛。釋慧琳一切經音義卷一三「如毬」條：「字書：皮丸也。或步或騎，以杖擊而争之爲戲也。」此詩寫皇帝親賜御馬，讓田弘正騎以打毬，但田弘正惶恐不敢騎，以示天子之尊。

老作三公經獻壽〔一〕，臨時猶自語差池〔二〕。私從班裏來長跪，捧上金杯便合儀。

【箋注】

〔一〕三公：指輔助國君掌管軍政大權的最高長官。周以太師、太傅、太保爲三公，西漢以大司馬、大司徒、大司空爲三公。田弘正入朝，加檢校司徒兼侍中，地位相當於古之三公，故云。

〔二〕差池：形容話説不利索的樣子。

四海無波乞放閑，三封手疏犯龍顔㈠〔一〕。他時若有邊塵動，不待天書自出山。

【校記】

㈠ 疏犯，全詩校一作跪獻。

【箋注】

〔一〕「四海」二句：舊唐書田弘正傳：「弘正三上章願留闕下，憲宗勞之曰：『昨韓弘至朝，稱疾懇辭戎務，朕不得不從。今卿復請留，意誠可尚，然魏土樂卿之政，鄰境服卿之威，爲我長城，不可辭也，可亟歸藩。』」

【輯評】

黄周星唐詩快卷一五：「不待天書自出山」，朝廷安得知此人乎？

胡馬悠悠未盡歸，玉關猶隔吐蕃旗〔一〕。老臣一表求高卧㊀，邊事從今欲問誰㊁？

【校記】

㊀ 一，全詩校一作三。

㊁ 欲，絶句作遣。

【箋注】

〔一〕玉關：玉門關。唐自安史亂後，隴右、河西之地陸續淪陷於吐蕃，故云。

威容難畫改頻頻，眉目分豪恐不真。有詔别圖書閣上〔一〕，先教粉本定風神〔二〕。

【箋注】

〔一〕書閣：指祕書省，亦稱芸閣，藏書之處。此詩寫爲田弘正圖畫影像。

〔二〕粉本：畫稿。方薰山静居畫論卷上：「畫稿謂粉本者，古人於墨稿上，加描粉筆，用時撲入縑素，依粉痕落筆，故名之也。」

重賜宫刀御宴回(一)，看人城外滿樓臺(二)。君臣不作多時别，收盡邊旗當日來(三)。

【校記】

(一)宫，絶句、明鈔本、全詩作弓。御，絶句、明鈔本、毛本、席本作内。

(二)樓，全詩校一作高。

(三)旗，原作顔，據絶句及各本改。

霓裳詞十首(一)〔一〕

【輯評】

苕溪漁隱叢話前集卷二四引蔡寬夫詩話：霓裳之始，世多以白樂天所記與劉禹錫、王建二詩不同爲疑，按明皇雜録云：道士葉法善嘗引上至月宫，聆天樂，上自曉音律，默記其音爲霓裳羽衣曲。此説雖怪，然唐人大抵如此言。元微之詩云：「明皇度曲多新態，宛轉侵淫易沈著，赤白桃李取花名，(霓裳羽衣號天落)。」霓裳之始，自當以此爲證也。鄭嵎津陽門詩以謂上歸但記其半，會西涼府都督楊敬遠(述)進婆羅門曲，與其聲調相符，遂以月中所聞爲散序，敬遠(述)所進作腔，此則與樂天之説符矣。但不知禹錫、建皆與此數人同時，何從復得異説也。唐有兩霓裳曲，開成初尉遲璋嘗倣古作霓裳羽衣曲以獻，詔以曲名賜貢院爲題，此自一曲也。是歲榜首李肱所試詩即此題。其詩始言「開元太平時，萬國賀豐歲。梨園獻舊曲，玉座流新製」，末言「蓬壺事已空，仙樂功無替。詎肯聽遺音，聖功知善繼」，則亦是祖述開元遺聲耳。此曲世無譜，好事者每惜之。江表志載周后獨能按譜求之，徐常侍鉉有聽霓裳送以詩，云：「此是開元太平曲，莫教偏作別離聲。」則江南時猶在也。

張德瀛詞徵卷一：唐開元時有霓裳羽衣舞，並霓裳羽衣曲，曲則西涼節度使楊敬述所造，玄宗從而潤色之。故王仲初霓裳詞、白太傅霓裳歌，皆筆於篇，以紀其事。歐陽永叔詩話云：「今教坊尚能作其聲，其舞則廢而不傳。人間又有望瀛府、獻仙音（沈存中云屬燕部）二曲，云此其遺聲也。」周公謹謂霓裳一曲共三十六段，是能作其聲之一證。宋太宗時舞隊，其第五隊曰拂霓裳隊，或仍倣唐製也。詞調之拂霓裳及霓裳中序第一，義蓋本此。元微之云：散序六遍無拍，故不舞，中序始有拍，亦名拍序。

弟子部中留一色〔二〕，聽風聽水作霓裳㊁〔三〕。散聲未足重來授㊂〔四〕，直到牀前見上皇。

【校記】

㊀ 詞，樂府五六作辭。原無十首二字，據樂府、萬曆本絶句二四、全詩加。

㈡ 水，原作雨，據樂府、絶句、明鈔本、席本、全詩改。六一詩話、碧雞漫志三引王建詩皆作「聽風聽水作霓裳」。

㈢ 足，毛本作是。

【箋注】

〔一〕霓裳，即霓裳羽衣，唐舞曲名。白居易霓裳羽衣歌「楊氏創聲君造譜」自注云：「開元中西涼府節度楊敬述造。」郭茂倩樂府詩集卷八〇：「樂苑曰：婆羅門，商調曲，開元中，西涼府節度楊敬述進。唐會要曰：天寶十三載，改婆羅門爲霓裳羽衣。」鄭嵎津陽門詩「上皇夜半月中去」自注：「葉法善引上入月宫，時秋已深，上苦淒冷，不能久留，歸。於天半尚聞仙樂，及上歸，且記憶其半，遂於笛中寫之。會西涼都督楊敬述進婆羅門曲，與其聲調相符，遂以月中所聞爲之散序，用敬述所進曲作其腔，而名霓裳羽衣法曲。」王灼碧雞漫志卷三：「霓裳羽衣曲，説者多異，予斷之曰：西涼創作，明皇潤色，又爲易美名，其他飾以神怪者，皆不足信也。」

〔二〕弟子：指梨園弟子。舊唐書音樂志一：「玄宗又於聽政之暇，教太常樂工子弟三百人爲絲竹之戲，音響齊發，有一聲誤，玄宗必覺而正之，號爲皇帝弟子，又云梨園弟子，以置院近於禁苑之梨園。」唐會要卷三四：「開元二年，上以天下無事，聽政之暇，於梨園自教法曲，必盡其妙，謂之皇帝梨園弟子。」

〔三〕聽風聽水：王灼碧雞漫志卷三：「王建詩云：『弟子歌中留一色，聽風聽水作霓裳。』歐陽永叔詩話以不曉聽風聽水爲恨。蔡絛詩話云出唐人西域記，龜茲國王與臣庶知樂者於大山間聽風水聲，均節成音，後翻入中國，如伊州、甘州、涼州，皆自龜茲致。此説近之，但不及霓裳。予謂涼州定從西涼來，若伊與甘自龜茲致，而龜茲聽風水造諸曲皆未可知。王建全章，余亦未見，但『弟子歌中留一色』，恐是指梨園弟子，則何豫於龜茲？置之勿論可也。」

〔四〕散聲：當即霓裳羽衣曲的散序。關於霓裳羽衣舞表演時的情況，白居易霓裳羽衣歌「散序六奏未動衣，陽臺宿雲慵不飛」，自注：「散序六遍無拍，故不舞也。」又「中序擘騞初入拍，秋竹竿裂春冰拆」，自注：「中序始有拍，亦名拍序。」又「繁音急節十二遍」，自注：「霓裳曲十二遍而終。」又「翔鸞舞了卻收翅，唳鶴曲終長引聲」，自注：「凡曲將畢，皆聲拍促速，唯霓裳之末，長引一聲也。」

【輯評】

歐陽修六一詩話：王建霓裳詞云：「弟子部中留一色，聽風聽水作霓裳。」霓裳曲，今教坊尚能作其聲，其舞則廢而不傳矣。人間又有望瀛洲、獻仙音二曲，云此其遺聲也。霓裳曲，前世傳記論説頗詳，不知「聽風聽水」爲何事也。白樂天有霓裳歌甚詳，亦無風水之説，第記之，或有遺亡者爾。

沈括夢溪筆談卷五：霓裳羽衣曲，劉禹錫詩云：「三鄉陌上望仙山，歸作霓裳羽衣曲。」又王建詩云：「聽風聽水作霓裳。」白樂天詩注云：「開元中，西涼府節度楊敬述造。」鄭嵎津陽門詩注云：「葉法善嘗引上入月宮，聞仙樂，及上歸，但記其半，遂於笛中寫之，會西涼府都督楊敬述進婆羅門曲，與其聲調相符，遂以月中所聞爲散序，用敬述所進爲腔，而名霓裳羽衣曲。」諸説各不同。今蒲中逍遥樓楣上有唐人横書，類梵字，相傳是霓裳譜。字訓不通，莫知是非。或謂今燕部有獻仙音曲，乃其遺聲。然霓裳本謂之道調法曲，今獻仙音乃小石調耳，未知孰是。

苕溪漁隱叢話前集卷二四引蔡絛西清詩話：歐陽公歸田録論王建霓裳詞「弟子部中留一色，聽風聽水作霓裳」，以不曉聽風聽水爲恨。余嘗觀唐人西域記云：「龜茲國王與臣庶知樂者，於大山間聽風水之聲，均節成音，後翻入中國，如伊州、涼州、甘州，皆自龜茲至也。」此説近之，但不及霓裳耳。鄭嵎津陽門詩注：葉法善引明皇入月宮，聞樂歸，笛寫其半，會西涼府楊敬述進婆羅門曲，聲調吻同，按之便韻，乃合二者製霓裳羽衣曲。則知霓裳亦來自西域云。

自直梨園得出稀㈠，更番上曲不教歸。一時跪拜霓裳徹〔一〕，立地階前賜紫衣㈡。

【校記】

㈠ 直，全詩校一作入。

㈡ 紫，原校一作緋。

【箋注】

〔一〕徹：樂曲終了叫徹。元稹琵琶歌：「逡巡彈得六幺徹，霜刀破竹無殘節。」

敕賜宫人澡浴回，遥看美女院門開。一山星月霓裳動，好字先從殿後來㊀〔一〕。

【校記】

㊀字，原作事，據百家一三、樂府、絶句、明鈔本、毛本、全詩改。後，百家、樂府、絶句、全詩作裏。

【箋注】

〔一〕好字：叫好聲。

旋翻曲譜聲初起㊀〔一〕，除卻梨園未教人㊁。宣示書家分手寫㊂，中官走馬賜功臣。

【校記】

㊀旋翻，原校一作自修。譜，原作語，據席本、全詩改。起，樂府、絶句、全詩作足。

㊁卻，絶句作在。

㊂示，樂府、絶句、全詩作與。家，原作來，據樂府、絶句、毛本、席本、全詩改。

【箋注】

〔一〕旋：張德瀛詞徵卷三：「旋，事非預爲曰旋，王仲初詩『旋翻曲譜聲初起』。」翻曲：創作新曲。如元稹連昌宮詞：「李謩壓笛傍宮牆，偷得新翻數般曲。」

傳呼法部按霓裳〔一〕，新得承恩别作行。應是貴妃樓上看㊀，内人舁出綵羅箱㊁。

【校記】

㊀應是，原校一作日晚，樂府校同。絶句作日晚。

㊁出，樂府、絶句、全詩作下。

【箋注】

〔一〕法部：法曲爲道觀所奏之曲，唐玄宗酷愛法曲，專設法部，訓練和演奏法曲。新唐書禮樂志十二：「初，隋有法曲，其音清而近雅，其器有鐃、鈸、鐘、磬、幢簫、琵琶。……玄宗既知音律，又酷愛法曲，選坐部伎子弟三百教於梨園，聲有誤者，帝必覺而正之，號皇帝梨園弟子。宮女數百，亦爲梨園弟子，居宜春北院。梨園法部，更置小部音聲三十餘人。」按：排練。

伴教霓裳有貴妃〔一〕，從初直到曲成時。日長耳裏聞聲熟，拍數分毫錯總知。

【箋注】

〔一〕「伴教」句：白居易江南遇天寶樂叟：「貴妃宛轉侍君側，體弱不勝珠翠繁，冬雪飄飖錦袍暖，春風蕩漾霓裳翻。」可見楊貴妃善霓裳羽衣舞。樂史楊太真外傳卷上：「上又宴諸王於木蘭殿，時木蘭花發，皇情不悦，妃醉中舞霓裳羽衣一曲，天顔大悦。」又載楊妃語：「霓裳羽衣一曲，可掩前古。」

中管五絃初半曲㊀〔一〕，遥教合上隔簾聽。一聲聲向天頭落，效得仙人夜唱經㊁〔二〕。

【校記】

㊀五，原作玉，據席本、全詩改。

㊁效，毛本、胡本作學。此首原置於「伴教霓裳有貴妃」前，據諸本改。

【箋注】

〔一〕中管：舊唐書音樂志二：「笛，漢武帝工丘仲所造也，其元出於羌中。短笛，修尺有咫。長笛、短笛之間，謂之中管。」五絃：舊唐書音樂志二：「五絃琵琶，稍小，蓋北國所出。風俗通云：以手琵琶之，因以爲名。案舊琵琶皆以木撥彈之，太宗貞觀中始有手彈之法，今所謂搊琵琶者是也。」白居易霓裳羽衣歌「磬簫箏笛遞相攙，擊擫彈吹聲邐迤」，自注：「凡法曲之初，衆樂不齊，唯金石絲竹次第發聲，霓裳序初亦復如此。」

〔二〕「效得」句：法曲原爲道觀之曲。新唐書禮樂志十二：「其後，河西節度使楊敬述獻十二遍，凡曲終必遽，唯霓裳羽衣曲將畢，引聲益緩。帝方浸喜神仙之事，詔道士司馬承禎製玄真道曲，茅山道士李會元製大羅天曲，工部侍郎賀知章製紫清上聖道曲。」僧道誦經，抑揚其聲，故云唱經。鄭嵎津陽門詩注謂霓裳羽衣曲爲玄宗遊月宮聞仙樂所得。王灼碧雞漫志卷三：「異人録云：開元六年，上皇與申天師中秋夜同遊月宮，見一大宮府，牓曰廣寒清虛之府，兵衛守門，不得入，天師引上皇躍超煙霧中，下視玉城，仙人、道士乘雲駕鶴，往來其間，素娥十餘人，舞笑於廣庭大樹下，樂音嘈雜清麗。上皇歸，編律成音，製霓裳羽衣曲。逸史云：羅公遠中秋侍明皇宮中玩月，以拄杖向空擲之，化爲銀橋，與帝升橋，寒氣襲人，遂至月宮，女仙數百，素練霓衣，舞於廣庭。上問曲名，曰霓裳羽衣，上記其音，歸作霓裳羽衣曲。鹿革事類云：八月望夜，葉法善與明皇遊月宮，聆月宮仙樂，問曲名，曰紫雲回。默記其聲，歸傳之，名曰霓裳羽衣。此三家者，皆誌明皇遊月宮，其一申天師同遊，初不得曲名；其一羅公遠同遊，得今曲名；其一葉法善同遊，得紫雲回曲名易之。雖大同小異，要皆荒誕無可稽。據杜牧之華清宮詩：『月聞仙曲調，霓作舞衣裳。』詩家搜奇入句，非決然信之也。」

弦索摐摐隔彩雲〔一〕，五更初發滿宮聞㊀。武皇自送西王母㊁〔二〕，新染霓裳月色裙㊂〔三〕。

【校記】

㊀滿宮，樂府、全詩作一山。

㊁皇自送，原作王還自，據樂府、絶句、毛本、全詩改。自，明鈔本作目。

㊂染，樂府、絶句、全詩作换。月，全詩校一作日。

【箋注】

〔一〕摐摐：象聲詞。

〔二〕武皇：指唐玄宗。西王母：喻楊貴妃。舊題班固撰漢武帝内傳載，七月七日西王母來會漢武帝，明旦而去，人馬龍虎，導從音樂如初。

〔三〕月色：白色。

【輯評】

葛立方韻語陽秋卷一五：宋書樂志有白紵舞，樂府解題譽白紵曰：「質如輕雲色如銀，製以爲袍餘作巾，袍以光軀巾拂塵。」王建云：「新縫白紵舞衣成，來遲邀得吴王迎。」元稹云：「西施自舞王自管，白紵翻翻鶴翎散。」則白紵舞衣也。王建云「新换霓裳月色裙」，豈霓裳羽衣舞亦用白邪？

朝元閣上風初起㈠〔一〕，夜聽霓裳玉露寒㈡。宮女月明更替立㈢，黃金梯滑並行難㈣〔二〕。

【校記】

㈠風初，樂府、絶句、全詩作山風。

㈡玉露，絶句作露坐。

㈢明，樂府、絶句、明鈔本、毛本、席本、全詩作中。替，全詩校一作潛。

㈣並，原作足，據樂府、絶句、明鈔本、毛本、席本、全詩改。

【箋注】

〔一〕朝元閣：在驪山。錢易南部新書己：「朝元閣在山嶺之上，基最爲嶄絶，柱礎尚有存者。山腹即長生殿，殿東西磐石道自山麓而上，道側有飲酒亭子、明皇吹笛樓、宮人走馬樓，故基猶存。」

〔二〕黃金梯：梯的美稱。江少虞事實類苑卷六二：「所謂朝元閣者，峰側有夾室，掛王母之像，雖小有損腐之處，而丹青未甚暗昧。其御階甃以蓮花千條，次則一石柱，柱端有孔。相傳云：開元天寶中貫以紅錦絚，宮女攀援而上。慶曆中再遊，詢王母之像，失之久。石柱孔已爲庸道士燒爲灰而塗壁矣。」

知向華清秋月滿㊀〔一〕，山頭山底種長生〔二〕。去時留下霓裳曲，總是離宮別館聲㊁。

【校記】

㊀ 向，絶句作在。秋，樂府、絶句、明鈔本、席本、全詩作年。

㊁ 總，絶句作半。

【箋注】

〔一〕華清：華清宮，在驪山。

〔二〕長生：此當指松柏樹。錢易南部新書己：「驪山華清宮毀廢已久，今所存者惟繚垣耳。天寶所植松柏，遍滿巖谷，望之鬱然，雖屢經兵寇，而不被斫伐。」鄭嵎津陽門詩則云：「鼎湖一日失弓箭，橋山煙草俄霏霏。……紅樓緑閣皆支離，奇松怪柏爲樵蘇。」

宮前早春㊀

酒幔高樓一百家，宮前楊柳寺前花〔一〕。内園分得温湯水，二月中旬已進瓜㊁〔二〕。

【校記】

㈠萬曆本絶句二四列華清宮二首之二，全詩校一作華清宮。

㈡二，才調集一、毛本作三。進，才調集、全詩校一作破。

【箋注】

〔一〕宮：下句云「温湯」，可知宮指華清宮。驪山有温泉。酈道元水經注卷一九渭水：「北對鴻門十里，池水又西北流，水之西南有温泉，可以療疾。三秦記曰：『麗山西北有温泉，祭則得入，不祭則爛人肉。』」唐會要卷三〇：「開元十一年十月五日，置温泉宮於驪山，至天寶六載十月三日，改温泉宮爲華清宮。」寺：此指官署。唐會要卷三〇華清宮：「（天寶）六載十二月，發馮翊、華陰等郡丁夫，築會昌羅城於温陽，置百司。」新唐書地理志一京兆府昭應縣：「六載，更温泉曰華清宮，環山列宮室，又築羅城，置百司及十宅。」周弼三體唐詩高士奇輯注：「風俗通曰：尚書、御史所止皆曰寺。天寶四載置百司於湯所，故有寺。」

〔二〕進瓜：周弼三體唐詩高士奇輯注：「一作破瓜，非。唐置温湯監，監丞種瓜蔬，隨時貢奉。瓜夏熟者，二月而進，蓋譏明皇違時取物，求口體奇巧之奉，以悦婦人。杜牧華清宮：『一騎紅塵妃子笑，無人知是荔支來。』亦譏以口腹勞人也。或問：子説佳矣，奈二月非瓜時。答曰：惟驪山温湯地暖，可以人力爲之。按衛宏古文奇字曰：秦始皇密令人種瓜驪山硎谷中，實成，使人上書曰：瓜冬有實。乃詔諸生往視，因坑之。然則温湯方冬以瓜矣，何待二月。」

【輯評】

毛先舒詩辯坻卷三：王建「内園分得温湯水，二月中旬已進瓜」，華亭李舒章詩「御水先成二月瓜」本此，亦練雅，不覺其是用唐世語。

删正二馮評閲才調集卷上：格意頗高。以爲寫富貴之景，可以爲感恩澤之偏，亦可。

俞陛雲詩境淺説續編二：詩詠華清宮之盛，皆從宮外寫之。唐京人口，有二百萬之多，詩言宮外之繁庶，但數酒樓，已有百家，其他可知。論風景，則宮前之柳、寺外之花，生翠嫣紅，與山光相映。論地氣，因山有温泉，故暖氣四時蒸發，内廷之園圃，時方二月，已見進瓜。詩詠華清宮，而從側面寫出，昇平熙皡之象，自可想見。

奉同曾郎中題石甕寺得嵌韻㊀〔一〕

寺門連内遶丹巖㊁〔二〕，下界雲開數過帆㊂〔三〕。遥指上皇翻曲處〔四〕，百官題字滿西嵌。

【校記】

㊀萬曆本絶句二四題作題石甕寺。

㊁寺門，絶句作天宮。

㊂此句絕句作塵蓋雲間落數帆。

【箋注】

〔一〕曾郎中未詳。石甕寺，鄭嵎津陽門詩注：「石甕寺，開元中以創造華清宫餘材修繕，佛殿中玉石像皆幽州進來，與朝元閣道像同日而至，精妙無比，叩之如磬。餘像并楊惠之手塑，肢空像皆元伽兒之製，能妙纖麗，曠古無儔。」宋敏求長安志卷一五：「福巖寺，兩京道里記曰：在（臨潼）縣東五里南山半腹，臨石甕谷，有懸泉激石成臼，似甕形，因以谷名名石甕寺，太平興國七年改。」

〔二〕寺門連內：鄭嵎津陽門詩注：「觀風樓在宫之外東北隅，屬夾城而連上內，前臨馳道，周視山川。寶應中，魚朝恩毁之以修章敬，今遺址尚存。」程大昌雍録卷四温泉説：「觀風樓下，又有夾城可通禁中。」

〔三〕過帆：「帆」以喻車蓋。石甕寺在山上，此句言下山之車如河中順流而下之帆船。

〔四〕上皇翻曲：新唐書禮樂志十二：「帝（玄宗）幸驪山，楊貴妃生日，命小部張樂長生殿，因奏新曲，未有名，會南方進荔枝，因名曰荔枝香。」

舊宫人

先帝舊宫宫女在，亂絲猶挂鳳皇釵㊀〔一〕。霓裳法曲渾抛卻㊁〔二〕，獨自花間掃玉階。

【校記】

㊀ 挂，萬曆本絶句二四作插。

㊁ 法曲，宋本作曲法，據絶句、毛本、席本、全詩改。

【箋注】

〔一〕鳳皇釵：馬縞中華古今注卷中：「釵子，蓋古笄之遺象也。至秦穆公以象牙爲之，敬王以玳瑁爲之，始皇又以金銀作鳳頭，以玳瑁爲脚，號曰鳳釵。」

〔二〕霓裳法曲：霓裳羽衣曲屬法曲。元稹和李校書新題樂府十二首法曲：「明皇度曲多新態，宛轉侵淫易沉著。赤白桃李取花名，霓裳羽衣號天落。」

贈人二首㊀

金鑪煙裏要班頭〔一〕，欲得歸山可自由。每度報朝愁入閣，在先教示小千牛〔二〕。

【校記】

㊀ 贈人，萬曆本絶句二四作贈工部郎中。二首次序原顛倒，據諸本改。

【箋注】

〔一〕金鑪：百官朝日，殿上設香爐。新唐書儀衛志上：「朝日，殿上設黼扆、躡席、熏爐、香案。」班頭：領班者。唐時上朝時，每班隊以尚書省官爲班頭。新唐書儀衛志上述百官朝見皇帝的情況：「宰相、兩省官對班於香案前，百官班於殿庭左右，巡使二人分涖於鐘鼓樓下。先一品班，次二品班，次三品班，次四品班，次五品班。每班，尚書省官爲首。」王建此詩所贈之人當是尚書省的官員，此由詩題一作贈工部郎中可知。

〔二〕千牛：皇帝的禁衛官。新唐書百官志四上：「左右千牛衛……掌侍衛及供御兵仗。以千牛備身左右執弓箭宿衛，以主仗守戎器。朝日，領備身左右升殿列侍。親射，則率屬以從。」

多在蓬萊少在家㊀〔一〕，越緋衫上有紅霞〔二〕。朝回不向諸餘處，騎馬城西檢校花。

【校記】

㊀少，毛本、席本作可。

【箋注】

〔一〕蓬萊：唐宮名。新唐書地理志一：「大明宮在禁苑東南……高宗以風痹，厭西內湫濕，龍朔二年始大興葺，曰蓬萊宮，咸亨元年曰含元宮，長安元年復曰大明宮。」

〔二〕越緋：越地所産之緋衣。新唐書車服志：「其後紫爲三品之服，金玉帶銙十三。緋爲四品之服，金帶銙十一。淺緋爲五品之服，金帶銙十。」郎中爲五品，服爲淺緋。

樓前

天寶年中勤政樓㊀〔一〕，每年三日作千秋㊁〔二〕。飛龍老馬曾教舞〔三〕，聞著音聲總舉頭㊂。

【校記】

㊀ 中，萬曆本絶句二四、明鈔本、毛本、全詩作前。

㊁ 千秋，全詩校一作韆鞦。

㊂ 總，絶句作忽。

【箋注】

〔一〕勤政樓：在興慶宮。王溥唐會要卷三〇：「開元二年七月二十九日，以興慶里舊邸爲興慶宮。初，上在藩邸，與宋王等同居於興慶里，時人號曰『五王宅』……後於西南置樓，西面題曰花萼相輝之樓，南面題曰勤政務本之樓。」

〔二〕千秋：舊唐書玄宗紀上：「（開元十七年）八月癸亥，上以降誕日，讌百僚於花蕚樓下，百僚表請以每年八月五日爲千秋節，王公已下獻鏡及承露囊，天下諸州咸令讌集，休暇三日，仍編爲令，從之。」

〔三〕「飛龍」句：鄭嵎津陽門詩注：「上始以降誕日爲千秋節，每大酺會，必於勤政樓下使華夷縱觀。有公孫大娘舞劍，當時號爲雄妙。又設連榻，令馬舞其上，馬衣紈綺而被鈴鐸，驤首奮鬣，舉趾翹尾，變態動容，皆中音律。又令宮妓梳九騎仙髻，衣孔雀翠衣，佩七寶瓔珞，爲霓裳羽衣之類。曲終，珠翠可掃。其舞馬，禄山亦將數匹以歸，而私習之。其後田承嗣代安，有存者，一旦於廄上聞鼓聲，頓挫其舞，廄人惡之，舉箠以擊之，其馬尚爲怒未妍妙，因更奮擊宛轉，曲盡其態。廝恐，以告，承嗣以爲妖，遂戮之，而舞馬自此絶矣。」新唐書禮樂志十二：「玄宗又嘗以馬百匹，盛飾，分左右，施三重榻，舞傾杯數十曲，壯士舉榻，馬不動。樂工少年姿秀者十數人，衣黄衫，文玉帶，立左右。每千秋節，舞於勤政樓下。後賜宴設酺，亦會勤政樓。」

寄劉蕡問疾〔一〕

年少病多應爲酒，誰家相念過今春㈠？賒來半夏重煎盡㈡〔二〕，投弔山中舊主人㊂。

【校記】

㊀相念，萬曆本絶句二四、毛本、全詩作將息。

㊁夏，原作夜，據絶句、毛本、席本、全詩改。

㊂弔，絶句、毛本、全詩作著。

【箋注】

〔一〕劉蕡，兩唐書有傳。舊唐書文苑傳下劉蕡：「劉蕡字去華，昌平人。父勉。蕡寶曆二年進士擢第。博學善屬文，尤精左氏春秋。與朋友交，好談王霸大略，耿介嫉惡，言及世務，慨然有澄清之志。自元和末，閹寺權盛，握兵宫闈，横制天下，天子廢立，由其可否，干撓庶政，當時目爲南北司，愛惡相攻，有同水火，蕡草澤中居常憤惋。文宗即位，恭儉求理，大和二年策試賢良方正……是歲，左散騎常侍馮宿、太常少卿賈餗、庫部郎中龐嚴爲考策官，三人者，時之文士也，覩蕡條對，歎服嗟悒，以爲漢之晁董，無以過之。……而執政之臣，從而弭之，以避黄門之怨。唯登科人李郃謂人曰：『劉蕡不第，我輩登科，實厚顔矣。』請以所授官讓蕡，事雖不行，士人多之。令狐楚在興元，牛僧孺鎮襄陽，辟爲從事，待如師友。位終使府御史。」

〔二〕半夏：藥草名。重修政和證類本草卷一〇：「半夏，味辛，平，生微寒、熟温，有毒。主傷寒寒熱，心下堅，下氣，喉咽腫痛，頭眩胸脹。」

聽雨

半夜思家睡裏愁㈠，雨聲滴滴屋簷頭㈡。照泥星出依前黑〔一〕，淹爛庭花不肯休。

【校記】

㈠ 夜，萬曆本絕句二四作夏。

㈡ 滴滴，絕句、毛本、席本、全詩作落落。按：全唐詩注曰一作司空圖詩，嘉業堂刊司空表聖詩集卷三作爲補遺收入。姚寬西溪叢語卷下引此詩作王建，而楊慎升庵詩話卷三「司空圖聽雨詩」條引作司空圖詩，無據。

【箋注】

〔一〕照泥星：姚寬西溪叢語卷下：「諺云：『乾星照濕土，來日依舊雨。』王建聽雨詩云。」即引此詩。范成大范石湖集卷一六没冰鋪晚晴月出曉復大雨上濕下漏不堪其憂「無端星月照濕土，依舊山川生雨雲」，自注云：「吴諺曰：『星月照濕土，明朝依舊雨。』蓋雨後微晴，星月燦然，必復雨，占之每驗。」楊慎升庵詩話卷三「司空圖聽雨詩」條：「古諺云：『乾星照濕土，來日依舊雨。』」

新晴㊀

夏夜新晴星校少，雨收殘水入天河。簷前著熟衣裳坐㊁〔一〕，風合渾無撲火蛾㊂〔二〕。

【校記】

㊀萬曆本絶句二四題作新晴後。

㊁著熟，絶句作著熱，毛本、全詩三〇校一作熟著。

㊂合，絶句、毛本、全詩作冷。

【箋注】

〔一〕熟衣：未經漂煮的絲麻做成的衣裳稱爲生衣，穿着比較涼爽，經過漂煮的絲麻做成的則稱熟衣。如白居易寄生衣與微之因題封上：「淺色縠紗輕似霧，紡花紗袴薄如雲。莫嫌輕薄但知著，猶恐通州熱殺君。」

〔二〕撲火蛾：崔豹古今注卷中：「飛蛾善拂燈，一名火花，一名慕光。」梁書到溉傳：「（高祖）因賜溉連珠曰：『……如飛蛾之赴火，豈焚身之可吝。』」

秋日後㊀

住處近山常雨足㊁，開晴曒曝舊芳茵㊂。立秋日後無多熱，漸覺生衣不著身〔一〕。

【校記】

㊀萬曆本絶句二四題作新晴後。

㊁雨足，絶句、毛本、席本、全詩作足雨。

㊂開，絶句、毛本、席本、全詩作聞。

【箋注】

〔一〕生衣：絹制夏衣。如白居易秋熱：「西江風候接南威，暑氣常多風氣微。猶道江州最涼冷，至今九月著生衣。」

哭孟東野二首㊀〔一〕

吟損秋天月不明㊁，蘭無香氣鶴無聲。自從東野先生死，側近雲山得散行。

【校記】

㊀ 哭，英華三〇三作弔。

㊁ 吟損，英華、全詩校一作哭盡。按：第一首又題爲賈島作，只是前二句顛倒，見全唐詩卷五七四。文苑英華卷三〇三作王建弔孟東野二首，同書卷三〇四又將第一首作賈島哭孟東野，也是前二句乙轉。詩後注曰：「第三百卷三載王建弔東野二詩，今此篇乃云島作，前卷已詳注，今併存之。」當是彭叔夏所加。此二詩當皆是王建作，李嘉言長江集新校云：「按賈島別有哭孟郊及弔孟協律二詩，疑本詩爲王作而誤入賈集。」

【箋注】

〔一〕新唐書韓愈傳附孟郊：「孟郊者，字東野，湖州武康人。少隱嵩山，性介，少諧合，愈一見爲忘形交。年五十得進士第，調溧陽尉……鄭餘慶爲東都留守，署水陸轉運判官。餘慶鎮興元，奏爲參謀，卒，年六十四。張籍謚曰貞曜先生。」韓愈貞曜先生墓誌銘：「唐元和九年，歲在甲午，八月己亥，貞曜先生孟氏卒，無子。」

老松臨死不生枝，東野先生早哭兒〔一〕。但是洛陽城裏客㊀，家傳一本杏殤詩㊁〔二〕。

【校記】

㊀但，萬曆本絶句二四作旦。

㊁杳殤，英華作長殤，絶句作悼傷。

【箋注】

〔一〕哭兒：孟郊有悼幼子及杳殤九首。韓愈孟東野失子詩序：「東野連産三子，不數日輒失之，幾老，念無後以悲。其友人昌黎韓愈懼其傷也，推天假其命以喻之。」

〔二〕杳殤：孟郊杳殤九首詩序：「杳殤，花乳也，霜剪而落，因悲昔嬰，故作是詩。」

寄蜀中薛濤校書㊀〔一〕

萬里橋邊女校書〔二〕，枇杷花裏閉門居㊁〔三〕。掃眉才子于今少㊂〔四〕，管領春風總不如。

【校記】

㊀蜀中，萬曆本絶句二四無。

㊁閉門，絶句作寄閑。

㊂于今，絶句作無多，席本作知多。按：全唐詩題下注曰：「一作胡曾詩。」全唐詩卷六四七確又

收入胡曾名下。何光遠鑑誡録卷一〇「蜀才婦」條：「薛濤者，容儀頗麗，才調尤佳，言謔之間，立有酬對。大凡營妓比無校書之稱，韋公南康鎮成都日，欲奏之而罷，至今呼之。故進士胡曾有贈濤詩云：『萬里橋邊女校書，枇杷花下閉門居。掃眉才子知多少，管領春風總不如。』」當是全唐詩又收爲胡曾詩所本。然薛濤卒於大和中，胡曾爲晚唐人，咸通中舉進士不第，乾符初爲高駢記室，可知不可能作詩贈薛濤。故此詩爲王建作。

【箋注】

〔一〕晁公武郡齋讀書志卷一八薛洪度詩一卷：「右唐薛濤字洪度，四川樂妓。工爲詩，當時人多與酬贈。武元衡奏校書郎，大和中卒。」辛文房唐才子傳卷六薛濤：「及武元衡入相，奏授校書郎。蜀人呼妓爲校書，自濤始也。」

〔二〕萬里橋：常璩華陽國志卷三：「城西曰江橋，南渡流曰萬里橋。」李吉甫元和郡縣圖志卷三一成都府：「萬里橋架大江水，在（成都）縣南八里。蜀使費禕聘吴，諸葛亮祖之，禕歎曰：『萬里之路，始於此橋。』因以爲名。」

〔三〕枇杷花：白居易酬和元九東川路詩十二首山枇杷花二首二：「葉如裙色碧綃淺，花似芙蓉紅粉輕。」「枇杷」當作「琵琶」。李紳南梁行詩自注：「駱谷中多毒樹，名山琵琶，其花明豔，與杜鵑花同，樵者識之，言曰『早花殺人』。」宋長白柳亭詩話卷一七：「元微之詩：『萬里橋邊女校書，琵琶花下閉門居』，謂薛濤也。按駱谷中有琵琶花，與杜鵑相似，後人不知，改爲

『枇杷』，莫廷韓所謂『滿城簫管盡開花』者，想亦未見唐詩紀事也。」

〔四〕掃眉才子：稱有文學才能的女子。掃眉即畫眉。

路中上田尚書㊀〔一〕

去婦何辭見六親㊁〔二〕，手中刀尺不如人〔三〕。可憐池閣秋風夜，愁綠嬌紅一遍新㊂。

【校記】

㊀路中，萬曆本絶句二四無。

㊁婦，全詩作路。

㊂愁，原校一作怨，席本作怨。

【箋注】

〔一〕田尚書爲田弘正。作於王建離開魏博田弘正幕府赴京之時，故以「去婦」喻己，暗以舅姑喻幕主田弘正。

〔二〕去婦：被休棄之妻。

〔三〕刀尺：剪刀和尺，女工必備之工具。

于主簿廳看花㊀

小葉稠枝粉壓摧，煖風吹動鶴翎開〔一〕。若無別事爲留滯㊁，應使抛家宿看來㊂。

【校記】

㊀廳，萬曆本絶句二一四作宅。

㊁滯，絶句作難。

㊂應使抛，毛本、席本、全詩作應便抛，絶句作抛卻貧。

【箋注】

〔一〕鶴翎：當指鶴草。嵇含南方草木狀卷上：「鶴草蔓生，其花麴塵色，淺紫蔕，葉如柳而短。當夏開花，形如飛鶴，觜、翅、尾、足無所不備。出南海。」黎民表瑶石山人詩稿卷三詩題：「仙鶴花，異植也，青跗素萼，狀類胎禽，即嵇含草木記所謂鶴草也。」

江樓對雨寄杜書記㊀〔一〕

竹風斜雨細相和㊁，看著閑書睡更多。好是主人無事日，應持小酒按新歌㊂。

【校記】

㈠江樓，萬曆本絶句二四無。雨，全詩校一作面。

㈡竹風斜雨，絶句、毛本、全詩作竹煙花雨，全詩校又作竹煙江雨。

㈢酒，絶句作拍。

【箋注】

〔一〕杜書記爲杜元穎。舊唐書杜元穎傳：「元穎，貞元末進士登第，再辟使府。元和中爲右拾遺、右補闕，召入翰林，充學士。」可知杜元穎曾累佐使府，只是舊傳未出使府之名。王建上杜元穎學士：「閑曹散吏無相識，猶記荆州拜謁初」，可知王建是在荆州與杜元穎相識的。趙璘因話録卷二：「族祖天水昭公，以舊相爲吏部侍郎，考前進士杜元穎弘詞登科，鎮南又奏爲從事。杜公入相，昭公復掌選。」天水昭公爲趙宗儒，元和四年至六年爲江陵尹、荆南節度使，見舊唐書趙宗儒傳及憲宗紀上，可見杜元穎曾爲趙宗儒江陵節度使府從事。

十五夜望月寄杜郎中㈠〔一〕時會琴客㈡

中庭地白樹栖鴉，冷露無聲濕桂花。今夜月明人盡望，不知秋思落誰家㈢〔二〕。

【校記】

㊀十五，歲詠二九作中秋。寄杜郎中，萬曆本絶句二四、毛本無。

㊁絶句、全詩無題注。

㊂落，歲詠作屬，絶句、全詩作在。

【箋注】

〔一〕杜郎中疑爲杜羔。杜羔曾與李益、廣宣聯句，見全唐詩卷七八九。王建當因李益而與杜羔相結識。新唐書杜羔傳：「（杜兼）從弟羔，貞元初及進士第……元和中爲萬年令……未幾，授户部郎中。後歷振武節度使，以工部尚書致仕。」據册府元龜卷一五三，杜羔爲萬年縣令在元和六年。白居易有前長安縣令許季同除刑部郎中前萬年縣令杜羔除户部郎中制。

〔二〕秋思：琴曲名。郭茂倩樂府詩集卷五九琴曲歌辭三：「琴曆曰：琴曲有蔡氏五弄。琴集曰：五弄遊春、淥水、幽居、坐愁、秋思。並宫調，蔡邕所作也。」此處雙關。

【輯評】

唐汝詢唐詩解卷二九：地白，月光也。明則鴉驚，今既栖樹，則夜深矣，是以見露之霑花。此時望月者衆，感秋者誰？恐無如我耳。

周珽删補唐詩選脈箋釋會通評林卷五六：楊慎列爲能品。周敬曰：妙景中含，解者幾人？

郭濬曰：清音緩節，幽然颯然。周珽訓曰：愛月常情，秋思各有不同，「在誰家」三字悽婉，蓄無窮之意。敖英曰：後二句言誰不賞景，惟宴處超然者，心與景融。

黄生唐詩摘抄卷四：秋思，琴曲名，蔡氏清溪五弄之一。非自注，則末句不知其所謂矣。選詩最當存其自注。通首平仄相叶，無一字參差，實爲七言絶句之正調。凡音律諧，便使人誦之有一唱三歎之意。今作者何可但言體制，而不講聲調也？朱之荆補箋：琴客在此地作秋思曲，月下聽琴者不知在誰家也。

王堯衢唐詩合解箋注卷六：「中庭地白樹栖鴉」，地白，月光也。中庭月白，夜已深矣，故林鴉皆已栖宿。「冷露無聲濕桂花」，秋露已冷，夜深則落，雖無花，而桂花已沾濕矣。「今夜月明人盡望」，眼前對景，肚裏尋思，遂不免望月而歎曰：今夜之月明如畫，如此豈非盡人所望乎？而悲歎不一也。「不知秋思在誰家」，望月之家，有知秋思可悲者，有不知秋思可悲者，是同此月也，照三千世界之悲歡，究不知秋思落在哪一家也。然其言不知秋思之人，乃即深於秋思者矣。

沈德潛重訂唐詩别裁集卷二〇：不説明己之感秋，故妙。

袁枚詩學全書卷一：見露而動秋思，恐感秋者無如我也。上首（按：指耿湋秋日）言秋日，此首言秋月，所謂正入正出。

俞陛雲詩境淺説續編二：自來對月詠懷者，不知凡幾，佳句亦多，作者知之，故著想高踞題顛。言今夜清光，千門共見，月子歌所謂「月子彎彎照九州，幾家歡樂幾家愁」。秋思之多，究在誰家庭院，詩意涵蓋一切。且以「不知」二字作問語，筆致尤見空靈。前二句不言月，而地白疑霜，桂枝濕露，宛然月夜之景，亦經意之筆。

寄韋諫議〔一〕

百年看似暫時間㈠，白首求官亦未閑㈡。獨有龍門韋諫議〔二〕，三徵不起戀青山。

【校記】

㈠ 暫，原校一作片。

㈡ 白首，原校一作頭白，萬曆本絕句二四、全詩作頭白。

【箋注】

〔一〕韋諫議爲韋況。新唐書韋安石傳附韋況：「況少隱王屋山，孔述睿稱之，及述睿以諫議大夫召，薦況爲右拾遺，不拜。未幾，以起居郎召，半歲輒棄官去，徙家龍門。除司封員外郎，稱疾固辭。元和初，授諫議大夫，勉諭到職。數月乞骸骨，以太子右庶子致仕，卒。」詩稱龍門韋諫議，可知爲韋況。舊唐書憲宗紀上：「（元和元年閏六月）以前司封員外郎韋況爲諫議大夫。」（參見陶敏全唐詩人名彙考）

〔二〕龍門：即洛陽伊闕。漢書溝洫志賈讓奏：「昔大禹治水，山陵當路者毁之，故鑿龍門，辟伊闕。」酈道元水經注卷一五伊水：「伊水又北入伊闕，昔大禹疏以通水。兩山相對，望之若闕，伊水歷其間北流，故謂之伊闕矣，春秋之闕塞也。昭公二十六年，趙鞅使女寬守闕塞是也。……傅毅反都賦曰『因龍門以暢化，開伊闕以達聰』也。」

花褐裘

對織芭蕉雪毳新〔一〕，長縫雙袖窄裁身。到頭須向邊城著，愁殺秋風射獵塵㊀〔二〕。

【校記】

㊀末句萬曆本絶句二四、全詩作消殺秋風稱獵塵。

【箋注】

〔一〕芭蕉：此指用芭蕉纖維織成的布。後漢書王符傳「葛子升越，筩中女布」，李賢等注引沈懷遠南越志：「蕉布之品有三：有蕉布，有竹子布，又有葛焉。」李調元南越筆記卷五：「蕉類不一，其可爲布者曰蕉麻，山生，或田種。以蕉身熟踏之，煮以純灰水，漂澼令乾，乃績爲布。」

〔二〕射獵塵：指敵人。古時遊牧民族常於秋天射獵以演武，並行侵擾之事。

寄同州田長史〔一〕

除聽好語耳常聾，不見詩人眼亦空㊀。莫怪出城爲長史㊁，衹緣山在白樓中㊂〔二〕。

【校記】

㊀亦，明鈔本、毛本、席本、全詩作底。

㊁怪，明鈔本、毛本作恨。

㊂衹，明鈔本、毛本、席本、全詩作總。

【箋注】

〔一〕田長史未詳何人。同州，新唐書地理志一：「同州馮翊郡，上輔。」又百官志四下：「上州，刺史一人，從三品，職同牧尹。別駕一人，從四品下。長史一人，從五品上。司馬一人，從五品下。」

〔二〕白樓：姚合送殷堯藩侍御赴同州：「吟詩擲酒船，仙掌白樓前。」嘉慶重修一統志卷二四五同州府：「白樓，在大荔縣。集古録：同州有白樓，唐賢眺詠之所，令狐楚作賦刻其上。元稹寄白居易詩云『煙入白樓沙苑暮』，謂此。」

外按〔一〕

夾城門向野田開，白鹿非時出洞來㊀〔二〕。日暮秦陵塵土起〔三〕，從東外按使初回。

【校記】

㊀洞，明鈔本、毛本、席本作澗。

【箋注】

〔一〕詩云「外按」，又曰「從東」，可知王建巡使是向洛陽方向。此詩顯然作於知巡回京之時。殿中侍御史知左右巡，新唐書百官志三：「監察御史分日直朝堂……開元七年，又詔隨仗入閤，分左右巡，糾察違失。左巡知京城内，右巡知京城外，盡雍、洛二州之境，月一代……其後，以殿中掌左右巡，尋以務劇，選用京畿縣尉。」可知殿中侍御史知巡事，右巡直至洛陽。此詩作於王建任殿中侍御史時，時知右巡。

〔二〕白鹿：驪山有鹿。鄭嵎津陽門詩注：「山城内多馴鹿，流澗號爲飲鹿。」

〔三〕秦陵：秦始皇陵，在驪山。史記秦始皇本紀：「九月，葬始皇酈山。」張守節正義：「關中記云：『始皇陵在驪山，泉本北流，障使東西流。有土無石，取大石於渭南諸山。』括地志：『秦始皇陵在雍州新豐縣西南十里。』」李吉甫元和郡縣圖志卷一京兆府：「秦始皇陵在（昭應）縣東八里。始皇即位，治驪山陵，役徒七十萬人。今按其陵高大，亦不足役七十萬人，積年之功，蓋以驪山水泉本北流者，陂障使東西流。又此土無石，取大石於渭北諸山，其費功力由此也。」

夜看美人宮棊〔一〕

宮棊佈局不依經，黑白相和子數停㊀。巡拾玉沙天漢曉㊁，猶殘織女兩三星〔二〕。

【校記】

㊀相和，萬曆本絶句二四、全詩作分明。

㊁曉，毛本作晚。

【箋注】

〔一〕宮棊，也稱逼棊，棋戲名。翟灝通俗編卷三一「宮棋」條：「白居易詩：『雙聲聯律句，八面數宮棋。』王建、張籍各有看美人宮棋詩……今人先以碁子黑白雜佈局中，各認一子爲標，左右巡拾，竟以所得多寡較勝負。有挨三頂四、擦七馱八罰例，謂之逼棋，蓋即此耳。」白居易代書詩一百韻寄微之：「雙聲聯律句，八面對宮棋」，即翟灝所引詩句。棊、碁、棋皆通。

〔二〕織女：星名。以喻棋子。星只能喻白子，「兩三星」者，白棋形勢不妙也。苕溪漁隱叢話前集卷五五引遯齋閑覽：「西頭供奉官錢昭度嘗作詠方池詩云：『東道主人心匠巧，鑿開方石貯漣漪。夜深卻被寒星照，恰似仙翁一局棋。』有輕薄子見而笑曰：『此所謂一局黑全輪也。』蓋唐廖凝有詠白鷗詩云：『滿汀鷗不散，一局黑全輪』之句。」

冬至後招于秀才

日近山紅煖氣新，一陽先入御溝春〔一〕。乘閑走馬重來此㊀，沐浴明年稱意身。

【校記】

㊀乘閑走，萬曆本絶句二四作聞君立，全詩作聞閑立。

【箋注】

〔一〕御溝：流入宮中的河流。三輔黃圖卷六：「長安御溝，謂之楊溝，謂植高楊於其上也。」

夜看揚州市

夜市千燈照碧雲，高樓紅袖客紛紛。如今不似昇平日㊀，猶自笙歌徹夜聞㊁。

【校記】

㈠ 昇，萬曆本絶句二四、明鈔本、毛本、席本、胡本、全詩作時。

㈡ 夜，上述諸本作曉。

【輯評】

洪邁容齋隨筆卷九：唐世鹽鐵轉運使在揚州，盡斡利權，判官多至數十人，商賈如織，故諺稱揚一益二，謂天下之盛，揚爲一而蜀次之也。杜牧之有「春風十里」「珠簾」之句。張祜詩云：「十里長街市井連，月明橋上看神仙。人生只合揚州死，禪智山光好墓田。」王建詩云：「夜市千燈照碧雲，高樓紅袖客紛紛。如今不似時平日，猶自笙歌徹曉聞。」徐凝詩云：「天下三分明月夜，二分無賴是揚州。」其盛可知矣。自畢師鐸、孫儒之亂，蕩爲丘墟，楊行密復葺之，稍成壯藩，又毁於顯德。本朝承平百七十年，尚不能及唐之什一，今日真可酸鼻也。

王楙野客叢書卷一五：唐時揚州爲盛，通州爲惡，當時有「揚一益二」之語。「十里珠簾」、「二十四橋風月」，其氣象可知。張祜詩曰：「十里長街市井連，月明橋上有神仙。人生只合揚州死，禪智山光好墓田。」王建詩曰：「夜市千燈照碧雲，高樓紅袖客紛紛。如今不是承平日，猶自笙歌徹曉聞。」徐凝詩曰：「天下三分明月夜，二分明月在揚州。」其盛如此。通州不然。白樂天詩曰：「通州海内恓惶地，司馬人間冗長官。」元微之詩曰「折君災難是通州」，又曰「黄泉便是通州郡」，其不美如此。一謂神仙，一謂黄泉，相去霄壤矣。

觀蠻妓

欲説昭君斂翠蛾〔一〕，清聲委曲怨於歌。誰家年少春風裏，抛與金錢唱好多。

【箋注】

〔一〕昭君：王昭君，名嬙，漢元帝時宫人，時匈奴呼韓邪單于來朝，請和親，元帝以昭君嫁之。見漢書匈奴傳、後漢書南匈奴傳。琴曲有昭君怨，見樂府詩集卷五九昭君怨解題。此詩所寫爲蠻妓説唱王昭君的故事。唐時説唱藝術已廣爲流傳，郭湜高力士外傳載：「每日上皇與高公親看掃除庭院，芟薙草木，或講經、論議、轉變、説話，雖不近文律，終冀悦聖情。」才調集有吉師老看蜀女轉昭君變詩。敦煌變文有王昭君變文，原載編號伯希和二五五三，見王重民等編敦煌變文集。

送顧飛熊秀才歸丹陽〔一〕

江城柳色海門煙〔二〕，欲到茅山始下船〔三〕。知道君家當瀑布，菖蒲潭在草堂前〔四〕。

【校記】

㈠宋本題無歸丹陽三字，據明鈔本、毛本、席本、胡本、全詩補。萬曆本絶句二四作送人歸丹陽。

【箋注】

〔一〕顧飛熊，即顧非熊。新唐書藝文志四「顧非熊詩一卷」注云：「況之子，大中盱眙尉，棄官隱茅山。」辛文房唐才子傳卷七：「（顧）非熊，姑蘇人，況之子也。少俊悟，一覽輒能成誦。工吟，揚譽遠近。性滑稽好辯，頗雜笑言。……會昌五年，諫議大夫陳商放榜，初，上恰聞非熊詩價，至是怪其不第，敕有司進所試文章，追榜放令及第。」顧非熊多次考進士不第，姚合有送顧非熊下第歸越，厲玄有送顧非熊及第歸茅山等詩。丹陽，縣名。新唐書地理志五江南道潤州丹楊郡：「丹楊，望。本曲阿，武德二年以縣置雲州，五年曰簡州，以縣南有簡瀆取名。」

〔二〕江城：江邊之城，此當指鎮江。海門：海口。王昌齡宿京江口期劉昚虛不至：「霜天起長望，殘月生海門。」

〔三〕茅山：李吉甫元和郡縣圖志卷二五江南道潤州：「茅山在（延陵）縣西南三十五里，三茅得道之所。事具仙經，不録。」樂史太平寰宇記卷八九潤州：「句曲山一名茅山，在（丹徒）縣西南三十里。茅君内傳云：山形曲折似句字，故名句曲。」

〔四〕菖蒲潭：長有菖蒲的水潭。草堂：南齊周顒隱居鍾山，仿蜀草堂寺築室，名爲草堂，見文選孔稚珪北山移文及李善注。後世文人隱居，多名其居處曰草堂。

老人歌

白髮老人垂淚行㊀，上皇生日出京城〔一〕。如今供奉多新意〔二〕，錯唱當時一半聲。

【校記】

㊀老，萬曆本絶句二一四作歌。

【箋注】

〔一〕上皇：指唐玄宗。據舊唐書玄宗紀上，玄宗生日爲八月五日，開元十七年以此日爲千秋節。

〔二〕供奉：在皇帝左右供職的人稱供奉。此處當指太樂署供奉或教坊供奉。新唐書百官志三太樂署：「凡習樂，立師以教，而歲考其師之課業爲三等……有故及不任供奉，則輸資錢，以充伎衣樂器之用。」

和元郎中從八月十一至十五夜翫月五首㊀〔一〕

半秋初入中旬夜㊁，已向階前守月明。從未圓時看卻好，一分分見傍輪生㊂。

【校記】

㊀ 一，毛本、全詩作二。　翫月，歲詠二九無。

㊁ 旬，毛本作秋。

㊂ 一分分見，英華一五二、歲詠作一分一見。

【箋注】

〔一〕此元郎中爲元稹。舊唐書元稹傳：「長慶初，（崔）潭峻歸朝，出稹連昌宮詞等百餘篇奏御，穆宗大悦，問稹安在？對曰：『今爲南宮散郎。』即日轉祠部郎中知制誥。」元稹爲祠部郎中知制誥實爲元和十五年五月事，長慶元年正月正拜中書舍人、翰林承旨學士。白居易白氏長慶集卷五〇元稹除中書舍人翰林學士賜紫金魚袋制：「尚書祠部郎中知制誥賜緋魚袋元稹，去年夏拔自祠曹員外，試知制誥。」可知元稹爲祠部郎中知制誥在元和十五年。元稹有八月十四日夜玩月一首，見全唐詩卷四一三，其餘當已散佚，王建此五首即酬元稹之作。

亂雲遮卻臺東月，不許教依次第看㊀。　莫爲詩家先見鏡㊁，被他籠與作艱難〔一〕。

【校記】

㊀ 教，萬曆本絶句二一四作交。　依次第，原作伊炎帝，據英華、歲詠、絶句、毛本、胡本、全詩改。

㊁鏡，原作境，據歲詠、毛本、胡本、全詩改。全詩校一作影。

【箋注】

〔一〕艱難：月亮行程被雲阻隔，經行困難。詩經小雅白華：「英英白雲，露彼菅茅。天步艱難，之子不猶。」

今夜月明勝昨夜，新添桂樹近東枝〔一〕。立多地濕舁牀坐，看過牆西寸寸遲。

【箋注】

〔一〕桂樹：段成式酉陽雜俎前集卷一：「舊言月中有桂，有蟾蜍，故異書言：月桂高五百丈，下有一人常斫之，樹創隨合。人姓吴名剛，西河人，學仙有過，謫令伐樹。」此云「新添桂樹近東枝」，言月亮漸廣也。

月似圓時色漸凝㊀，玉盆盛水欲侵稜㊁〔一〕。夜深盡放家人睡㊂，直到天明不炷燈㊃。

【校記】

㊀時，英華、歲詠、絶句、明鈔本、毛本、胡本、全詩作來。色，絶句作漸。

㈡盛，英華作生。

㈢家人睡，歲詠作佳人醉。

㈣不炷，原作未住，據英華、歲詠、絶句、明鈔本、席本、胡本、全詩改。

【箋注】

〔一〕「玉盆」句：形容映在水盆裏的月亮形體漸大的景象。

合望月時長望月，分明不得似今年。仰頭五夜風中立㈠，從未圓時直到圓㈡。

【校記】

㈠五，全詩校一作午。立，胡本、全詩校一作坐。

㈡圓時，英華、全詩校一作團圓，歲詠作團圓。直，英華作看。

對酒

爲病比來渾斷絶㈠，緣花不免卻知聞㈡。從來事事關身少㈢，主領春風只在君㈣。

【校記】

㈠絶，絶句二四作酒。

〔二〕緣，英華一九五作因。免，明鈔本、席本作見。
〔三〕事事，英華、絶句作樂事。
〔四〕主，英華作坐。

曉望華清宮〔一〕

曉來樓閣更鮮明，日出闌干見鹿行〔一〕。武帝自知身不死，看修玉殿號長生〔二〕。

【校記】

〔一〕萬曆本絶句二四題作華清宮，列華清宮二首之一。按：此詩全唐詩卷五〇〇又作姚合詩，萬首唐人絶句卷二四王建名下收之，題作華清宮二首，此爲其一。然同書卷二五又收入姚合名下，題正作曉望華清宮。王建曾多年爲昭應縣丞，故有多首寫華清宮的作品，此詩當屬王建作，絶句又作姚合，誤。

【箋注】

〔一〕鹿行：鄭嵎津陽門詩注：「山城内多馴鹿，流澗號爲飲鹿。」程大昌雍録卷四載華清宮有毬場、連理木、飲鹿槽、丹霞泉、羯鼓樓等。

〔二〕長生：鄭嵎津陽門詩注：「有長生殿，乃齋殿也，有事於朝元閣，即御長生殿以沐浴也。」王溥唐會要卷三〇華清宮：「天寶元年十月造長生殿，名爲集靈臺，以祀神。」

【輯評】

納蘭性德渌水亭雜識四：古人詠史，叙事無意，史也，非詩矣。唐人實勝古人，如：「江流石不轉，遺恨失吞吴」；「武帝自知身不死，教修玉殿號長生」；「東風不假周郎便，銅雀春深鎖二喬」；「此日六軍同駐馬，當時七夕笑牽牛」，諸有意而不落議論，故佳。若落議論，史評也，非詩矣，宋以後多患此病。（通志堂集卷一八）

贈李愬僕射二首〔一〕

和雪翻營一夜行，神旗凍定馬無聲。遥看火號連營赤，知是先鋒已上城。

【箋注】

〔一〕二詩皆寫李愬淮西之功，可知作於平定吴元濟後不久。元和十二年十月，唐隨鄧節度使李愬率師攻入蔡州，擒吴元濟，淮西平。資治通鑑卷二四〇唐憲宗元和十二年：「（十月）辛未，李愬命馬步都虞候隨州刺史史旻留鎮文城，命李祐、李忠義帥突將三千爲前驅，自與監軍將三千人爲中軍，命田進誠將三千人殿其後。軍出，不知所之，愬曰：『但東行。』……諸將請所之，愬曰：『入蔡州取吴元濟。』諸將皆失色……時大風雪，旌旗裂，人馬凍死者相望。天陰黑，自張柴村以東道路，皆官軍所未嘗行，人人自以爲必死，然畏愬，莫敢違。夜半，雪愈甚，行七十里至州城，近城有鵝鴨池，愬令擊之以混軍聲。……壬申，四鼓，愬至城下，無一人知者。李祐、李忠義钁其城，爲坎以先登，壯士從之。守門卒方熟寐，盡殺之。……雞鳴，雪止，愬入居元濟外宅。或告元濟曰：『官軍至矣。』元濟尚寢，笑曰：『俘囚爲盜耳，曉當盡戮之。』……愬遣李進誠攻牙城……晡時，門壞，元濟於城上請罪，進誠梯而下之。」

旗旛四面下營稠㊀，手詔頻來老將憂㊁〔一〕。每日城南空挑戰，不知生縛入唐州。

【校記】

㊀下，萬曆本絶句二四作著。

㊁憂，全詩校一作愁。

【箋注】

〔一〕老將：指袁滋。唐鄧節度使高霞寓與淮西軍戰，大敗於鐵城，貶爲歸州刺史，以袁滋代爲彰義節度、唐隨鄧觀察使，以唐州爲理所。袁滋怯戰，元和十一年十二月，改以李愬爲唐隨鄧節度使。貶袁滋爲撫州刺史。

秋夜對雨寄石甕寺二秀才㊀〔一〕

秋山夜雨滴空廊㊁，燈照堂前樹葉光㊂。對坐讀書經卷後㊃，自披衣服掃僧房㊄。

【校記】

㊀萬曆本絶句二四題作秋夜對雨。

㊁秋山夜雨，絶句、明鈔本、毛本、席本、胡本、全詩作夜山秋雨。

㊂堂，全詩校一作房。

㊃經，絶句作終。

㊄披衣服，絶句作鋪衣被，明鈔本、毛本、席本、胡本、全詩作披衣被。

【箋注】

〔一〕錢易南部新書己：「石甕寺者，在驪山半腹石甕谷中。有泉激而似甕形，因是名谷，以谷名寺。」宋敏求長安志卷一五：「福巖寺，兩京道里記曰：在（臨潼）縣東五里南山半腹，臨石甕谷，有懸泉激石成臼，似甕形，因以谷名名石甕寺，太平興國七年改。」

華清宫前柳㊀

楊柳宫前忽地春〔一〕，先歸驚動探春人㊁。曉來唯欠驪山雨，洗卻枝條緑上塵㊂。

【校記】

㊀ 萬曆本絶句二四題作宫前柳。

㊁ 先歸，絶句作在前，明鈔本、毛本、胡本、全詩作在先。

㊂ 洗，絶句作灑。枝條，絶句作秋條，胡本、全詩作枝頭。上，原作土，據絶句、明鈔本、毛本、席本、胡本、全詩改。

【箋注】

〔一〕忽地：胡震亨唐音癸籤卷二四：「忽地，猶言忽底，蓋以地爲助辭。」

别楊校書〔一〕

從軍走馬十三年㊀，白髮營中聽早蟬。故作老丞身不避〔二〕，縣名昭應管山泉。

【校記】

㈠走，萬曆本絶句二四、全詩作秣。

【箋注】

〔一〕楊校書爲楊茂卿。全唐詩卷四九七姚合有寄楊茂卿校書，又卷三三三楊巨源有贈從弟茂卿，題下注曰：「時欲北遊。」詩曰：「鄴中更有文章盟」，可知當時楊茂卿欲赴魏博。周紹良編唐代墓誌彙編大中〇五九楊牢唐故文林郎國子助教楊君(宇)墓誌銘：「皇考諱茂卿，字士蕤，元和六年登進士科。天不福文，故位不稱德，止於監察御史，仍帶職賓諸侯。」新唐書李甘傳：「始，河南人楊牢，字松年，有至行，甘方未顯，以書薦於尹曰：『執事之部孝童楊牢，父茂卿，從田氏府，趙軍反，殺田氏，茂卿死。牢之兄蜀，三往索父喪，慮死，不果至。牢自洛陽走常山二千里，號伏叛壘，委髮羸骸，有可憐狀。讎意感解，以尸還之……』」可知楊茂卿爲魏博節度使田弘正從事，後從田弘正死於鎮州王廷湊之叛。王建此詩與楊巨源贈從弟茂卿當作於一時，蓋茂卿欲赴河北魏博田弘正幕府，王、楊則新由北地歸來，故作詩留別。

〔二〕老丞：時王建爲昭應縣丞。新唐書百官志四下：「京縣……丞二人，從七品上。」又：「縣令掌導風化，察冤滯，聽獄訟……縣丞爲之貳。」

和門下武相公春曉聞鶯㊀〔一〕

侵黑行飛一兩聲，春寒囀小未分明。若教更解諸餘語〔二〕，應向宮花不惜情㊁。

【校記】

㊀萬曆本絶句二四題作春早聞鶯。

㊁惜，宋本作説，據絶句、明鈔本、毛本、席本、胡本、全詩改。

【箋注】

〔一〕武相公爲武元衡。全唐詩卷三一七武元衡原作春曉聞鶯：「寥寥蘭臺曉夢驚，緑林殘月思孤鶯。猶疑蜀魄千年恨，化作冤魂萬轉聲。」一時和者甚衆，有李益、許孟容、韓愈、楊巨源等，皆作於元和九年春。

〔二〕諸餘：其他。

田侍中歸鎮八首㊀〔一〕

去處長將決勝籌，回回身在陣前頭。賊城破後先鋒入〔二〕，看著紅粧不敢收。

【校記】

㈠萬曆本絶句二四題作上魏博田侍中八首。中，毛本、胡本、全詩作郎。

【箋注】

〔一〕舊唐書田弘正傳：「是年（元和十四年）八月，弘正入覲，憲宗待之隆異，對於麟德殿，參佐將校二百餘人皆有頒賜。進加檢校司徒、兼侍中，實封三百户。」此組詩作於田弘正歸魏博時。

〔二〕賊城破後：指田弘正攻平叛鎮淄青李師道事，見兩唐書田弘正傳。

熨帖朝衣抛戰袍，夔龍班裏侍中高〔一〕。對時先奏牙門將㈠，次第天恩與節旄。

【校記】

㈠門，全詩作間。

【箋注】

〔一〕夔龍：舜的二位臣子。尚書舜典：「伯拜稽首，讓于夔龍。……帝曰：『夔，命汝典樂，教胄子。』」又：「帝曰：『龍，朕堲讒説殄行，震驚朕師，命汝作納言。』」

踏著家鄉馬脚輕，暮山秋色眼前明。老人上酒齊頭拜㈠，得侍中來盡再生。

【校記】

㊀頭，絶句作行。

功成誰不擁藩方，富貴還須是本鄉。萬里雙旌汾水上，玉鞭遥指白雲莊〔一〕。

【箋注】

〔一〕白雲莊：舊唐書狄仁傑傳：「其親在河陽别業，仁傑赴并州，登太行山，南望見白雲孤飛，謂左右曰：『吾親所居，在此雲下。』瞻望佇立久之，雲移乃行。」

鼓吹旛旗道兩邊㊀〔一〕，行男走女喜駢闐㊁〔二〕。舊交省得當時别，指點如今却少年。

【校記】

㊀旛旗，絶句作旗旛。

㊁駢，絶句作闐。

【箋注】

〔一〕鼓吹：樂名。本爲軍中之樂，主要樂器有鼓、鉦、簫、笳，原出北方民族。其初用於鹵簿，又或以賜有功之臣。參見崔豹古今注卷中、宋書樂志一。

〔二〕駢闐：聚集。也作「駢填」。如晉書隱逸傳夏統：「會三月上巳，洛中王公已下並至浮橋，士女駢填，車服燭路。」

廣場破陣樂初休〔一〕，彩纛高於百尺樓〔二〕。老將氣雄争起舞，管絃迴作大纏頭〔三〕。

【箋注】

〔一〕破陣：樂舞名。新唐書禮樂志十一：「七德舞者，本名秦王破陣樂。太宗爲秦王，破劉武周，軍中相與作秦王破陣樂曲。及即位，宴會必奏之……乃製舞圖，左圓右方，先偏後伍，交錯屈伸，以象魚麗、鵝鸛。命吕才以圖教樂工百二十八人，被銀甲執戟而舞。凡三變，每變爲四陣，象擊刺往來，歌者和曰『秦王破陣樂』。後令魏徵與員外散騎常侍褚亮、員外散騎常侍虞世南、太子右庶子李百藥更製歌辭，名曰七德舞。」又儀衛志下云：歷代獻捷必有凱歌，大和初，有司奏：「將入都門，鼓吹振作，奏破陣樂、應聖期、賀朝歡、君臣同慶樂等四曲。」

〔二〕彩纛：儀仗隊的大彩旗。

〔三〕大纏頭：舞曲名。此種曲於開始部分反覆重奏，當是後世重頭曲與纏達兩種演奏形式的結合。重頭曲只重複一遍，纏達則兩曲循環反覆使用，都城紀勝瓦舍衆伎：「唱賺在京師日，有纏令、纏達。有引子、尾聲爲纏令，引子後只以兩腔互迎，循環間用者爲纏達。」

笳聲萬里動燕山㊀，草白天清塞馬閑。觸處不知別處樂㊁〔一〕，可憐秋月照江關㊂。

【校記】

㊀ 笳，明鈔本作威。燕山，絶句作寒山，全詩校一作寒煙。

㊁ 知別，絶句、明鈔本作如生，毛本作知生，胡本、全詩作如別。

㊂ 關，全詩校一作山。

【箋注】

〔一〕觸處：到處。

將士請衣忘却貧，緑窗紅燭酒樓新。家家盡踏還鄉曲〔一〕，明月街中不絶人。

【箋注】

〔一〕踏：踏歌，以足踏地爲節奏而歌。舊唐書睿宗紀：「（先天二年）上元日夜，上皇御安福門觀燈，出内人連袂踏歌。」資治通鑑卷二〇六武則天聖曆元年：「默啜使閻知微招諭趙州，知微與虜連手蹋萬歲樂於城下。」胡三省注：「蹋歌者，連手而歌，蹋地以爲節。萬歲樂，歌曲之名。」崔液有踏歌詞二首。

寄廣文張博士㈠〔一〕

春明門外作卑官〔二〕，病友經年不得看〔三〕。莫道長安近於日㈡〔四〕，昇天却易到城難。

【校記】

㈠ 廣文，萬曆本絶句二四無此二字。

㈡ 長，絶句作處。

【箋注】

〔一〕廣文張博士謂張籍。韓愈唐故中散大夫少尉監胡良公墓神道碑云「與公婿廣文博士吳郡張籍」；又云胡珦「元和十二年，朝廷以公年老，能自砥力，事職不懈，可嘉，拜少府監兼知内中尚。明年，以病卒」，則元和十三年胡珦卒時張籍已爲廣文博士。國子監所屬有廣文館，設博士二人。韓愈有舉薦張籍狀，即韓愈爲國子祭酒時舉薦張籍爲國子博士所作。又有雨中寄張博士籍侯主簿喜詩。廣文館博士與國子博士不是一職，前者比後者品次要低。可知，張籍是先爲國子監助教，改廣文館博士，後轉祕書省祕書郎，又被韓愈舉薦爲國子博士。

〔二〕春明門：宋敏求長安志卷七：「外郭城……東面三門：北曰通化門，中曰春明門，南曰延興門。」昭應縣在長安城東，時王建仍爲昭應縣丞，故云。

〔三〕病友：張籍曾患眼疾，全唐詩卷三八六張籍患眼：「三年患眼今年校，免與春光使隔生。昨日韓家後園裏，看花猶似未分明。」閑遊：「老身不計人間事，野寺秋晴每獨過。病眼校來猶斷酒，卻嫌行處菊花多。」韓愈遊城南十六首贈張十八助教亦云：「喜君眸子重清朗，攜手城南歷舊遊。忽見孟生題竹處，相看淚落不能收。」

〔四〕近於日：劉義慶世説新語夙惠：「晉明帝數歲，坐元帝膝上，有人從長安來，元帝問洛下消息，潸然流涕。明帝問何以致泣，具以東渡意告之。因問明帝：『汝意謂長安何如日遠？』答曰：『日遠，不聞人從日邊來。』居然可知，元帝異之。明日集群臣宴會，告以此意，更重問之，乃答曰：『日近。』元帝失色，曰：『爾何故異昨日之言邪？』答曰：『舉目見日，不見長安。』」

早春書情

漸老風光不著人㈠，花蹊柳陌大家春㈡。近來行到門前少㈢，趁暖閑眠似病身㈣。

【校記】

㊀人，席本、胡本作身。

㊁大家，胡本、全詩作早逢。

㊂近，毛本作迎。

㊃身，毛本、席本、胡本、全詩作人。

唐昌觀玉蕊花㊀〔一〕

一樹籠鬆玉刻成〔二〕，飄廊點地色輕輕。女冠夜覓香來處，唯見堦前碎月明㊁。

【校記】

㊀唐昌觀，萬曆本絶句二四無。

㊁碎，全詩校一作壁。

【箋注】

〔一〕考武元衡、楊凝皆有唐昌觀玉蕊花，分別見全唐詩卷三一七、卷二九〇，王建此詩當與武元衡同作於元和九年春。康軿劇談録卷下：「上都安業坊唐昌觀舊有玉蕊花，其花每發，若瑶林瓊樹。元和中，春物方盛，車馬尋玩者相繼。忽一日，有女子年可十七八，衣緑繡衣，乘馬，峨髻雙鬟，無簪珥之飾，容色婉約，迥出衆人……時觀者如堵，咸覺煙霏鶴唳，景物輝煥。舉轡百餘步，有輕風擁至，隨之而去。須臾塵滅，望之已在半空，方悟神仙之遊，餘香不散者經月餘日。時嚴給事休復、元相國、劉賓客、白醉吟俱有聞玉蕊院真人降詩。」據舊唐書楊虞卿傳，大和二年，嚴休復爲給事中，則劇談録所云「元和」爲「大和」之誤。嚴休復唐昌觀玉蕊花折有仙人遊悵然成二絶，見全唐詩卷四六三。白居易酬嚴給事題下自注：「聞玉蕊花下有遊仙絶句。」見白氏長慶集卷二五。元稹、劉禹錫、張籍諸作亦皆有「和嚴給事」字樣，他們的詩皆作於大和年間。王建此詩卻無「和嚴給事」字樣，可知與嚴休復詩無關。玉蕊花究爲何花，衆説不一。程大昌雍録卷一〇：「唐昌觀玉蕊花，長安惟有一株，或詩之曰『一樹瓏鬆玉刻成』，則其葩蕊形似，略可想矣。春花盛時，傾城來賞，至謂有神仙降焉，元、白皆賦詩以實其事，則爲時貴重可知矣。曾端伯曰：『韋應物帖云：「京師重玉蕊花，比至江南，漫山皆是，土人取以供染事，不甚愛惜。」則是江南有花瓏鬆而白，其葉可用以染者，真唐昌之玉蕊矣。』山谷曰：『江南野中有一種小白花，木高數丈，春開極香，野人謂之鄭花。王荆公陋其名，予請名曰山礬。此花之葉自可染黄，不借礬而成色，故以名。』又高齋詩話曰：『玉蕊，即今瑒花也。』予按瑒，雉杏反，玉圭名也，瑒、鄭音近而呼訛耳。吾鄉又呼烏朕花，朕、鄭、瑒亦相近，知一物也。江南凡有山處，即有此花，其葉類木犀，而花白心黄，三四月間著花，芬香滿野，人家籬援，皆斫其枝帶葉束之，稍稍受日，葉遂變黄，取以供染，不藉礬，自成黄色，則魯直之言信矣。至謂僅高三二尺者，蓋土人不以爲材，稍可燃燎，亟樵之不容其長。惟長安以爲貴異，故其幹大於他處，非別種也。予家塾之西，有山礬一株，高可五六丈，春花盛時，瓏鬆耀日，如冬雪凝積，闔一里人家，香風皆滿，比予辛未得第而歸，則爲人所伐矣。乃知唐玉蕊正是人能護養所致，非他處無比之木也。」

〔二〕籠鬆：同瓏璁，玉簪。

【輯評】

苕溪漁隱叢話前集卷四七引高齋詩話：唐人題唐昌觀玉蕊花詩云：「一樹籠鬆玉刻成，飄廊點地色輕輕。女冠夜覓香來處，唯見階前碎月明。」今瑒花即玉蕊花，王介甫以比瑒，謂當用此瑒字，蓋瑒，玉名，取其白耳。魯直又更其名爲山礬，謂可以染也。廬陵段謙叔，多聞士也，家藏異書古刻至多，有楊汝士與白二十二帖云：「唐昌玉蕊，以少故見貴耳。自來江南，山山有之，土人取以供染事，不甚惜也。」則知瑒花之爲玉蕊，斷無疑矣。

葛立方韻語陽秋卷一六：江南野中有小白花，本高數尺，春開極香，土人呼爲瑒花。瑒，玉名，取其白也。魯直云：荆公欲作詩而陋其名，余謂名曰山礬，野人取其葉以染黃，不借礬而成色，故以名爾。嘗有絶句云「高節亭邊竹已空，山礬獨自倚春風」是也。近見曾伯端高齋詩話云：此花即唐昌玉蕊花，所謂「一樹瓏鬆玉刻成，飄廊點地色輕輕」者。以余觀之，恐未必然爾。玉蕊，佳名也，此花自唐流傳至今，當以玉蕊得名，不應捨玉蕊而呼瑒，魯直亦不應捨玉蕊而名山礬也。

豈伯端别有所據邪？

又：瓊花惟揚州后土祠中有之，其他皆聚八仙，近似而非也。鮮于子駿嘗有詩云：「百蘤天下多，瓊花天上希。結根託靈祠，地著不可移。八蓓冠群芳，一株攢萬枝。」而宋次道春明退朝録乃云：瓊花一名玉蕊。按唐朝唐昌觀有玉蕊花，王建詩所謂「女冠夜覺香來處，唯見階前碎月明」是也。長安觀亦有玉蕊花，劉禹錫所謂「玉女來看玉樹花，異香先引七香車」是也。唐内苑亦有玉蕊花，李德裕與沈傳師草詔之夕，屢同賞玩，故德裕詩云「玉蕊天中木，金閨昔共窺」，而沈傳師和篇亦云「曾對金鑾直，同依玉樹陰」是也。由是論之，則玉蕊豈一處有哉？其非瓊花明矣。東坡瑞香詞有「后土祠中玉蕊」之句者，非謂玉蕊花，止謂瓊花如玉蕊之白爾。

楊慎升庵詩話附録：揚州有蕃釐觀，觀中有瓊花，即陳後主所謂玉樹後庭花曲中云「瓊樹朝朝新」也。其花後萎，好奇者云「瓊花無種」，過矣。宋傅子容詩云：「比瑒加礬總未嘉，要須博物似張華。因看異代前賢帖，知是唐昌玉蕊花。」注云：「唐楊汝士云：唐昌觀玉蕊以少故貴。」王汝玉名爲玉蕊，王介甫名爲瑒花，取其白也。山谷名曰山礬，以其可以供染也。即今梔子花。佛經名薝（音膽）蔔花，本草名越桃。劉禹錫詩：「玉女來看玉樹花，異香先行七香車。攀枝弄雪頻回首，驚怪人間日易斜。」張籍詩：「五色雲中紫鳳車，尋仙來到洞仙家。飛輪回首無蹤迹，惟見斑斑滿地花。」王建詩：「一樹瓏璁玉刻成，飄廊點地色輕輕。女冠夜覓香來處，惟見階前碎月明。」注云：「唐元和中，唐昌觀中玉蕊花盛開，有仙女來遊，取數枝飄然而去。」余謂此詩未必然，蓋目劉、張詩有玉女、雲車、飛輪、回首之句，遂傅會其説，又目仙女飄然而去，遂傅會天下無種之説，不知詩人詠物託言也。滇雲處處有之，村姑采插盈路，仙女一何多也。
周珽删補唐詩選脈箋釋會通評林卷五六：周敬曰：詠物詩之最雋永者。

眼病寄同官

天寒眼病少心情㈠，隔霧看人夜裏行。年少往來常不住，牆西凍地馬蹄聲。

【校記】

㈠病，萬曆本絶句二一四、明鈔本、胡本、全詩作痛。

九日登叢臺〔一〕

平原池閣在誰家〔二〕，雙塔叢臺野菊花。零落故宫無入路，西來澗水繞城斜〔三〕。

【箋注】

〔一〕叢臺，戰國趙築，在邯鄲。漢書鄒陽傳鄒陽上吴王書：「夫全趙之時，武力鼎士袨服叢臺之下者一旦成市。」酈道元水經注卷一〇濁漳水：「其水又東逕叢臺南，六國時趙王之臺也。

郡國志曰：邯鄲有叢臺，故劉劭趙都賦曰『結雲閣於南宇，立叢臺於少陽』者也。今遺基舊墉尚在。」李吉甫元和郡縣圖志卷一五磁州：「叢臺在（邯鄲）縣城內東北隅。」

〔二〕平原：謂戰國時趙國平原君趙勝，趙武靈王子，惠文王弟，封於東武城，號平原君。三爲趙相，相傳有食客三千人。史記有傳。

〔三〕澗水：指拘澗水。水經注卷一〇濁漳水：「白渠水出魏郡武安縣欽口山，東南流逕邯鄲縣南，又東與拘澗水合。水導源武始東山白渠，北俗猶謂是水爲拘河也。拘澗水又東，又有牛首水入焉，水出邯鄲縣西堵山，東流分爲二水，洪湍雙逝，澄映兩川。」

題酸棗縣蔡中郎碑㊀〔一〕

蒼苔滿字土埋龜㊁〔二〕，風雨消磨絶妙詞〔三〕。不是圖經中舊見㊂，無人知是蔡邕碑。

【校記】

㊀酸棗縣，萬曆本絶句二四無。

㊁土，原作字，據百家一三、絶句、毛本、胡本、全詩改。

㊂是，百家、絶句、毛本、席本、胡本、全詩作向。

【箋注】

〔一〕酸棗，李吉甫元和郡縣圖志卷八滑州：「酸棗縣，本秦舊縣，屬陳留郡，以地多酸棗，其仁入藥用，故名。」蔡中郎，蔡邕，字伯喈，東漢靈帝時拜郎中，後爲董卓召爲祭酒，累遷中郎將，以卓黨死獄中。後漢書有其傳。水經注卷八濟水：「（酸棗）城内有後漢酸棗令劉孟陽碑。」嚴可均輯蔡中郎集有酸棗令劉熊碑，此詩之蔡中郎碑當即此。

〔二〕龜：指龜趺，刻成龜形的碑座。

〔三〕絶妙詞：劉敬叔異苑卷一〇：「孝女曹娥者，會稽上虞人也，父盱，能絃歌爲巫。安帝二年五月五日，於縣江泝濤迎婆娑神，溺死，不得屍骸。娥年十四，乃緣江號哭，晝夜不絶聲，七日遂投江而死，三日後與父屍俱出。至元嘉元年，縣長度尚，改葬娥於江南道傍，爲立碑焉。陳留蔡邕字伯喈，避難過吳，讀曹娥碑文，以爲詩人之作，無詭妄也。因刻石旁作『黄絹幼婦，外孫韲臼』八字。魏武見而不能了，以問群僚，莫有解者。有婦人浣於江渚，曰：『第四車解。』既而禰正平也，衡即以離合義解之。或謂此婦人即娥靈也。」劉義慶世説新語捷悟云楊修解曰：「黄絹，色絲也，於字爲絶。幼婦，少女也，於字爲妙。外孫，女子也，於字爲好。韲臼，受辛也，於字爲辤（按：即辭之異體字）。所謂『絶妙好辭』也。」

江陵使至汝州〔一〕

迴看巴路在雲間，寒食離家麥熟還。日暮數峰青似染，商人説是汝州山。

【箋注】

〔一〕江陵，春秋楚郢都，漢爲南郡治所，唐上元元年升荆州爲江陵府，治所即江陵。汝州，漢梁縣，北魏汝北郡，北齊改汝陰，隋置汝州，以境内有汝水而名。

【輯評】

俞陛雲詩境淺説續編二：詩言行役巴江，迨東返汝州，已閲三月之久。遥見暮山横黛，商人指點，知已到汝州。凡遊子遠歸，未見家園，先見天際鄉山一抹，若迎客有情，爲之色喜，宜文昌（按：俞陛雲誤以此詩爲張籍詩）之欣然入詠也。

宫人斜㊀〔一〕

未央牆西青草路〔二〕，宫人斜裏紅粧墓。一邊載出一邊來，更衣不減尋常數〔三〕。

【校記】

㊀ 此詩宋本無，據王建詩集九繆荃孫補遺、萬曆本絶句二四、明鈔本、席本、全詩三〇一補。

【箋注】

〔一〕宋敏求春明退朝録卷上：「唐内人墓謂之宫人斜，四仲遣使者祭之。（原注：見唐人文集）」

〔二〕未央：漢宫名。高祖七年蕭何主持營建，倚龍首山前建前殿，周圍二十八里。王莽時改名壽成室，末年毁於兵火。隋唐時曾加修葺。程大昌雍録卷二：「唐正觀七年，帝從太上皇置酒故漢未央宫……予嘗怪是宫建於漢，至正觀間幾八百年，中間離亂甚多，理自不存。……又隋文帝移都大興城，因其遺址增修宫側未央池……敬宗寶曆二年修未央宫，掘地獲白玉床，其長六尺，則寶曆固嘗葺治矣。武宗會昌元年因遊畋至未央宫，見其遺址，詔葺之，總三百四十有九間。作正殿曰通光，其東曰詔芳亭，西曰凝思亭，立端門，其内門揭未央宫名，命翰林學士裴素撰記。」

〔三〕更衣：漢書東方朔傳：「後乃私置更衣，從宣曲以南十二所，中休更衣，投宿諸宫。」顔師古注：「爲休息易衣之處，亦置宫人。」後遂以侍奉皇帝日常生活的宫女稱更衣，如元稹和李校書新題樂府十二首上陽白髮人：「十中有一得更衣，永配深宫作宫婢。」

春詞㊀

良人早朝半夜起㊁，櫻桃如珠露如水。下堂把火送郎回，移枕重眠曉窗裏。

【校記】

㊀此詩原缺，據王建詩集九繆荃孫補遺、萬曆本絶句二四、明鈔本、席本、全詩三〇一補。

㊁早朝，全詩作朝早。

【輯評】

沈雄古今詞話詞話上卷：錢謙益曰：白樂天江南春詞：「青門柳枝軟無力，東風吹作黄金色。街前酒薄醉易醒，滿眼春愁消不得。」王仲初江南春詞：「良人早朝夜半起，櫻桃如珠露如水。下堂把火送郎歸，移枕重眠曉窗裏。」未曾見有律作詞者。兩首畢竟是詞而非詩，阿那曲本此。

又：兹載劉禹錫之平韻江南春云：「新妝宜面下朱樓，深鎖春光一院愁。行到中庭數花朵，蜻蜓飛上玉搔頭。」又後朝元之江南春云：「越王宫裏如花人，越水溪頭采白蘋。白蘋未盡秋風起，誰見江南春復春。」按劉夢得爲答王仲初之作，仲初與樂天俱賦仄韻，而兹以平韻正之。後朝元又是一種感慨所係矣。（按：後朝元，嘉靖本萬首唐人絶句卷三六作後朝光，全唐詩卷七七三作冷朝光，可知「元」爲「光」之誤。）

野池㊀

野池水滿連秋堤，菱花結實蒲葉齊〔一〕。川口雨晴風復止，蜻蜓上下魚東西。

【校記】

㊀此詩宋本無，據王建詩集九繆荃孫補遺、萬曆本絶句二四、明鈔本、席本、全詩三〇一補。

【箋注】

〔一〕菱花：菱之花。菱爲水生草本植物，又名芰，果實有硬殼，四角或兩角，俗稱菱角。蒲：香蒲，草名，叢生水際，根、莖可食，葉可編製蓆子等。

别曲㊀

毒蛇在腸瘡滿背，去年别家今别弟。馬頭對哭各東西，天邊柳絮無根蒂。

【校記】

㊀此詩宋本無，據王建詩集九繆荃孫補遺、萬曆本絶句二四、明鈔本、席本、全詩三〇一補。

歸山莊㈠

長安寄食半年餘，重向人邊乞薦書。山路獨歸衝夜雪，落斜騎馬避柴車〔一〕。

【校記】

㈠此詩宋本無，據王建詩集九繆荃孫補遺、萬曆本絶句二四、明鈔本、席本、全詩三〇一補。

【箋注】

〔一〕落斜：身體歪在一邊。柴車：簡陋無飾的車子。韓詩外傳卷一〇：「駑馬柴車，可得而乘也。」

寒食憶歸㈠

京中曹局無多事〔一〕，寒食貧兒要在家。遮莫杏園勝別處〔二〕，亦須歸看傍村花。

【校記】

㈠此詩宋本無，據王建詩集九繆荃孫補遺、萬曆本絶句二四、明鈔本、席本、全詩三〇一補。按：此詩全唐詩卷三八六又作張籍，題注：「以下二首見歲時雜詠。」然明刊本張集不載，古今歲時雜詠卷一二無作者姓名，萬首唐人絶句作王建，當是王建作。

【箋注】

〔一〕曹局：謂官署。

〔二〕遮莫：羅大經鶴林玉露丙編卷一：「詩家用遮莫字，蓋今俗語所謂儘教者是也。故杜陵詩云『已拚野鶴如雙鬢，遮莫鄰雞下五更』，言鬢如野鶴，已拚老矣，儘教鄰雞下五更，日月逾邁不復惜也。而乃有用爲禁止之辭者，誤矣。」杏園：在曲江之西。康軿劇談録卷下：「曲江本秦世隑州，開元中疏鑿，遂爲勝境。其南有紫雲樓、芙蓉苑，其西有杏園、慈恩寺。花卉環周，煙水明媚。」張禮遊城南記：「出〔慈恩〕寺，涉黄渠，上杏園，望芙蓉園，過杜祁公家廟。」自注：「杏園與慈恩寺南北相值，唐新進士多遊宴於此。芙蓉園在曲江之西南，隋離宮也，與杏園皆秦宜春下苑之地。」

題崔秀才里居㈠

自知名出休呈卷〔一〕，愛去人家遠處居。時復打門無別事，鋪頭來索買殘書〔二〕。

【校記】

㈠此詩宋本無，據王建詩集九繆荃孫補遺、萬曆本絶句二四、明鈔本、席本、全詩三〇一補。

【箋注】

〔一〕呈卷：指向達官顯人呈投文卷。趙彦衛雲麓漫鈔卷八：「唐之舉人，先借當世顯人以姓名達之主司，然後以所業投獻，逾數日又投，謂之温卷。」計有功唐詩紀事卷六五裴説：「唐舉子先投所業於公卿之門，謂之行卷。説只行五言詩一卷。」宋史選舉志一：「賈昌朝言：『自唐以來，禮部采名譽，觀素學，故預投公卷。今有封彌、謄録法，一切考諸試篇，則公卷可罷。』自是不復有公卷。」

〔二〕鋪頭：店鋪主人。此句是説店鋪主人來向崔秀才催要買殘書的錢。

酬柏侍御答酒㊀〔一〕

茱萸酒法大家同〔二〕，好事盛來白椀中㊁。這度自知顔色重，不消詩裏弄溪翁。

【校記】

㊀此詩宋本無，據王建詩集九繆荃孫補遺、萬曆本絶句二四、明鈔本、席本、全詩三〇一補。

㊁事，全詩作是。

【箋注】

〔一〕柏侍御爲柏元封，參見卷四酬柏侍御聞與韋處士同遊靈臺寺見寄詩注。

〔二〕茱萸：植物名，有山茱萸、吴茱萸、食茱萸三種。生於山谷，其味香烈。古俗九月九日佩戴茱萸，以驅邪避災。亦可用以泡酒，稱茱萸酒。劉敬叔異苑卷六載晉新野庾紹之，與南陽宋協爲中表之親，紹之病亡，其鬼魂詣協，協時時餌茱萸酒，因爲設之，紹之執杯换置之，云「有茱萸氣。」協曰：「卿惡之邪？」紹之云：「上官皆畏之，非獨我也。」三年後宋協卒。

别藥欄㈠

芍藥丁香手裏栽〔一〕，臨行一日繞千回。外人應怪難辭别，總是山中自取來。

【校記】

㈠此詩宋本無，據王建詩集九繆荃孫補遺、萬曆本絶句二四、明鈔本、席本、全詩三〇一補。

【箋注】

〔一〕芍藥：植物名。詩經鄭風溱洧：「維士與女，伊其相謔，贈之以勺藥。」崔豹古今注卷下：「芍藥一名可離，故將别以贈之。」丁香：植物名，灌木，花蕾叢生，紫或白色。李商隱代贈二首一：「芭蕉不展丁香結，同向春風各自愁。」

長門〔一〕〔一〕

長門閉定不求生，燒卻頭花卸却箏。病卧玉窗秋雨下，遥聞别院送人聲〔二〕。

【校記】

〔一〕此詩宋本無，據王建詩集九繆荃孫補遺、萬曆本絶句二四、明鈔本、席本、全詩三〇一補。

〔二〕送，絶句、全詩作唤。

【箋注】

〔一〕長門，漢宫名。竇太后獻長門園，武帝更名長門宫。陳皇后失寵於武帝，别居長門宫，樂府因之有長門怨。此詩蓋以樂府舊題寫遭遺棄之後宫妃嬪之命運。

題渭亭〔一〕〔一〕

雲開遠水傍秋天，沙岸蒲帆隔野煙〔二〕。一片蔡州青草色，日西鋪在古臺邊。

【校記】

〔一〕此詩宋本無，據王建詩集九繆荃孫補遺、萬曆本絶句二四、明鈔本、席本、全詩三〇一補。

【箋注】

〔一〕渭亭自當在渭水邊，然詩云「一片蔡州青草色」，蔡州距渭水遠矣，可謂風馬牛不相及也。詩云「沙岸蒲帆隔野煙」，渭河中亦無帆船，所寫景象當屬江漢一帶。故疑若非題目有誤，則即「蔡州」字有誤，或兩者皆有誤。疑「州」爲「洲」之訛，「渭」爲「淯」之訛，淯、渭形近所致。淯水爲漢水支流，於襄陽匯入漢水。淯亭當建在淯水入漢水處。襄陽有蔡洲，酈道元水經注卷二八沔水：「沔水又東南逕蔡洲，漢長水校尉蔡瑁居之，故名蔡洲。洲東岸西有洄湖，停水數十畮，長數里，廣減百步，水色常緑，楊儀居上洄，楊顒居下洄，與蔡洲相對。」詩末句又提到「古臺」，水經注卷二八沔水又載：「水南有層臺，號曰景升臺，蓋劉表治襄陽之所築也。言表盛遊於此，常所止憩，表性好鷹，嘗登此臺，歌野鷹來曲。」

〔二〕蒲帆：蒲草織成的船帆。李肇唐國史補卷下：「揚子、錢塘二江者，則乘兩潮發櫂，舟船之盛，盡於江西，編蒲爲帆，大者或數十幅，自白沙泝流而上，常待東北風，謂之潮信。」李賀江南弄：「水風浦雲生老竹，渚暝蒲帆如一幅。」

喜過祥山館〔一〕

夜過深山算驛程，三回黑地聽泉聲。自離軍馬身輕健〔二〕，得向溪邊盡足行。

【校記】

㊀此詩宋本無，據王建詩集九繆荃孫補遺、萬曆本絶句二四、明鈔本、席本、全詩三〇一補。萬曆本絶句題作喜祥山館，全詩作過喜祥山館。

㊁軍，絶句作車。

【箋注】

〔一〕無論祥山還是喜祥山，皆不詳所在。疑詩題當作過吉祥山館。吉祥山，嘉慶重修一統志卷三二五瑞州府：「吉祥山，在新昌縣北五十里，一名瑞雲山，唐悟本禪師居此中，有泉曰聰明泉，又有吉祥院。」

雨中寄東溪韋處士㊀

雨中溪破無乾地，浸著牀頭濕著書。一個月來山水隔，不知茅屋若爲居。

【校記】

㊀此詩宋本無，據王建詩集九繆荃孫補遺、萬曆本絶句二四、明鈔本、席本、全詩三〇一補。

乞竹㈠

乞取池西三兩竿，房前栽著病時看。亦知自惜難判割，猶勝横根引出欄。

【校記】

㈠此詩宋本無，據王建詩集九繆荃孫補遺、萬曆本絶句二四、明鈔本、席本、全詩三〇一補。

人家看花㈠

年少踈狂逐君馬㈡，去來憔悴到京華。恨無閑地栽仙藥，長傍人家看好花。

【校記】

㈠此詩宋本無，據王建詩集九繆荃孫補遺、萬曆本絶句二四、明鈔本、席本、全詩三〇一補。

㈡踈狂，絶句、全詩作狂疏。

未央風㈠〔一〕

五更先起玉階東，漸入千門萬户中。總向高樓吹舞袖，秋風還不及春風。

【校記】

㊀此詩宋本無，據王建詩集九繆荃孫補遺、萬曆本絶句二四、明鈔本、席本、全詩三〇一補。

【箋注】

〔一〕未央，漢宮名。高祖七年蕭何主持營建，倚龍首山前建前殿，周圍二十八里，漢末毀於兵火。隋唐時曾加修葺。

送遷客㊀〔一〕

萬里潮州一逐臣，悠悠青草海邊春。天涯莫道無回日，上嶺還逢向北人〔二〕。

【校記】

㊀此詩宋本無，據王建詩集九繆荃孫補遺、萬曆本絶句二四、明鈔本、席本、全詩三〇一補。

【箋注】

〔一〕據首句「萬里潮州一逐臣」，此遷客爲貶謫潮州者。舊唐書憲宗紀下：「（元和十四年正月丁亥）迎鳳翔法門寺佛骨至京師，留禁中三日，乃送諸寺。王公士庶奔走捨施如不及。刑部侍郎韓愈上疏極陳其弊，癸巳，貶愈爲潮州刺史。」貶潮州者除韓愈外，前有常袞，在德宗大曆十四年；後有楊嗣復，在武宗會昌元年。前太早，後太遲，故此貶潮州者只能是韓愈。

〔二〕嶺：指大庾嶺，五嶺之一，唐代爲通粵的要道。張九齡督所屬開鑿新路，多植梅樹，故又名梅嶺。

廢　寺㊀

廢寺亂來爲縣驛，荒松老柏不生煙。空廊屋漏畫僧盡，梁上猶書天寶年。

【校記】

㊀此詩宋本無，據王建詩集九繆荃孫補遺、萬曆本絶句二四、明鈔本、席本、全詩三〇一補。

題禪師房㊀

浮生不住葉隨風，填海移山總是空〔一〕。長向人間愁老病，誰來閒坐此房中。

【校記】

㊀此詩宋本無，據王建詩集九繆荃孫補遺、萬曆本絶句二四、明鈔本、席本、全詩三〇一補。

【箋注】

〔一〕填海移山：釋法雲翻譯名義集卷二鬼神篇：「光明疏云：神者能也，大力者能移山填海，小力者能隱顯變化。」

看石楠花㊀〔一〕

留得行人望卻歸，雨中須是石楠枝。明朝獨上銅臺路〔二〕，容見花開少許時。

【校記】

㊀此詩宋本無，據王建詩集九繆荃孫補遺、萬曆本絶句二四、明鈔本、席本、全詩三〇一補。

【箋注】

〔一〕石楠，亦作石南，植物名。太平御覽卷九六一引魏王花木記：「南方記：石南樹，野生，二月花，仍連著實，如燕子，八月熟，民採之，日炙乾，取皮，作魚羹，和之尤美。出九真。」

〔二〕銅臺：銅雀臺，曹操所建，在鄴城。酈道元水經注卷一〇濁漳水：「城之西北有三臺，皆因城爲之基，巍然崇舉，其高若山，建安十五年魏武所起，平坦略盡。……中曰銅雀臺，高十丈，有屋百一間。臺成，命諸子登之，並爲賦。……南則金虎臺，高八丈，有屋百九間。北曰冰井臺，亦高八丈，有屋百四十五間。」

長安縣後亭看畫(一)〔一〕

水凍橫橋冰滿池(二)，新排石筍繞笆籬〔二〕。縣門斜掩無人到(三)，看畫雙飛白鷺鶿(四)。

【校記】

(一) 此詩宋本無，據王建詩集九繆荃孫補遺、萬曆本絶句二四、明鈔本、席本、全詩三〇一補。亭，繆補、席本作庭，據絶句、全詩改。

(二) 冰，絶句、全詩作雪。

(三) 到，絶句、全詩作吏。

(四) 雙飛，繆補、席本作雙雙，據絶句、全詩改。

【箋注】

〔一〕長安縣，新唐書地理志一京兆府：「長安，赤。總章元年析乾封縣，長安二年省。」

〔二〕石筍：挺直的大石，其狀如筍，故名。園林中用作景觀。

贈趙侍御㊀

年少同爲鄴下遊〔一〕，閑尋野寺醉登樓。别來衣馬從勝舊，争向邊塵白滿頭㊁〔二〕。

【校記】

㊀ 此詩宋本無，據王建詩集九繆荃孫補遺、萬曆本絶句二四、明鈔本、席本、全詩三〇一補。贈，全詩作酬。

㊁ 白滿，絶句、全詩作滿白。

【箋注】

〔一〕 鄴下：鄴縣，漢屬魏郡。魏置鄴都，與長安、譙、許昌、洛陽合稱五都。晉改臨漳，隋復爲鄴縣，唐時屬相州。趙侍御未詳何人。

〔二〕 争：張相詩詞曲語辭彙釋卷二：「争，猶怎也。自來謂宋人用怎字，唐人只用争字。唐玄宗題梅妃畫真詩：『霜綃雖似當時態，争奈嬌波不顧人。』白居易題峽中石上詩：『誠知老去風情少，見此争無一句詩。』」

鑷白㊀

總道老來無用處，何須白髮在前生。如今不用偷年少，拔卻三莖又五莖。

【校記】

㊀此詩宋本無，據王建詩集九繆荃孫補遺、萬曆本絶句二四、明鈔本、席本、全詩三〇一補。

江館對雨㊀

鳥聲愁雨似秋天，病客思家一向眠〔一〕。草館門前廣州路㊁〔二〕，夜聞蠻語小江邊〔三〕。

【校記】

㊀此詩宋本無，據王建詩集九繆荃孫補遺、萬曆本絶句二四、明鈔本、席本、全詩三〇一補。

㊁館，繆補、席本作閣，據絶句、全詩改。前，絶句、全詩作臨。

【箋注】

〔一〕一向：張相詩詞曲語辭彙釋卷三：「一向，猶云一味或一意也。白居易昭君怨詩：『自是君恩如紙薄，不須一向恨丹青。』一向恨，猶云一味恨也。王建江館對雨詩：『鳥聲愁雨似秋天，病客思家一向眠。』猶云一味眠也。」

〔二〕廣州：府名。秦漢置南海郡，三國吴置廣州，晋爲廣州南海郡，唐屬嶺南道。

〔三〕蠻語：南方少數民族的語言。劉義慶世説新語排調：「郝隆爲桓公南蠻參軍，三月三日會，作詩，不能者罰酒三升。隆初以不能受罰，既飲，攬筆便作一句云『娵隅躍清池』。桓問：『娵隅是何物？』答曰：『蠻名魚爲娵隅。』桓公曰：『作詩何以作蠻語？』隆曰：『千里投公，始得蠻府參軍，那得不作蠻語也？』」

雨過山村㊀

雨裏雞鳴一兩家，竹溪村路板橋斜。婦姑相喚浴蠶去〔一〕，閑著中庭梔子花㊁〔二〕。

【校記】

㊀ 此詩宋本無，據王建詩集九繆荃孫補遺、萬曆本絶句二四、明鈔本、席本、全詩三〇一補。

㊁ 著，席本、全詩作看。

【箋注】

〔一〕浴蠶：育蠶選種的一種方法，即將蠶種浸於鹽水或以野菜花、韭花、白豆花製成的液體中，汰弱留强，以進行選種。陳潤東都所居寒食下作：「浴蠶看社日，改火待清明。」陳元靚歲時廣記卷八「立春浴蠶種」：「博聞録：閩俗以立春日採五果枝並桑柘枝燒灰，淋水候冷，以浴蠶種藏之，或只以五果置灰汁中，亦得，但配其成實之義也。」

〔二〕梔子：植物名。李時珍本草綱目卷三六：「今南方及西蜀州郡皆有之，木高七八尺，葉似李而厚硬，又似樗蒲子，二三月生白花，花皆六出，甚芬香，俗説即西域薝蔔也。」

江陵道中㊀〔一〕

菱葉參差萍葉重〔一〕，新蒲半折夜來風。江村水落平地出，溪畔魚船青草中㊁。

【校記】

㊀此詩宋本無，據王建詩集九繆荃孫補遺、萬曆本絶句二四、明鈔本、席本、全詩三〇一補。

㊁魚，全詩作漁。

【箋注】

〔一〕菱：水生植物名，説文作蔆，果實有硬殼，俗稱菱角。司馬相如上林賦：「唼喋菁藻，咀嚼菱藕。」萍：浮萍，又稱水萍，水生植物名。禮記月令季春之月：「虹始見，萍始生。」

送山人二首㊀〔一〕

嵩山古寺離來久〔二〕，回見溪橋野葉黄。辛苦老師看守處，爲懸秋藥閉空房。

【校記】

㊀此二詩宋本無，據王建詩集九繆荃孫補遺、萬曆本絶句二四、明鈔本、席本、全詩三〇一補。

【箋注】

〔一〕此「山人」當即送鄭山人歸山之鄭山人，結合三詩觀之，其爲潁陽人，隱居嵩山。其名未詳。此二詩寫鄭山人出山赴朝廷徵召，送鄭山人歸山則寫其辭官再回嵩山故居。

〔二〕嵩山：又稱嵩高，五嶽之一，東曰太室，西曰少室，統稱嵩高。少林寺在少室山北麓，北魏孝文帝太和十九年建，爲嵩山著名古寺。尚有法王寺、嵩嶽寺等。參嘉慶重修一統志卷二〇六河南府。

山客狂來跨白驢，袖中遺却潁陽書〔一〕。人間亦有妻兒在，抛卻嵩陽古觀居㊀〔二〕。

【校記】

㊀ 卻，絶句、全詩作向。

【箋注】

〔一〕潁陽：地名，因在潁水之北，故名。秦置縣，漢屬潁川郡，唐屬潁州。新唐書藝文志三曆算類：「邢和璞潁陽書三卷。」注：「隱潁陽石堂山。」邢和璞爲開元、天寶時人，見舊唐書方伎傳張果及僧一行等書。

〔二〕嵩陽：嘉慶重修一統志卷二〇六河南府：「嵩陽宫，在登封縣北，北魏太和八年建，曰嵩陽寺，唐改爲觀，宋改天封觀，元至元間改曰嵩陽宫。宫前石幢載唐明皇求仙得藥事。有古柏三株，相傳漢武帝登嵩時封三將軍柏，今存其二，大者七人圍，次者五人圍。唐徐浩八分書嵩陽觀聖德感應頌石刻尚存，即今嵩陽書院也。」

揚州尋張籍不見㊀〔一〕

別後知君在楚城，揚州寺裏覓君名〔一〕。西江水闊吴山遠〔二〕，卻打船頭向北行。

【校記】

㊀ 此詩宋本無，據王建詩集九繆荃孫補遺、萬曆本絶句二四、明鈔本、席本、全詩三〇一補。

【箋注】

〔一〕揚州寺：泛指揚州的寺院。揚州寺院有禪智、山光、西靈、大明等。

〔二〕西江：西來的江水，指長江。吴山：泛指吴地之山。吴地即今江浙一帶。

宿長安縣後齋㊀

新向金階奏罷兵㊁〔一〕，長安縣裏遶池行。喜歡得伴山僧宿，看雪吟詩直到明。

【校記】

㊀此詩宋本無，據王建詩集九繆荃孫補遺、萬曆本絶句二四、明鈔本、席本、全詩三〇一補。

㊁奏，明鈔本、席本作走。

【箋注】

〔一〕金階：臺階的美稱。此以指宫廷的臺階。

留別張廣文㊀〔一〕

謝恩身入鳳凰城㊁，亂定相逢合眼明。千萬求方好將息，杏花寒食的同行㊂〔二〕。

【校記】

㊀此詩宋本無，據王建詩集九繆荃孫補遺、萬曆本絶句二四、明鈔本、席本、全詩三〇一補。

㊁身，絶句、全詩作新。

㊂的，繆補、席本作約，據絶句、全詩改。

【箋注】

〔一〕張籍元和十年冬爲國子監助教，病眼三年，一度罷官閑居，改廣文館博士，元和十五年轉官祕書省祕書郎，長慶元年春爲國子博士。此詩正作於張籍爲廣文館博士時。又云「亂定」，指平定淮西亂事，故可判定此詩作於元和十三年。

〔二〕的：張相詩詞曲語辭彙釋卷四：「的，猶準或確也，定也，究也。……白居易出齋日喜皇甫十早訪：『除卻朗之攜一榼，的應不是别人來』，的應，定應也。又百日假滿：『但拂行衣莫回顧，的無官職趁人來』，的無，定無也。」

送鄭山人歸山㊀

玉作車轅蒲作輪〔一〕，當初不起潁陽人㊁〔二〕。一家總入嵩山去，天子何因得諫臣㊂〔三〕。

【校記】

㈠此詩宋本無，據王建詩集九繆荃孫補遺、萬曆本絕句二四、明鈔本、席本、全詩三〇一補。

㈡起，繆補、席本作記，據絕句、全詩改。

㈢何因，繆補、席本作因何，據絕句、全詩改。

【箋注】

〔一〕蒲作輪：以蒲草裹輪，使車行安穩。漢書武帝紀建元元年：「議立明堂。遣使者安車蒲輪，束帛加璧，徵魯申公。」

〔二〕潁陽：地名，因在潁水之北，故名。秦置縣，漢屬潁川郡，唐屬潁州。潁陽當是鄭山人的家鄉。

〔三〕諫臣：掌諫諍的官員。班固白虎通義諫諍：「君至尊，故設輔弼置諫官。」歷代之設不一，漢唐皆有諫議大夫，唐又有補闕、拾遺，皆爲諫官。

傷墮水烏㈠

一烏墮水百烏啼，相弔相號繞故堤。眼見行人車輾過㈡，不妨同伴各東西。

【校記】

㈠此詩宋本無，據王建詩集九繆荃孫補遺、萬曆本絶句二四、明鈔本、席本、全詩三〇一補。

㈡輾，繆補、席本作轍，據絶句、全詩改。

尋補闕舊宅㈠〔一〕

知得清名二十年，登山上阪乞新篇。除書近拜侍臣去，空院鳥啼風竹前㈡。

【校記】

㈠此詩宋本無，據王建詩集九繆荃孫補遺、萬曆本絶句二四、明鈔本、席本、全詩三〇一補。

㈡空，明鈔本、席本作宫。

【箋注】

〔一〕補闕謂李渤。舊唐書李渤傳：「隱於嵩山，以讀書業文爲事。元和初，户部侍郎鹽鐵轉運使李巽、諫議大夫韋況更薦之，以山人徵爲左拾遺，渤托疾不赴，遂家東都。……九年，以著作郎徵之，詔曰：『特降新恩，用清舊議。』渤於是赴官。歲餘，遷右補闕……十二年，遷贊善大夫。」李渤舊宅在洛陽，此詩爲王建知右巡至洛陽作。李渤元和初得名，至寶曆二年，與詩「知得清名二十年」正合。補闕爲官名，職務爲侍從諷諫，分左右補闕，見舊唐書職官志二。

（補闕爲李渤見陶敏全唐詩人名彙考）

山店㊀

登登山路何時盡㊁〔一〕，決決溪泉到處聞〔二〕。風動葉聲山犬吠，一家松火隔秋雲㊂。

【校記】

㊀此詩宋本無，據王建詩集九繆荃孫補遺、萬曆本絶句二四、明鈔本、席本、全詩三〇一補。

㊁山，絶句、全詩作石。

㊂一，全詩校一作幾。按：全唐詩題下注曰：「一作盧綸詩。」卷二八〇確又收作盧綸詩，注曰：「一作王建詩。」萬首唐人絶句收作王建詩，當從之。

【箋注】

〔一〕登登：石磴重重貌。

〔二〕決決：水流淌貌。

初冬旅遊㈠

遠投人宿趁房遲，僮僕傷寒馬亦飢。爲客悠悠十月盡，莊頭栽竹已過時。

【校記】

㈠此詩宋本無，據王建詩集九繆荃孫補遺、萬曆本絶句二四、明鈔本、席本、全詩三〇一補。

華嶽廟二首㈠〔一〕

女巫遮客買神盤〔二〕，争取琵琶廟裏彈。聞有馬蹄生柏樹，路人來去向南看。

【校記】

㈠此二詩宋本無，據王建詩集九繆荃孫補遺、萬曆本絶句二四、明鈔本、席本、全詩三〇一補。

【箋注】

〔一〕華嶽廟，酈道元水經注卷九沁水：「漢高帝元年爲殷國，二年爲河内郡，王莽之後隊，縣曰平野矣。魏懷州刺史治，皇都遷洛，省州復郡。水北有華嶽廟，廟側有攢柏數百根，對郭臨川，負岡蔭渚，青青彌望，奇可翫也，懷州刺史頓丘李洪之之所經構也。廟有碑焉，是河内郡功曹山陽荀靈龜以和平四年造，天安元年立。」

〔二〕神盤：供神的祭物。

自移西嶽門長鎖〔一〕，一箇行人一遍開。古廟參天今見在㊀，夜頭風起覺神來。

【校記】

㊀古，繆補、席本作上，據絶句、全詩改。

【箋注】

〔一〕西嶽：華山。華山亦有華嶽廟，資治通鑑卷二五〇唐懿宗咸通八年：「宣歙觀察使楊收過華嶽廟，施衣物，使巫祈禱，縣令誣以爲收罪。」胡三省注：「華嶽廟在華州華陰縣。」

新授戒尼師㊀

新短方裙疊作稜，聽鐘洗鉢繞青蠅㊁〔一〕。自知戒相分明後〔二〕，先出壇場禮大僧〔三〕。

【校記】

㊀此詩宋本無，據王建詩集九吴慈培手鈔本補遺、萬曆本絶句二四、統籤三五二、全詩三〇一補。

㈡ 洸，絶句作灑。

【箋注】

〔一〕青蠅：蒼蠅之一種。詩經小雅青蠅：「營營青蠅，止于樊。」

〔二〕戒相：指佛教戒律的具體表現，即隨行持戒，一切行止皆如法。釋道世法苑珠林卷三〇入道篇：「蓋形不顧飾玩，隨用安身，不存名利，抑遏三毒，制止八音，三千威儀，五百戒相，動靜合宜，皆有法式。」

〔三〕大僧：釋法雲翻譯名義集卷一：「摩云：尼不作本法者，得戒得罪，法出大僧，但使僧法成就，自然得戒。所以先令作本法者，正欲生其信心，爲受戒方便耳。」

太和公主和蕃㈠〔一〕

塞黑雲黄欲渡河，風沙眯眼雪相和。琵琶淚濕行聲小〔二〕，斷得人腸不在多。

【校記】

㈠ 此詩宋本無，據王建詩集九吴慈培手鈔本補遺、萬曆本絶句二四、統籤三五二、全詩三〇一補。

【箋注】

〔一〕舊唐書穆宗紀：「（長慶元年五月）皇妹太和公主出降回紇登羅骨没施合毗伽可汗，甲子，命金吾大將軍胡証充送公主入回紇使，兼册可汗。又以太府卿李銳爲入回紇婚禮使。」新唐書諸帝公主傳憲宗十八女：「定安公主，始封太和，下嫁回鶻崇德可汗，會昌三年來歸。」

〔二〕琵琶：藝文類聚卷四二石崇明君辭序：「王明君者，本爲王昭君，以觸文帝諱改之。匈奴盛，請婚於漢，元帝以明君配焉。昔公主嫁烏孫，令琵琶馬上作樂，以慰其道路之思，其送明君亦必爾也。」

元太守同遊七泉寺㊀〔一〕

盤磴回廊古塔深，紫芝紅藥入雲尋〔二〕。晚吹簫管秋山裏，引得獮猴出象林㊁〔三〕。

【校記】

㊀此詩宋本無，據王建詩集九吴慈培手鈔本補遺、萬曆本絶句二四、統籤三五二、全詩三〇一補。

㊁象，全詩校一作橡，當是。

【箋注】

〔一〕元太守爲邢州刺史元誼。新唐書地理志三邢州平鄉縣注：「貞元中，刺史元誼徙漳水，自州東二十里出，至鉅鹿北十里入故河。」因此亦可知此七泉寺在邢州或鄰州。嘉慶重修一統志卷一九六彰德府：「七泉，在林縣東南，七泉社地出泉，有七竅。」清彰德府，唐時爲相州，相、邢毗臨，或即此。

〔二〕紫芝：菌類植物。相傳爲仙藥。樂府詩集卷五八採芝操解題：「琴集曰：採芝操，四皓所作也。」詩云：「巖居穴處，以爲幄茵。曄曄紫芝，可以療飢。」紅藥：即芍藥。

〔三〕獼猴：又名沐猴、母猴。楚辭淮南小山招隱士：「獼猴兮熊羆，慕類兮以悲。」象林：「象」當作「橡」。橡爲木名，其果實稱橡實、橡栗。重修政和證類本草卷一四：「橡實，味苦，微温，無毒，主下痢……並堪染用。一名杼斗，槲櫟皆有斗，以櫟爲勝。所在山谷皆有。」李時珍本草綱目卷三〇：「櫟有兩種：一種不結實者，其名曰棫，其木心赤……一種結實者，其名曰栩，其實爲橡。」

望定州寺㊀〔一〕

回看佛閣青山半，三四年前到上頭。省得老僧留不住，重尋更可有因由㊁。

【校記】

㊀此詩宋本無，據王建詩集九吳慈培手鈔本補遺、萬曆本絶句二四、統籤三五二、全詩三〇一補。

㊁更可，全詩校一作可更。

【箋注】

〔一〕疑「州」當作「洲」。定洲寺，在鄜州。嘉慶重修一統志卷二四九鄜州直隸州：「定洲寺，在中部縣西八十里。縣志：古柏森羅，西山之勝。」

道中寄杜書記㊀〔一〕

西南東北暮天斜，巴字江邊楚樹花〔二〕。珍重荆州杜書記，閒時多在廣師家〔三〕。

【校記】

㊀此詩宋本無，據王建詩集九吳慈培手鈔本補遺、萬曆本絶句二四、統籤三五二、全詩三〇一補。

【箋注】

〔一〕杜書記爲杜元穎。趙璘因話録卷二：「族祖天水昭公，以舊相爲吏部侍郎，考前進士杜元穎弘詞登科，鎮南又奏爲從事。杜公入相，昭公復掌選。」天水昭公謂趙宗儒，元和四年至六年爲江陵尹、荆南節度使，見舊唐書趙宗儒傳及憲宗紀上。可見杜元穎曾爲趙宗儒江陵節度使府從事。

〔二〕巴字：樂史太平寰宇記卷一三六渝州：「三巴記云：閬、白二水東南流，曲折三回如巴字，故謂三巴。」此以巴字形容長江，蓋篆書「巴」字爲「」。

〔三〕廣師：釋道宣續高僧傳卷二七隋初荆州四望山開聖寺釋智曠傳，云智曠本姓王，早年即在江陵出家爲僧。可知荆州有一名僧智曠。疑此處「廣」字爲「曠」之訛，曠師即謂智曠，以代指江陵之寺僧。

聽　琴㊀

無事此身離白雲〔一〕，松風溪水不曾聞〔二〕。至心聽著仙翁引〔三〕，今看青山圍繞君。

【校記】

㊀此詩宋本無，據王建詩集九吴慈培手鈔本補遺、萬曆本絶句二四、統籤三五二、全詩三〇一補。

【箋注】

〔一〕白雲：太平廣記卷二〇二引陽休玠談藪：「齊高祖問之曰：『山中何所有？』（陶）弘景賦詩以答之，詞曰：『山中何所有，嶺上多白雲。只可自怡悦，不堪持贈君。』高祖賞之。」

〔二〕松風：琴曲有風入松。郭茂倩樂府詩集卷六〇琴曲歌辭四：「琴集曰：風入松，晉嵇康所作也。」溪水：琴曲有三峽流泉。樂府詩集卷六〇引琴集：「三峽流泉，晉阮咸所作也。」

〔三〕仙翁引：樂府詩集卷五九引琴書：「（蔡）邕性沈厚，雅好琴道，嘉平初，入青溪訪鬼谷先生，所居山有五曲，一曲製一弄。山之東曲，常有仙人遊，故作遊春。南曲有澗，冬夏常淥，故作淥水。中曲即鬼谷先生舊所居也，深邃岑寂，故作幽居。北曲高巖，猨鳥所集，感物愁坐，故作坐愁。西曲灌水吟秋，故作秋思。三年曲成，出示馬融，甚異之。」引，琴曲名之一。樂府詩集卷五七引梁元帝纂要：「而其曲有暢，有操，有引，有弄。」又引謝希逸琴論：「引者，進德修業，申達之名也。」

贈陳評事㊀〔一〕

識君雖向歌鐘會，說事不離雲水間。春夜酒醒長起坐，燈前一紙洞庭山〔二〕。

【校記】

㊀此詩宋本無，據王建詩集九吳慈培手鈔本補遺、萬曆本絶句二四、統籤三五二、全詩三〇一補。

【箋注】

〔一〕陳評事未詳。詩云「燈前一紙洞庭山」，知此陳評事爲於江陵任職者。全唐詩卷四九六姚合有送陳倜赴江陵從事，於「倜」字下注曰：「一作稠，一作彤。」不知是否爲一人。

〔二〕洞庭山：洞庭湖中小山甚多，以君山最爲著名。酈道元水經注卷三八湘水：「山海經云：『洞庭之山，帝之二女居焉，沅、澧之風，交瀟湘之浦，出入多飄風暴雨。』湖中有君山、編山。」

寄畫松僧㊀

天香寺裏古松僧〔一〕，不畫枯松落石層。最愛臨江兩三樹，水禽栖處解無藤。

【校記】

㊀此詩宋本無，據王建詩集九吴慈培手鈔本補遺、萬曆本絶句二四、統籤三五二、全詩三〇一補。

【箋注】

〔一〕天香寺：釋道元景德傳燈録卷九：「福州龜山智真禪師者，揚州人也，姓柳氏。受業於本州華林寺，唐元和元年，潤州丹徒天香寺受戒。不習經論，唯慕禪那。」可知天香寺在潤州。全唐詩卷五二八許渾寄天鄉寺仲儀上人富春孫處士，「鄉」字下注云：「一作香。」文苑英華卷八六一李華潤州天鄉寺故大德雲禪師碑，則潤州天香寺或又作天鄉寺。

上田僕射㊀〔一〕

一方新地隔河煙，曾接諸生聽管絃㊁。卻憶去年寒食會，看花猶在水堂前。

【校記】

㊀此詩宋本無，據王建詩集九吴慈培手鈔本補遺、萬曆本絶句二四、統籤三五二、全詩三〇一補。

㊁曾，全詩校一作會。

【箋注】

〔一〕田僕射爲田季安，田緒子。舊唐書田緒傳：「緒卒時，季安年纔十五，軍人推爲留後，朝廷因授起復左金吾衛將軍，兼魏州大都督府長史、魏博節度營田觀察處置等使。服闋，拜銀青光禄大夫、檢校尚書右僕射，進位檢校司空，襲封雁門郡王。」自貞元十二年八月節鎮魏博，至元和七年八月，卒。

看棋㊀

彼此抽先局勢平，傍人道死的還生。兩邊對坐無言語，盡日時聞下子聲。

【校記】

㊀此詩宋本無，據王建詩集九吴慈培手鈔本補遺、萬曆本絶句二四、統籤三五二、全詩三〇一補。

設酒寄獨孤少府[一][一]

自看和釀一依方，緣看松花色較黄[二][二]。不分君家新酒熟[三]，好詩收得被回將[三][四]。

【校記】

[一] 此詩宋本無，據王建詩集九吴慈培手鈔本補遺、萬曆本絶句二四、統籤三五二、全詩三〇一補。設，吴補、全詩校一作税。

[二] 緣看，吴補、全詩校一作緑著。

[三] 詩，全詩校一作時。

【箋注】

〔一〕獨孤少府未詳何人。唐人習稱縣尉爲少府。

〔二〕松花：此指用松花釀製的酒。白居易枕上作：「腹空先進松花酒，膝冷重裝桂布裘。」

〔三〕不分：此處爲不料之意。

〔四〕此詩的意思是：自家新釀松花酒，寄詩邀獨孤少府來共飲，不料獨孤少府恰正新酒待客，將王建的詩收下而人卻不能來，王建遂再寄此詩以責之。將，語助詞。

王建詩集卷第十

宮詞一百首㊀

【校記】

㊀宮詞，萬曆本絶句二四作宮中詞。

【辨證】

胡仔苕溪漁隱叢話後集卷一四：予閱王建宮詞，選其佳者，亦自少得，只世所膾炙者數詞而已。其間雜以他人之詞，如「閑吹玉殿昭華管，醉折梨園縹蔕花。十年一夢歸人世，絳縷猶封繫臂紗」，又如「銀燭秋光冷畫屏，輕羅小扇撲流螢。天街夜色涼如水，卧看牽牛織女星」。此並杜牧之作也。「淚滿羅巾夢不成，夜深前殿按歌聲。紅顔未老恩先斷，斜倚薰籠坐到明」，此白樂天詩也。「寶仗平明金殿開，暫將紈扇共徘徊。玉顔不及寒鴉色，猶帶昭陽日影來」，此王昌齡詩也。建詞凡百有四篇，及逸詞九篇。或云：元微之亦有詞雜於其間，予以元氏長慶集檢尋，卻無之，或者之言誤也。

趙與時賓退録卷一：王建以宫詞著名，然好事者多以他人之詩雜之，今世所傳百篇，不皆建作也。余觀詩不多，所知者如：「新鷹初放兔初肥，白日君王在内稀。薄暮千門臨欲鎖，紅妝飛騎向前歸」，「黄金捍撥紫檀槽，弦索初張調更高。盡理昨來新上曲，内官簾外送櫻桃」，張籍宫詞二首也。「淚滿羅巾夢不成，夜深前殿按歌聲。紅顔未老恩先斷，斜倚熏籠坐到明」，白樂天後宫詞也。「閑吹玉殿昭華管，醉折梨園縹蔕花。十年一夢歸人世，絳縷猶封繫臂紗」，杜牧之出宫人詩也。「紅燭秋光冷畫屏，輕羅小扇撲流螢。瑶街夜月涼如水，坐看牽牛織女星」，杜牧之秋夕詩也。「寶仗平明秋殿開，且將紈扇暫徘徊。玉顔不及寒鴉色，猶帶昭陽日影來」，王昌齡長信秋詞也。「日晚長秋簾外報，望陵歌舞在明朝。添爐欲爇熏衣麝，憶得分時不忍燒」，「日映西陵松柏枝，下臺相顧一相悲。朝來樂府歌新曲，唱著君王自作詞」，劉夢得魏宫詞二首也。或全録，或改一二字而已。王平甫謂：館中校花蕊夫人宫詞，止三十二首夫人親筆，又别有六十六篇者，乃近世好事者旋加搜索續之，語意與前詩相類者極少，誠爲亂真。世又有王岐公宫詞百篇，蓋亦依託者。

又卷八：余卷首辨王建宫詞多雜以他人所作，今乃知所知不廣。蓋建自有宫詞百篇，傳其集者，但得九十篇，蜀本建集序可考。後來刻梓者，以他人十首足之，故爾混淆。余既辨其八矣，尚有二首「殿前傳點各依班，召對西來六詔蠻。上得青花龍尾道，側身偷覷正南山」，「鴛鴦瓦上忽然聲，晝寢宫娥夢裏驚。原是吾皇金彈子，海棠窠下打流鶯」者，未詳誰作也。所逸十篇，今見於洪文敏所録唐人絶句中，然不知其所自得。其詞云：「忽地金輿向月陂，内人接著便相隨。卻回龍武軍前過，當處教開卧鴨池」；「畫作天河刻作牛，玉梭金鑷采橋頭。每年宫女穿針夜，敕賜諸親乞巧樓」；「春來睡困不梳頭，懶逐君王苑北遊。暫向玉花階上坐，簸錢贏得兩三籌」；「紅燈睡裏看春雲，雲上三更直宿分。金砌雨來行步滑，兩人擡起隱花裙」；「蜂鬚蟬翅薄鬆鬆，浮動搔頭似有風。一度出時抛一遍，金條零落滿函中」；「教遍宫娥唱盡詞，暗中頭白没人知。樓中日日歌聲好，不問從初學阿誰」；「彈棋玉指兩參差，背局臨虚鬬著危。先打角頭紅子落，上三金字半邊垂」；「宛轉黄金白柄長，青荷葉子畫鴛鴦。把來不是呈新樣，欲進微風到御牀」；「供御香方加減頻，水沈山麝每回新。内中不許相傳出，已被醫家寫與人」；「藥童食後送雲漿，高殿無風扇少涼。每到日中重掠鬢，衩衣騎馬繞宫廊」。

楊慎升庵詩話卷二「王建宫詞」條：王建宫詞一百首，至宋南渡後失去七首，好事者妄取唐人絶句補入之。「淚盡羅巾夢不成」，白樂天詩也。「鴛鴦瓦上忽然聲」，花蕊夫人詩也。「寶仗平明金殿開」，王少伯詩也。「日晚長秋簾外報」，又「日映西陵松柏枝」二首，乃樂府銅雀臺詩也。「銀燭秋光冷畫屏」及「閑吹玉殿昭華管」二首，杜牧之詩也。余在滇南見一古本，七首特全，今録於左：「忽地金輿向月陂，内人接著便相隨。卻回龍武軍前過，當殿教看卧鴨兒」；（唐著作佐郎崔令欽教坊記云：「左右兩教坊，左多善歌，右多工舞。外有水泊，俗號月陂，形如偃月也。」又云：「妓女入宜春苑，謂之内人，亦曰前頭人，言常在駕前也。其家在教坊，四季給米。得幸者，謂之十家。」)「畫作天河刻作牛，玉梭金鑷采橋頭。每年宮女穿針夜，敕賜新恩乞巧樓」；「春來懶困不梳頭，懶逐君王苑北遊。暫向玉階花下立，簸錢贏得兩三籌」；「彈棋玉指兩參差，背局臨虚鬭著危。先打角頭紅子落，上三金子半邊垂」；「宛轉黄金白柄長，青荷葉子畫鴛鴦。把來不是呈新樣，欲進微風到御牀」；「供御香方加減頻，水沈山麝每回新。內中不許相傳出，已被醫家寫與人」；「藥童食後送雲漿，高殿無風扇小涼。每到日中重掠鬢，衩衣騎馬繞宮廊」。

毛晉三家宮詞跋：余閱王建宮詞，輒雜他人詩句，如「奉帚平明金殿開，暫將紈扇共徘徊。玉顔不及寒鴉色，猶帶昭陽日影來」，此王少伯長信秋詞之一也。「日晚長秋簾外報，望陵歌舞在明朝。添爐欲爇熏衣麝，憶得分時不忍燒」；「日映西陵松柏枝，下臺相顧一相悲。朝來樂府歌新曲，唱著君王自作詞」，此皆劉夢得魏宮詞也。「淚滿羅衣夢不成，夜深前殿按歌聲。紅顔未老恩先斷，斜倚熏籠坐到明」，此白樂天後宮詞之一也。「新鷹初放兔初肥，白日君王在內稀。薄暮午門臨欲鎖，紅妝飛騎向前歸」，「黄金捍撥紫檀槽，弦索初張調更高。盡理昨來新上曲，內官簾外送櫻桃」，此皆張文昌宮詞也。「銀燭秋光冷畫屏，輕羅小扇撲流螢。天街夜月涼如水，卧看牽牛織女星」，此杜牧之秋夕作也。「閑吹玉殿昭華館，醉折梨園縹蔕花。千年一夢歸人世，絳縷猶封繫臂紗」，此又杜牧之出宮人之一也。意南渡後逸其真作，好事者摭拾以補之。今余歷參古本，百篇具在，他作一一刪去。

朱承爵存餘堂詩話：王建宮詞一百首，蜀本所刻者得九十有二，遺其八。近世所傳百首皆備，蓋好事者妄以他人詩補之，殊爲亂真。中有「新鷹初放兔初肥，白日君王在内稀。薄暮午門臨欲鎖，紅妝飛騎向前歸」，「黄金捍撥紫檀槽，弦索初張調更高。理盡昨來新上曲，内官簾外送櫻桃」，此張籍宫詞二首也。「淚滿羅衣夢不成，夜深前殿按歌聲。紅顔未老恩先斷，斜倚薰籠坐到明」，此白樂天後宫詞也。「閑吹玉殿昭華管，醉折梨園縹蒂花。十年一夢歸人世，絳縷猶封繫臂紗」，此杜牧之出宫詞也。「銀燭秋光冷畫屏，輕羅小扇撲流螢。天街夜月涼如水，坐看牽牛織女星」，此牧之七夕詩也。「奉帚平明金殿開，且將團扇共徘徊。玉顔不及寒鴉色，猶帶昭陽日影來」，此王昌齡長信秋詞也。「日晚長秋簾外報，望陵歌舞在明朝。添爐欲爇薰衣麝，憶得分時不忍燒」；「日映西陵松柏枝，下臺相顧一相悲。朝來樂府歌新曲，唱著君王自作詞」，此劉夢得魏宫詞也。近讀趙與時賓退録，其所述建遺詩七首，則是「忽地金輿向日陂，内人接著便相隨。卻回龍武軍前過，當殿發開鵝鴨池」；「畫作天河刻作牛，玉梭金鑷采橋頭。每年宫女穿針夜，敕賜新恩乞巧樓」；「春來晚困不梳頭，懶逐君王苑北遊。暫向玉階花下坐，簇錢贏得兩三籌」；「彈棋玉指兩參差，背局臨虚鬭著危。先打角頭紅子落，上三金字半邊垂」；「宛轉黄金白柄長，青荷葉子畫鴛鴦。把來不是呈新様，欲進微風到御牀」；「供御香方加減頻，水沈山麝每回新。内中不許相傳出，已被醫家寫與人」；「藥童食後進雲漿，高殿無風扇小涼。每到日中重掠鬢，衩衣騎馬繞宫廊」。又云得之於洪文敏所録唐人絶句中，文敏所得又不知其何所自也。觀其詞氣要與九十二首爲類，前所贋足者，每每見於諸人集中，惜今尚缺其一。

陸鎣問花樓詩話卷一：唐人好爲宮詞，王建宮詞多至百首，宋南渡後失去七首，好事者取唐詩七絶句補之。余次第考之：「淚盡羅巾」，花蕊夫人詩；「寶帳平明」，王少伯詩；「日晚長秋」，樂府銅雀臺詩；「銀燭秋光」，杜牧之詩。余家藏舊本，七首特全，先廣文擬重付梓，力未逴也。

按：王建宮詞百首，屢見於宋人記載，其百首之數可無疑。胡仔云「凡百有四篇」，那是把混入的他人之作也統計在内了。可是在流傳過程當中，由於各種各樣的原因，遺失了部分篇章。後人爲了補百首之不足，便以他人的作品録入其中充數，計有功唐詩紀事卷四四所録王建宮詞百首，以及南宋陳解元書鋪刻王建詩集卷十所收宮詞百首便是如此。胡仔苕溪漁隱叢話後集卷四○首辨王建宮詞中「閑吹玉殿昭華管」、「銀燭秋光冷畫屏」二詩爲杜牧作，「淚盡羅巾夢不成」爲白居易作，「寶仗平明金殿開」爲王昌齡作。趙與時賓退録卷一又指出除了上述四首之外，還有「新鷹初放兔初肥」、「黄金捍撥紫檀槽」二詩爲張籍宮詞二首，「日晚長秋簾外報」、「日映西陵松柏枝」二詩則爲劉禹錫魏宮詞二首。上述八首毫無疑問是他人所作，而非王建宮詞中的作品。再就是「鴛鴦瓦上瞥然聲」一首，此詩見毛晉編三家宮詞中花蕊夫人宮詞中，楊慎升庵詩話卷二亦云此詩爲花蕊夫人詩，然其詞品卷二又云此詩爲李珣之妹李舜弦作，不管怎樣，此詩非王建宮詞中的作品則可以肯定。這樣，南宋陳解元書鋪刻王建詩集中宮詞百首便缺了九首。楊慎升庵詩話卷二云：「余在滇南見一古本，七首特全」，補入的七篇爲「忽地金輿向月陂」、「畫作天河刻作牛」、「春來懶困不梳頭」、「彈棋玉指兩參差」、「宛轉黄金白柄長」、「供御香方加減頻」、「藥童食後進雲漿」。上述七首亦見洪邁萬首唐人絶句（嘉靖本）。毛晉在三家宫詞王建宫詞中删去了上述他人之作九篇，補入九篇，除了楊慎所補的七篇之外，又加「步行送入長門裏」、「縑羅不著索輕容」兩篇。這兩篇亦載唐詩紀事卷四四和萬首唐人絶句（嘉靖本和萬曆本皆載），又分别被周密齊東野語卷一〇、陶宗儀南村輟耕録卷一二稱引過，可證此二詩確是王建宫詞中的作品。洪邁萬首唐人絶句有兩個系統，一爲明嘉靖刻本，無王昌齡、劉禹錫、白居易、張籍、杜牧、花蕊夫人的九首，補入的除上述九首外，尚有「後宫宫女無多少」一首，卻缺集中列第二首的「殿前傳點各依班」一首；另一種爲明萬曆刻本，改嘉靖本的「畫作天河刻作牛」爲「鴛鴦瓦上瞥然聲」，又去掉「後宫宫女無多少」，添入「殿前傳點各依班」。「後宫宫女無多少」詩實際是宋徽宗所作，故毛晉三家宫詞、胡介祉刻王建詩集皆已不收。全唐詩卷三〇二所收王建宫詞一百首，編者是做過辨證工作的，王昌齡、劉禹錫、白居易、張籍、杜牧的八首皆已被剔除在外，補入的除了上述九首外，再加「後宫宫女無多少」，故全唐詩收王建宫詞實一百零二首。今將南宋陳解元書鋪刻王建詩集王建宫詞中誤入他人所作的九首删去，補入「忽地金輿向月陂」、「畫作天河刻作牛」、「春來睡困不梳頭」、「彈棋玉指兩參差」、「宛轉黄金白柄長」、「供御香方加減頻」、「藥童食後進雲漿」、「步行送入長門裏」、「縑羅不著索輕容」九首。這也即是毛晉三家宫詞王建宫詞、胡刻王建詩集所收宫詞一百零九首中除去所注「一做某某」的九首、全唐詩所收王建宫詞一百零二首除去「鴛鴦瓦上瞥然聲」、

「後宮宮女無多少」後的面貌。這樣一來，雖然不敢遽言就是王建宮詞一百首的原貌，但也當是最接近於他的原貌的（此辨證參考并引用了吴企明王建宮詞辨證稿中的結論，載其所著唐音質疑録）。

【輯評】

吴曾能改齋漫録卷六：「忽看金輿向月陂，宫人接著便相隨。恰從中尉門前過，當處教看卧鴨池。」王建宮詞也。按唐著作佐郎崔令欽教坊記云：「左右兩教坊，右多善歌，左多工舞。坊外有水泊，俗號月陂，陂形如偃月也。」故王建述此。又言：「妓女入宜春院，謂之内人，亦曰前頭人，常在上前頭也。其家在教坊内謂之内人家，四季給米。得幸者謂之十家。」故王建宮詞云「内人對御疊話牋」，「内人唱好龜兹急」，「内人相續報花開」，「内人籠脱繫紅絛」，「内人恐要秋衣著」，「内人争乞洗兒錢」。

王楙野客叢書卷二五：王建宮詞曰「叢叢洗手繞金盆，旋拭紅巾入殿門」，又曰「縱得紅羅手帕子，當心畫出一雙蟬」，知唐禁中用紅手巾、紅帕子。又曰「聖人生日明朝是，私地先須屬内監。自寫金花紅榜子，前頭先進鳳凰衫」，知聖節内人通寫金花榜子、進鳳凰衫。又曰「天寶年來勤政樓，每年三日作千秋」，又知當時以三日爲千秋節，可見其盛。按會要：千秋節咸令宴樂，休假三日。

楊維禎李庸宮詞序：大曆詩人後，評者取張籍王建，而建之宮詞，非籍可能也。宮掖之事，豈外人所能道哉！建雖有春坊才，非其老璫宗氏出入禁闥，知史氏之所不知，則亦不能顯美於是。（東維子文集卷一一）

陸時雍唐詩鏡卷四一：王建宮詞，俱以情事見奇。

吴喬圍爐詩話卷一：優柔敦厚，言之者無罪，聞之者深戒，詩教也。唐人之詞微而婉，王建宮詞云：「金殿當頭紫閣重，仙人掌上玉芙蓉。太平天子朝元日，五色雲車駕六龍。」神堯以老聃爲始祖，尊爲玄元皇帝，太平天子，謂諸帝朝老聃也。禮，天子不乘奇車。五色雲車用漢武帝甲乙曰青、丙丁曰赤等事，刺天子乘奇車非禮也。周伯弼謂之具文見意，此杜元凱左傳序語，謂不著議論而意自見。可見元人詩思深於明人多也。宮詞又有曰：「龍煙日暖紫曈曈，宣政門當玉仗風。五刻閣前卿相出，下簾聲在半天中。」意刺君臣隔闊，辭則尊崇殿陛。又曰：「射生宮女宿紅妝，請得新弓各自張。臨上馬時齊賜酒，男兒跪拜謝君王。」刺服妖也，必是武宗王才人事。又曰：「千牛仗下放朝初，玉案旁邊立起居。每日進來金鳳紙，殿前無事不多書。」辭則慶幸昇平，意則譏刺蒙蔽，皆措詞之可法者也。

翁方綱石洲詩話卷二：歐陽詩話云：王建宮詞言唐禁中事，皆史傳小説所不載。唐詩紀事乃謂建爲渭南尉，贈内官王樞密云云以解之。然其詩實多祕記，非當家告語所能悉也。其詞之妙，則自在委曲深摯處别有頓挫，如僅以就事直寫觀之，淺矣。

潘德輿養一齋詩話卷一：唐人萬首絶句，其原本不爲不富，漁洋選之，每遺佳作。隨意簡出，如……王建宫詞百首，雅正而有餘地者甚稀，選至廿四首，猶嫌其濫。然建之宫詞，意境不高，尚非苟作。至羅虬比紅兒詩、王涣惆悵詞，複意砌詞，冗還甚矣，重疊載入，又何也？

【附録】

范攄雲溪友議卷下「琅琊忤」條：王建校書爲渭南尉，作宫詞，元丞相亦有此句，河南、渭南合成二首矣。……渭南先祖内官王樞密盡宗人之分，然彼我不均，後懷輕謗之色，忽因過飲，語及桓靈信任中官，多遭黨錮之罪，而起興廢之事。樞密深憾其譏，詰曰：「吾弟所有宫詞，天下皆誦於口，禁掖深邃，何以知之？」建不能對，元公親承密旨，令隱其文。朝廷以爲孔光不言温樹，何其慎靜乎！二君將遭奏劾，爲詩以讓之，乃脱其禍也。

司馬光温公續詩話：元豐初，宦者王紳，效王建作宫詞百首，獻之，頗有意思。

陳師道後山詩話：費氏，蜀之青城人，以才色入蜀宫，後主嬖之，號花蕊夫人。效王建作宫詞百首。國亡，入備後宫。

釋文瑩續湘山野録：王平甫安國奉詔定蜀民、楚民、秦民三家所獻書可入三館者，令令史李希顔料理之。其書多剥脱，而二詩弊紙所書花蕊夫人詩，筆書乃花蕊手寫，而其辭甚奇，與王建宫詞無異。建之辭，自唐至今，誦者不絶口，而此獨遺棄不見取，受詔定三家書者，又斥去之，甚爲可惜也。遂令令史郭詳繕寫入三館。

葛立方韻語陽秋卷三：唐王建以宮詞名家，本朝王岐公亦作宮詞百篇，不過述郊祀、御試、經筵、翰苑、朝見等事，至於宮掖戲劇之事，則祕不可傳，故詩詞中亦罕及。若建者，乃内侍王守澄之宗侄，得宮中之事爲詳。如「叢叢洗手繞金盆，旋拭紅巾入殿門。衆裏遥抛新橘子，在前收得便承恩。」又云「避暑昭陽不擲盧，井邊含水噴鵶雛。内中數日無呼唤，搨得滕王蛺蝶圖」如此之類，非守澄説似，則建豈能知哉？初，守澄讀建宮詞，謂之曰：「宮掖之事，而子昌言之，儻得罪，將奚贖？」建與之詩曰：「三朝行坐鎮相隨，今上春宮見小時。脱下御衣先賜著，進來龍馬每教騎。長承密旨歸家少，獨奏邊機出殿遲。不是當家親説向，九重争遣外人知。」自是守澄不敢有言。花蕊夫人亦有宮詞百篇，如「月頭支給買花錢，滿殿宮人近數千。遇著唱名多不語，含羞急過御牀前」之類，亦可喜也。

詩人玉屑卷一六引唐王建宮詞舊跋：王建大和中爲陜州司馬，與韓愈、張籍同時，而籍相友善。工爲樂府歌行，思遠格幽。初爲渭南尉，與宦者王守澄有宗人之分，因過飲，以相譏戲。守澄深憾，曰：「吾弟所作宮詞，禁掖深邃，何以知之？」將劾奏，建因以詩解之，曰：「先朝行坐鎮相隨，今上春宮見長時。脱下御衣偏得著，進來龍馬每教騎。嘗承密旨還家少，獨奏邊情出殿遲。不是當家頻向説，九重争遣外人知。」事遂寢。宮詞凡百絶。天下傳播，傚此體者雖有數家，而建爲之祖耳。

周密雲煙過眼録續集楊元誠家所藏：唐王建親書宮體小詩一百二十首，蓋宮詞也，極其宛轉妖麗，今人罕能及。後有錢肅王印「赤心三九」一押。此蓋宣和内府物也，其字皆章草。

王惲跋山谷所書王建宫詞後：唐人詩風雅意藴凌跨百代，況建之宫體爲世絶唱，加以涪翁揮灑醉墨，宜其天章雲錦，爲之爛然生光也。（秋澗先生大全集卷七三）

胡震亨唐音癸籤卷二九：說者謂王建作宫詞，爲王守澄所持，獻詩末句有「不是當家頻向說，九重争得外人知」句，守澄懼而止。今觀詩全篇並叙樞密内庭恩寵祕密事，故以是結之，益致豔詫意。言非自向人說，人那得知耳，此豈挾制語哉？唐時詩人於宫禁事皆儘說無忌，楊阿環、孟才人尚入篇詠，建詞有何嫌，必制人以自全也？

吴騫拜經樓詩話卷三：宫詞始著於唐王仲初，繼之者不一而足，如三家、五家、十家之刻，昔人論之詳矣。宋岳倦翁有宫詞百首，曰棠湖詩稿，世頗罕傳，亦未載於玉楮集。其自序略云：「詩發乎情，止乎禮義，當有以寓諷諫而美音容。若王建世托近倖，花蕊身處宫闈，言多涉於褻俚。適猶子規從軍自汴歸，述宫殿鍾簴，儼然猶在，慨想東都盛時文物典章之美，因效其體，以示黍離之未忘也」云云，未知真出倦翁與否？

蓬萊正殿壓金鼇㊀〔一〕，紅日初生碧海濤。開着五門遥北望㊁〔二〕，柘黄新帕御牀高㊂〔三〕。

【校記】

㊀ 金，絶句作雲。

㈡ 開，全詩作閒。

㈢ 柘，全詩校一作赭。帕，全詩校一作筦。宋長白柳亭詩話二六：「王建宮詞『柘黄新筦御牀高』，韻彙云：筦，去聲，曬衣竿也。别本作『帕』字，俗甚。」

【箋注】

〔一〕蓬萊：蓬萊宫。王溥唐會要卷三〇大明宫：「至龍朔二年，高宗染風痹，以宫内湫濕，乃修舊大明宫，改名蓬萊宫。北據高原，南望爽塏……四月二十二日，移仗就蓬萊宫，新作含元殿。」程大昌雍録卷三云「取殿後蓬萊池爲名也」。大明宫正殿爲含元殿，舊唐書地理志一京師：「東内曰大明宫，在西内之東北，高宗龍朔二年置。正門曰丹鳳，正殿曰含元，含元之後曰宣政。」含元殿建在龍首山山坡上，殿基甚高。康駢劇談録卷下：「含元殿，國初建造，鑿龍首崗以爲基址，彤墀扣砌，高五十餘尺。左右立栖鳳、翔鸞二闕。龍尾道出於闕前，倚欄下瞰前山，如在諸掌。殿去五門二里，每元朔朝會，禁軍與御仗宿於殿庭，金甲葆戈，雜以綺繡，羅列文武，纓佩序立，蕃夷酋長，仰望玉座，若在霄漢。」

〔二〕五門：唐六典卷七：「大明宫在禁苑之東南，西接宫城之東北隅。南面五門：正南曰丹鳳門，東曰望僊門，次曰延政門，西曰建福門，次曰興安門。」

〔三〕柘黄：用柘木汁染成的赤黄色，爲帝王的服色。帕爲覆蓋御牀的羅巾。

殿前傳點各依班，召對西來六詔蠻㊀〔一〕。上得青花龍尾道〔二〕，側身偷覷正南山〔三〕。

【校記】

㊀ 六，原作八，絶句、毛本作入，全詩校一作六，據胡本改。六詔見新唐書南蠻傳上、唐會要卷九九。

【箋注】

〔一〕六詔：唐代南詔又稱六詔。新唐書南蠻傳上：「南詔，或曰鶴拓，曰苴咩，曰陽劍。本哀牢夷後，烏蠻別種也。夷語王爲『詔』，其先渠帥有六，自號『六詔』：曰蒙巂詔、越析詔、浪穹詔、邆睒詔、施浪詔、蒙舍詔。」唐會要卷九九：「南詔蠻，本烏蠻之別種也，姓蒙氏。蠻謂王爲詔，其先有六詔，各有君長……開元二十六年，封其子皮羅閣越國公，賜名歸義。其後以破西洱蠻功，敕授雲南王。歸義漸强，五詔浸弱，劍南節度使王昱受其賂，併六詔爲南詔。歸義日以驕大，每入覲，朝廷亦加禮。」

〔二〕龍尾道：程大昌雍録卷三：「龍尾道者，含元殿正南升殿之道也。賈黄中談録曰：『含元殿前龍尾道，自平地凡詰曲七轉，由丹鳳北望，宛如龍尾下垂於地，兩垠欄悉以青石爲之，至今石柱猶有存者。』兩京新記曰：『含元殿左右有砌道盤上，謂之龍尾道。』」

〔三〕南山：謂終南山。終南爲秦嶺諸山之一，在長安南。杜甫秋興八首五：「蓬萊宮闕對南山，承露金莖霄漢間。」

龍煙日煖紫曈曈㊀〔一〕，宣政門當玉仗風㊁〔二〕。五刻閣前卿相出〔三〕，下簾聲在半天中。

【校記】

㊀ 煖，原校一作氣。此句絶句作籠煙紫氣日曈曈。

㊁ 當，全詩校一作開。仗，原校一作殿，紀事四四、絶句、胡本、全詩作殿。

【箋注】

〔一〕籠煙：煙指殿上薰爐中的香煙。新唐書儀衛志上：「朝日，殿上設黼扆、躡席、熏爐、香案。」紫氣：象徵祥瑞的光氣。庾信哀江南賦：「昔之虎踞龍盤，加以黄旗紫氣，莫不隨狐兔而窟穴，與風塵而殄悴。」曈曈：日初出逐漸明亮貌。

〔二〕宣政門：宣政殿的殿門。宣政殿在大明宮含元殿後。唐六典卷七：「丹鳳門正殿曰含元殿，夾殿兩閣：左曰翔鸞閣，右曰栖鳳閣。其北曰宣政門，門外東廊曰齊德門，西廊曰興禮門。内曰宣政殿。」

〔三〕五刻：古時以刻漏計時，一晝夜分爲一百刻。雍録卷八：「故事：建福門（在大明宮丹鳳門東）、望仙門（在丹鳳門西）昏而閉，五更五點而啓。」五刻當即五更五點。此句寫上朝時的景象。唐會要卷二四朔望常參：「開元中蕭嵩奏：每月朔望，皇帝受朝於宣政殿。」杜佑通典卷七五禮三十五天子朝位：「文武官行立班叙：通乾、觀象門外叙班，武次於文。至宣政門，文由東門而入，武由西門而入，至閤門亦如之。其退朝並從宣政門而出。」新唐書儀衛志上：「朝罷，皇帝步入東序門，然後放仗。内外仗隊，七刻乃下。常參、輟朝日，六刻即下。」

【輯評】

黄周星唐詩快卷九：此何等氣象耶！

白玉窗中起草臣㈠，櫻桃初赤賜嘗新㈡〔一〕。殿頭傳語金階遠，因進詞來謝聖人㈢〔二〕。

【校記】

㈠中，全詩作前。

㈡赤，紀事作出。

㈢因，原校一作只，絶句作只。

【箋注】

〔一〕櫻桃：敕賜百官櫻桃，爲唐宮廷舊制。王維有敕賜百官櫻桃詩。杜甫野人送朱櫻：「憶昨賜櫻門下省，退朝擎出大明宮。」

〔二〕聖人：唐人稱天子爲聖人。鄭綮開天傳信記：「上在藩邸，或遊行人間，萬回於聚落街衢高聲曰：『天子來！』或曰：『聖人來！』其處信宿間，上必經過徘徊也。」又如舊唐書李泌傳：「泌至靈武，肅宗欲授以官，泌固辭，願以客從入議國事。出陪輿輦，衆指曰：『著黃衣者聖人，著白衣者山人也。』」

內人對御疊花牋〔一〕，繡坐移來玉案邊。紅蠟光中呈草本㊀，平明昇出閣門宣㊁〔二〕。

【校記】

㊀光中，紀事、絶句作燭前。

㊁昇，全詩校一作御。

【箋注】

〔一〕內人：崔令欽教坊記：「妓女入宜春院，謂之『內人』，亦曰『前頭人』，常在上前頭也。」花牋：精緻華美的牋紙。

〔二〕舁：通輿，舁出謂用轎子將内人擡出。閤門：程大昌雍録卷三：「案六典載東内大明宮甚詳，故宣政之左有東上閤，宣政之右有西上閤，二閤在殿左右，而入閤者由之以入也。至其記西内太極宮則略矣，故兩儀殿左右有東、西閤門，而兩廊下亦有日華、月華門也。其曰閤者，即内殿也，非真有閤也。則凡唐世命爲入閤者，仗與朝臣雖自兩閤門分入，入竟乃是内殿。」

千牛仗下放朝初〔一〕，玉案傍邊立起居〔二〕。每日進來金鳳紙㊀〔三〕，殿頭無事不教書㊁。

【校記】

㊀進，紀事、絶句作請。

㊁教，全詩作多。

【箋注】

〔一〕千牛仗：新唐書儀衛志上：「又有千牛仗，以千牛備身、備身左右爲之。千牛備身冠進德冠，服袴褶；備身左右服如三衛，皆執佩刀、弓箭，升殿列御座左右。」

〔二〕起居：起居郎、起居舍人。新唐書百官志二：「起居郎二人，從六品上。掌録天子起居法度。天子御正殿，則郎居左，舍人居右。有命，俯陛以聽，退而書之，季終以授史官。」又：「起居舍人二人，從六品上。掌修記言之史，録制誥德音，如記事之制，季終以授國史。」

〔三〕金鳳紙：蘇易簡文房四譜卷四：「唐初將相官告，亦用銷金牋及金鳳紙書之，餘皆魚牋、花牋而已。」

延英引對碧衣郎〔一〕，紅硯宣毫各別牀㊀〔二〕。天子下簾親考試〔三〕，宮人手裏過茶湯。

【校記】

㊀紅，宋本作江，據雲溪友議卷下改。

【箋注】

〔一〕延英：殿名，在大明宮内。唐六典卷七：「宣政之左曰東上閤，右曰西上閤。次西曰延英門，其内之左曰延英殿，右曰含象殿。宣政北曰紫宸門，其内曰紫宸殿（即内朝正殿也）。」碧衣：唐官員八品、九品之服。舊唐書輿服志：「龍朔二年，司禮少常伯孫茂道奏稱：『……望請改八品、九品著碧，朝參之處，聽兼服黄。』從之。」

〔二〕紅硯：姚寬西溪叢語卷下：「王建宫詞：『延英引對碧衣郎，紅硯宣毫各别牀。天子下簾親自問，宫人手裏過茶湯。』恐是用紅絲研，江南李氏時猶重之。歐公研譜以青州紅絲石爲第一，此研多滑不受墨，若受墨，妙不可加。王建集中有作『工研』，又作『洪研』，皆非也。雲溪友議載元紫芝明經制策入仕，亦有此一篇，未知孰是。」陸游老學庵筆記卷八：「唐彦猷硯録言：青州紅絲石硯，覆之以匣，數日墨色不乾，經夜，即其氣上下蒸濡，着於匣中，有如雨露。」宣毫：用宣州兔毫製成的筆。李吉甫元和郡縣圖志卷二八宣州溧水縣：「中山在縣東南一十五里，出兔毫，爲筆精妙。」祝穆方輿勝覽卷一五寧國府：「中山一名獨山，有白兔出，傳爲筆精妙。」牀：放置筆硯的架子。

〔三〕考試：此詩所寫當是皇帝親自考試舉人的情況。唐代的制舉是以天子的名義進行的，通典卷一五：「試之日或在殿廷，天子親臨觀之。」舊唐書高宗紀上顯慶四年二月，「親策試舉人，凡九百人」。同書玄宗紀上開元九年四月，「上親策試應制舉人於含元殿」。蘇鶚杜陽雜編卷上：「上（德宗）試制科於宣政殿……如輒稱旨者，必翹足朗吟，翌日，則遍示群臣、學士曰：『此皆朕門生也。』」王讜唐語林卷二：「試進士，上（文宗）多自出題目，及所司試，覽之終日忘倦。嘗召學士於内庭講經，較量文章，宫人以下傳茶湯飲饌。」延英殿一般來説是皇帝與宰臣議事的地方，如錢易南部新書甲云：「上元中，長安東内始置延英殿，每侍臣賜對，則左右悉去，故直言讜議，盡得上達。」由此詩觀之，皇帝亦於延英殿親試制策舉人。

【輯評】

俞陛雲詩境淺説續編二：詩紀唐代試士之典，金鑾載筆，玉座垂衣，極一時之盛。當日分曹角藝，人各一牀，至尊親手掄才，敕賜茶湯，由宫人捧遞，想見恩遇之隆。殿廷考試，沿及千年，瞻顧玉堂，今如天上矣。

【辨證】

按：紀事注云：「此詩亦云元稹作。」全詩注：「一作元稹詩。」全唐詩卷四二三元稹名下收有此詩，題曰自述，注云：「一作王建宫詞。」云元稹作者實出范攄雲溪友議卷下「琅琊忤」條，云：「王建校書爲渭南尉，作宫詞，元丞相亦有此句，河南、渭南合成二首矣……元公以諱秀，明經、制策入仕，（秀字紫芝，爲魯山令，政有能名，顔真卿爲碑文，號曰元魯山也。）其一篇自述云：『延英引對碧衣郎，紅硯宣毫各别牀。天子下簾親自問，宫人手裏過茶湯。』是時貴族競應制科，用爲男子榮進，莫若兹乎，乃自河南之喻也。」此一段紀事頗模糊不清，先曰「元丞相」，未出其名；後又曰「元公以諱秀」，據其自注，作過魯山令的是元德秀，字紫芝，顔真卿撰有元德秀碑。但元德秀卻没有當過宰相。此小説家言，竄亂訛誤已甚，不足爲憑。胡仔苕溪漁隱叢話後集卷一四云：「或云：元微之亦有詞雜於其間，予以元氏長慶集檢尋，卻無之，或者之言誤也。」説明宋代的元氏長慶集中並没有自述一詩。計有功唐詩紀事亦列此詩爲王建宫詞第七首，王建宫詞竄訛者排列皆靠後，前面幾十首之中都是不誤的，這也符合遺失作品的一般規律，故知此詩確爲王建宫詞中的作品。

未明開着九重關㊀，金畫黄龍五色幡。直到銀臺排仗合㊁〔一〕，聖人三殿對西番㊂〔二〕。

【校記】

㊀ 未明，全詩校一作朱門。未，全詩校一作永，一作平。

㊁ 直到，絶句作宣至。臺，全詩校一作牀。

㊂ 對，絶句、胡本作册。

【箋注】

〔一〕銀臺：唐大明宮有左、右銀臺門，此指右銀臺門，在麟德殿前。韋執誼翰林故事記：「翰林院者，在銀臺門内麟德殿西中廊之後。」即此右銀臺門。徐松唐兩京城坊考卷一：「右銀臺門，門皆有仗舍。」

〔二〕三殿：即麟德殿。錢易南部新書丙：「麟德殿三面，亦謂之三殿。」資治通鑑卷二〇七武則天長安二年九月：「癸未，宴論彌薩於麟德殿。」胡三省注：「麟德殿在大明宮右銀臺門内，殿西重廊之後，即翰林院。是殿有三面，亦曰三殿。」雍録卷四：「三殿者，麟德殿也。一殿而有三面，故名三殿也。三院即三殿也。李絳爲中書舍人，嘗言爲舍人逾月不得賜對，有詔明日對三殿也。不獨此也，凡蕃臣外夷來朝，率多設宴於此，至臣下亦多召對於此也。」番，通「蕃」，指吐蕃使臣。

少年天子重邊功㊀，親到凌煙畫閣中〔一〕。教覓勳臣寫圖本㊁，長將殿裏作屏風㊂〔二〕。

【校記】

㊀ 重，紀事作愛。

㊁ 圖本，全詩校一作真樣。

㊂ 將，胡本作生。

【箋注】

〔一〕凌煙閣：唐太宗貞觀十七年所建圖畫功臣像的地方。錢易南部新書甲：「凌煙閣在西内三清殿側，畫皆北面。閣中有中隔，隔内面北寫功高宰輔，南面寫功高侯王，隔外面次第功臣。」雍録卷四：「案西内者，太極宫也，太宗時建閣畫功臣在宫内也。」

〔二〕屏風：舊唐書憲宗紀上元和四年：「秋七月乙巳朔，御制前代君臣事跡十四篇，書於六扇屏風。是月，出書屏以示群臣，李藩等表謝之。」雖非王建詩所寫之事，但圖畫功臣像於屏風，與書君臣事迹於屏風，其用意有相似之處，故可參照。

丹鳳樓門把火開㈠〔一〕，五雲金輅下天來㈡〔二〕。砌前走馬人宣慰㈢，天子南郊一宿迴㈣〔三〕。

【校記】

㈠ 門，絶句作前。

㈡ 此句紀事、胡本作先排法駕出蓬萊。

㈢ 砌，絶句作堦，紀事、胡本作棚。宣慰，紀事、胡本作傳語。

㈣ 一宿，全詩校一作當日。

【箋注】

〔一〕丹鳳：大明宫南正中門曰丹鳳門，有門樓。資治通鑑卷二三一唐德宗興元元年五月「己亥……尚可孤屯望仙門」，胡三省注：「唐大明宫南面五門，其中曰丹鳳門，丹鳳之東爲望仙門，又東爲延政門，丹鳳之西爲建福門，又西爲興安門也。」程大昌雍録卷四：「唐之郊廟皆在都城之南，人主有事郊廟，若非自丹鳳門出，必由承天門出。」南郊禮畢，往往御丹鳳樓，大赦天下。如王溥唐會要卷九載：「貞元六年十一月庚午，日南至，上親祀昊天上帝於郊丘。禮畢還宮，御丹鳳樓，宣赦。」又：「寶曆元年正月乙巳朔，辛亥，親祀昊天上帝於南郊，禮畢，御丹鳳樓，大赦，改元。」

〔二〕五雲：藝文類聚卷一引孫氏瑞應圖：「景雲者，太平之應也。一曰非氣非煙，五色紛緼，謂之慶雲。」古代以爲祥瑞之象，因用爲車輿之圖案。金輅：舊唐書輿服志：「唐制：天子車輿有玉輅、金輅、象輅、革輅、木輅，是爲五輅……金輅，赤質，以金飾諸末，餘與玉輅同。駕赤騮，鄉射、祀還、飲至，則供之。」

〔三〕南郊：古代帝王每至冬至日，在圜丘祭天，祭祀的地點在京都南郊，因又稱南郊。杜佑通典卷四三禮三郊天下：「大唐武德初，定令每歲冬至祀昊天上帝於圜丘。壇於京城明德門外道東二里。」明德門即長安城正南門。

樓前立仗看宣赦，萬歲聲長再拜齊㊀。日照綵盤高百尺，飛仙争上取金雞〔一〕。

【校記】

㊀再拜，絶句、全詩作拜舞。

【箋注】

〔一〕金雞：封演封氏聞見記卷四：「國有大赦，則命衛尉樹金雞於闕下，武庫令掌其事。雞以黄金爲首，建立於高橦之上，宣赦畢則除之。凡建金雞，則先置鼓於宮城門之左，視大理及府縣囚徒至，則槌其鼓。」舊唐書刑法志：「其有赦之日，武庫令設金雞及鼓於宮城門外之右，勒集囚徒於闕前，撾鼓千聲訖，宣詔而釋之。」苕溪漁隱叢話後集卷一四引藝苑雌黄：「李華含元殿賦云：『揭金雞於太清，炫晨陽於正色。』李庾西都賦云：『建金雞於仗内，聳修竿而揭起。』王建宮辭云……李太白詩云：『金雞忽放赦，大辟得寬赊。』又云：『我愁遠謫夜郎去，何日金雞放赦回。』肆赦樹金雞，不知起於何代。唐百官志云：『赦日，立金雞於仗南，有雞黄金飾首，銜絳幡，承以彩盤，維以絳繩，五坊小兒得雞者，官以錢贖，或取絳幡而已。』事物紀原載此，謂金雞起於有唐。楊文公談苑云：『杜鎬言：關東風俗傳云：宋孝王問司天膺之後魏北齊樹金雞事，膺之曰：海中星占云：天雞星動爲有赦。蓋王者以天雞爲度。隋書刑法志云：北齊赦日，武庫設金雞及鼓於闕門右，撾鼓千聲，宣赦。建金雞或云起於西涼吕光，究其旨，蓋西方主兑，兑爲澤，雞者巽之神，巽爲號令，合是二物，製其形，揭爲長竿，使衆人睹之也。』據談苑所云，皆十六國時事，而紀原以爲起於唐，亦誤矣。又按秦京雜記云：『大赦設金雞，口銜勝，宣政衙鼓樓上，雞唱六人，至日，同以索上雞竿，争口中勝，争得者月給俸三石，謂之雞粟。』其言與百官志亦自不同。」

集賢殿裏圖書滿〔一〕，點勘頭邊御印同㊀〔二〕。真跡進來依字數㊁，别收鎖在玉函中〔三〕。

【校記】

㈠ 點，絶句作校。

㈡ 依字數，絶句作知字數，胡本、全詩作依數字。

【箋注】

〔一〕集賢殿：唐會要卷六四集賢院：「（開元）十三年四月五日，因奏封禪儀注，勒中書門下及禮官學士等，賜宴於集仙殿。上曰：『今與卿等賢才，同宴於此，宜改集仙殿麗正書院爲集賢院。』乃下詔曰：『仙者捕影之流，朕所不取。賢者濟治之具，當務其實。院内五品已上爲學士，六品已下爲直學士。』」新唐書百官志二：「集賢殿書院，學士、直學士、侍讀學士、修撰官，掌刊緝經籍。凡圖書遺逸、賢才隱滯，則承旨以求之。謀慮可施於時、著述可行於世者，考其學術以聞。凡承旨撰集文章、校理經籍，月終則進課於内，歲終則考最於外。」

〔二〕點勘：即校勘，校正文字。一部書點勘完畢，蓋上御印。唐會要卷六四：「開成元年四月，集賢殿御書院請鑄小印一面，以御書爲印文，從之。」

〔三〕玉函：收藏書籍的匣子。王嘉拾遺記卷三：「浮提之國，獻神通善書兩人，佐老子撰道德經，寫以玉牒，編以金繩，貯以玉函。」

秋殿清齋刻漏長㈠，紫微宮女夜燒香㈡〔一〕。拜陵日到公卿發㈢〔二〕，鹵簿分頭出太常㈣〔三〕。

【校記】

㈠秋，絶句、毛本、胡本、全詩作祕。

㈡燒，紀事作焚。

㈢到，毛本、全詩作近。

㈣出，原作入，據絶句、胡本改。

【箋注】

〔一〕紫微：星座名。晉書天文志上：「紫垣宮十五星，其西蕃七、東蕃八，在北斗北。一曰紫微，大帝之座也，天子之常居也，主命主度也。」文選陸機答賈長淵詩：「往踐蕃朝，來步紫微」，李善注：「紫微，至尊之居。」故以指皇宮。

〔二〕拜陵：祭祀祖先陵廟。新唐書禮樂志四：「凡國陵之制，皇祖以上至太祖陵，皆朔、望上食，元日、冬至、寒食、伏、臘、社，各一祭。」又載：「顯慶五年，詔歲春、秋季一巡，宜以三公行陵，太常少卿貳之，太常給鹵簿，仍著於令。」開元十七年後皆由公卿拜陵。唐會要卷二〇：「貞元四年二月，國子祭酒包佶奏：『每年二月八日，差公卿等朝拜諸陵，伏見陵臺所由引公卿至陵前，其禮簡略，因循已久，恐非盡敬。謹按開元禮，有公卿拜陵舊儀，望宣傳所司，詳定儀注，稍令備禮，以爲永式。』」

〔三〕鹵簿：王讜唐語林卷八：「輿駕行幸，羽儀導從，謂之鹵簿。自秦漢以來始有其名，蔡邕獨斷所載鹵簿，有小駕、大駕、法駕之異，而不詳鹵簿之義。按字書：鹵，大楯也，字亦作櫓，又作樐，音義皆同，以甲爲之，所以扞敵。賈誼過秦論云『伏尸百萬，流血漂鹵』是也。甲楯有先後部伍之次，皆著之簿籍。天子出入，則案次道從，故謂之鹵簿耳。儀衛具五兵，今不言他兵，獨以甲楯爲名者，行道之時，甲楯居外，餘兵在内，但言鹵簿，是舉凡也。」太常：太常寺，官署名。新唐書百官志三：「太常寺，卿一人，正三品。少卿二人，正四品上。掌禮樂、郊廟、社稷之事，總郊社、太樂、鼓吹、太醫、太卜、廩犧、諸祠廟等署，少卿爲之貳。」

毬名〔三〕。

新調白馬怕鞭聲㊀，供奉騎來繞殿行〔一〕。爲報諸王侵早起㊁〔二〕，隔門催進打

【校記】

㊀調，原作騎，據紀事、絶句、胡本、全詩改。怕，毛本作拍。

㊁爲，絶句作先。起，絶句、毛本、胡本、全詩作入。

【箋注】

〔一〕供奉：在皇帝左右供職的人，官名往往帶供奉字樣，如侍御史內供奉、翰林供奉等。

〔二〕侵早：宋長白柳亭詩話卷三：「王建宮詞：『爲報諸王侵早入，隔門催進打毬名』，侵早即凌晨之謂，作『清早』者非。賈島新居詩：『近得雲中路，門常侵早開。』」

〔三〕打毬：此指打馬毬。此戲源於波斯，約於唐初傳入中國。王讜唐語林卷五：「打毬，古之蹵鞠也……開元天寶中，上數御觀打毬爲事，能者左縈右拂，盤旋宛轉，殊有可觀。然馬或奔逸，時致傷斃。」又卷七：「宣宗弧矢擊鞠，皆盡其妙。所御馬，銜勒之外，不加雕飾，而馬尤矯捷。每持鞠杖，乘勢奔躍，運鞠於空中，連擊至數百，而馬馳不止，迅若流電。二軍老手，咸服其能。」資治通鑑卷二五三唐僖宗廣明元年三月「上命四人擊毬三川，（陳）敬瑄得第一籌」，胡三省注：「凡擊毬，立毬門於毬場，設賞格。天子按轡入毬場，諸將迎拜，天子入講武榭，升御座，諸將羅拜於下，各立馬於毬場之兩偏以俟命。神策軍吏讀賞格訖，都教練使放毬於場中，諸將皆馳馬趨之，以先得毬而擊過毬門者爲勝。先勝者得第一籌，其餘諸將再入場擊毬，其勝者得第二籌焉。」

對御難爭第一籌〔一〕，殿前不打背身毬。內人唱好龜兹急〔二〕，天子鞘迴過玉樓㊀。

【校記】

㊀ 鞘迴，紀事、胡本作龍輿。鞘，絶句作梢。

【箋注】

〔一〕第一籌：打馬毬時，先將毬擊過毬門者得第一籌。宋史禮志二十四打毬：「打毬，本軍中戲，太宗命有司詳定其儀，三月，會鞠大明殿。有司除地，豎木東西爲毬門，高丈餘，首刻金龍，下施石蓮花坐，加以采繢。左右分朋主之，以承旨二人守門，衛士二人持小紅旗唱籌，御龍官錦繡衣持哥舒棒，周衛毬場。殿階下，東西建日月旗，教坊設龜茲部鼓樂於兩廊，鼓各五。又於東西毬門旗下各設鼓五，閤門豫定分朋狀取裁。」又云：「帝得籌，樂少止，從官呼萬歲。群臣得籌則唱好，得籌者下馬稱謝。」

〔二〕龜茲：指龜茲部樂曲。打毬時奏龜茲部鼓樂，見上引宋史禮志。吴曾能改齋漫録卷六「打毬唱好」條：「唐楊巨源觀打毬詩云：『入門百拜瞻雄勢，動地三軍唱好聲』，乃悟王建宮詞：『對御難争第一籌，殿前不打背身毬。内人唱好龜茲急，天子龍輿過玉樓。』」

新衫一樣殿頭黄〔一〕，銀帶排方獺尾長〔二〕。總把金鞭騎御馬㊀，緑鬃紅額麝香香㊁。

【校記】

㈠金，絶句、全詩作玉。

㈡麝香，紀事作麝煙。

【箋注】

〔一〕新衫：馬縞中華古今注卷中：「衫子：自黄帝垂衣裳，而女人有尊一之義，故衣裳相連。始皇元年，詔宫人及近侍宫人皆服衫子，亦曰半衣，蓋取便於侍奉。」殿頭黄：像殿頂黄色琉璃瓦一樣的顔色。

〔二〕排方：王得臣麈史卷一：「古一韋爲帶，反插垂頭，至秦乃名腰帶。唐高祖令下插垂頭，今爲之撻尾是也。今帶止用九胯，四方五圓，乃九環之遺制。胯且留一眼，號曰古眼，古環象也。通以黑韋爲常服者，金、玉、犀則用紅韋，著令品制有差等。豪貴侈僭雖非經賜，亦多自服。及至和、皇祐間爲方胯，無古眼。其稀者目曰稀方，密者目曰排方，始於常服之。比年士大夫朝服亦服撻尾，始甚短，後稍長，浸有垂至膝者。今則參用，出於人之所好而已。」獺尾：即撻尾，腰帶下插的垂頭。中華古今注卷上：「高祖：三品已上以金爲銙，服緑。庶人以鐵爲銙，服白。向下插垂頭，而取順合，呼撻尾。」

羅衫葉葉繡重重，金鳳銀鵝各一叢。每遍舞頭分兩向㈠〔一〕，太平萬歲字當中〔二〕。

【校記】

㈠頭，原作時，據紀事改。向，全詩校一作句。

【箋注】

〔一〕舞頭：領舞之人。崔令欽教坊記：「開元十一年，初製聖壽樂，令諸女衣五方色衣以歌舞之。宜春院女教一日便堪上場，惟搊彈家彌月不成。至戲日，上親加策勵，曰：『好好作，莫辱没三郎。』令宜春院人爲首尾，搊彈家在行間，令學其舉手也。宜春院亦有工拙，必擇尤者爲首尾，首既引隊，衆所屬目，故須能者。」

〔二〕此詩寫聖壽樂舞時的情景。教坊記：「聖壽樂舞，衣襟各繡一大窠，皆隨其衣本色。製純縵衫，下纔及帶。若短汗衫者以籠之，所以藏繡窠也。舞人初出，樂次，皆是縵衣。舞至第二疊，相聚場中，即於衆中從領上抽去籠衫，各内懷中。觀者忽見衆女咸文繡炳焕，莫不驚異。」舊唐書音樂志二：「聖壽樂，高宗武后所作也。舞者百四十人，金銅冠，五色畫衣。舞之行列必成字，十六變而畢，有『聖超千古，道泰百王，皇帝萬年，寶祚彌昌』字。」吴曾能改齋漫録卷六「字舞」條：「『羅衫葉葉繡重重，金鳳銀鵝各一叢。每遍舞頭分兩向，太平萬歲字當中。』王建宫詞也。按唐樂府雜録云：舞有健舞、軟舞、字舞、花舞。字舞者，以舞人亞身於地，布成字也。故建有太平萬歲字之句。」

【輯評】

唐詩歸卷二七：鍾（惺）云：事淺而慧。

黄周星唐詩快卷一五：「太平萬歲字當中」，亦自有趣。

王士禛帶經堂詩話卷一三：王建宫詞：「每遍舞時分兩向，太平萬歲字當中」，今外國猶傳其製，鄭麟趾高麗史云：「教坊女弟子奏王母隊歌舞，一隊五十五人，舞成四字，或『君王萬歲』，或『天下太平』。」此其遺意也。

沈雄古今詞話詞品下卷：卍字，本佛經胸前吉祥相也，又髮右旋而結此形。王建詞「太平卍字舞當中」；馮延巳詞「卍字回欄旋著月」；李珣詞「猺女鬅鬆卍字螺」。

魚藻宫中鎖翠娥㈠〔一〕，先皇行處不曾過。如今池底休鋪錦〔二〕，菱角雞頭積漸多〔三〕。

【校記】

㈠宫，絶句作池。

【箋注】

〔一〕魚藻宫：舊唐書德宗紀下貞元十三年七月：「壬辰，浚湖渠、魚藻池，深五尺。」又穆宗紀元和十五年九月：「辛丑，大合樂於魚藻宫，觀競渡。」王應麟玉海卷一五八「唐魚藻宫」條：「禁苑池中有山，山上建魚藻宫，在大明宫北。」

〔二〕鋪錦：苕溪漁隱叢話前集卷二二引西清詩話：「又建宫詞云：『魚藻宫中鎖翠娥，先皇行處不曾過。如今池底休鋪錦，菱角雞頭積漸多。』事見李石開成承詔録：文宗論德宗奢靡云：『聞得禁中老宫人每引流泉，先於池底鋪錦。』則知建詩皆摭實，非鑿空語也。」

〔三〕菱角：菱爲水生草本植物，一名芰。果實硬殼有角，俗稱菱角。雞頭：即芡。揚雄方言卷三：「蔆芡，雞頭也。北燕謂之蔆，青徐淮泗之間謂之芡，南楚江湘之間謂之雞頭，或謂之雁頭，或謂之烏頭。」

【輯評】

王洙王氏談録：王建宫詞云「如今池底休鋪錦」，公言：此即文公對李公石云：「開元中舊宫人盡在，問之，無知此事者。」

程大昌雍録卷四：禁苑池中有山，山上建魚藻宫。王建宫詞曰：「魚藻宫中鎖翠娥，先皇幸處不曾過。而今池底休鋪錦，菱角雞頭積漸多。」先皇，德宗也。池底張錦，引水被之，令其光豔透見也。德宗亦已奢矣。故横取厚積，如大盈之類，豈獨爲供軍之用也？若非王建得之内侍，外人安得而知？

周珽删補唐詩選脈箋釋會通評林卷五六：望幸而不得其寵，故深致不必妝飾之辭，即「庭絶玉輦迹，芳草漸成窠。隱隱聞簫鼓，君恩何處多」之意。似感非感，似怨非怨，妙，妙。

殿前明日中和節〔一〕，連夜瓊林散舞衣〔二〕。傳報所司供蠟燭㊀，監開金鎖放人歸㊁〔三〕。

【校記】

㊀供，絶句、毛本、胡本、全詩作分。

㊁開金，紀事作門金，絶句作宫開。

【箋注】

〔一〕中和節：舊唐書德宗紀下：「（貞元）五年春正月壬辰朔。乙卯，詔：『四序佳辰，歷代增置，漢崇上巳，晉紀重陽。或説禳除，雖因舊俗，與衆共樂，咸合當時。朕以春方發生，候及仲月，勾萌畢達，天地和同，俾其昭蘇，宜助暢茂。自今宜以二月一日爲中和節，以代正月晦日，備三令節數，内外官司休假一日。』辛臣李泌請中和節日令百官進農書，司農獻穜稑之種，王公戚里上春服，士庶以刀尺相問遺，村社作中和酒，祭勾芒以祈年穀，從之。」唐會要卷二九：「貞元六年二月，百官以中和節宴於曲江亭，上賦詩以錫之。其年，以中和節始令百官進太后所撰兆人本業記三卷，司農獻黍粟種各一斗。」

〔二〕瓊林：唐代皇家庫房。舊唐書陸贄傳：「及賊（朱）泚解圍，諸藩貢奉繼至，乃於奉天行在貯貢物於廊下，仍題曰瓊林、大盈二庫名。贄諫曰：『瓊林、大盈，自古悉無其制，傳諸耆舊之說，皆云創自開元。貴臣貪權，飾巧求媚，乃言郡邑貢賦所用，盍各區分，賦稅當委於有司，以給經用；貢獻宜歸於天子，以奉私求。玄宗悅之，新是二庫，蕩心侈欲，萌柢於兹，迨乎失邦，終以餌寇。』」

〔三〕放人歸：指允許宮人與家人團聚。尉遲偓中朝故事卷上：「每歲上巳日，許宮女於興慶宮內大同殿前與骨肉相見，縱其問訊，家眷更相贈遺。一日之內，人有千萬，有初到親戚便相見者，有及暮而呼喚姓第不至者，涕泣而去。歲歲如此。」

五更五點索金車㈠，盡放宮人出看花。仗下一時催立馬㈡，殿頭先報內園家〔一〕。

【校記】

㈠五點，毛本、席本、胡本、全詩作三點。

㈡時，絶句作邊。

【箋注】

〔一〕內園：皇宮內的園圃。在內園種植瓜果蔬菜以供宮中食用的人稱內園家。

城東北面望雲樓㊀〔一〕，半下珠簾半上鈎。騎馬行人長遠過㊁，恐防天子在樓頭㊂。

【校記】

㊀北面，紀事作南北。疑此句當作「城東南北望春樓」。

㊁遠，絶句作速。

㊂恐，紀事、絶句作忽。

【箋注】

〔一〕望雲樓：唐太極宮有望雲亭。宋敏求長安志卷六：「西北有景福臺，臺西有望雲亭。」杜甫贈翰林張四學士垍：「賦詩拾翠殿，佐酒望雲亭。」然頗疑「雲」爲「春」之誤。程大昌雍録卷九：「南望春亭、北望春亭，在禁苑東南高原之上，舊記多云望春宮，其東正臨滻水也。天寶元年，韋堅因古迹堰渭水絶滻霸爲潭，東注永豐倉下，以便漕運，名廣運潭。未幾滻霸二水沙泥衝壅，潭不可漕，付司農掌之，爲捕魚之所。」徐松兩京城坊考卷一：「禁苑，苑中宮亭二十四所，可考者曰南望春亭，曰北望春亭，曰坡頭亭，曰柳園亭，曰月坡。」

【輯評】

唐詩歸卷二七：鍾（惺）云：二首寫出女郎解事，承應光景。

射生宫女宿紅粧〔一〕，請得新弓各自張㊀。臨上馬時齊賜酒，男兒跪拜謝君王〔二〕。

【校記】

㊀ 請，全詩作把。弓，宋本作宫，據紀事、絶句、明鈔本、毛本、胡本、全詩改。

【箋注】

〔一〕射生：新唐書兵志：「又擇便騎射者置衙前射生手千人，亦曰供奉射生官，又曰殿前射生，分左右廂，總號曰左右英武軍。」唐語林卷五：「玄宗命射生官射鮮鹿取血，煎鹿腸食之。」此言射生宫女，是以宫女充當的射生手。

〔二〕此句寫射生宫女行男子跪拜禮。苕溪漁隱叢話後集卷一四引復齋漫録：「後周制，令宫人庭拜爲男子拜，故建云……」宋孟元老東京夢華録卷七「駕登寶津樓諸軍置百戲」條描寫女伶作男子拜：「（女童）皆妙齡翹楚，結束如男子……馳驟至樓前，團轉數遭，輕簾鼓聲，馬上亦有呈驍藝者。中貴人許畋押隊招呼成列，鼓聲一齊，擲身下馬，一手執弓箭，攬轡子就地，如男子儀，拜舞山呼訖，復聽鼓聲，騙馬而上。大抵禁庭如男子裝者，便隨男子禮起居。」胡震亨唐音癸籤卷一九：「世謂婦人立拜起於武后，其實不然。周天元時，命内外命婦拜天臺，皆執笏俯伏如男子，可見以前婦人無俯伏者，惟下手立拜耳。王建宫詞有云：『臨上馬時齊賜酒，男兒跪拜謝君王』，知當時宫女不作男子拜矣。本朝命婦入朝，贊行四拜，皆下手立拜，惟謝拜賜時，一跪叩頭，遵古禮也。」

【輯評】

羅大經鶴林玉露甲編卷四：朱文公云：古者男子拜，兩膝齊屈，如今之道拜。杜子春注周禮奇拜，以爲先屈一膝，如今之雅拜，即今拜也。古者婦女以肅拜爲正，謂兩膝齊跪，手至地，而頭不下也。拜手亦然。南北朝有樂府詩説婦人曰：「伸腰再拜跪，問客今安否？」伸腰亦是頭不下也。周宣帝令命婦相見皆跪，如男子之儀。不知婦人膝不跪地，而變爲今之拜者，起於何時，程泰之以爲始於武后，不知是否。余觀王建宫詞云：「射生宫女盡紅粧，請得新弓各自張。臨上馬時齊賜酒，男兒跪拜謝君王。」則唐時婦女拜不跪，可證矣。

唐詩歸卷二七：鍾（惺）云：爽而媚。

新秋白兔大於拳，紅耳霜毛趁草眠㈠。天子不教人射殺，玉鞭遮到馬蹄前〔一〕。

【校記】

㈠毛，席本作毫。

【箋注】

〔一〕遮：阻止。

內鷹籠脱解紅絛㈠，鬬勝争飛出手高㈡〔一〕。直上碧雲還卻下㈢，一雙金爪菊花毛㈣。

【校記】

㈠鷹，紀事作人。絛，紀事作韜。此句能改齋漫録卷六引作「內人籠脱繫紅絛」。

㈡鬬，紀事作戴。

㈢上，紀事作到。碧，絶句作青。

㈣菊，宋本作掬，據紀事改。鳥爪不可言掬，故改。

【箋注】

〔一〕鬬勝：競飛。

競渡船頭掉綵旗㊀〔一〕，兩邊濺水濕羅衣㊁。池東争向池西岸㊂，先到先書上字歸。

【校記】

㊀ 掉，原作棹，據紀事、絶句、明鈔本、全詩改。胡本作插。掉，摇動。

㊁ 濺，紀事作泥。

㊂ 岸，全詩校一作去。

【箋注】

〔一〕競渡：劉餗隋唐嘉話：「俗五月五日爲競渡戲，自襄州已南，所向相傳云：屈原初沉江之時，其鄉人乘舟求之，意急而争前，後因爲此戲。」唐代宮廷亦有競渡遊戲，則不必在五月五日。計有功唐詩紀事卷九載中宗於景龍四年四月六日幸興慶池觀競渡，李適有戲競渡應制詩。舊唐書穆宗紀元和十五年九月：「辛丑，大合樂於魚藻宮，觀競渡。」又敬宗紀寶曆元年五月：「庚戌，幸魚藻宮觀競渡。」又寶曆二年三月：「戊寅，幸魚藻宮觀競渡。」

【輯評】

陸時雍唐詩鏡卷四一：三句還好著色。

燈前飛入玉堦蟲㊀，未卧常聞半夜鐘㊁。看著中元齋日到〔一〕，自盤金線繡真容〔二〕。

【校記】

㊀入，絶句作出。

㊁常，紀事作嘗。

【箋注】

〔一〕中元：七月十五日爲中元節。韓鄂歲華紀麗卷三：「中元，道經云：七月十五日中元，地官考校勾搜選天人分别善惡，以其日作玄都，大獻於玉京山，以諸奇異妙好幡幢寶蓋供養之具、清膳飲食，獻諸衆聖。道士於其日講老子經，十方大聖高詠靈篇。」唐會要卷五〇載開元二十二年詔中元節禁斷屠宰。

〔二〕真容：指老子像。唐尊奉老子爲太上玄元皇帝。唐會要卷五〇：「（開元）二十九年九月七日敕：諸道真容，近令每州於開元觀安置，其當州及京兆、河南、太原等諸府有觀處，亦各令本州府寫貌，分送安置。」

紅燈睡裏唤春雲㊀，雲上三更直宿分㊁。金砌雨來行步滑，兩人擡起隱花裙〔一〕。

【校記】

㈠ 喚，賓退録八、升庵集五四引作看。

㈡ 雲，絶句作月。

【箋注】

〔一〕隱花裙：花紋隱約的花裙。資治通鑑卷二〇九唐中宗景龍二年：「安樂（公主）有織成裙，直錢一億，花卉鳥獸，皆如粟粒，正視旁視，日中影中，各爲一色。」隱花裙當與此一種性質。

【輯評】

楊慎升庵集卷五四：擡起，俗語也，古亦有之。王建宮詞：「紅燈睡裏看春雲，雲上三更直宿分。金砌雨來行步滑，雙雙擡起隱金裙。」

一時起立吹簫管，得寵人來滿殿迎。整頓衣裳皆著卻㈠，舞頭當拍第三聲〔一〕。

【校記】

㈠ 卻，紀事作節，當是。

【箋注】

〔一〕舞頭：舞時在隊首領舞之人。崔令欽教坊記：「開元十一年，初製聖壽樂。令諸女衣五方色衣，以歌舞之。宜春院女教一日，便堪上場，惟搊彈家彌月不成。至戲日……令宜春院人爲首尾，搊彈家在行間，令學其舉手也。宜春院亦有工拙，必擇尤者爲首尾，首既引隊，衆所屬目，故須能者。」何光遠鑑誡録卷一「走車駕」條：「宫人楊舞頭，失其名，進裛淚手帕子。」

琵琶先抹六么頭㊀〔一〕，小管丁寧側調愁〔二〕。半夜美人雙唱起㊁，一聲聲出鳳凰樓〔三〕。

【校記】

㊀ 六么，絶句作緑腰。

㊁ 唱起，紀事、絶句作起唱。

【箋注】

〔一〕六么：唐曲名。程大昌演繁露卷一二：「段安節琵琶録云：貞元中，康崑崙善琵琶，彈一曲新翻羽調緑腰，注云：緑腰即録要也，本自樂工進曲，上令録出要者，乃以爲名，誤言緑腰也。據此，即録要已訛爲緑腰，而白樂天集有聽緑腰詩，注云：即六么也。今世亦有六么，然其曲已自有高平、仙吕兩調，又不與羽調相協，抑不知是唐世遺聲否耶？」苕溪漁隱叢話前集卷一六引蔡寬夫詩話：「故言涼州者，謂之濩索，取其音節繁雄；言六么者，謂之轉關，取其聲調閑婉。元微之詩云：『涼州大遍最豪嘈，録要散序多籠撚。』濩索轉關，豈所謂豪嘈籠撚者邪？唐起樂皆以絲聲，竹聲次之，樂家所謂細抹將來者是也。故王建宮詞云：『琵琶先抹緑腰頭，小管丁寧側調愁。』近世以管色起樂，而猶存細抹之語，蓋沿襲弗悟爾。」

〔二〕側調：沈括夢溪筆談卷五：「古樂有三調聲，謂清調、平調、側調也。王建詩云『側商調裏唱伊州』是也。今樂部中有三調樂，品皆短小，其聲噍殺，唯道調小石法曲用之。」

〔三〕鳳凰樓：未詳。

【輯評】

王灼碧雞漫志卷三：六么，一名緑腰，一名樂世，一名録要。元微之琵琶歌云「緑腰散序多攏撚」；又云「管兒還爲彈緑腰，緑腰依舊聲迢迢」；又云「逡巡彈得六么徹，霜刀破竹無殘節」。……白樂天楊柳枝詞云：「六么水調家家唱，白雪梅花處處吹。」又聽歌六絶句內樂世一篇云：「管急弦繁拍漸稠，緑腰宛轉曲終頭，誠知樂世聲聲樂，老病人聽未免愁。」注云：「樂世一名六么。」王建宮詞云「琵琶先抹六么頭」，故知唐人以「腰」作「么」者，惟樂天與王建耳。

春池日煖少風波，花裏牽船水上歌。遥索劍南新樣錦〔一〕，東宮先釣得魚多㊀〔二〕。

【校記】

㈠ 釣，全詩校一作報。

【箋注】

〔一〕新樣錦：成都産錦，新唐書地理志六劍南道成都府蜀郡：「土貢：錦、單絲羅、高杼布、麻、蔗糖、梅煎、生春酒。」張鷟遊仙窟亦云：「下官拜辭訖，因遣左右取益州新樣錦一匹，直奉五嫂。」

〔二〕東宮：太子所居之宮曰東宮。宋代有賞花釣魚宴，宋史禮志十六：「雍熙二年四月二日，詔輔臣、三司使、翰林、樞密直學士、尚書省四品兩省五品以上、三館學士宴於後苑，賞花、釣魚，張樂賜飲，命群臣賦詩習射。賞花曲宴自此始。」由王建詩觀之，唐代已有此事。

十三初學擘箜篌〔一〕，弟子名中被點留。昨日教坊新進入〔二〕，並房宮女與梳頭〔三〕。

【箋注】

〔一〕擘箜篌：即彈奏豎箜篌。舊唐書音樂志二：「豎箜篌，胡樂也，漢靈帝好之。體曲而長，二十有二弦，豎抱於懷，用兩手齊奏，俗謂之擘箜篌。」

〔二〕教坊：唐代音樂機構，有內、外之別。外教坊又分左右教坊。崔令欽教坊記：「西京右教坊在光宅坊，左教坊在延政坊。右多善歌，左多工舞。」資治通鑑卷二一一唐玄宗開元二年正月：「舊制：雅俗之樂皆隸太常。上精曉音律，以太常禮樂之司不應典雜伎，乃更置左右教坊以教俗樂。」新唐書禮樂志十二：「置內教坊於蓬萊宮側，居新聲、散樂、倡優之伎。」此指內教坊。

〔三〕梳頭：唐宮中有流行的髮式，韓偓忍笑：「宮樣梳頭淺畫眉，晚來妝飾更相宜。」

紅鸞捍撥帖胸前〔一〕，移坐當頭近御筵〔二〕。用力獨彈金殿響，鳳凰飛出四條絃㊀〔三〕。

【校記】

㊀ 出，全詩作下。

【箋注】

〔一〕捍撥：護撥的裝飾物。撥是撥動琵琶、箏、瑟等弦索的器具。葉廷珪海録碎事卷一六琵琶門：「金捍撥在琵琶面上當絃，或以金塗爲飾，所以捍護其撥也。」李賀春懷引：「蟾蜍碾月挂明弓，捍撥裝金打仙鳳。」元稹琵琶歌：「淚垂捍撥朱絃温，冰泉嗚咽流鶯澀。」此云紅鸞捍撥，當是紅色的、出産於南方的撥飾物。劉餗隋唐嘉話卷中：「貞觀中，彈琵琶裴洛兒始廢撥用手，今俗謂搊琵琶是也。」但唐時大多數藝人還是用撥演奏琵琶。

〔二〕近御筵：教坊記：「妓女入宜春院，謂之『内人』，亦曰『前頭人』，常在上前頭也。」此詩所寫之琵琶女即爲前頭人。

〔三〕鳳凰：此指琵琶曲火鳳。唐會要卷三三讌樂：「貞觀末，有裴神符者，妙解琵琶，作勝蠻奴、火鳳、傾杯樂三曲，聲度清美，太宗深愛之。」

【輯評】

黄周星唐詩快卷一五：寫得撥刺生動。

春風吹雨灑旗竿㊀，得出深宮不怕寒㊁。誇道自家能走馬㊂，園中横過覓人看㊃。

【校記】

㊀雨灑，紀事作曲信，絶句作展曲。旗，全詩校一作旌。

㊁得出，紀事作自得。

㊂能走，紀事作先上。

㊃園，絶句作圍，紀事、全詩作團。

粟金腰帶象牙錐㊀〔一〕，散插紅翎玉突枝〔二〕。旋獵一邊還引馬，歸來雞兔遶鞍垂㊁。

【校記】

㊀腰，全詩校一作犀。象，絕句作碧。

㊁雞兔，紀事作花鴨，當是。御獵已云「新教内人唯射鴨」。

【箋注】

〔一〕粟金：用金粒裝飾。

〔二〕紅翎：指塗成紅色的箭羽。玉突：指箭矢。

雲駮花驄各試行㊀〔一〕，一般毛色一般纓。殿前來往重騎過〔二〕，欲得君王別賜名㊁。

【校記】

㊀駮，宋本作駿，據紀事、絕句、毛本、胡本、全詩改。驄，絕句作騣。

㊁君王，紀事作天恩。

【箋注】

〔一〕雲駮：毛色青白相雜的馬。花驄：青白毛色的馬。苕溪漁隱叢話後集卷二六引復齋漫録：「明皇雜録言：『上所乘馬，有玉花驄、照夜白。』又異人録言：『玉花驄者，以其面白，故又謂之玉面花驄。』故杜子美丹青引云：『先帝天馬玉花驄，畫工如山貌不同。』觀曹將軍畫馬圖歌云：『曾貌先帝照夜白，龍池十日飛霹靂。』」

〔二〕騎過：唐宮廷中，新馬進入，先由中官試騎，如韓偓苑中詩：「外使進鷹初得按，中官過馬不教嘶。」自注云：「上每乘馬，必閹官馭以進，謂之過馬。既乘之，而後蹀躞嘶鳴。」

每夜停燈熨御衣〔一〕，銀熏爐底火霏霏㈠。遥聽帳裏君王覺，上直鐘聲始得歸㈡〔二〕。

【校記】

㈠霏霏，絶句作微微。

㈡直，絶句作番。

【箋注】

〔一〕停燈：點着燈。朱慶餘近試上張水部：「洞房昨夜停紅燭，待曉堂前拜舅姑。」停燭亦即點着蠟燭之意。

〔二〕上直：上值，上班。上番亦此意，如漢書蓋寬饒傳「共更一年」顏師古注：「更猶今人言上番也。」洪邁夷堅支志景卷八上官醫：「兵校交番，其當直者必大聲曰：『上番來！』當下者繼之曰：『下番去！』」

因喫櫻桃病放歸〔一〕，三年著破舊羅衣㊀。内中人識從來去㊁，結得頭花上貴妃㊂〔二〕。

【校記】

㊀ 破，原校、胡本校一作盡。

㊁ 此句紀事、絶句作内中侍從來還去。

㊂ 頭，原校一作金，紀事、絶句、胡本、全詩作金。

【箋注】

〔一〕放歸：唐時在宮中供奉的内人因病或其他原因，便令出宮，張祜退宮人、杜牧出宮人詩，皆可證。

〔二〕頭花：頭上戴的花飾。貴妃：女官名。新唐書百官志二：「貴妃、惠妃、麗妃、華妃，各一人，正一品。掌佐皇后論婦禮於內，無所不統。」

欲迎天子看花去，下得金堦卻悔行。恐見失恩人舊院，迴來衝著五絃聲㊀〔一〕。

【校記】

㊀來，絶句作頭。衝，宋本校一作憶，紀事、絶句、全詩作憶。

【箋注】

〔一〕五絃：新唐書禮樂志十一：「五絃如琵琶而小，北國所出，舊以木撥彈，樂工裴神符初以手彈，太宗悦甚，後人習爲搊琵琶。」此句言回來時怕聽到失寵的宫人用五絃所彈奏的幽怨的樂曲聲，因而引發對於自己命運的擔憂。

往來舊院不堪修㊀，教近宣徽別起樓㊁〔一〕。聞有美人新進入㊂，六宮未見一時愁㊃〔二〕。

【校記】

㊀堪，全詩校一作中。

㊁教近，紀事、全詩作近敕。宣徽，全詩校一作金鑾。

㈢ 聞，宋本作間，據紀事、絶句、毛本、胡本、全詩改。進入，紀事作入内。

㈣ 此句紀事作宫中未識大家愁。

【箋注】

〔一〕宣徽：殿名，在大明宫東。宋敏求長安志卷六：「東殿仙韶院，文宗開成三年造内山亭院。放鴨池，野狐落，昭德寺，太和殿，宣徽殿，咸泰殿，文思殿，崇玄館。」

〔二〕六宫：泛指皇后及妃嬪住的地方。一時：一齊。

【輯評】

劉克莊後村詩話後集卷一：近人長短句多脱换前人詩，七夕詞云：「做豪今夜爲情忙，那得功夫送巧。」然羅隱已云：「時人不用穿針待，没得心情送巧來。」送别詞云：「不如飲待奴先醉，圖得不知郎去時。」然劉駕已云：「我願醉如泥，不見君去時。」宫詞云：「一夜御前宣住，六宫多少人愁。」然王建詩云：「聞有美人新進入，六宫未見一時愁。」

黄周星唐詩快卷一五評「聞有美人新進入，六宫未見一時愁」：不得不愁。

自誇歌舞勝諸人㈠，恨未承恩出内頻㈡。連夜宫中修别院㈢，地衣簾額一時新〔一〕。

【校記】

㊀ 詩，絶句作知。

㊁ 恨未承恩，絶句作邀勒君王。

㊂ 連夜，絶句作奉敕。別，紀事、絶句作理。

【箋注】

〔一〕地衣：地毯。白居易紅綫毯：「地不知寒人要暖，少奪人衣作地衣。」自注：「貞元中，宣州進開樣加絲毯。」簾額：一名簾旌，門簾上端所附的横幅，常繡有鸞鳳圖案。李賀宮娃歌「彩鸞簾額著霜痕」，即謂此。

悶來無處可思量，旋下金堦旋憶妝㊀。收得山丹紅蕊粉〔一〕，鏡前洗卻麝香黃㊁〔二〕。

【校記】

㊀ 憶妝，原作下牀，據絶句改。下堦再下牀，於理不合，故改。

㊁ 鏡前，原作窗中，據絶句及毛晉三家宮詞改。

【箋注】

〔一〕山丹：植物名。李時珍本草綱目卷二七菜部：「山丹根似百合，小而瓣少，莖亦短小，其葉狹長而尖，頗似柳葉，與百合迴別。四月開紅花，六瓣，下四垂，亦結小子。」

〔二〕麝香：雄麝香腺中的分泌物，乾燥後入藥，黄色，可制香料，香氣濃鬱。此指用麝香點的額黄。額黄爲婦女施於額上的黄色塗飾。

蜂鬚蟬鬢薄鬆鬆〔一〕，浮動搔頭似有風〔二〕。一度出時抛一遍，金條零落滿函中〔三〕。

【箋注】

〔一〕蜂鬚：以喻美人的眉毛像蜂的鬚子細長而彎曲。蟬鬢：古代婦女的髮式。崔豹古今注卷下：「魏文帝宮人絶所愛者，有莫瓊樹、薛夜來、田尚衣、段巧笑四人，日夕在側。瓊樹乃制蟬鬢，縹緲如蟬，故曰蟬鬢。」

〔二〕搔頭：即簪子。舊題葛洪西京雜記卷二：「武帝過李夫人，就取玉簪搔頭，自此後宮人搔頭皆用玉，玉價倍貴焉。」

〔三〕金條：金條脱。條脱又作跳脱，爲手鐲、腕釧一類的臂飾。陶弘景真誥卷一運象篇：「并致火浣布手巾一枚，金玉條脱各一枚。條脱似指環而大，異常精好。」吳曾能改齋漫録卷二：「唐盧氏雜説：文宗問宰臣：條脱是何物？宰臣未對，上曰：真誥言：安妃有金條脱，爲臂飾，即今釧也。」

合暗報來門鎖了〔一〕，夜深應别喚笙歌。房房下著珠簾睡㈠〔二〕，月過金堦白露多㈡。

【校記】

㈠房房，紀事作房中。

㈡白，全詩校一作冷。

【箋注】

〔一〕合暗：即和暗，在夜暗之中。

〔二〕珠簾：用珍珠綴飾的簾子。西京雜記卷二：「昭陽殿織珠爲簾，風至則鳴，如珩佩之聲。」

御廚不食索時新㈠，每見花開即苦春㈡。白日卧多嬌似病㈢，隔簾教喚女醫人㈣。

【校記】

㈠不，紀事作下。

㈡苦，絶句作是。

㊂ 卧，絶句作睡。
㊃ 教，絶句作叫。

【輯評】

胡仔苕溪漁隱叢話後集卷一四：王建宫詞云：「御廚不食索時新，每見花開即苦春。白日卧多嬌似病，隔簾教唤女醫人。」花蕊夫人宫詞云：「廚船進食簇時新，侍宴無非列近臣。日午殿頭宣索鱠，隔花催唤打魚人。」二詞紀事則異，造語頗同，第花蕊之詞工，王建爲不及也。

吴曾能改齋漫録卷五：劉貢父詩話載花蕊夫人宫詞云：「廚船進食簇時新，列坐無非侍從臣。日午殿頭宣索鱠，隔花催唤打魚人。」余觀王建宫詞云：「御廚進食索時新，每到花開即苦春。白日卧多嬌似病，隔簾教唤女醫人。」不惟第一句同，而末章詞意，皆相緣以起也。

黄周星唐詩快卷一五：宛轉嬌怯，如見其態，亦如聞其聲。

賀貽孫詩筏：余謂花蕊盗王建語，然不及王建遠甚，惟「隔花唤」三字，頗能領全首生動耳。王建「御廚不食索時新」七字，寫女子性情嬌癡厭飫之狀如見。若云「進食簇時新」，則直而無味矣。下二句情景事三者俱媚，「白日卧多」便爲「苦春」二字傳神，「隔簾唤醫」，撒癡極妙，非果病也。女子性情，絶非女子能道，每被文人信手描出，漁隱何足以知此哉？

叢叢洗手遶金盆㊀，旋拭紅巾入殿門〔一〕。衆裏遥抛新橘子㊁，在前收得便承恩〔二〕。

【校記】

㊀洗，絶句作灑。

㊁新橘，紀事作金橘，絶句、全詩作新摘。

【箋注】

〔一〕紅巾：王楙野客叢書卷二五：「王建宫詞曰『叢叢洗手繞金盆，旋拭紅巾入殿門』，又曰『縱得紅羅手帕子，當心畫出一雙蟬』，知唐禁中用紅手巾、紅帕子。」

〔二〕此句寫皇帝向宫女人群中拋擲橘子，搶得者便承歡愛。皇帝有逢場作戲之性質，此事不見於唐人記載。

御池水色春來好㊀，處處分流白玉渠〔一〕。密奏君王知入月㊁〔二〕，唤人相伴洗裙裾。

【校記】

㊀池，紀事作波。

㊁知，毛本作和。月，絶句作用。

【箋注】

〔一〕白玉渠：用漢白玉石砌成的水渠。程大昌雍録卷六：「唐以渠導水入城者三：一曰龍首渠，自城東南導滻至長樂阪，釃爲二渠，其一北流入苑，其一經通化門、興慶宮自皇城入太極宮。二曰永安渠，導交水自大安坊西街入城，北流入苑，注渭。三曰清明渠，導水自大安坊東街入城，由皇城入太極宮，及至大明宮則在龍首山上，水不可導矣。大明宮之東有東苑，即在龍首山盡處，地既低下，故東苑中有龍首池，言其資龍首渠水以實池也。」

〔二〕入月：婦女月事。胡震亨唐音癸籤卷一九：「黄帝内經：『月事以時下，謂天癸也。』史記『程姬有所避，不願進』，注：『天子諸侯群妾，以次進御，有月事止不御，更不口説，以丹注面目，的的爲識，令女史見之。』王建宮詞『密奏君王知入月，唤人相伴洗裙裾』，語雖情致，但天家何至自洗裙裾？密奏云云，更不諳丹的故事矣。」

移來女樂部頭邊，新賜花檀大五絃㊀〔一〕。纏得紅羅手帕子〔二〕，當心香畫一雙蟬㊁。

【校記】

㊀大，絶句、全詩作木。

㊁當心香，絶句作當中更，全詩作中心細。

【箋注】

〔一〕花檀大五絃：用花檀木做槽的五絃琵琶。太平御覽卷五八三引鄭處晦明皇雜録：「有中官白秀貞自蜀使回，得琵琶以獻，其槽以邏逤檀爲之，温潤如玉，光輝可見，有金縷紅文蹙成雙鳳。」

〔二〕緶：説文解字「緶」段玉裁注：「謂以枲二股交辮之也。交絲爲辮，交枲爲緶。」

新晴草色緑温暾㊀〔一〕，山雪初消滻水渾㊁〔二〕。今日踏青歸較晚㊂，傳聲留著望春門㊃〔三〕。

【校記】

㊀草，全詩校一作水。緑，紀事作暖，南村輟耕録八引此句亦作暖。

㊁山，絶句作岸。滻水，原作漸水，據絶句、胡本改。紀事、全詩作漸出，全詩校一作水漸。

㊂較，毛本、全詩作校。

㊃留，紀事作開，絶句作流。望春，紀事作苑東。

【箋注】

〔一〕温暾：陶宗儀南村輟耕録卷八：「南人方言曰温暾者，乃微暖也。唐王建宮詞『新晴草色暖温暾』，又白樂天詩『池水暖温暾』，則古已然矣。」

〔二〕滻水：滻水源出藍田縣西南秦嶺山中，北流至長安，東入灞水。史記司馬相如列傳司馬相如上林賦：「終始灞滻，出入涇渭」，司馬貞索隱：「張揖云：灞水出藍田西北而入渭。滻水亦出藍田谷，北至霸陵入灞。灞、滻二水盡於苑中不出，故云終始也。」

〔三〕望春門：望春宮的宮門。王應麟玉海卷一五八引韋述西京紀：「西京禁苑内有望春宮，在高原之上，東臨滻灞。今上曾登北亭賦春臺詠，朝士奉和，凡數百。」宋敏求長安志卷一一：「望春宮在（萬年）縣東十里，臨滻水西岸，在大明宮之東，東有廣運渠。」望春宮附近爲唐代春日遊覽勝地，崔日用望春宮迎春應制：「東郊草物正熏馨，素滻鳧鷖戲緑汀。鳳閣斜通長樂觀，龍旗直逼望春亭。」

兩樓新換珠簾額㈠〔一〕，中尉明朝設内家〔二〕。一樣金盤五千面㈡，紅酥點出牡丹花〔三〕。

【校記】

㈠兩樓新換，全詩校：一作新樓兩換。兩樓，紀事作兩檐，胡本作西樓。

㈡千面，絶句作十面，紀事作千個。

【箋注】

〔一〕簾額：簾子上方的横幅，多繡有麟、鳳等圖案。

〔二〕中尉：唐肅宗時置左右神策軍，德宗又以宦官爲護軍中尉統神策軍。新唐書兵志「護軍中尉、中護軍皆古官，帝既以禁衛假宦官，又以此寵之」，即謂此。内家：崔令欽教坊記：「妓女入宜春院，謂之『内人』，亦曰『前頭人』，常在上前頭也。其家猶在教坊，謂之『内人家』，三季給米。」此句言中尉設宴招待内人家。設爲具饌之義。

〔三〕「紅酥」句：言點心上有用紅色酥酪做成的牡丹花。

舞送香毬出内家㊀〔一〕，記巡傳把一枝花〔二〕。散時各自燒紅燭，相逐行歸不上車。

【校記】

㊀ 舞送香毬，原作盡送春毬，絶句、全詩作盡送春來，據紀事改。首二句寫酒席間歌舞行令的情況，故改。

【箋注】

〔一〕香毬：酒席間行令時所用拋打之物。李肇唐國史補卷下述唐時酒令：「國朝麟德中，壁州刺史鄧宏慶始創平、索、看、精四字令，至李稍雲而大備，自上及下，以爲宜然。大抵有律令，有頭盤，有抛打，蓋工於舉場，而盛於使幕。」所謂打令之「打」，指酒席間的小舞，抛毬樂即爲酒席間的歌舞曲。白居易醉後贈人：「香毬趁拍回環匝，花盞抛巡取次飛。」張祜陪范宣城北樓夜宴：「亞身摧蠟燭，斜眼送香毬。」徐鉉抛毬樂：「歌舞送飛毬，金觥碧玉籌。」皆可證。

〔二〕巡：酒席上斟酒一遍叫一巡。一枝花：徐鉉抛毬樂：「灼灼傳花枝，紛紛度畫旗。不知紅燭下，照見彩毬飛。」苕溪漁隱叢話後集卷一六引東皋雜録云：「孔常甫言：唐人詩有『城頭催鼓傳花枝，席上搏拳握松子』，乃知酒席藏鬮爲戲，其來已久。」任二北敦煌曲初探云：「（抛毬之戲）大約用繡金小毬，上繫紅綃帶二，帶上綴小珠，毬飛，帶尚可舉。夜筵在燭下，晝筵在花下。先由伎歌舞，飛毬入席，席上方傳遞花枝。有中毬者則分數定，酒執事以籌記數，以旗宣令，客乃按律引觥，想爲一極緊張熱鬧之酒令。酉陽雜俎續三有舞杯閃毬之令語，大概指此。」

家常愛著舊衣裳，空插紅梳不作粧㊀。忽地下堦裙帶解〔一〕，非時應得見君王。

【校記】

㊀ 插，紀事作戴。

【箋注】

〔一〕忽地：胡震亨唐音癸籤卷二四：「王建詩『楊柳宮前忽地春』，忽地，猶言忽底，蓋以地爲助辭。」裙帶解：裙帶自解爲喜兆。權德輿玉臺體十二首十一：「昨夜裙帶解，今朝蟢子飛。鉛華不可棄，莫是藁砧歸。」

【輯評】

黃周星唐詩快卷一五評「忽地下堦裙帶解，非時應得見君王」：自寬自解，亦是無可奈何。

俞陛雲詩境淺説續編：詩言舊衣愛著，不作新妝，見宮人之儉約也。後二句言羅裙自解，忽逢吉兆，豈君王有非時之召見耶？裙帶解，爲相傳古語，主喜慶之兆，不獨玉臺體之「莫是藁砧歸」卜夫婿還鄉也。王建宮詞凡數十首，皆紀唐宮之事，可作掖庭記觀。僅録此二詩者，一紀臨軒盛典，一紀相承諺語，在宮中瑣事之外，詩句亦清新有致。

別敕教歌不出房㊀〔一〕，一聲一遍奏君王㊁〔二〕。再三博士留殘拍〔三〕，索向宣徽作徹章〔四〕。

【校記】

㊀別，紀事作宣。

㈡ 奏，紀事作報。

【箋注】

〔一〕別敕：另有皇家命令。

〔二〕遍：樂曲的一段叫一遍。王國維宋大曲考：「大曲各疊名之曰遍，遍者，變也。周禮大司樂『樂有六變、八變、九變』，鄭（玄）注云：『變猶更也，樂成則更變也。』賈（公彥）疏云：『變猶更也者，燕禮云終，尚書云成，此云變是也。』」

〔三〕博士：宮中音樂教師。新唐書百官志三太樂署：「凡習樂，立師以教，而歲考其師之課業爲三等，以上禮部。……散樂，閏月人出資錢百六十，長上者復繇役，音聲人納資錢者歲錢二千。博士教之，功多者爲上第，功少者爲中第，不勤者爲下第，禮部覆之。」又：「開元二年，又置內教坊於蓬萊宮側，有音聲博士、第一曹博士、第二曹博士。京都置左右教坊，掌俳優雜技，自是不隸太常，以中官爲教坊使。」

〔四〕宣徽：殿名，在仙韶院。徹章：樂曲終了部分叫徹。

行中第一争先舞㈠，博士傍邊亦被欺。忽覺管絃偷破拍㈡〔一〕，急翻羅袖不教知㈢。

【校記】

㊀ 争，紀事作頭。

㊁ 偷破拍，絶句作先破拍，紀事作偷急遍。

㊂ 急翻，紀事作翩翩，全詩校一作翻翻。

【箋注】

〔一〕破拍：此處爲不合節奏、亂了節拍之意。

私縫黄帔捨釵梳㊀〔一〕，欲得金仙觀内居㊁〔二〕。近被君王知識字㊂，收來案上檢文書。

【校記】

㊀ 私縫黄帔，紀事作同黄縫校。捨，席本作拾。

㊁ 内，全詩作裏。

㊂ 君王，紀事作天恩。

【箋注】

〔一〕黄帔：黄色披肩，女冠所服。釋名釋衣服：「帔，披也，披之肩背，不及下也。」

〔二〕金仙觀：唐會要卷五〇：「金仙觀，輔興坊。景雲元年十二月十七日，睿宗爲第八女西寧公主入道立爲觀，至二年四月十四日爲公主改封金仙，所造觀便以金仙爲名。」

【輯評】

賀貽孫詩筏：（鍾）伯敬云：「王建宮詞，非宮怨也。惟『樹頭樹底覓殘紅，一片西飛一片東。自是桃花貪結子，錯教人恨五更風』一首，頗有怨意。」余謂怨之深者必渾，無論宮詞宮怨，俱以深渾爲妙，且宮詞亦何妨帶怨。如王建云：「私縫黃帔捨釵梳，欲得金仙觀內居。近被君王知識字，收來案上檢文書。」此非宮詞中宮怨乎？然急讀不覺其怨，惟詠諷數過，方從言外得之。此真深於怨者，不獨「樹頭樹底」一首也。

日冷天晴近臘時㈠，玉堦金瓦雪澌澌㈡。浴堂門外抄名入〔一〕，公主家人謝面脂〔二〕。

【校記】

㈠日冷天晴，原作月冷江清。據絶句改。能改齋漫録六引作月冷天寒。臘，全詩作獵。

㈡澌澌，絶句作離離，能改齋漫録六引此詩作漓漓。

【箋注】

〔一〕浴堂：程大昌雍録卷四：「長安志嘗記浴堂門、浴堂殿、浴堂院矣，且曰文宗嘗於此門召對鄭注，而於浴堂殿對學士焉，又別有浴堂院亦同一處，可以知其必在大明矣。而不著其正在何地，故予意館圖所記在綾綺殿南者是矣。而元稹承旨廳記又有可證者，其説曰：『乘輿奉郊廟，則承旨得乘廄馬，自浴殿由内朝以從。若外賓客進見於麟德，則止直禁中以俟。』夫内朝也者，紫宸殿也。唐之郊廟，皆在都城之南，人主有事郊廟，若非自丹鳳門出，必由承天門出，決不向後迂出西銀臺門也，則浴堂之可趨内朝也，内朝之必趨丹鳳門也，其理固已可必矣。又謂殿在蓬萊殿東，即與紫宸殿相屬又可必矣……則浴堂也者，必在紫宸殿東而不在其西也。」

〔二〕面脂：吴曾能改齋漫録卷六「臘日賜口脂」條：「景龍文館記：『三年臘日，帝於苑中召近臣賜臘，晚自北門入，於内殿賜食，加口脂、臘脂，盛以翠碧鏤牙筩。』故杜子美臘日詩云：『口脂面藥隨恩澤，翠管銀罌下九霄。』王建宮詞云：『月冷天寒近臘時，玉街金瓦雪漓漓。浴堂門下抄名入，公主家人謝口脂。』皆言臘日賜口脂也。」

未承恩澤一家愁〔一〕，乍到宮中憶外頭。求守管絃聲款逐㊀，側商調裏唱伊州〔二〕。

【校記】

㈠此句全詩校一作新學管絃聲尚澀。守，紀事作首。

【箋注】

〔一〕一家：教坊記謂宜春院妓女「其得幸者謂之『十家』，給第宅，賜無異等。初，特承恩寵者有十家，後繼進者，敕有司給賜同十家，雖數十家，猶故以『十家』呼之」。此「一家」謂非十家之數也。

〔二〕伊州：唐曲調名。沈括夢溪筆談卷五：「古樂有三調聲，謂清調、平調、側調也。王建詩云『側商調裏唱伊州』是也。」姜夔琴曲側商調序：「側商之調久亡。唐人詩云『側商調裏唱伊州』，予以此語尋之，伊州大食調黄鍾律法之商，乃以慢角轉絃，取變宫、變徵散聲，此調甚流美也。蓋慢角乃黄鍾之正，側商乃黄鍾之側，它言側者同此。然非三代之聲，乃漢燕樂爾。」王灼碧雞漫志卷三：「伊州見於世者凡七商曲：大石調、高大石調、雙調、小石調、歇指調、林鍾商、越調，第不知天寶所製，七商中何調耳。王建宫詞云『側商調裏唱伊州』，林鍾商，今夷則商也，管色譜以凡字殺。若側商，即借尺字殺。」

東風潑火雨新休㈠〔一〕，舁盡春泥掃雪溝㈡。走馬犢車當御路〔二〕，漢陽公主進雞毬㈢〔三〕。

【校記】

㊀火，紀事、絶句作潑。

㊁昇，紀事作弄。泥掃，紀事作風蕩。

㊂公，全詩作宫。雞，全詩校一作謝。按：此詩全唐詩卷四七六又收熊孺登名下，題作寒食，不足據。

【箋注】

〔一〕潑火：古代習俗寒食日禁火，其時下雨，叫潑火雨。白居易洛橋寒食日作十韻：「上苑風煙好，中橋道路平。蹴毬塵不起，潑火雨初晴。」

〔二〕犢車：牛車。宋書禮志五：「犢車，輧車之流也。漢諸侯貧者乃乘之，其後轉見貴。孫權云『車中八牛』，即犢車也。江左御出，又載儲偫之物。」

〔三〕漢陽公主：新唐書諸帝公主傳順宗十一女：「漢陽公主名暢，莊憲皇后所生，始封德陽郡主。下嫁郭鏦。」舊唐書郭子儀傳附郭鏦：「鏦，母昇平長公主，大曆、貞元之間，恩禮冠諸主。順宗在東宫，以女德陽郡主尚鏦，時鏦與公主年未及冠，郡主尤爲德宗之所鍾愛，故鏦之貴寵，焜耀一時。順宗繼位，改封德陽爲漢陽公主。」雞毬：食物名。新唐書禮樂志四：「天寶二年，始以九月朔薦衣於諸陵。又常以寒食薦餳粥、雞毬、雷車，五月薦衣、扇。」白居易會昌元年春五絶句贈舉之僕射：「雞毬餳粥屢開筵，談笑謳吟間管絃。一月三迴寒食會，春光應不負今年。」

風簾水閣壓芙蓉，四面鈎欄在水中〔一〕。避熱不歸金殿宿，秋河織女夜粧紅㊀〔二〕。

【校記】

㊀ 粧，紀事作燈。

【箋注】

〔一〕鈎欄：即欄杆。趙令畤侯鯖録卷七：「欄楯，王逸注云：『縱曰欄，橫曰楯，楯間子曰櫺。』欄楯，殿上臨邊之飾，亦以防人墜墮。今言鈎欄是也。」李賀宮娃歌：「啼蛄弔月鈎欄下，屈膝銅鋪鎖阿甄。」

〔二〕織女：此指避熱於水邊的宮女。

【輯評】

楊慎升庵集卷五八：段國沙洲記：「吐谷渾於河上作橋，謂之河厲，長一百五十步，勾欄甚嚴飾。」勾欄之名始於此。王建宮詞「風簾水殿壓芙蓉，四面鈎欄在水中」……宋世以來，名教坊曰勾欄。

袁枚隨園詩話卷一五：今人動稱勾欄爲教坊，甘澤謡辨云：「漢有顧成廟，設勾欄以扶老人，非教坊也。」教坊之稱，始於明皇，因女伎不可隸太常，故别立教坊。王建宮詞、李長吉館娃歌俱用「勾欄」，爲宮禁華飾。自義山倡家詩有「簾輕幕重金勾欄」之詞，而「勾欄」遂混入妓家。

聖人生日明朝是，私地先須屬內監㊀〔一〕。自寫金花紅牓子〔二〕，前頭先進鳳凰衫㊁。

【校記】

㊀ 先須屬，絶句作教人囑，全詩作教人屬。

㊁ 前頭先進，全詩校一作在前進上。

【箋注】

〔一〕屬：通囑。內監：宮監官名。舊唐書職官志三內侍省：「內謁者監六人，正六品下……內謁者監掌內宣傳，凡諸親命婦朝會，所司籍其人數，送內侍省。」

〔二〕金花：金花紙。李肇唐國史補卷下：「紙則有越之剡藤苔牋，蜀之麻面、屑末、滑石、金花、長麻、魚子、十色牋，揚之六合牋，韶之竹牋，蒲之白薄、重抄，臨川之滑薄。」李濬松窗雜録：「上曰：『賞名花、對妃子，焉用舊樂詞爲？』遂命（李）龜年持金花箋宣賜翰林供奉李白，進清平調詞三章。」可見唐宮中貴重金花紙。牓子：歐陽修歸田録卷二：「唐人奏事，非表非狀者，謂之牓子，亦謂之録子，今謂之劄子。」

【輯評】

黄周星唐詩快卷一五：煞是鮮明濃熱。

避脱昭儀不擲盧㊀〔一〕，井邊含水噴鴨雛。内中數日無呼唤，搨得滕王蛺蝶圖㊁〔二〕。

【校記】

㊀ 避脱昭儀，原作避暑昭陽，據紀事改。昭陽爲漢宫名，王建宫詞皆直書唐宫名，不假借。

㊁ 搨，紀事作寫。

【箋注】

〔一〕昭儀：宫中女官名。舊唐書卷五一后妃傳序：「唐因隋制，皇后之下，有貴妃、淑妃、德妃、賢妃各一人，爲夫人，正一品。昭儀、昭容、昭媛、修儀、修容、修媛、充儀、充容、充媛各一人，爲九嬪，正二品。」擲盧：古代博戲。程大昌演繁露卷六：「方其用木也，五子之形兩頭尖鋭，中間平廣，狀似今之杏仁。惟其尖鋭，故可轉躍；惟其平廣，故可以鏤采也。凡一子悉爲兩面，其一面塗黑，黑之上畫牛犢以爲之章，犢者牛子也。一面塗白，白之上即畫雉，雉者野雞也。凡投子者五皆現黑，則其名盧，盧者黑也，言五子皆黑也。五黑皆現，五犢隨現，從可知矣。此在摴蒲爲最高之采。挼木爲擲，往往叱喝，使致其極，故亦曰呼盧也。其次五子四黑而一白，則是四犢一雉，則其采名雉，用以比盧降一等矣。自此而降，白黑相雜，每每不同，故或名爲梟，即鄧艾言云六博得梟者勝也。或名爲犍，謂五木十擲輒犍，非其人不能是也。」

〔二〕搨：模畫古畫的一種方法。張彥遠歷代名畫記：「古人好搨畫，十得七八，不失神彩筆迹。亦有御府搨本，謂之官搨。」滕王：唐高祖子李元嬰封滕王，善畫。元嬰子李湛然襲封滕王，亦善畫。此滕王當指李湛然。段成式酉陽雜俎續集卷二：「秀才劉魯封云：嘗見滕王蛺蝶圖，有名江夏斑、大海眼、小海眼、村裏來、菜花子。」董逌廣川畫跋卷三：「李祥家收蛺蝶圖，書王建詩其上。畫本爛漫無完處，粉殘墨脱，僅可識者。此殆唐人臨摹，非真滕王畫也。歐陽文忠公嘗謂非建詩亦不知滕王元嬰爲善於畫，唐史稱元嬰善畫，故云。今考於書，湛然亦嘗封滕王，善花鳥蜂蝶，貞元四年嘗任殿監，曾以畫進。其説蜂蝶飛去，亦增異矣。建正當時人，其言宮中事，亦當時所傳也。湛然蝶有大海眼、小海眼、江夏班、村裏來、菜花子等，甚異。今此圖可以區處得之，將亦當時傳摹，尤得其真者耶？」

【輯評】

歐陽修六一詩話：王建宫詞一百首，多言唐宫禁中事，皆史傳小説所不載者，往往見於其詩。如「内中數日無呼唤，傳得滕王蛺蝶圖」，滕王元嬰，高祖子，新舊唐書皆不著其所能，惟名畫録略言其善畫，亦不云其工蛺蝶也。又畫斷云「工於蛺蝶」，乃見於建詩爾。或聞今人家亦有得其圖者。唐時一藝之善如公孫大娘舞劍器、曹剛彈琵琶、米嘉榮歌，皆見於唐賢詩句，遂知名於後世。當時山林田畝，潛德隱行君子，不聞於世者多矣，而賤工末藝得所附托，乃垂於不朽，蓋其各有幸不幸也。

苕溪漁隱叢話前集卷二二引蔡絛西清詩話：歐陽永叔歸田録言：「王建宫詞多言唐宫中事，群書闕記者，往往見其詩。如『内中數日無呼唤，傳得滕王蛺蝶圖』，滕王元嬰，高祖子，史不著所能，獨名畫記言善畫，亦不云工蛺蝶。」所書止此。殊不知名畫記自紀嗣滕王湛然善花鳥蜂蝶，又段成式酉陽雜俎亦云：「嘗見滕王蝶圖，有名江夏班、大海眼、小海眼、菜花子。」蓋湛然，非元嬰，孰謂張彦遠不載邪？

宣和畫譜卷一五：滕王元嬰，唐宗室也，善丹青，喜作蜂蝶，朱景玄嘗見其粉本，謂「能巧之外，曲盡精理，不敢第其品格」。唐王建作宫詞云「傳得滕王蛺蝶圖」，謂此也。

楊慎升庵詩話卷一二：杜工部有滕王亭詩，王建詩「搨得滕王蛺蝶圖」，皆稱滕王湛然，非元嬰也。王勃記滕王閣，則是元嬰耳。

陸時雍唐詩鏡卷四一：三句推得格軟。

內宴初秋入二更㊀，殿前燈火一時明㊁。中宮傳旨音聲散㊂〔一〕，諸院門開觸處行〔二〕。

【校記】

㊀秋，絶句作休。

㊁時，原作天，據絶句改。

㊂此句紀事作宮官分半音聲住。中宮，絶句作宮中。

【箋注】

〔一〕音聲：新唐書禮樂志十二：「唐之盛時，凡樂人、音聲人、太常雜户子弟隸太常及鼓吹署，皆番上，總號音聲人，至數萬人。」

〔二〕觸處：猶言到處、隨處。

玉蟬金雀三層插㊀〔一〕，翠髻高叢緑鬢虛㊁〔二〕。舞處春風吹落地，歸來別賜一頭梳㊂〔三〕。

【校記】

㊀ 蟬，全詩校一作錢。雀，紀事作掌。

㊁ 叢，絶句作鬃。

㊂ 歸來，全詩校一作當時。

【箋注】

〔一〕玉蟬金雀：皆首飾名。玉蟬爲玉製蟬狀首飾，金雀爲雀形釵。

〔二〕緑鬢：形容黑亮的頭髮。

〔三〕梳：梳子，當首飾用。范攄雲溪友議卷中「辭雍氏」條載崔涯嘲妓女李端端詩：「獨把象牙梳插鬢，崑崙山上月初生。」

樹葉初成鳥護窠㊀，石榴花裹笑聲多㊁。衆中遺却金釵子㊂，拾得從他要贖羅〔四〕〔一〕。

【校記】

㊀ 護，紀事作出。

㊁ 裹，全詩校一作底。

㊂ 衆，紀事作舞。

㊃ 要贖羅，絶句作購贖羅，紀事作要賞羅，毛本、胡本、全詩作要贖麽。按：全唐詩注曰：「以下五首，一作花蕊夫人詩。」以下五首中一首言及宜春院，一首言及梨園，皆爲唐宮中院、園之名，「内人相續報花開」一首，吳曾能改齋漫録卷六引作王建宮詞，可知五首皆爲王建詩，云爲花蕊夫人者誤也。浦江清花蕊夫人宮詞考證亦以爲五首皆王建詩，并勘釋文瑩湘山野録、趙與時賓退録、毛晉三家宮詞、曹學佺蜀中名勝記、李調元全五代詩，僅李調元載作花蕊夫人，故認定二家重出之二十一首皆爲王建作，見浦江清文録。

【箋注】

〔一〕羅：羅通囉，語氣詞。張德瀛詞徵卷三：「麽，語餘聲也。王仲初詩：『衆中遺却金釵子，拾得從他要贖麽。』」

小殿初成粉未乾㊀，貴妃姊妹自來看㊁。爲逢好日先移入〔一〕，續向街西索牡丹㊂〔二〕。

【校記】

㊀ 初成粉未，紀事作新裝粉欲。

㈡自，紀事作盡。

㈢街，全詩校一作堦。

【箋注】

〔一〕好日：古時移居要擇吉日，好日即吉日。

〔二〕街西：長安朱雀街之西。舊唐書地理志一關內道京師：「皇城之南大街曰朱雀之街，東五十四坊，萬年縣領之。街西五十四坊，長安縣領之。京兆尹總其事。」

內人相續報花開，准擬君王便看來〔一〕。逢著五絃琴繡袋㈠，宜春院裏按歌回〔二〕。

【校記】

㈠逢，紀事作縫。琴，絕句作紅。

【箋注】

〔一〕准擬：估量着一定是。

〔二〕宜春院：唐京城宮內歌妓居住的院名，開元二年置。新唐書禮樂志十二：「宮女數百，亦爲梨園弟子，居宜春北院。」徐松唐兩京城坊考卷一：「東宮，傅宮城之東……承恩殿之左右，爲宜春、宜秋宫，宜春之北爲北苑。」

巡吹慢遍不相和，暗數看誰曲校多㊀。明日梨園花裏見㊁〔一〕，先須逐得内家歌㊂〔二〕。

【校記】

㊀ 暗數看誰，紀事作暗看誰人。

㊁ 園花，宋本作花園，據絶句改。梨園爲按樂之地。

㊂ 逐，宋本校一作直。

【箋注】

〔一〕梨園：唐宫廷教習樂工、演奏樂曲的地方。舊唐書音樂志一：「玄宗又於聽政之暇，教太常樂工子弟三百人爲絲竹之戲，音響齊發，有一聲誤，玄宗必覺而正之，號爲皇帝弟子，又云梨園弟子，以置院近於禁苑之梨園。」程大昌雍録卷九：「梨園在光化門北，光化門者，禁苑南面西頭第一門，在芳林、景曜門之西也。中宗令學士自芳林門入，集於梨園，分朋拔河，則梨園在太極宫西、禁苑之内矣。開元二年置教坊於蓬萊宫，上自教法曲，謂之梨園弟子。至天寶中即東宫置宜春北苑，命宫女數百人爲梨園弟子。即是梨園者，按樂之地，而預教者名爲弟子耳。」

〔二〕內家歌：宜春院妓女唱的歌曲。崔令欽教坊記載：「凡樓下兩院進雜婦女，上必召內人姊妹入內賜食，因謂之曰：『今日娘子不須唱歌，且饒姊妹並兩院婦女。』於是內妓與兩院歌人更代上舞臺唱歌。內妓歌，則黄幡綽贊揚之；兩院人歌，則幡綽輒訾詬之。」可見內妓善歌。此詩言梨園樂工的伴奏與宜春院妓女的歌唱配合得不好，故須學習才能跟上她們的節奏。

黄金合裏盛紅雪〔一〕，重結香羅四出花〔二〕。一一傍邊書敕字，中官送與大臣家㊀。

【校記】

㊀ 中官，紀事作分明。

【箋注】

〔一〕紅雪：潤膚化妝品名。劉禹錫代李中丞謝賜紫雪面脂等表：「奉宣聖旨，賜臣紫雪、紅雪、面脂、口脂各一合。」令狐楚謝敕書賜臘日口脂等表：「臣某言：去年十二月中使至，奉宣敕書手詔，兼賜臣口脂、紅雪各一合，十年曆日一通」。又爲人謝賜口脂等并曆日狀：「右，中使吴千金至，伏奉敕書慰問臣，并賜前件口脂、臘脂、紅雪、紫雪各一合，并曆日一卷等者。」

楊慎升庵詩話卷一：「杜子美臘日詩『口脂面藥隨恩澤，翠管銀罂下九霄』，唐制臘日宣賜脂藥。李嶠有賜口脂表云：『青牛帳裏，未輟爐香；朱鳥窗前，新調鉛粉。揉之以辛夷甲煎，然之以桂花蘭蘇。』令狐楚表云：『雪散凝紅紫之名，香膏蘊蘭蕙之氣，合自金鼎，貯於雕奩。』劉禹錫代謝賜表云：『宣奉聖旨，賜臣臘日口脂、面脂、紫雪、紅雪。雕奩既開，珍藥斯見，膏凝雪瑩，合液騰芳。』可補杜詩注之遺。」

〔二〕香羅四出花：指包盒子的羅巾結紮成花形。

未明東上閤門開㈠〔一〕，排仗聲從後殿來㈡。阿監兩邊相對立〔二〕，遥聞索馬一時回。

【校記】

㈠未，宋本作朱，絶句作天，據紀事、毛本、胡本、全詩改。

㈡後殿，絶句作殿裏。

【箋注】

〔一〕閤門：宋敏求長安志卷六：「宣政門内有宣政殿，殿東有東上閤門，殿西有西上閤門。」程大昌雍録卷三：「案六典載東内大明宮甚詳，故宣政之左有東上閤，宣政之右有西上閤，二閤在殿左右，而入閤者由之以入也。」趙彦衛雲麓漫鈔卷三：「唐故事：天子日御殿見群臣曰常參，朔望薦食諸陵寢，有思慕之心，不能臨前殿，則御便殿見群臣，曰入閤。宣政，前殿也，謂之衙，衙有仗。紫宸，便殿也，謂之入閤。其不御前殿而御紫宸也，乃自正衙喚仗由閤門而入。百官候朝於衙者，因隨以入見，故謂之入閤。然衙，朝也，其禮尊；閤，宴見也，其事煞。」此詩所寫即爲天子御紫宸殿見群臣的情景，即雍録卷三所云「朔望避宣政不御而御紫宸，則宣政所立之仗聽喚而入，先東立者隨東仗入自東閤，先西立者隨西仗入自西閤，暨至會於紫宸殿下，則復分班對立也」。

〔二〕阿監：宫中女官。白居易長恨歌：「梨園弟子白髮新，椒房阿監青娥老。」阿爲發語詞。

宫人早起笑相呼㈠，不識堦前掃地夫㈡。乞與金錢争借問，外頭還似此間無？

【校記】

㈠早起，絶句作拍手。

㈡堦，絶句作庭。按：全唐詩於此首下注曰：「以下十首，一作花蕊夫人詩。」以下十首如第三首「内人争乞洗兒錢」，吴曾能改齋漫録卷六曾引作王建宫詞。第六首「太儀前日暖房來」，洪邁容齋隨筆卷一〇及陶宗儀南村輟耕録卷一一皆引作王建詩。第十首「禁寺紅樓内裏通」，紅樓在長安長樂坊安國寺，故知皆王建作，作花蕊夫人詩，誤。

【輯評】

黄周星唐詩快卷一五評「乞與金錢争借問，外頭還似此間無」：偏有此閑點綴。

小隨阿姊學吹笙㊀，見好君王賜與名㊁。夜拂玉牀朝把鏡㊂，黄金殿下不教行㊃〔一〕。

【校記】

㊀小隨阿姊，全詩校一作不隨阿妹。

㊁見好，紀事作好見。賜與，紀事作乞與，全詩校一作乞賜。

㊂拂，紀事作掃。

㊃殿下，紀事作階下，絶句、胡本、全詩作殿外。

【箋注】

〔一〕黄金殿：即金鑾殿。程大昌雍録卷四：「金鑾殿者，在蓬萊山正西微南也。龍首山坡隴之北至此餘勢猶高，故殿西有坡，德宗即之以造東學士院而明命，其實爲金鑾坡也。韋執誼故事曰：『置學士院後，又置東學士院於金鑾殿之西』，李肇志亦曰『德宗移院於金鑾坡西』

也。」因金鑾殿近學士院，皇帝常於此召見學士，故不許宮女隨意走動。

日高殿裏有香煙，萬歲聲來動九天㈠。妃子院中初降誕㈡，內人争乞洗兒錢㈢〔一〕。

【校記】

㈠ 來，絶句、毛本、胡本、全詩作長。

㈡ 初，絶句作新。

㈢ 人争乞洗：絶句作家分得灑。

【箋注】

〔一〕洗兒：舊俗：嬰兒出生後三日或滿月，爲嬰兒洗身，稱洗兒。洗兒賜錢，稱洗兒錢。唐時此俗已盛行於宮中，如姚汝能安禄山事迹：「禄山生日後三日，明皇召入內。貴妃以錦繡綳縛禄山，令內人以彩輿舁之，歡呼動地，云貴妃與禄兒做三日洗兒。帝就觀大悦，因賜洗兒金銀錢物。自是宮中呼禄山爲禄兒，不禁出入。」洪邁容齋四筆卷六：「車駕都錢塘以來，皇子在邸生男及女，則戚里、三衙、浙漕、京尹，皆有餉獻，隨即致答。自金幣之外，洗兒錢菓，動以十數合，極其珍巧，若總而言之，殆不可勝算，莫知其事例之所起。劉原甫在嘉祐中，因論無故疏決云：『在外群情皆云聖意以皇女生，故施此慶，恐非王者之令典也。又聞多作金銀、犀象、玉石、琥珀、玳瑁、檀香等錢，及鑄金銀爲花菓，賜予臣下，自宰相、臺諫，皆受此賜……』韓偓金鑾密記云：『天復二年，大駕在岐，皇女生三日，賜洗兒菓子、金銀錢、銀葉坐子、金銀鋌子。』予謂唐昭宗於是時尚復講此，而在庭無一言，蓋宮掖相承，欲罷不能也。」

宮花不共外花同㊀，正月長先一半紅㊁。供御櫻桃看守別〔一〕，直無鴉鵲在園中㊂。

【校記】

㊀共，絶句作與。外花，紀事、絶句、席本作外邊。

㊁先一半，紀事、胡本作生一朵，全詩作生一半。

㊂鵲，紀事、胡本作烏。在，絶句、胡本、全詩作到。

【箋注】

〔一〕供御：天子所用。

殿前鋪設兩邊樓，寒食宮人步打毬〔一〕。一半走來争跪拜㊀，上棚先謝得頭籌。

【校記】

㊀争，絶句作齊。

【箋注】

〔一〕步打：打毬除騎馬打毬的形式之外，尚可步打，其形式類似今天的曲棍球。宋史禮志二十四述打毬：「又有步擊者，乘驢騾擊者，時令供奉者棚戲以爲樂云」。孫光憲北夢瑣言卷一：「洎僖宗皇帝好蹴毬、鬭雞爲樂，自以能於步打，謂俳優石野豬曰：『朕若作步打進士，亦合得一狀元。』」

太儀前日煖房來㊀〔一〕，囑向昭儀乞藥栽㊁〔二〕。敕賜一窠紅躑躅〔三〕，謝恩未了奏花開。

【校記】

㊀太，紀事作大。

㊁昭儀，原作昭陽，全詩同。據胡本改。

【箋注】

〔一〕太儀：公主之母的稱號。王溥唐會要卷三：「貞元六年七月……吏部郎中柳冕署狀，稱：

『歷代故事及六典，無公主母稱號，臣謹約文比義，公主母既因公主而貴，伏請降於王母一等，命爲太儀，各以公主本封，加太儀之上。』旨依。」煖房：古時賀人喬遷新居的一種習俗。陶宗儀南村輟耕録卷一一：「今之入宅與遷居者，鄰里醵金治具，過主人飲，謂曰暖屋，或曰暖房。王建宮詞『太儀前日暖房來』，則暖屋之禮，其來尚矣。」趙翼陔餘叢考卷四三：「俗禮有所謂暖壽、暖房者，生日前一日，親友治具過飲，曰暖壽。新遷居者，鄰里送酒食過飲，曰暖房。輟耕録亦曰暖屋，又曰暖室。按王建宮詞『太儀前日暖房來』，五代史後唐同光二年，張全義及諸鎮進暖殿物，則暖房之名，由來久矣。」

〔二〕昭儀：宮中女官名。

〔三〕紅躑躅：即杜鵑花。洪邁容齋隨筆卷一〇：「潤州鶴林寺杜鵑，乃今映山紅，又名紅躑躅者。二花在江東彌山亘野，殆與榛莽相似……王建宮詞云……其重如此，蓋宮禁中亦鮮云。」

御前新賜紫羅襦㊀，不下金堦上軟輿㊁〔一〕。宮局總來爲喜樂〔二〕，院中新拜內尚書〔三〕。

【校記】

㊀ 御前新，紀事作牀前謝。

㊁不下，毛本、全詩作步步。

【箋注】

〔一〕軟輿：軟座轎子。

〔二〕宮局：即尚宮局。新唐書百官志二：「尚宮局，尚宮二人，正五品。六品皆如之。掌導引中宮，總司記、司言、司簿、司闈。凡六尚書事物出納文籍，皆涖其印署。」

〔三〕內尚書：即女尚書。舊唐書職官志三：「宮官六尚，如六尚書之職掌。」白居易上陽白髮人：「今日宮中誰最老，大家遥賜尚書號。」

鸚鵡誰教轉舌關㊀〔一〕，內人手裏養來姦。語多更覺承恩澤㊁，數對君王憶隴山〔二〕。

【校記】

㊀轉，原作博，據紀事、絕句、明鈔本、毛本、胡本、全詩改。

㊁更覺，紀事作近更。

【箋注】

〔一〕鸚鵡：唐宮中嗜養鸚鵡。事文類聚後集卷四〇引明皇雜録（逸文）：「天寶中，嶺南獻白鸚鵡，養之宮中，歲久頗聰慧，洞曉言語，上及貴妃皆呼爲『雪衣女』。性即馴擾，常縱其飲啄飛鳴，然亦不離屏幃間。上令以近代詞臣詩篇授之，數遍便可諷誦。」

〔二〕隴山：舊唐書音樂志二：「鸚鵡秦隴尤多，亦不足重。」

分朋閒坐賭櫻桃㈠，收卻投壺玉腕勞㈡〔一〕。各把沉香雙陸子〔二〕，局中鬬累阿誰高㈢。

【校記】

㈠朋，原作明，據紀事、絕句、毛本、胡本、全詩改。

㈡收，紀事、絕句作休。

㈢鬬累阿誰高，紀事作鬬得壘高高。

【箋注】

〔一〕投壺：古代博戲，設一特製之壺，賓主相次以矢投入其中，中多者爲勝。其始甚古。左傳昭公十二年：「晉侯以齊侯宴，中行穆子相，投壺。」

〔二〕沉香雙陸：用沉香木製的雙陸子。新唐書狄仁傑傳：「久之，（武后）召謂曰：『朕數夢雙陸不勝，何也？』於是，仁傑與王方慶俱在，二人同辭對曰：『雙陸不勝，無子也，天其意者以儆陛下乎？』」高承事物紀原卷九：「續事始曰：『陳思王曹子建製雙陸，置投子二。』唐末有葉子戲，不知誰遂加至六。」謝肇淛五雜組卷六：「雙陸一名握槊，本胡戲也。云胡王有弟一人得罪，將殺之，其弟於獄中爲此戲以上，其意言孤則爲人所擊，以諷王也。曰握槊者，象形也。曰雙陸者，子隨骰行，若得雙六則無不勝也。又名長行，又名波羅塞戲。其法以先歸宮爲勝，亦有任人打子，佈滿他宮，使之無所歸者，謂之無梁，不成則反負矣。其勝負全在骰子，而行止之間，貴善用之。其制有北雙陸、廣州雙陸、南番、東夷之異。事始以爲陳思王製，不知何據。」此詩言宮女轉而玩雙陸游戲，以櫻桃爲賭注，不再投壺。

【輯評】

吴曾能改齋漫録卷六：王建宫詞：「分明同坐賭櫻桃，收卻投壺玉腕勞。各把沈香雙陸子，局中鬭累阿誰高。」按狄仁傑家傳載：「武后語仁傑曰：『朕昨夜夢與人雙陸，頻不勝，何也？』對曰：『雙陸輸者，蓋謂宮中無子，此是上天之意，假此以示陛下，安可虛儲位哉？』」今新唐史削去「宮中」兩字，止云「雙陸不勝，無子也」。余嘗與博者論之，博局有宮，其子不可削，蓋削之則無以見宮中之意，故王建詩亦云。

禁寺紅樓内裏通〔一〕，笙歌引駕夾城中〔二〕。裹頭宫監當前立〔三〕，手把牙鞘竹彈弓。

【校記】

㊀中，毛本、胡本、全詩作東。此句全詩校一作香山引駕夾城中。

㊁宮監，絶句作蕃女。當，絶句作簾，毛本、胡本、全詩作堂。

【箋注】

〔一〕紅樓：安國寺紅樓院。段成式酉陽雜組續集卷五：「長樂坊安國寺紅樓，睿宗在藩時舞榭。」白居易有廣宣上人以應制詩見示因以贈之詔許上人居安國寺紅樓院以詩供奉詩。

〔二〕夾城：唐代宮禁與佛寺用夾城通連，見於記載者有修德里興福寺。王溥唐會要卷三〇：「（元和）十二年四月，詔右神策軍以衆二千築夾城，自雲韶門過芳林園，西至修德里，以通於興福佛寺。」

〔三〕裹頭宮監：頭裹羅巾的宮女。資治通鑑卷二三一唐德宗興元元年六月：「上命陸贄草詔賜渾瑊，使訪求奉天所失裹頭内人。」胡三省注：「裹頭内人，在宮中給使令者也。内人給使令者皆冠巾，故謂之裹頭内人。」

春風院院落花堆，金鎖生衣掣不開㊀〔一〕。更築歌臺起粧殿，明朝先進畫圖來。

【校記】

㊀ 生衣，紀事作衣生。

【箋注】

〔一〕生衣：即生銹。

【輯評】

黄生唐詩摘鈔卷四：此譏人主好土木之工，舊者閉而不御，更欲起新者也。言外又爲棄舊人、用新人之喻。朱之荆補評：説文：金有五色，黄金爲長，久埋不生衣。

舞來汗濕羅衣徹〔一〕，樓上人扶下玉梯。歸到院中重洗面，金盆水裏潑銀泥㊀〔二〕。

【校記】

㊀ 盆水，絶句、全詩作花盆。銀，紀事、絶句作紅。按：全唐詩於此首下注曰：「以下三首，一作花蕊夫人詩。」作花蕊夫人者誤，見前「樹葉初成鳥護窠」一首引浦江清考辨。

【箋注】

〔一〕徹：濕透。

〔二〕銀泥：謂洗下來的化妝品如白粉之類。

宿粧殘粉未明天，總在朝陽花樹邊㊀。寒食內人長白打〔一〕，庫中先散與金錢。

【校記】

㊀在，絕句、全詩作立。朝，原作昭，據紀事改。

【箋注】

〔一〕白打：蹴鞠戲之一種。蹴鞠即踢球。陳元靚事林廣記戊集卷二：「白打場户：每人局踢名打二，使開大踢名白打，一人單使脚名挑踢，一人使雜踢名廁弄。」焦竑焦氏筆乘卷三引齊雲論：「白打，蹴鞠戲也，兩人對踢爲白打，三人角踢爲官場。」唐代宮廷中教宮女蹴鞠，優勝者受賜金錢，稱白打錢。韋莊長安清明：「內官初賜清明火，上相閑分白打錢。」

【輯評】

楊慎升庵集卷六八：白打錢，戲名。王建詩：「寒食內人嘗白打，庫中先散與金錢。」韋莊詩：「內官初賜清明火，上相閑分白打錢。」

宋長白柳亭詩話卷二一：王建詩集：「寒食內人長白打，庫中先散與金錢。」韋莊詩：「內官初賜清明火，上相閑分白打錢。」齊雲論云：「白打，蹴鞠戲也，兩人對踢爲白打，三人角踢爲官場，宋人則呼曰圓社。」

衆中偏得君王笑㊀，偷把金箱筆硯開。書破紅鸞隔子上〔一〕，旋推當直美人來㊁。

【校記】

㊀偏，紀事作愛。笑，絶句作唤，疑是。

㊁推，原作催，據絶句、毛本、胡本、全詩改。當直美人，紀事作當内美人，絶句作當直内人。

【箋注】

〔一〕隔子：即格子，帶格綫的箋紙。紅鸞指此紙爲南方所産，格子爲紅色。

教遍宮娥唱盡詞㊀〔一〕，暗中頭白没人知。樓中日日歌聲好，不問從初學阿誰〔二〕。

【校記】

㊀盡，毛本、胡本、全詩作遍。

【箋注】

〔一〕教遍：此詩所寫爲一宮中女音樂教師的命運。

〔二〕阿誰：吴曾能改齋漫録卷一：「傳燈録：『宗風嗣阿誰』，阿誰，俗語也。龐統傳：『向者之所論，阿誰爲是？』」

青樓小婦砑裙長㊀〔一〕，總被抄名入教坊〔二〕。春設殿前爲隊舞㊁，棚頭各别請衣裳㊂〔三〕。

【校記】

㊀青樓，紀事作黛眉，全詩校一作蛾眉。小，絶句作少。

㊁爲，原作多，據絶句改。

㊂棚，絶句、全詩作朋。别，絶句、全詩作自。

【箋注】

〔一〕砑裙：唐時有砑光羅、砑光綾、砑絹等，這些絲織品表面光澤，故稱砑光。用這種絲織品做成的裙即稱砑裙。羅虯比紅兒詩：「君看紅兒學醉妝，誇裁宫襭砑裙長。」

〔二〕抄名：教坊記：「平人女以容色選入内者，教習琵琶、三絃、箜篌、箏等者，謂搊彈家。」

〔三〕棚頭：崔令欽教坊記序：「凡戲輒分兩朋，以判優劣。」可知棚頭即隊長。教坊記：「開元十一年，初製聖壽樂，令諸女衣五色衣以歌舞之。宜春院女，教一日便堪上場，惟搊彈家彌月不成。至戲日，上親加策勵，曰『好好作，莫辱没三郎。』令宜春院人爲首尾，搊彈家在行間，令學其舉手也。」

水中芹葉土中花，拾得還將避衆家㈠。總待别人般數盡㈡，袖中拈出鬱金芽㈢〔一〕。

【校記】

㈠ 上二句絶句作艾心芹葉初生小，祇鬭時新不鬭花。

㈡ 别人，絶句作大家。

㈢ 拈出，紀事作撚得。按：全唐詩注：「一作花蕊夫人詩。」又見全唐詩卷七九八。古今事文類聚續集卷五作王建宫詞，甚是。

【箋注】

〔一〕鬱金：香草名。唐會要卷一〇〇：「貞觀二十一年……伽毗國獻鬱金香，葉似麥門東，九月花開，狀如芙蓉，其色紫碧，香聞數十步，華而不實，欲種取其根。」此詩寫宫女們的鬭草遊戲。宗懔荆楚歲時記：「五月四日，民並蹋百草，又有鬭百草之戲。」説郛弓六九韓鄂歲華紀麗「端午鬭百草」：「荆楚記云：此日楚人踏百草。今人又有鬭百草之戲。」王仁裕開元天寶遺事卷下：「長安士女，春時鬭花，戴插以奇花多者爲勝，皆用千金市名花植於庭苑中，以備春時之鬭也。」

玉簫改調箏移柱㊀〔一〕，催換紅羅繡舞筵㊁。未戴柘枝花帽子㊂〔二〕，兩行宫監在簾前。

【校記】

㊀ 箏移柱，紀事作移纖指。

㊁ 換，紀事作赴。

㊂ 戴，紀事作著。按：此詩又作花蕊夫人詩，見全唐詩卷七九八，浦江清考作王建詩，見花蕊夫人宫詞考證。

【箋注】

〔一〕移柱：柱爲琴、箏等樂器面上承絃的器具，可移動，以調節絃的鬆緊。王充論衡譴告：「鼓瑟者誤於張絃設柱，宫商易聲，其師知之，易其絃而復移其柱。」

〔二〕柘枝：唐舞名。郭茂倩樂府詩集卷五六柘枝詞解題：「樂府雜録曰：『健舞曲有柘枝，軟舞曲有屈柘。』樂苑曰：『羽調有柘枝曲，商調有屈柘枝。此舞因曲爲名，用二女童，帽施金鈴，抃轉有聲。其來也，於二蓮花中藏，花坼而後見，對舞相占，實舞中雅妙者也。』」任半塘唐聲詩下編屈柘辭云：「屈柘辭屬軟舞，以雙舞爲主，又分兩種：一則丹裾、峨冠、錦靴、鈿帶，仍是胡裝，始雖紆徐，繼乃迅急，以舞終袒肩爲其特徵。一則所謂蓮花屈柘，二女童先藏蓮花中，花坼乃現，繡帽、金鈴，舞姿以優雅勝，全非胡舞。」

窗窗户户院相當，總有珠簾玳瑁牀㊀。雖道君王不來宿，帳中長是炷衙香㊁〔一〕。

【校記】

㊀ 珠簾，毛本作簾珠。

㊁ 衙，絶句、全詩作牙。此句全詩校一作帳中長下著香囊。按：此詩又作花蕊夫人詩，見全唐詩卷七九八，浦江清考作王建詩，見花蕊夫人宮詞考證。

【箋注】

〔一〕炷：點燃。衙香：又作「牙香」，一種香料。

雨入珠簾滿殿涼，避風新出玉盆湯㊀〔一〕。內人恐要秋衣著，不住熏籠換好香〔二〕。

【校記】

㊀ 玉，百家一三、紀事作石。

【箋注】

〔一〕玉盆湯：指宮中洗沐用的湯池，非是驪山華清宮中的湯池。

〔二〕熏籠：罩在熏爐上的籠子，作熏香或烘乾之用。白居易後宮詞：「紅顏未老恩先斷，斜倚熏籠坐到明。」亦指此熏籠。

吹笙㊀〔一〕〔二〕。

金吾除夜進儺名〔一〕，畫袴朱衣四隊行。院院燒燈如白日，沉香火底坐

【校記】

㊀ 坐吹笙，毛本校一作斷音聲，全詩校一作鬭音聲。

【箋注】

〔一〕儺：古代流行於民間與宮廷的一種驅除疫鬼的儀式，起源甚古。趙彦衛雲麓漫鈔卷九：「世俗歲將除，鄉人相率爲儺，俚語謂之打野胡。」錢易南部新書乙：「歲除日，太常卿領官屬樂吏並護僮侲子千人，晚入內，至夜，於寢殿前進儺，然蠟炬，燎沈檀，熒煌如晝。上與親王

妃主已下觀之，其夕賞賜甚多。是日，衣冠家子弟多覓侲子之衣，著而竊看宫中。」新唐書禮樂志六：「大儺之禮。選人年十二以上、十六以下爲侲子，假面，赤布袴褶。二十四人爲一隊，六人爲列，執事十二人，赤幘赤衣，麻鞭。工人二十二人，其一人方相氏，假面，黄金四目，蒙熊皮，黑衣朱裳，右執楯。其一人爲唱帥，假面，皮衣，執棒。鼓、角各十，合爲一隊。隊别鼓吹令一人，太卜令一人，各監所部。巫師二人，以逐惡鬼於禁中。有司預備每門雄雞及酒，擬於宫城正門、皇城諸門磔攘，設祭。太祝一人，齋郎三人，右校爲瘞埳，各於皇城中門外之右。前一日之夕，儺者赴集所，具其器服以待事。其日未明，諸衛依時刻勒所部，屯門列仗，近仗入陳於階。鼓吹令帥儺者各集於宫門外。内侍詣皇帝所御殿前奏：『侲子備，請逐疫。』出命寺伯六人，分引儺者於長樂門、永安門以入，至左右上閤，鼓噪以進。方相氏執戈揚楯唱，侲子和，曰：『甲作食殃，胇胃食虎，雄伯食魅，騰簡食不祥。攬諸食咎，伯奇食夢，彊梁、祖明共食磔死寄生，委隨食觀，錯斷食巨，窮奇、騰根共食蠱，凡使一十二神追凶。赫汝軀，拉汝幹，節解汝肉，抽汝肺腸，汝不急去，後者爲糧。』周呼訖，前後鼓噪而出，諸隊各趨順天門以出，分詣諸城門，出郭而止。」

〔二〕沉香：宫廷大儺，焚沈香火，稱爲沈燎。高似孫緯略卷七「沈香山火」條：「隋主除夜設火山數十，盡用沈香木根，火山暗，則以甲煎沃之，香聞十里。江淹詩『金爐絶沈燎，綺席生浮埃』，則沈燎始於梁矣。李商隱詩『沈香甲煎爲沈燎，玉液瓊酥作壽杯』，當用前事。李白詩

『博山爐中沈香火，雙煙一氣凌紫霞』；李賀詩『沈香火暖茱萸煙，酒觥綰帶新承歡』；王建詩『院院燒燈如白日，沈香火底坐吹笙』，三詩皆用沈香火，即所謂沈燎也。」高士奇輯注周弼三體唐詩卷一：「續世説：太宗問蕭后：『隋主何如？』后曰：『每除夜，殿前設火山數十，盡焚沈香，以甲煎沃之，焰起數丈，用沈香百餘車。』太宗口刺其奢，心服其盛。」

【輯評】

葛立方韻語陽秋卷一七：周官方相氏以黄金四目，玄衣朱裳，執戈揚盾，以索室毆疫，謂之時儺。釋者謂四時皆作也。考之月令，乃作於四時，而於夏則闕，何邪？蓋夏當陽盛之時，陰慝不敢作，故闕之爾。今春秋無儺，惟於除夕有之，孟郊所謂「驅儺擊鼓歘長笛，瘦鬼染面唯齒白。暗中窣窣拽茅鞭，裸足朱褌行戚戚。相顧笑聲衝庭燎，桃弧棘矢時獨叫。」王建亦云：「金吾除夜進儺名，畫袴朱衣四隊行。」皆謂除夕大儺也。其塗飾之制，若驅禳之儀，與周官略相類。政和中，徽宗新創禁中儺儀，有旨令翰苑撰文，時翟公巽當直，其略云：「南正司天，無俾神人之雜；夏后鑄鼎，以紀山林之姦。苟非聖神，孰知情狀。」被旨，頃刻進入，人服其敏而工。

三體唐詩卷一高士奇輯注：「金吾除夜進儺名，畫袴朱衣四隊行」，此章皆隋宮事。隋用齊制，季冬晦選樂人二百四十人爲儺，赤幘鞲衣赤布褲，以逐惡鬼於禁中，其日戊夜三唱儺集，上水一刻，皇帝御殿，儺入。春、秋、冬皆儺，冬八隊，春秋四隊。

樹頭樹底覓殘紅，一片西飛一片東。自是桃花貪結子，錯教人恨五更風。

【輯評】

詩林廣記卷二引陳輔之詩話：王建宮詞，荆公獨愛其「樹頭樹底覓殘紅，一片西飛一片東。自是桃花貪結子，錯教人恨五更風」，謂其意味深婉而悠長也。

吴幵優古堂詩話：陳輔之詩話記荆公喜王建宮詞……韓子蒼反其意而作詩送葛亞卿曰：「劉郎底事起匆匆，花有深情只暫紅。弱質未應貪結子，細思須恨五更風。」

唐詩品彙卷五一引謝疊山（枋得）評：説到落花，氣象便蕭索，獨此詩從落花説歸結子，便有生意。

陸時雍唐詩鏡卷四一：遺怨之詞，落意太遠。

唐詩歸卷二七：鍾（惺）云：王建宮詞非宮怨也，此首微有怨意，然亦深。「貪結子」下鍾云：翻得奇，又是至理。

删補唐詩選脈箋釋會通評林卷五六：周弼列爲虚接體。□□德爲奇雋體。周敬曰：比而興也，用情用調，不拘拘掩襲宮詞舊套子。鍾惺曰：翻得奇，又是至理，怨意亦深。周珽訓：殘紅，喻色衰。東西分飛，君與己兩意相背也。貪慕而結子，喻有寵有成也。五更風，君心飄忽不定也。錯恨，猶言差怪也，意謂使我不貪慕結子之榮而入宮，安有今日之愁？不可恨君也，皆自反之詞。徐子擴云：此詩萬比之正體，至天隱謂惟自咎其初心，不以咎君，厚之至也。謝疊翁則曰：從落花説歸結子，便有生意。四句解者不一，可以意會爾。胡濟鼎云：但人説落花多歸罪於風，此不罪風飄花，而罪花之貪子，以宫嬪言之，切切望幸，栖栖無聊，意新奇，詞清脆，前無古人。

黄生唐詩摘鈔卷四：語兼比興。宫人必有先幸而後棄者，故用比體隱其事。朱之荆補評：殘紅，色衰也；分飛，言君之愛弛。下二句不恨風，並不言色衰愛弛之當然，而反以「貪結子」自認其咎，忠厚之至也。風，喻君心之飄忽。

管世銘讀雪山房唐詩序例七絶凡例：竹枝始於劉夢得，宫詞始於王仲初，後人仿爲之者，總無能掩出其上也。「樹頭樹底覓殘紅」，於百篇中宕開一首，尤非淺人所解。

金殿當頭紫閣重〔一〕，仙人掌上玉芙蓉〔二〕。太平天子朝元日㊀〔三〕，五色雲車駕六龍㊁〔四〕。

【校記】

㊀元，紀事、全詩作迎。

㊁車，全詩校一作中。

【箋注】

〔一〕金殿：金鑾殿。程大昌雍録卷四：「金鑾坡者，龍首山之支隴，隱起平地而坡陀靡迤者也。

其上有殿，既名之爲金鑾殿矣，故殿旁之坡亦遂名曰金鑾坡也……金鑾殿者，在蓬萊山正西微南也。龍首山坡隴之北至此餘勢猶高，故殿西有坡，德宗即之以造東學士院而明命，其實爲金鑾坡也。韋執誼故事曰：『置學士院後，又置東學士院於金鑾殿之西。』李肇志亦曰『德宗移院於金鑾坡西』也。石林葉氏曰：『俗稱翰林學士爲坡，蓋德宗時嘗移學士院於金鑾坡，故亦稱坡。』此其説是也。」紫閣：終南山峰名。張禮遊城南記：「東上朱坡，憩華嚴寺，下瞰終南之勝，霧巖玉案，圭峰紫閣，粲在目前。」自注：「唐文宗詔建終南山祠，册爲廣惠公，圭峰、紫閣，在祠之西。圭峰下有草堂寺，唐僧宗密所居，因號圭峰禪師。紫閣之陰即渼陂，杜甫詩曰『紫閣峰陰入渼陂』是也。」顧炎武天下郡國利病書陝西上：「鄠縣，故崇侯國，文王取之作豐邑，在長安南七十里。有渼陂在紫閣峰下，環抱山麓，方廣可數里，中有芙蕖、鳧雁之勝。杜子美有『半陂以南純浸山』之句，指此。」

〔二〕仙人掌：指漢武帝所建的金人捧露盤。漢書郊祀志上：「其後又作柏梁、銅柱、承露仙人掌之屬矣。」注引蘇林曰：「仙人以手掌擎盤承甘露。」顔師古曰：「三輔故事云建章宫承露盤高二十丈，大七圍，以銅爲之，上有仙人掌承露，和玉屑飲之。蓋張衡西京賦所云『立修莖之仙掌，承雲表之清露，屑瓊蕊以朝餐，必性命之可度』也。」三輔黄圖卷五引漢武故事：「築通天臺於甘泉，去地百餘丈……上有承露盤，仙人掌擎玉杯，以承雲表之露。元鳳間自毁，椽桷皆化爲龍鳳，從風雨飛去。」唐宫亦當有承露盤事，唐玄宗好道，德宗亦在宫中修望仙樓，唐會要卷三〇：「（貞元）十二年八月六日，户部尚書裴延齡奉敕修望仙樓」。杜甫秋興八首五：「蓬萊宮闕對南山，承露金莖霄漢間。」施鴻保讀杜詩説：「此承上『蓬萊宮闕』句，蓬萊既實有其宮，不應此句虚言金莖。玩『霄漢間』字，亦似非虚言者。明皇好道，安見不亦效漢武爲之？且洛城北謁玄元廟詩『金莖一氣旁』，朱説引曹子建集，謂洛城有金城（莖），則巡幸之地尚沿有之，豈長安帝居不特置耶？諸書失載，故無考耳。」玉芙蓉：指仙人掌中所擎之玉杯。高士奇輯注周弼三體唐詩卷一：「玉芙蓉，玉杯也。按古人挹注之器多作芙蓉，如華清池中玉芙蓉是也。」

〔三〕元日：農曆正月初一爲元日，唐時皇帝於此日升正殿受百官朝賀。新唐書禮樂志九：「皇帝元正、冬至受群臣朝賀而會。」

〔四〕五色雲車：道家謂仙人所乘之車。庾信步虚詞之六：「東明九芝蓋，北燭五雲車。」六龍：皇帝車駕用六匹馬，馬八尺稱龍，因稱皇帝車駕爲六龍。李白上皇西巡南京歌之四：「誰道君王行路難，六龍西幸萬人歡。」高士奇輯注周弼三體唐詩卷一：「五色雲車，畫雲氣車也。郊祀志：『文成言上欲與神通，宫室被服非象神，神不至，乃作畫雲氣車，甲、丙、戊、寅、壬日各以其色駕之。』甘泉賦曰：『登鳳凰兮翳華芝，駟蒼螭兮六素虯。』注曰：『六馬也。』此篇全用甘泉宮事，杜元凱所謂具文見意者也。」

【輯評】

删補唐詩選脈箋釋會通評林卷五六：周弼：爲實接體。周珽訓：至天隱曰：此篇全用甘泉宫事，以刺世主違禮而好怪。禮：奇器不入宫，況作非禮之器爲服食以求不死，御元神之車服以淫祀乎！詞惟序事，而譏自寓，此杜元凱所謂「具文見意」者也。人多以宫詞爲情者，非也。按建宫詞百首，有情者，有事者，有怨者，有刺者，指不一也。或概以情怨説宫詞，誤矣。

吴喬答萬季埜詩問一六：具文見意，乃杜元凱左傳序之言，謂但紀其事，不著議論而意自見。周伯弼以王建「五色雲車駕六龍」後二首卻哀惜當之，此所不同者，極其褒美，無哀惜之意，即似譏刺，然與平生交情不合故也。

黄生唐詩摘鈔卷四：此譏天子好神仙也，具其文而意自見。紫閣峰在終南山，與蓬萊宫相對。玉芙蓉，即金人所捧露盤，在南山之巔。莊雅渾淪，可廢唐人早朝七律。二十八字中所用虚字幾無，多是渾成句法，亦詩中稀有。人多以宫詞爲情詩者，非也。按王建宫詞百首，有情者，有事者，有怨者，有刺者，各自不同。朱之荆補評：曰天子，又曰太平，皆皮裏春秋。

忽地金輿向月陂㊀〔一〕，内人接著便相隨。卻回龍武軍前過㊁〔二〕，當處教開卧鴨池㊂〔三〕。

【校記】

㊀ 此首原缺，據萬曆本絶句二四、賓退録八、升庵詩話二、毛晉刻三家宫詞王建宫詞、胡本、全詩

三〇二補。能改齋漫録卷六「教坊内人」條亦全引此詩作王建宮詞。

㊁回，胡本作因。此句能改齋漫録六引作恰從中尉門前過。

㊂處，胡本作殿。開，胡本作看。池，胡本作兒。

【箋注】

〔一〕月陂：崔令欽教坊記：「東京兩教坊俱在明義坊，而右在南左在北也。坊南西門外，即苑之東也，其間有頃餘水泊，俗謂之月陂，形似偃月，故以名之。」此月陂在東都洛陽，非是。徐松兩京城坊考卷一：「禁苑，苑中宮亭二十四所，可考者曰南望春亭，曰北望春亭，曰坡頭亭，曰柳園亭，曰月坡。」此「月坡」即月陂，可知長安宮中亦有月陂。

〔二〕龍武軍：雍録卷八：「左右龍武軍，睿宗時置，即太宗時飛騎也。衣五色袍，乘六閑駮馬，武皮韉。武者虎也，唐祖諱虎，故曰龍武。龍武者，龍虎也，言其人材質服飾有似龍虎者。初置惟以從獵，其地最爲親密，固已易於寵狎矣。又其軍皆中官主之，廩給賞賜比他處特豐，事力重，伎藝多，故杜甫曰『龍武新軍深駐輦，芙蓉別殿謾焚香』，言其初時擬幸芙蓉，已遂留駐龍武也。甫之此言，蓋有譏也，唐自中葉以後，天下多事，凡有土木興作，多於北軍取辦焉。而它祕戲耽樂，外人不知者尚多，此其親狎之由也。」

〔三〕卧鴨池：當即放鴨亭旁邊的水池。唐會要卷三〇：「太和元年四月，詔毁昇陽殿東放鴨亭、望仙門側看樓十間，並敬宗所造也。」徐松兩京城坊考卷一：「按望春宮内有昇陽殿放鴨亭，見禁扁。本紀：大和元年，毁昇陽殿東放鴨亭。」

巧樓㊂〔二〕

畫作天河刻作牛㊀，玉梭金鑷采橋頭。每年宫裏穿針夜㊁〔一〕，敕賜諸親乞巧樓㊂〔二〕。

【校記】

㊀此首原缺，據萬曆本絶句二四、賓退録八、升庵詩話二一、毛晉刻三家宫詞王建宫詞、胡本、全詩三〇二補。

㊁裏，胡本作女。

㊂諸親，胡本作新恩。

【箋注】

〔一〕穿針：七夕爲傳説中的牛郎織女相會之夕，其夜有穿針乞巧之俗，由來甚久。西京雜記卷一：「漢綵女常以七月七日穿七孔針於開襟樓，俱以習之。」宗懍荆楚歲時記：「七月七日爲牽牛織女聚會之夜。」又云：「是夕人家婦女，結綵縷，穿七孔針，或以金銀鍮石爲針，陳瓜果於庭中，以乞巧。有喜子網於瓜上，則以爲符應。」

〔二〕乞巧樓：王仁裕開元天寶遺事卷下「乞巧樓」條：「宫中以錦結成樓殿，高百尺，上可以勝數十人，陳以瓜果酒炙，設坐具，以祀牛女二星。嬪妃各以九孔針、五色綫向月穿之，過者爲得巧之候。動清商之曲，宴樂達旦，士民之家皆效之。」

春來睡困不梳頭㈠，懶逐君王苑北遊㈡。暫向玉花階上坐，簸錢贏得兩三籌〔一〕。

【校記】

㈠此首原缺，據萬曆本絶句二四、賓退録八、升庵詩話二、毛晉刻三家宮詞王建宮詞、胡本、全詩三〇二補。睡，胡本作懶，并校一作晚。

㈡懶逐，胡本作怕逐，校一作懶侍。

【箋注】

〔一〕簸錢：古代婦女的一種遊戲，又稱打錢、擲錢、攤錢。王仁裕開元天寶遺事卷上「戲擲金錢」條：「内庭嬪妃，每至春時，各於禁中結伴三人至五人，擲金錢爲戲，蓋孤悶無所遣也。」李匡乂資暇集卷中：「錢戲有每以四文爲一列者，即史傳所云意錢是也。俗謂之攤錢，亦曰『攤賭』，攤鋪其錢，不使疊映欺惑也。」遊戲時參預者先持錢在手中顛簸，然後擲在臺階上，依次攤平，以錢正反面的多寡決定勝負。司空圖遊仙：「仙曲教成慵不理，玉階相簇打金錢。」唐無名氏宮詞：「金錢擲罷嬌無力，笑倚闌干屈曲中。」

彈棋玉指兩參差㊀〔一〕，背局臨虚鬬著危㊁〔二〕。先打角頭紅子落〔三〕，上三金字半邊垂㊂〔四〕。

【校記】

㊀此首原缺，據萬曆本絶句二四、賓退録八、升庵詩話二、毛晉刻三家宫詞王建宫詞、胡本、全詩三〇二補。

㊁背局，升庵詩話作階局，全詩校一作階迥。

㊂字，升庵詩話作子。

【箋注】

〔一〕彈棋：古代的一種遊戲。沈括夢溪筆談卷一八：「彈棊，今人罕爲之，有譜一卷，蓋唐人所爲。棊局方二尺，中心高如覆盂，其巔爲小壺，四角微隆起。今大名開元寺佛殿上有一石局，亦唐時物也。李商隱詩曰『玉作彈棊局，中心最不平』，謂其中高也。白樂天詩曰『彈棊局上事，最妙是長斜』。長斜謂抹角斜彈，一發過半局，今譜中具有此法。柳子厚叙棊用二十四棊者，即此戲也。漢書注云『兩人對局，白、黑子各六枚』，與子厚所記小異。」陸游老學庵筆記卷一〇：「吕進伯作考古圖云：古彈棋局，狀如香爐，蓋謂其中隆起也。李義山詩云『玉作彈棋局，中心最不平』，今人多不能解，以進伯之説觀之，則粗可見，然恨其藝之不傳也。魏文帝善彈棋，不復用指，第以手巾角拂之。有客自謂絶藝，及召見，但低首，以葛巾角拂之，文帝不能及也。此説今尤不可解矣。大名龍興寺佛殿，有魏宮玉石彈棋局，上有黄初中刻字，政和中取入禁中。」胡震亨唐音癸籤卷一九：「戲之有彈棊，始漢武，以代蹴踘之勞。其法用石爲局，中隆外庳，黑白棊各六枚，先列棊相當，下呼上擊之，以中者爲勝。李頎彈棊歌：『藍田美石青如砥，黑白相分十二子。聯翩百中皆造微，魏文手巾不足比。緣邊度隴未可嘉，鳥跂星懸正復斜。回飆轉指速飛電，拂四取五旋風花。』按魏文帝彈棊賦：『緣邊間造，長斜叠取。』丁廙賦：『風馳火燎，令牟取五。』梁元帝謝彈棊局啓：『鳳峙鷹揚，信難議擬，鳥跂星懸，何曾仿佛。』頎詩多本此。魏文善此技，用手巾拂之，無不中。唐順宗在春宫日，甚好之，時多名手。至長慶末，好事家猶見有局，尚多解者，今則不傳矣。」沈括、陸游、胡震亨三人所考，可以與王建詩相參看。

〔二〕著危：謂占據高處。危，高也。沈括、陸游等考已云棋局中央隆起，占據高處易於將對方棋子擊落，但也容易遭受對方的攻擊。

〔三〕紅子：漢書注與李頎詩皆言彈棋子有黑、白兩色，此言紅色，柳宗元叙棊：「置棋二十有四，貴者半，賤者半，貴曰上，賤曰下，咸自第一至十二。下者二乃敵一，用朱墨以别焉。」所述子數與顔色又有所不同。可見彈棋子的貴子爲紅色。遊戲時先攻擊對方的貴子，又盡量保護己方的貴子。

〔四〕金字：疑一方的貴子用紅色表示，另一方的貴子用金色表示。「金字（或子）」謂己方的貴子。

【輯評】

王士禛香祖筆記卷二：彈棋之戲，始見西京雜記，後漢梁冀傳注稍詳之，似近投壺，而其製不傳。今人詩多以弈棋當之，可發一笑。王建宮詞云：「彈棋玉指兩參差，背局臨虛鬭著危。先打角頭紅子落，上三金字半邊垂。」讀之亦不能通曉也。

宛轉黃金白柄長㊀〔一〕，青荷葉子畫鴛鴦。把來不是呈新樣，欲進微風到御牀。

【校記】

㊀此首原缺，據萬曆本絶句二四、賓退録八、升庵詩話二、毛晉刻三家宮詞王建宮詞、胡本、全詩三〇二補。

【箋注】

〔一〕宛轉：此指纏在扇柄上的金綫。纏物的繩皆可稱宛轉，如爾雅釋器「弓有緣者謂之弓」，郭璞注：「緣者繳纏之，即今宛轉也。」段成式酉陽雜俎前集卷一載：「北朝婦人……五月進五時圖、五時花，施帳之上。是日，又進長命縷、宛轉繩，皆結爲人像帶之。夏至日進扇及粉脂囊，皆有辭。」王建此詩寫宫人做扇進獻皇帝，扇柄用金綫纏繞，扇面上畫有荷葉及葉底鴛鴦。末句「欲進微風到御牀」已暗言此物是扇。

供御香方加減頻㊀〔一〕，水沈山麝每回新〔二〕。内中不許相傳出，已被醫家寫與人。

【校記】

㊀此首原缺，據萬曆本絶句二四、賓退録八、升庵詩話二、毛晉刻三家宫詞王建宫詞、胡本、全詩三〇二補。

【箋注】

〔一〕香方：即和香方，調和各種香料的配方。洪芻香譜載有「蜀王熏御衣法」和「江南李主帳中香法」，前者爲：「丁香、馢香、沈香、檀香、麝香，以上各一兩，甲香三兩，制如常法。右件香搗爲末，用白沙蜜輕煉過，不得熱用，合和令匀入用之。」

〔二〕水沈：即沈香。山麝：即麝香。范曄和香方序云：「麝本多忌，過分必害。沈實易和，盈斤無傷。」

藥童食後進雲漿㊀〔一〕，高殿無風扇少涼。每到日中重掠鬢，衩衣騎馬繞宫廊㊁〔二〕。

【校記】

㊀此首原缺，據萬曆本絶句二四、賓退録八、升庵詩話二、毛晉刻三家宫詞王建宫詞、胡本、全詩三〇二補。胡本注：「右七首載楊升庵集。」進，絶句作送。

㊁衩，絶句作叉。

【箋注】

〔一〕藥童：新唐書百官志二：「龍朔二年，改尚藥局曰奉醫局。有按摩師四人，呪禁師四人，書令史二人，書吏四人，直官十人，主藥十二人，藥童三十人，合口脂匠二人，掌固四人。」雲漿：漢武故事：「西王母曰：『太上之藥有玉津金漿，其次藥有五雲之漿。』」庾信温湯碑序：「其色變者流爲五雲之漿，其味美者結爲三危之露。」按雲漿猶雲液、流霞，以喻美酒。

〔二〕衩衣：便服。韓偓早歸：「衩衣吟宿醉，風露動相思。」胡三省通鑑釋文辯誤卷一一通鑑二五二：「衩衣二字，今人所常言也。凡交際之間，賓以世俗之所謂禮服來者，主欲從簡便，必使人傳言曰：『請衩衣。』客於是以便服進。又有服宴褻之服而遇服交際之服者，必謝曰：『衩袒無禮。』可見衩衣之語起於唐人而通行於今世也。」

步行送出長門遠㊀〔一〕，不許來辭舊院花。只恐他時身到此，乞來自在得還家㊁。

【校記】

㊀此首原缺，據紀事四四、萬曆本絕句二四、毛晉刻三家宮詞王建宮詞、胡本、全詩三〇二補。出，絕句、全詩作入。遠，絕句、全詩作裏。

㊁乞來自在得，絕句作乞求恩赦放，全詩作乞恩求赦放。

【箋注】

〔一〕長門：漢宮名。漢武帝時陳皇后失寵，別居長門宮，使人奉黃金百金，令司馬相如爲解愁之辭以悟武帝，見文選司馬相如長門賦序。後以指失寵宮人之居處。此詩寫放宮人，唐會要卷三有「放宮人」條，如記貞元間一次：「貞元二十一年三月，出後宮人三百人。其月，又出後宮及教坊女妓六百人，聽其親戚迎於九僊門，百姓莫不叫呼大喜。」

【輯評】

陶宗儀南村輟耕録卷一二：「世之曰乞求，蓋謂正欲若是也，然唐時已有此言。王建宮詞：『只恐他時身到此，乞求自在得還家。』又花蕊夫人宮詞：『種得海柑纔結子，乞求自過與君王。』」

縑羅不著索輕容㊀〔一〕，對面教人染褪紅㊁〔二〕。衫子成來一遍出，今朝看處滿園中㊂。

【校記】

㊀此首宋本缺，據紀事四四、萬曆本絶句二四、毛晉刻三家宮詞王建宮詞、胡本、全詩三〇二補。胡本注：「右二首載歷代宮詞。」縑，絶句作嫌。容，紀事、絶句作縭。此句齊東野語卷一〇引作「嫌羅不著愛輕容」。

㊁褪，絶句、全詩作退。

㊂此句絶句、全詩作明朝半片在園中。

【箋注】

〔一〕輕容：唐代一種極薄的絲織品。周密齊東野語卷一〇：「紗之至輕者，有所謂輕容，出唐類苑，云：『輕容，無花薄紗也。』王建宮詞云：『嫌羅不著愛輕容。』元微之有寄白樂天輕容，樂天製而爲衣。而詩中『容』字乃爲流俗妄改爲『庸』，又作『榕』，蓋不知其所出。元豐九域志『越州歲貢輕容紗五疋』是也。」

〔二〕褪紅：説郛弓四一陸游老學庵續筆記：「唐有一種色，謂之退紅。王建牡丹詩云：『粉光深紫膩，肉色退紅嬌。』王貞白倡樓行云：『龍腦香調水，教人染退紅。』花間集樂府：『牀上小熏籠，昭州新退紅。』蓋退紅若今之粉紅，髹器亦有作此色者，今無之矣。紹興末，縑帛有一等似皂而淡者，謂之不肯紅，亦退紅之類也。」

誤作王建之宫詞

銀燭秋光冷畫屏，輕羅小扇撲飛螢。天堦夜色涼如水，卧看牽牛織女星。

【辨證】

此詩胡刻本注曰「一作杜牧」。計有功唐詩紀事卷四四所録王建宫詞一百首中收有此詩，胡仔苕溪漁隱叢話後集卷一四、趙與時賓退録卷一、朱承爵存餘堂詩話、毛晉三家宫詞跋皆已指出此詩是杜牧的作品。此詩收於杜牧樊川外集，題作秋夕。周紫芝竹坡詩話云：「此一詩，杜牧之、王建集中皆有之，不知其誰所作也。以余觀之，當是建詩耳。蓋二子之詩，其流婉大略相似，而牧多險側，建多工麗，此詩蓋清而平者也。」周氏從風格上判斷此詩是王建的作品，雖不具絶對的説服力，卻也不乏眼力。洪邁萬首唐人絶句王建宫詞中無此首，全唐詩也將此詩從王建宫詞中剔除，而皆收於杜牧名下，可見他們是做過一番考證的。所以可斷定此詩是杜牧所作。

日晚長秋簾外報，望陵歌舞在明朝。添爐欲爇熏衣麝，憶得分時不忍燒。

日映西陵松柏枝，下臺相顧一相悲。朝來樂府歌新曲，唱著君王自作詞。

【辨證】

此二詩前一首胡刻本注曰「一作樂府銅雀臺歌」，後一首注曰「同上」。計有功唐詩紀事卷四四所録王建宫詞一百首中收此二詩，趙與時賓退録卷一、朱承爵存餘堂詩話、毛晉三家宫詞跋皆已指出此二詩是劉禹錫的作品。四部叢刊影董氏影宋本劉夢得文集卷八收此二詩，題爲魏宫詞二首。觀二詩詩意，「望陵歌舞」、「日映西陵」等詞語，確是詠魏武銅雀臺事的。王建宫詞專言唐宫中事，自然不可能言及陵墓，非王建宫詞明甚。洪邁萬首唐人絶句以及全唐詩中王建宫詞，皆無此二首。

淚盡羅巾夢不成，夜深前殿按歌聲。紅顔未老恩先斷，斜倚熏籠坐到明。

【辨證】

此詩胡刻本注曰「一作白居易」。計有功唐詩紀事卷四四所録王建宫詞一百首中收有此詩，胡仔苕溪漁隱叢話後集卷一四、趙與時賓退録卷一、朱承爵存餘堂詩話、毛晉三家宫詞跋皆已指出此詩爲白居易所作。此詩載白居易白氏長慶集卷一八，題爲後宫詞。據元稹白氏長慶集序，白氏長慶集爲長慶四年編成，元稹云「手自排纘，成五十卷，凡二千一百九十一首」。其中的作品自然不會有什麼差錯。所以此詩毫無疑問是白居易的。所以，洪邁萬首唐人絶句以及全唐詩中王建宫詞，已皆無此首。

新鷹初放兔初肥，白日君王在内稀。薄暮千門臨欲鎖，紅粧飛騎向前歸。

黄金捍撥紫檀槽，絃索初張調更高。盡理昨來新上曲，内官簾外送櫻桃。

【辨證】

計有功唐詩紀事卷四四所録王建宫詞一百首中收此二詩，趙與時賓退録卷一、朱承爵存餘堂詩話、毛晉三家宫詞跋皆已指出此二詩是張籍的作品。續古逸叢書影宋本張文昌文集卷三載此二詩，題爲宫詞二首；四部叢刊影明刻本張司業詩集卷六亦載宫詞二首，然僅有「新鷹初放兔初肥」一首，漏刻後一首。此二詩確爲張籍作，後人誤補入王建宫詞。洪邁萬首唐人絶句以及全唐詩皆已將二詩歸之張籍，甚是。

鴛鴦瓦上瞥然聲，晝寢宫娥夢裏驚。元是我皇金彈子，海棠花下打流鶯。

【辨證】

此首情況較爲複雜。計有功唐詩紀事列此詩於王建宫詞第九十八首，洪邁萬首唐人絶句嘉靖本無此首，萬曆本刪去「畫作天河刻作牛」一首，而補入此首。毛晉輯花蕊夫人宮詞第九十五首即此詩。毛氏注曰：「此首或見王建集中。」然毛晉三家宮詞王建宮詞中卻没有這一首。胡刻本注云「一作花蕊夫人」，當即據毛晉。楊慎升庵詩話卷二云：「『鴛鴦瓦上忽然聲』，花蕊夫人詩也。」然楊慎又在詞品卷二中又説：「李珣，蜀之梓州人，事王宗衍。浣溪沙詞有『早爲不逢巫峽夜，那堪虛度錦江春』之句。詞名瓊瑶集。其妹事王衍，爲昭儀，亦有詞藻，有『鴛鴦瓦上忽然聲』詞一首，誤入花蕊夫人集。蓋一百一首本羨此首也。」李珣之妹爲昭儀者爲李舜絃，楊慎云此詩爲李舜絃作，不知何據。全唐詩卷七九七收李玉簫宮詞一首，即此詩。小傳云：「李玉簫，蜀王衍宮人。」詩題下注曰：「一作王建詩，又作花蕊夫人詩。」以詩用「我皇」之詞語來看，甚似宮中妃嬪的語氣，可定此詩不是王建作。至於是花蕊夫人費氏的作品，還是李舜絃抑或李玉簫的作品，就不好説了。

寶仗平明金殿開，暫將紈扇共徘徊。玉顏不及寒鴉色，猶帶昭陽日影來。

【辨證】

此詩胡刻本注曰「一作王昌齡」。計有功唐詩紀事卷四四所録王建宮詞一百首中收有此詩，胡仔苕溪漁隱叢話後集卷一四、趙與時賓退録卷一、朱承爵存餘堂詩話、毛晉三家宮詞跋皆已指出此詩是王昌齡的作品。此詩毫無疑問是王昌齡的作品，殷璠河岳英靈集卷中即收有王昌齡此詩，題作長信宫；韋莊又玄集卷上亦作王昌齡，題爲長信秋詞；韋縠才調集卷八則作長信愁，只不過文字小有異同，作者爲王昌齡則無異詞。

閑吹玉殿昭華管，醉打梨園縹蔕花。千年一夢歸人世，絳縷猶封繫臂紗。

【辨證】

此詩胡刻本注曰：「一作杜牧。」胡仔苕溪漁隱叢話後集卷一四、趙與時賓退録卷一、朱承爵存餘堂詩話、毛晉三家宫詞跋皆已指出此詩是杜牧的作品。計有功唐詩紀事卷四四所録王建宫詞一百首中收有此詩，誤甚。洪邁萬首唐人絶句以及全唐詩都已將此詩排除在王建宫詞之外。此詩實爲杜牧出宫人二首中的第一首，見於樊川詩集卷二。樊川詩集四卷爲杜牧外甥裴延翰親自所編，較爲可靠，誤收可能性較低。所以此詩爲杜牧作，後人錯誤地將其補入王建宫詞。

後宫宫女無多少，盡向園中笑一團。舞蝶落花相覓著，春風共語一應難。

【辨證】

此詩見計有功唐詩紀事卷四四、洪邁萬首唐人絶句嘉靖本卷三一、全唐詩卷三〇二。全唐詩於詩後注曰：「一作花蕊夫人詩。」萬曆本萬首唐人絶句删去此篇，胡刻本也未收。此詩載毛晉三家宮詞中的宋徽宗宮詞內，當是宋徽宗趙佶的作品，作王建或花蕊夫人詩者皆誤。

斷句

單于不向南牧馬，席萁遍滿天山下〔一〕。（詠席萁簾）

錦江詩弟子，時寄五花牋〔二〕。

一朝金鳳庭前下，當是虛皇詔沈曦〔三〕。

宣州四面水茫茫，草蓋江城竹夾牆〔四〕。

【校箋】

〔一〕見陰時夫韻府群玉卷二、全唐詩卷三〇二。韻府群玉卷二「四支」韻：「席萁，一名塞蘆，生北胡。王建席萁簾詩：『單于不向南牧馬，席萁遍滿天山下。』」席萁，草名。萁又作箕。段成式酉陽雜俎續集卷一〇：「席箕一名塞蘆，生北胡地。古詩云：『千里席箕草』。」胡震亨唐音癸籤卷二〇：「席萁，王建詩：『單于不向南牧馬，席萁遍滿天山下。』顧非熊詩：『席萁草斷城池外，護柳花開帳幕前。』李長吉：『秋淨見旄頭，沙遠席萁秋。』秦韜玉：『席萁風緊馬豜豪。』唐人屢用之。酉陽雜俎云：『席萁一名塞蘆，生北胡地。』蓋可為簾，亦可充馬食者。五代史云：『契丹地有息雞草，尤美而本大，馬食不過十本而飽。』意席萁即息雞，一物而音訛耳。」

〔二〕見葉廷珪海録碎事卷一九詩門、全唐詩卷三〇二。錦江，又名汶江，自郫縣分流至成都城南合郫江。常璩華陽國志卷三：「其道西城，故錦官也。錦江，織錦濯其中則鮮明，他江則不好，故命曰錦里也。」五花牋，一種精美的箋紙。徐陵玉臺新詠序：「三臺妙迹，龍伸蠖屈之書；五色花牋，河北膠東之紙。」李匡乂資暇集卷下：「松花牋，其來舊矣。元和初，薛陶（濤）尚斯色，而好製小詩，惜其幅大，不欲長（賸長紙長），乃命匠人狹小之，蜀中才子既以爲便，後減諸牋亦如是，特名曰薛陶（濤）牋。今蜀紙有小樣者皆是也，非獨松花一色。」王建此詩當爲薛濤而作。

〔三〕見葉廷珪海録碎事卷九上赴召門、全唐詩卷三〇二。金鳳，金鳳紙，帝王用紙，上繪有金鳳。帝王所頒詔書又稱鳳詔。初學記卷三〇引陸翽鄴中記：「石季龍（虎）與皇后在觀上爲詔書，五色紙，著鳳口中，鳳既銜詔，侍人放數百丈緋繩，轆轤回轉，鳳凰飛下，謂之鳳詔。鳳凰以木作之，五色漆畫，脚皆用金。」虚皇，道教太虚之神。陶弘景許長史舊館壇碑：「結號虚皇，筌法正覺。」沈曦，即沈羲。葛洪神仙傳卷三云：沈羲爲吴郡人，學道於蜀中，能消災治病，救濟百姓，功德感動上天，天神識之。羲與妻賈氏共載出門，道逢白鹿車一乘、青龍車一乘、白虎車一乘，從者數十騎，云迎沈道士。須臾有三仙人在前，羽衣持節，拜羲爲碧落侍郎，主吴越生死之籍，遂載羲昇天而去。

〔四〕見葉廷珪海録碎事卷四上州縣門、祝穆方輿勝覽卷一五寧國府、全唐詩卷三〇二。宣州，唐宣州宣城郡，屬江南道，見新唐書地理志五。

誤作王建之斷句

郤公不易勝，莫著外家欺〔一〕。
花燒落第眼，雨破到家程〔二〕。
再見封侯萬户，立談賜璧一雙〔三〕。

【辨證】

〔一〕此聯見祝穆古今事文類聚後集卷一〇、全唐詩卷三〇二。王維戲題示蕭氏外甥：「憐爾解鄰池，渠爺未學詩。老夫何足似，弊宅倘因之。蘆筍穿荷葉，菱花罥雁兒。郤公不易勝，莫著外家欺。」趙殿成王右丞集箋注卷九注引世說新語王子敬兄弟見郄公事。此二句當是王維詩，事文類聚誤作王建詩。「郤」即「郄」之異體字，與「郗」非一姓，故「郤」當作「郗」。即郗愔，郗鑒子，郗超之父，王獻之兄弟之舅。世説新語賢媛：「王右軍郗夫人謂二弟司空（愔）、中郎（曇）曰：『王家見二謝，傾筐倒庋，見汝輩來，平平爾。汝可無煩復往。』」又簡傲：「王子敬兄弟見郗公，躡履問訊，甚修外生禮。及嘉賓（郗超）死，皆著高屐，儀容輕慢，命坐，皆云有事，不暇坐。既去，郗公慨然曰：『使嘉賓不死，鼠輩敢爾。』」

〔二〕此聯見葉廷珪海録碎事卷九下逆旅門、全唐詩卷三〇二。然全唐詩卷七九五又作鄭翺句，題作下第東歸。海録碎事卷一九科第門云「鄭翺下第東歸詩」，即此二句。鄭翺，滎陽人，元和六年任徐州攝支度巡官，見江蘇金石志卷五。當非王建詩。

〔三〕此聯見任淵山谷詩集注卷一次韻公擇舅詩注，全唐詩未收。黄庭堅次韻公擇舅：「昨夢黄粱半熟，立談白璧一雙。」任淵注曰：「唐人王建六言詩曰：『再見封侯萬户，立談賜璧一雙。』」然此聯實爲王維田園樂七首之二，全詩爲：「再見封侯萬户，立談賜璧一雙。詎勝耦耕南畝，何如高卧東窗。」見趙殿成王右丞集箋注卷一四、全唐詩卷一二八。當是任淵誤王維爲王建。戰國策齊策四：「令曰：『有能得齊王頭者，封萬户侯。』」文選揚雄解嘲：「或七十説而不遇，或立談而封侯。」賜璧事見史記虞卿列傳：「説趙孝成王，一見，賜黄金百鎰，白璧一雙。再見，爲趙上卿，故號爲虞卿。」封侯、賜璧的出典即此。

附録一

崔少玄傳

崔少玄者，唐汾州刺史崔恭之小女也〔一〕。其母夢神人衣綃衣，駕紅龍，持紫函，受於碧雲之際，乃孕。十四月而生少玄。既生而異香襲人，端麗殊絶，紺髮覆目，耳璫及頤，右手有文曰「盧自列妻」。後十八年歸於盧陲〔二〕，陲小字自列。歲餘，陲從事閩中，道過建溪〔三〕，遠望武夷山〔四〕，忽見碧雲自東峰來，中有神人，翠冠緋裳，告陲曰：「玉華君來乎？」陲怪其言，曰：「誰爲玉華君？」曰：「君妻即玉華君也。」因是反告之。妻曰：「扶桑夫人〔五〕、紫霄元君果來迎我〔六〕。事已明矣，難復隱諱。」遂整衣出見神人，對語久之。然夫人之音，陲莫能辨，逡巡揖而退。陲拜而問之，曰：「少玄雖胎育之人，非陰騭所積。昔居無欲天〔七〕，爲玉皇左侍書，謚曰玉華君，主下界三十六洞學道之流。每至秋分日，即持簿書來訪志道之士。嘗貶落，所犯與同宮四人退居靜室，嗟歎其事，恍惚如有欲想。太上責之，謫居人世，爲君之妻二十三年矣。又遇紫霄元君已前至此，今不復近附於君矣。」至閩中，日獨居靜室，陲既駭異，不敢輒踐其間。往往有女真，或二或四，衣長綃衣，作古鬟髻，周身光明，燭燿如晝，來詣其室。升堂連榻，笑語通夕。陲至而看之，亦皆天人語言，不可明辨。試問之，曰：「神仙祕密，難復漏泄，沈累至重，不可不隱。」陲守其言誡，亦常隱諱。洎陲罷府，恭又解印組，得家於洛陽。陲以妻之誓，不敢陳泄於恭。後二年，謂陲曰：「少玄之父，壽算止於二月十七日。某雖神仙中人，生於人世，爲有撫養之恩，若不救之，枉其報矣。」乃請其父曰：「大人之命，將極於二月十七日，少玄受劬勞之恩，不可不護。」遂發絳箱，取扶桑大帝金書黄庭内景之書〔八〕，致於其父曰：「大人之壽，常數極矣，若非此書，不可救免，今將授父。可讀萬遍，以延一紀。」乃令恭沐浴，南向而跪，少玄當几，授以功章，寫於青紙，封以素函，奏之上帝。又召南斗注生真君〔九〕，附奏上帝。須臾，有三朱衣人自空而來，跪少玄前，進脯羞，噏酒三爵，手持功章而去。恭大異之，私訊於陲，陲諱之。經月餘，遂命陲，語曰：「玉清真侶，將雪予於太上，今復召爲玉皇左侍書玉華君，主化元精炁，施布仙品。將欲反神，還於無形，復侍玉皇，歸彼玉清。君莫泄是言，遺予父母之念。又以救父之事，泄露神仙之術，不可久留，人世之情，異於此矣。」陲跪其前，嗚呼流涕，曰：「下界蟻虱，黷汙仙上，永淪穢濁，不得昇攀，乞賜指喻，以救沈痼，久永不忘其恩。」少玄曰：「予留詩一首以遺子。予上界天人之書，皆雲龍之篆，下界見之，或損或益，亦無會者。予當執管記之。」其詞曰：「得之一元，匪受自天。太老之真，無上之仙。光含影藏，形於自然。真安匪求，神之久留。淑美其真，體性剛柔。丹霄碧虚，上聖之儔。百歲之後，空餘墳丘。」陲載拜受其辭，晦其義理，跪請講貫，以爲指明。少玄曰：「君之於道，猶未熟習。上仙之韻，昭明有時，至景申年中〔一〇〕，遇琅琊先生能達，其時與君開釋，方見天路。未間，但當保之。」言畢而卒。九日葬，舉棺如空，發櫬視之，留衣而蜕。處室十八，居閩三，歸洛二，在人間二十三年。後陲與恭皆保其詩，遇儒道適達者示之，竟不能會。至景申年中，九疑道士王方古〔一一〕，其先琅琊人也，遊華嶽迴，道次於陝郊，時陲亦客於其郡。因詩酒夜話，論及神仙之事，時會中皆貴道尚德，各徵其異。殿中侍御史郭固〔一二〕、左拾遺齊推〔一三〕、右司馬韋宗卿〔一四〕、王建，皆與崔恭有舊，因審少玄之事於陲。陲出涕泣，恨其妻所留之詩，絶無會者。方古請其辭，吟詠須臾，即得其旨，歎曰：「太無之化，金華大仙，亦有傳於後學哉！」時坐客聳聽其辭，句句解釋，流如貫珠，凡數千言，方盡其義。因命陲執筆，盡書先生之辭，目曰少玄玄珠心鏡〔一五〕。好道之士，家多藏之。

【校記】

此篇録自太平廣記卷六七，題作崔少玄，篇後注云「出少玄本傳」。未有作者姓名。太平廣記引用書目有崔少玄本傳，當即此篇。明人所編虞初志（湯顯祖等評點、鍾人傑校閲）卷四崔少玄傳即此篇，係抄自太平廣記，但添署作者爲唐王建。卞孝萱認爲此篇是王建作，明人所署作者王建是有道理的（見其所著關於王建的幾個問題，文學遺産增刊第八輯，一九六一年版）。

主要理由是：傳記參預「詩酒夜話」之郭固、齊推、韋宗卿三人皆具其官銜，王建獨不具，且位於最後，正表明它是王建所撰。王建爲一好道之士，集中已屢言及，且多贈道友之作，其撰寫一女仙之傳記，亦爲情理中事。李劍國唐五代志怪傳奇叙録（南開大學出版社一九九三年版）第二卷證成其説，云：「按廣記引文常事改易，若卷三〇八崔龜從自叙，以第三人稱叙崔所歷，原文載全唐文卷七二九，凡廣記用其名處，皆作『余』字，知廣記改第一人稱爲第三人稱也。此傳之『王建』二字，疑原亦『余』字，廣記改用其名而不知其時何官，故不具銜耳。虞初志之署王建，蓋亦以此爲據，非别有所本也。」二位先生所論甚是，故從之。太平廣記好改易人物稱謂尚可舉出卷三九九陸鴻漸篇，本出全唐文卷七二一張又新煎茶水記，原文「元和九年春，予初成名……余與李德垂先至……余偶抽一通覽焉」，至廣記便作「元和九年春，張又新始成名……又新與李德裕先至……又新偶抽一通覽焉」。全唐文卷七一七有長孫巨澤所撰盧陲妻傳一篇，所叙即崔少玄事，較之王建此傳稍略。末云：「長孫巨澤之友曰棲真子王君，行於陝之郊覿陲，備言妻之狀，復以守一詩詢於王君，君覽詩，駭然曰：『此天真祕理，非可苟盡。』遂演成章句，目之曰玄珠心境，以授陲。時元和丁酉歲，巨澤聆於王君，乃疏本末爲傳。其淵密奥旨，具列章句云。」元和丁酉爲元和十二年，王建崔少玄傳云王方古解詩在丙申即元和十一年，王建之傳當亦作於是時，較長孫巨澤之傳早一年。新唐書藝文志三神仙類著録有「正元師謫仙崔少玄傳二卷」，崇文總目卷四道書類四：「謫仙崔少玄傳二卷，王元師撰。」錫鬯（朱彝尊）

按：「通志略云：少玄，崔氏女。」可知新志誤「王」作「正」。其書不存。

【箋注】

〔一〕崔恭：新唐書宰相世系表二下博陵崔氏第三房：「恭，汾州刺史。」計有功唐詩紀事卷五九張弘靖：「弘靖爲太原節度使，有山亭懷古詩……節度副使、檢校右散騎常侍崔恭和云……恭能文，嘗叙梁肅文集。」全唐文卷四八〇收崔恭唐右補闕梁肅文集序。寶刻類編卷一四：「大德元浩和尚靈塔碑，唐崔恭撰并正書。元和十四年十一月五日立，在虎丘。」

〔二〕盧陲：其人事除本傳所述外，其餘不詳。

〔三〕建溪：閩江上遊，又名延平津。樂史太平寰宇記卷一〇一建州：「建溪在（建陽）縣東一百步，源從武夷山下西北來縣界也。」

〔四〕武夷山：太平寰宇記卷一〇一建州：「武夷山在（建陽）縣北一百二十八里。蕭子開建安記云：武夷山高五百仞，巖石悉紅紫二色，望之若朝霞。有石壁峭拔數百仞於煙嵐之中，其間有木碓磨、簸箕、籮箸、什器等物，靡不有之。顧野王謂之地仙之宅。半巖有懸棺數千，傳云昔有神人武夷君居此，故得名。又坤元録云：建陽縣上百餘里有仙人葬，山亦神仙所居之地。郡國志云：漢武帝好祀天下嶽瀆，此山與祭，故曰漢祀山。陸鴻漸有記。」

〔五〕扶桑夫人：扶桑爲傳説中的神木，日出其下。淮南子天文訓：「日處於暘谷，浴於咸池，拂於扶桑，是謂晨明。」梁書扶桑國：「扶桑在大漢國東二萬餘里，地在中國之東，其土多扶桑木，故以爲名。」説郛弓七葛洪枕中書：「書爲扶桑大帝東王公，號曰元陽父。」扶桑夫人當爲扶桑大帝之妻。

〔六〕紫霄元君：紫霄謂天空，紫霄元君當是司天之神。太平御覽卷六七四引上清經：「高虚宫，紫元君居之。」顔真卿顔魯公文集卷九晉紫虚元君領上真司命南嶽夫人魏夫人仙壇碑銘云夫人白日飛昇，「太微天帝、中央王老君、三素高元君、太上玉晨大道君、太素三元君、扶桑太帝君、金闕後聖君各令使者致命授夫人玉札金文，位爲紫虚元君，領上真司命南嶽夫人」。

〔七〕無欲天：道家所謂無情無欲之仙境。

〔八〕黄庭内景：道家經典。述道家養生修煉之道，稱脾臟爲中央黄庭，於五臟中特重脾臟，故名黄庭經。一爲黄庭内景經，稱大道玉晨君作，傳魏夫人；一爲黄庭外景經，傳爲老子作。

〔九〕南斗注生真君：爲人添壽之天神。真君即真宰。道教有南斗主生、北斗主死之説。杜光庭廣成集卷九莫令南斗醮詞：「南斗主生，垂吉昌而勸善；北宫紀死，編罪惡以繩非。」

〔一〇〕景申：即丙申。唐高祖李淵之父名昞，故唐人諱「丙」爲「景」。

〔一一〕王方古：李劍國唐五代志怪傳奇叙録補正（載其書後）云，陳尚君教授函告：道藏中有玄珠心鏡。檢道藏洞玄部衆術類有玄珠心鏡注一卷，題王屋山樵長孫滋巨澤（巨澤爲小字注）傳，栖真子王損之章句。前爲傳文，後爲守一詩章句和守一寶章章句。傳文同全唐文之盧陲妻傳。知全唐文乃從道藏録出者。又知長孫巨澤名滋，巨澤爲其字，王屋山爲其栖隱之地。而其友人栖真子王君名損之。道藏尚有一本玄珠心鏡注，題衡嶽真子注，内容相同而文簡，蓋删略前本而成。占華按：「衡嶽真子」疑當作「衡嶽栖真子」，脱一「栖」字，衡嶽爲其隱居修道處。王建崔少玄傳稱「九疑道士王方古」，與道藏王損之名異。但王方古稱琅琊先生，王損之稱琅琊君，疑是一人，方古與損之，一爲名一爲字也，其號栖真子。全唐詩卷四六四、全唐文卷四八一收有王損之詩與賦，小傳皆云貞元十四年進士。李劍國只是疑王方古與王損之爲一人，未下斷語。定王損之貞元十四年登第者，當據與王起、吕價同有濁水求珠詩，然徐松登科記考定此年試詩爲青出藍詩，孰是孰非，難以確定。全唐詩卷四八六有鮑溶送王損之秀才赴舉詩，王損之似非超脱於功名者。當然，他後來又出家當了道士，也未可知。

〔一二〕郭固：未詳。

〔一三〕齊推：全唐文卷六八四陳諫登石傘峰詩序：「中書侍郎平章事高陽齊公昔遊越鄉，閲翫山水者垂三十載……未二紀而登台鉉，乃施舊居之西偏爲昌元精舍。其東偏石傘巖付令弟秀才推。」齊公謂齊抗，可知齊推爲齊抗之弟。會稽掇英總集卷四收齊推登石傘峰詩一首。全唐文卷七一六收齊推靈飛散傳信録一文，可知齊推與崔玄亮爲好友，皆爲迷信方士之人。趙明誠金石録卷九：「第一千六百五十五，唐惠昕大師碑，齊推撰，正書，姓名殘缺，貞元十七年。」又：「第一千六百九十六，唐圯上圖贊，李德裕撰，齊推正書，元和五年三月。」

〔一四〕韋宗卿：新唐書宰相世系表四上韋氏龍門公房韋建子：「宗卿，侍御史、户部員外郎，以季莊孫繼。」柳宗元柳河東集卷四〇爲韋京兆祭杜河中文：「維年月日甲子，京兆尹韋夏卿謹以清酌之奠，敬祭於故河中節度贈禮部尚書杜公（確）之靈……舍弟宗卿，獲庇仁宇，命佐廉問。」可知韋宗卿曾爲杜確河中從事。全唐文卷七〇七李德裕黠戛斯朝貢圖傳序：「其所述作，該明古今，乃詔太子詹事韋宗卿、祕書少監呂述往蒞賓館，以展私覿……臣輒因韋宗卿、呂述所紀異聞，飾以繪事，敢叙率服，以貫篇首。」全唐文卷六九五收韋宗卿隱山六安峒記一篇。寶刻叢編卷八京兆府中：「唐河中監軍内常侍楊明義先廟碑，唐韋宗卿撰，鄭絪行書，元和六年。（京兆金石録）」

〔一五〕少玄玄珠心鏡：新唐書藝文志三神仙類著録有「崔少元老子心鏡一卷」，「元」當是後人避「玄」字所改，或即崔少玄之玄珠心鏡。道藏洞玄部衆術類有玄珠心鏡注一卷，題王屋山樵長孫滋巨澤撰，栖真子王損之章句。

附録二

王建研究資料

評論

魏泰臨漢隱居詩話：唐人亦多爲樂府，若張籍、王建、元稹、白居易以此得名，其述情叙怨，委曲周詳，言盡意盡，更無餘味。及其末也，或是詼諧，便使人發笑，此曾不足以宣諷。愬之情況，欲使聞者感動而自戒乎？甚者，或譎怪，或俚俗，所謂惡詩也，亦何足道哉！

又：張籍、王建詩格極相似，李益古、律詩相稱，然皆非（韋）應物之比也。

周紫芝古今諸家樂府序：余嘗評諸家之作，以謂李太白最高而微短於韻，王建善諷而未能脱俗，孟東野近古而思淺，李長吉語奇而入怪，唯張文昌兼諸家之善，妙絶古今。近出張右史酷嗜其作，亦頗逼真。（太倉稊米集卷五一）

許顗彦周詩話：張籍、王建，樂府宫詞皆傑出，所不能追逐李、杜者，氣不勝耳。

曾季貍艇齋詩話：張籍樂府甚古，如永嘉行尤高妙。唐人樂府，惟張籍、王建古質，劉夢得武昌老人説笛歌宛轉有思致。

張戒歲寒堂詩話卷上：元、白、張籍、王建樂府，專以道得人心中事爲工，然其詞淺近，其氣卑弱。

嚴羽滄浪詩話詩體：以人而論，則有……張籍王建體（謂樂府之體同也）。

又詩評：大曆後，劉夢得之絶句，張籍、王建之樂府，我所深取耳。

劉克莊韓隱君詩序：古人不及見後世之偶然比興風刺之作，至列於經，後人盡誦讀古人書，而下語終不能髣髴風人之萬一。余竊惑焉。或曰古詩出於情性，發必善，今詩出於紀問，博而已。自杜子美未免此病，於是張籍、王建輩稍束起書袋，剗去繁縟，趨於切近。世喜其簡便，競起效顰，遂爲晚唐體。益下，去古益遠，豈非資書以爲詩失之腐，捐書以爲詩失之野歟！（後村先生大全集卷九六）

又跋吕炎樂府：樂府李賀最工，張籍、王建輩皆出其下。（同上卷一〇〇）

又方寔孫樂府：昔之名家惟張籍、王建、李賀，然唐人於籍云「業文三十春」；於建云「白頭王建在」，以齒宿而工也。（同上）

又題跋書文潛冬衣歌：唐樂府惟張籍、王建，本朝惟一張文潛爾。（同上卷一〇四）

又後村詩話新集卷三：樂府至張籍、王建，道盡人意中事，惟半山尤賞好，有「看若尋常最奇崛，成如容易極艱辛」，此十四字，唐樂府斷案也。本朝惟張文潛能得其遺意。

范晞文對牀夜語卷二：古樂府當學王建，如涼州行、刺促詞、古釵行、精衛詞、老婦歎鏡、短歌行、渡遼水等篇，反覆致意，有古作者之風，一失於俗則俚矣。

吳師道吳禮部詩話引時天彝評唐百家詩選：楊巨源始與元白學詩，而詩絶不類元白。王建自云紹張文昌，而詩絶不類文昌，豈相馬者固不在色别乎？巨源清新明嚴，有元白所不能至者。建樂府固仿文昌，然文昌恣態横生，化俗爲雅，建則從俗而已。馴致其弊，便類聶夷中。

陳謨學村記：昔張籍、王建同時，同以樂府著聲，評籍者曰：其不及王建者，村不盡也。謂其不皆自然，未極於真耳。村固易學哉！（海桑集卷七）

葉盛水東日記卷一〇「俗語見唐詩」條：今時俗語，事物紀名，相傳莫知所自，而見諸唐人詩最多。近讀王建詩，如「鹵簿分頭入太常」、「銀帶排方獺尾長」、「恐防天子在樓頭」、「射生宫女宿紅粧」、「地衣簾額一時新」、「御廚不食索時新」、「家常愛著舊衣裳」、「浴堂門外抄名入」、「爲逢好日先移入」、「直無鵶鵲到園中」、「暗中頭白没人知」、「空閒地内人初滿」、「薔薇不似已前春」、「勞動先生遠相示」、「百方回避老須來」、「文案把來看未會」、「向晚臨階看號簿」、「眼前風景任支分」、「當直巡更近五雲」、「自執金吾長上直」、「侍女常時教合藥」、「立地階前賜紫衣」、「宫女月中更替立」、「誰家將息過今春」、「美人開池北堂下」、「漸覺生衣不著身」、「上皇生日出京城」、「蠹生騰藥篋」、「近來身不健」:「近來年紀到」、「斬新衣踏盡」、「知道縣家閑」、「時時一窠薤」，皆是也。惟「分頭」今作「分投」，非。他如昌黎之「老翁真箇似童兒」，韋莊之「近來中酒起常遲」，甚多，當别録焉。

何良俊四友齋叢説卷二五：中唐已後之詩，唯王建最爲淺俗。文苑英華寄贈內建詩自上武元衡相公後十四首，中間如「脱下御衣先得著，進來龍馬每教騎」等句，此似今相禮者白席之語，鏊糟鄙俚，宋元人所不道者，何足以玷唐詩哉。

又：張籍長於樂府，如節婦吟等篇，真擅場之作。其七言律亦只是王建之流耳，如早朝寄白舍人嚴郎中云「獨暗有時衝石柱，雪深無處認沙堤」，此是何等語？

高棅唐詩品彙總叙：暨元和之際，則有柳愚溪之超然復古，韓昌黎之博大其詞，張王樂府，得其故實，元白序事，務在分明。與夫李賀、盧仝之鬼怪，孟郊、賈島之飢寒，此晚唐之變也。

又七言古詩叙目正變上：漢武帝立樂府官，采詩以四方之音，被之聲樂，其來遠矣。後世沿襲，古意略存。或因意命題，或學古叙事，尚能原閨門衽席之遺，而達之於宗廟朝廷之上，去古雖遠猶近。唐世述作者多，繁音日滋，寓意古題，刺美見事者有之，即事名篇，無復依傍者有之。大曆以還，古聲愈下，獨張籍、王建二家體制相似，稍復古意。或舊曲新聲，或新題古義，詞旨通暢，悲歡窮泰，慨然有古歌謡之遺風。皆名爲樂府，雖未必盡被於絃歌，是亦詩人引古以諷之義歟？抑亦唐世流風之變而得其正也歟？今合二家詩五十七首爲正變，後之審音者倘采聲以造樂，二子其庶乎！

又七言絶句叙目接武下之一：自貞元以來，若李益、劉禹錫、張籍、王建、王涯五人，其格力各自成家，篇什亦盛。

王世貞藝苑卮言卷四：樂府之所貴者，事與情而已。張籍善言情，王建善徵事，而境皆不佳。

胡應麟詩藪内編卷一：梁、陳而下，樂府、古詩變而律絶，唐人李、杜、高、岑，名爲樂府，實則歌行。張籍、王建，卑淺相矜；長吉、庭筠，怪麗不典。唐末五代，復變詩餘。

又卷二：樂府則太白擅奇古今，少陵嗣繼風雅……張王欲以拙勝，所謂差之毫釐；温李欲以巧勝，所謂謬以千里。

又卷三：唐五言古，作者彌衆，至七言殊寡……至元白長篇，張王樂府，下逮盧李，流派日卑，道術彌裂矣。

又：唐七言歌行……張籍、王建，稍爲真淡，體益卑卑。

又：李、杜外，短歌可法者……王建望夫石、寄遠曲，張籍節婦吟、征婦怨，柳宗元楊白花，雖筆力非二公比，皆初學易下手者。

又卷五：唐七言律……張籍、王建略去葩藻，求取情實，漸入晚唐，又一變也。

又：「家散萬金酬士死，身留一劍報君恩」，李端、韓翃之先鞭。「漁陽老將多回席，魯國諸生半在門」，張籍、王建之鼻祖。

又卷六：昌黎青青水中蒲三首，頓有不安六朝意，然如張王樂府，似是而非，取兩漢五言短古，熟讀自見。

胡震亨唐音癸籤卷七：大曆以還，樂府不作，獨張籍、王建二家體制相近，稍復古意。或舊曲新聲，或新題古義，詞旨通暢，悲歡窮泰，慨然有古歌謠之遺，亦唐世流風之變，而不失其正者。（高棅）

又：張籍祖國風，宗漢樂府，思難辭易。王建似張籍，古少今多。（陳繹曾）

又：文章窮於用古，矮而用俗，如史漢後六朝史之入方言俗語是也。籍、建詩詞之用俗亦然。王荆公題籍集云「看是尋常最奇崛，成如容易卻艱辛」，凡俗言俗語入詩，較用古更難。知兩家詩體，大費鑄合在。（遯叟）

又卷九：籍、建、長吉之不能追李、杜，固也。但在少陵後仍詠見事諷刺，則詩爲謗訕時政之具矣。此白氏之諷諫，愈多愈不足珍也。所以張文昌只得就世俗俚淺事做題目，不敢及其他。仲初亦然。（文昌樂府，只傷歌行詠京兆楊憑者是時事，建集並無。）至長吉又總不及時事，仍詠古題，稍易本題字就新（如長歌行改爲浩歌，公無渡河改爲公無出門之類）。及將古人事創爲新題，便覺煥然有異（如秦王飲酒、金銅仙人辭漢歌之類）。遞相救不得不然，英雄各自有見也。

許學夷詩源辯體卷二七：張籍（字文昌）五言古極少，王建（字仲初）五言古聲調僅純，然不成語者多。樂府七言，二公又是一家。王元美云：「樂府之所貴者，事與情而已。張籍善言情，王建善徵事，而境皆不佳。」馮元成謂「較李杜歌行，判若河漢」是也。愚按：二公樂府，意多懇切，語多痛快，正元和體也。然析而論之，張語造古淡，較王稍爲婉曲，王則語語痛快矣。且王詩多，而入録者少，故知其去張實遠也，其仄韻亦多上、去二聲雜用。

又：張王樂府七言，張如「青天漫漫覆長路，遠遊無家安得住？願君到處自題名，他日知君從此去」、「浮雲上天雨隨地，暫時會合終離異，我今與子非一身，安得死生不相棄」、「力盡不得拋杵聲，杵聲未盡人皆死，家家養男當門户，今日作君城下土」（築城詞）、「婦人依倚子與夫，同居貧賤心亦舒，夫死戰場子在腹，妾身雖存如晝燭」、「蘭膏已盡股半折，雕文刻樣無年月，雖離井底入匣中，不用還與墜時同」（古釵行），王如「有歌有舞須早爲，昨日健於今日時，人家見生男女好，不知男女催人老」、「篋中有帛倉有粟，豈向天涯走碌碌，家人見月望我歸，正是道上思家時」、「麥收上場絹在軸，的知輸得官家足，不望入口復上身，且免向城賣黄犢」、「三日無火燒紙錢，紙錢那得到黄泉？但看壠上無新土，此中白骨應無主」（寒食行）、「誰家石碑文字滅，後人重取書年月，朝朝車馬送葬迴，還起大宅與高臺」（北邙行）等句，皆懇切痛快者也，宋、元、國初多習爲之。蓋以其短篇，語意緊密，中才者易於收拾耳。

又：韓、白五言長篇雖成大變，而縱恣自如，各極其至。張王樂府七言雖在正變之間，而實未盡佳。選者於韓、白五言長篇不録而多采張、王樂府，蓋元和主變，而選者貴正也。

又：大曆以後，五七言律體製、聲調多相類，元和間，賈島、張籍、王建始變常調。張、王五言清新峭拔，較賈小異，在唐體亦爲小偏。張如「椰葉瘴雲濕，桂叢蠻鳥聲」、「夜鹿伴茅屋，秋猿守栗林」、「渡口過新雨，夜來生白蘋」、「竹深村路暗，月出釣船稀」、「月明見潮上，江靜覺鷗飛」、「夜靜江水白，路迴山月斜」、「乘舟向山寺，著屐到漁家」、「新露濕茅屋，暗泉衝竹籬」，王如「瘴煙沙上起，陰火雨中生」、「水國山魈引，蠻鄉洞主留」、「石泠啼猿影，松昏戲鹿塵」、「閉門留野鹿，分食養山雞」、「雨水洗荒竹，溪沙填廢渠」、「野桑穿井長，荒竹過牆生」等句，皆清新峭拔，另爲一種，五代諸公乃多出此矣。

又：王建七言律，入録者僅得四五，其他句多奇拗，遂爲大變，宋人之法多出於此。如「一向破除愁不盡，百方迴避老須來」、「迴殘疋帛歸天庫，分好旌旗入禁宫」、「時過無心求富貴，身閑不夢見公卿」、「曾向先生邊諫事，還應上帝處稱臣」、「檢案事多關市井，聽人言志在雲山」、「臘月近湯泉不凍，夏天臨渭屋清涼」、「秦隴州緣鸚鵡貴，王侯家爲牡丹貧」、「看宣賜處驚迴眼，著謝恩時便稱身」（和蔣學士新授章服）等句，實爲宋人奇拗之祖，而劉後村爲多。但建全篇完妥者少，故未可入録。

又：王建七言律，如「功證詩篇離景象，藥成官位屬神仙」、「奇險驅迴還寂寞，雲山經用始鮮明」、「沙灣漾水圖新粉，緑野荒阡暈色繒」、「點緑斜蒿新葉嫩，添紅石竹晚花鮮」、「無多白玉階前濕，積漸青松葉上乾」（微雪）等句，實爲怪惡。如「借倩學生排藥合，留連處士乞松栽」、「多愛貧窮人遠請，長修破落寺先成」、「鋪設暖房迎道士，支分閑院與醫人」、「健羨人家多力子，祈求道士有神符」、「顛狂繞樹猿離鎖，跳擲緣岡馬斷羈」（寒食看花）等句，又極村陋，實爲杜牧、皮、陸、唐末諸子先倡，沿至宋人，遂爲常調矣。

陸時雍唐詩鏡卷四一：七言古欲語語生情，自張籍、王建始爲此體，盛唐人只寫得大意。張籍、王建俱作猥情軟語，真際雖多，雅道盡喪矣。二子相參，張之氣稍遒，王之語近文也。

又：王建七言穩，得情事，兼帶風味，得佳。

又評王建銅雀臺：氣格稍挺。張王七古瘖啞傴側，每到真處，一如兒啼女笑所爲，故詩以清遠爲佳，不以苦刻爲貴。

又詩鏡總論：人情物態不可言者最多，必盡言之則俚矣。知能言之爲佳，而不知不言之爲妙，此張籍、王建所以病也。張籍，小人之詩也，俚而佻。王建，款情熟語，其兒女子之所爲乎？詩不入雅，雖美何觀矣。

又：張籍、王建詩有三病：言之盡也，意之醜也，韻之庳也。言窮則盡，意褻則醜，韻軟則庳。杜少陵麗人行、李太白楊叛兒，一以雅道行之，故君子言有則也。

又：元白之韻平以和，張王之韻庳以急，其好盡則同，而元白獨未傷雅也。雖然，元白好盡言耳，張王好盡意也。盡言特煩，盡意則褻矣。

周珽刪補唐詩選脈箋釋會通評林卷二三中唐七古上總評王建：顧璘曰：王張樂府體發人情，極於纖悉，無不至到，後人不及者正在此，不及前人者亦在此。

毛先舒詩辯坻卷三：七言歌行，雖主氣勢，然須間出秀語，不得全豪。叙述情事，勿太明直，當使參差，更附景物，乃佳耳……唯張王樂府，最爲俚近，舉止谺露，不足效也。

又：王建歌行，才思佻淺，便開花間一派，不待温李諸公也。廷禮品彙未嫻審格，故中、晚多濫收之弊。

又：仲初佳篇，如春詞結句頗有古氣，温泉宮行含吐有致，亦復情思杳靄。至神樹短歌，極惡道矣。

又：初、盛之後，似合有張王俚俗一派，猶明中葉有袁中郎輩也。

又：文昌樂府與仲初齊名，然王促薄而調急，張風流而情永，張爲勝矣。

又：大曆以後，解樂府遺法者，唯李賀一人，設色穠妙，而詞旨多寓篇外，刻於撰語，渾於用意。中唐樂府，人稱張王，視此當有郎奴之隔耳。

又：籍、建並稱，然建遠不如籍。籍楚妃、離宮有盛唐之調，俱得樂府遺風。建宮詞直落晚葉，去孟蜀花蕊夫人一間耳。夜看揚州市，何里巷也！

王士禛戲仿元遺山論詩絶句三十二首九：草堂樂府擅驚奇，杜老衰時託興微。元白張王皆古意，不曾辛苦學妃豨。（漁洋精華録卷五）

又分甘餘話卷三：許彥周謂張籍、王建樂府宮詞皆傑出，所不能追蹤李杜者，氣不勝耳。余以爲非也，正坐格不高耳。不但李杜，盛唐諸詩人所以超出初唐、中、晚者，只是格韻高妙。

賀裳載酒園詩話又編張籍王建：高棅品彙設立名目，取捨不能盡當，惟七言古以張王並列，極爲有識。文昌善爲哀婉之音，有嬌絃玉指之致；仲初妙於不含蓄，亦自有曉鐘殘角之韻。後人徒稱其宮詞百首，此如食熊啖股，何嘗得其美處？「妙絶江南曲，淒涼怨女詞」，姚祕監之評張司業也，此言甚當。王之當窗織、簇蠶詞、去婦、老婦歎鏡、促刺詞，若令出司業手，必當倍爲可觀。惟形容獰惡之態，則王勝於張。王射虎行曰：「自去射虎得虎歸，官差射虎得虎遲。獨行以死當虎命，兩人相疑終不定。朝朝暮暮空手回，山下綠苗成道徑。遠立不敢汙箭鏃，聞死還來分虎肉。惜留猛虎著深山，射殺恐畏終身閑。」張猛虎行曰：「南山北山樹冥冥，猛虎白日繞林行。向晚一身當道食，山中麋鹿盡無聲。年年養子在空谷，雌雄上山不相逐。谷中近窟有山村，長向村家取黃犢。五陵年少不敢射，空來林下看行迹。」張詠猛虎，故摹寫怯弱以見負嵎之威；王詠射虎，故曲盡狡獪之態，用意不同，俱爲酷肖。詩歸評王詩曰：「有激之言，字字痛切，似爲千古朝事邊事寫一供狀。」此論妙甚。張詩雖工，僅詞人之言，王詩意深遠矣。（黃白山評：張詩亦似爲權門勢要傾害朝士之喻，非徒詠猛虎而已。）張古釵歎曰：「古釵墮井無顔色，百尺泥中今復得。鳳凰宛轉有古儀，欲爲首飾不稱時。女伴傳看不知主，羅袖拂拭生光輝。蘭膏已盡股半折，雕文刻樣無年月。雖離井底入匣中，不用還與墜時同。」王開池得古釵曰：「美人開池北堂下，拾得寶釵金未化。鳳凰半在雙股齊，鈿花落處生黄泥。當時墮地覓不得，暗想窗中還夜啼。可知將來對夫婿，鏡前學梳古時髻。莫言至死亦不遺，還似前人初得時。」王詩作驚喜之意亦佳，尤妙在暗想墮地時啼，思路周折，至學梳古髻，尤肖嬌憨之態。然意盡於得釵，張所寄託便在絃指之外，令人想見淮陰典連敖、鳳雛治耒陽時也。張羈旅行曰：「荒城無人霜滿路，野火燒橋不得度。寒蟲入窟鳥歸巢，僮僕問我誰家去。行尋田頭暝未息，雙轂長轅礙荆棘。緣岡入澗投田家，主人舂米爲夜食。晨雞喔喔茅屋旁，行人起掃車上霜。」數語深肖旅途之景。仲初田家留客曰：「遠行僮僕應苦飢，新婦廚中炊欲熟。不嫌田家破門户，蠶房新泥無風土」，又曰：「丁寧回語屋中妻，有客勿令兒夜啼。雙塚直西有縣路，我教丁男送君去」，寫主人情事，亦復如見。如此主賓，恨不令其相值。張將軍行叙戰勝後曰「擾擾惟有牛羊聲」，關山月曰「軍中探騎暮出城，伏兵暗處低旌戟」，永嘉行曰「紫陌旌旛暗相觸，家家雞犬飛上屋」，廢宅行曰「宅邊青桑垂宛宛，野蠶食葉還成繭。黄雀銜草入燕窠，嘖嘖啾啾白日晚。去時禾黍埋地中，飢兵掘土翻重重。鴟梟養子庭樹上，曲牆空屋多旋風」，王遠將歸曰「去願車輪遲，回思馬蹄速」，涼州行曰「驅羊亦著錦爲衣，爲惜氈裘防鬬時」，温泉宫行曰「禁兵去盡無射獵，日西麋鹿登城頭。梨園子弟偷曲譜，頭白人間教歌舞」。張之傳寫入微，王亦透快而妙。司業律詩以淺淡而妙，然實鴻鵠之腹毳也，余惟喜其寄劉和州「曉來江氣連城白，雨後山光滿郭青」，光景可思。又憶陷蕃故人「無人收廢帳，歸馬識殘旗。欲祭疑君在，天涯哭此時」，誠堪嗚咽。司馬律不能佳，排律尤劣，故昔人謂其俗。方回亦以爲一體，列之爲式，陋矣。

杜詔中晚唐詩叩彈集卷三：許彦周詩話謂籍、建樂府、宫詞皆傑出，所不能追逐李杜者，氣不勝耳。愚意作者各出體裁，按紅牙拍板歌「曉風殘」，比之鐵綽板唱「大江東去」者，不可同年而語也。

沈雄古今詞話詞評卷上：花庵詞客曰：王建字仲初，潁州人，大曆進士。以宫詞百首著名，三臺令、轉應曲，其餘技也。

張惠言詞選序：自唐之詞人，李白爲首，其後韋應物、王建、白居易、劉禹錫之徒，各有述造，而温庭筠最高。（茗柯文二編）

吴喬圍爐詩話卷二：張籍、王建七古甚妙，不免是殘山剩水，氣又苦咽。

又卷三：品彙以張、王並列，極當。張籍善爲哀婉之音，有嬌絃玉指之態；仲初妙在不含蓄，有曉鐘殘角之音。人但言仲初宫詞，如食熊而取腦也。司馬律不佳，排律尤劣，方回亦以爲一體，列之爲式，陋矣。

何世璂然鐙記聞：唐人樂府，惟有太白蜀道難、烏夜啼，子美無家别、垂老别，以及元、白、張、王諸作，不襲前人樂府之貌，而能得其神者，乃真樂府也。

郎廷槐等師友詩傳録：阮亭答：樂府之名，始於漢初……唐人惟韓之琴操最爲高古，李之遠别離、蜀道難、烏夜啼，杜之無家、新婚諸别，石壕、新安諸吏，哀江頭、兵車行諸篇，皆樂府之變也。降而元、白、張、王，變極矣。

又：蕭亭答：樂府之異於詩者，往往叙事，詩貴温裕純雅，樂府貴遒深勁絶，又其不同也……至唐人多與詩無别，惟張籍、王建猶能近古，而氣象雖别，亦可宗也。

又：阮亭答：詩有六義……至杜少陵乃大懲厥弊，以雄辭直寫時事，以創格而紓鴻文，而新體立焉。較之白太傅諷喻詩、秦中吟之屬，及王建、張籍新樂府，倍覺高渾典厚，蒼涼悲壯。此正一主於賦，而兼比興之旨者也，以貫六義，無遺憾矣。

劉大勤等師友詩傳續録：（阮亭）答：漢魏樂府，高古渾奥，不可擬議。唐人樂府不一……中唐如韓退之琴操，直遡兩周。白居易、元稹、張籍、王建，創爲新樂府，亦復自成一體。

趙執信談龍録：句法須求健舉，七言古詩尤亟。然歌行雜言中，優柔舒緩之調，讀之可歌可泣，感人彌深。如白氏及張王樂府具在也，今人幾不知有轉韻之格矣。此種音節，懼遂亡之，奈何！

宋犖漫堂説詩：少陵樂府以時事創新題，如無家别、新婚别、留花門諸作，便成千古絶調。後來張（籍）王（建）樂府、樂天之秦中吟，皆有可採。

田雯古歡堂雜著卷二論七言律詩：中唐劉夢得、王仲初調響詞練，高華深穩。

方世舉蘭叢詩話：五言古律先求王、孟、韋、柳，七古歌行先求元、白、張、王，庶有次第。

葉矯然龍性堂詩話續集：微之之所謂凡近者，即殷璠之所云俗體也。王建詩往往在人口中，而樂天稱爲麗則； 許渾詩極斐然，而放翁詆其鄙陋。 能通於二公之論，此道思過半矣。

牟願相小澥草堂雜論詩詩小評： 張文昌（籍）、王仲初（建）詩風落霜梨，觸牙松脆。

翁方綱石洲詩話卷二： 張王樂府，天然清削，不取聲音之大，亦不求格調之高，此真善於紹古者。 較之昌谷，奇豔不及，而真切過之。

又： 張王已不規規於格律聲音之似古矣，至元白又伸縮抽換，至於不可思議。

又： 李廓樂府，視張王大減，不知才調集何以捨仲初而獨取之。

又趙秋谷所傳聲調譜前譜樂詞： 方綱按： 李長吉河南府試十二月樂詞，在長吉集中之一體，元自諧合雲韶。 顧欲舉古今七言詩式，甫載東坡二篇而遽及於此。 姑勿論杜、韓諸大家正聲正格皆未之及，即以張、王、元、白旁及諸作者，音節之繁不一，豈能遍悉舉隅，而僅載長吉之樂詞，是惡足以程式後學乎？

又王文簡古詩平仄論序： 夫張、王、元、白之雅操，不可以例杜、韓； 山谷之逆筆，不可以概歐、梅。

李調元雨村詩話卷下： 王建、張籍樂府，何曾一字險怪，而讀之入情入理，與漢魏樂府並傳。 古人不朽者以此，所以詩最忌艱澀也。

管世銘讀雪山房唐詩序例五言凡例： 張王樂府多七言，易於曲折動人也。

又七古凡例： 樂府古詞，陳陳相因，易於取厭。 張文昌、王仲初創爲新製，文今意古，言淺諷深，頗三百篇興、觀、群、怨之旨。白樂天尤工此體……元微之骨色稍庸，擇數篇自足相敵。至張王尚有古音，元白始全今調，則又可爲知者道也。

又：唐七言古詩，整齊於高、岑、王、李，飄灑於太白，沈雄於少陵，崛强於昌黎，蓋猶七雄之並峙也。前之王、楊、盧、駱，後之元、白、張、王，則宋、衛、中山之君也。

沈德潛説詩晬語卷上：惟張文昌、王仲初樂府，專以口齒利便勝人，雅非貴品。

又重訂唐詩别裁集卷八張籍：張王樂府，有新聲而少古意，王漁洋所謂「不曾辛苦學妃豨」也。然心思之巧，辭句之雋，最易啓人聰穎。高青邱每肖之，存之以備一格。

薛雪一瓢詩話：王幼仲（按：「幼仲」應作「仲初」）長篇、小律，俱有妙處，不可以宫詞、樂府拘定其聲價。

喬億劍谿説詩卷上：楊鐵崖樂府，亦元、白、張、王末派。

又：李西涯論古樂府，謂「李太白才調雖高，而題與義多仍其舊，張籍、王建以下，無譏焉。」及觀所自爲樂府，衹堪樂天後塵耳。

又：許彦周謂「張籍、王建樂府、宫詞皆傑出，而不能追逐李杜者，氣不勝耳」，漁洋老人分甘餘話非之，謂「正坐格不高耳」。愚以爲皆非也。張、王縱氣勝格高，衹追逐王、李、高、岑，如何敢望李、杜！

錢泳履園譚詩總論：七古以氣格爲主，非有天姿之高妙，筆力之縱健，音節之鏗鏘，未易言也……如以張、王、元、白爲宗，梅村爲體，雖著作盈尺，終是旁門。

冒春榮葚園詩説卷四：張王樂府，時有遺聲。元白唱酬，了無深致。

李懷民重訂中晚唐詩主客圖説王建傳：懷民按：世之稱仲初者，但知其七言古與宫詞耳，即張王並列，亦止於樂府，若五七律則概不相許，至謂司馬律不能工，或病其俗。噫嘻！世所謂不俗者，吾知之矣。錯彩鏤金，矯飾補假，以要博大精深之譽。至於言苦心體物，刻發難顯，其實不能耐心一思也，顧惟縱其情不以禮防者爲俗耳。俗情入詩，直尋天妙，固是風雅之本。世惟錯認俗字，并雅亦失之，而所謂不俗者乃真俗矣。按仲初律詩實與司業合調，第司業妙於清麗，司馬偏於質厚，不無微分，不似朱慶餘之句句追步。至其字清意遠，工於匠物，則殊途同歸也。尊爲入室，良不誣矣。

洪亮吉北江詩話卷六：王建、張籍以樂府名，然七律亦有人所不能及處。建之贈閻少保云：「問事愛知天寶日，識人皆在武皇前。」華清宫感舊云：「輦前月照羅衣淚，馬上風吹蠟炬灰。」籍之贈梅處士云：「講易自傳新注義，題詩不署舊官名。」寒食内宴云：「瑞煙深處開三殿，春雨微時引百官。」皆莊雅可誦。

余成教石園詩話卷二：王仲初（建）樂府歌行，思遠格幽。送人云：「人生足著地，寧免四方遊。」行見月云：「百年歡樂能幾何，在家見少行見多。不緣衣食相驅遣，此身誰願長奔波？」簇中有帛倉有粟，豈向天涯走碌碌？家人見月望我歸，正是道中思家時。」歌行諸結句尤有餘藴。荆門行云：「壯年留滯尚思家，況復白頭在天涯。」田家行云：「田家衣食無厚薄，不見縣門身即樂。」當窗織云：「當窗卻羨青樓倡，十指不動衣盈箱。」水運行云：「遠征海稻供邊食，豈如多種邊頭地。」水夫謡云：「我願此水作平田，長使水夫不怨天。」望夫石云：「山頭日日風復雨，行人歸來石應語。」短歌行云：「人家見生男女好，不知男女催人老。」

費錫璜漢詩總説：讀漢詩不可看作三代衣冠，望而畏之……陌上桑、董嬌嬈，即張、王、李、韓輕豔之祖也。

潘德興養一齋詩話卷三：大抵中唐人氣味往往相近，然樂天勝微之，文昌勝仲初，名雖相埒，又當細求其分别優劣處，乃非無星秤耳。

又卷九：王建上昌黎詩云：「重登太學領儒流，學浪詞鋒壓九州。不以雄名疏野賤，惟將直氣折公侯。」頗能得昌黎一生佳處。然建詩惟樂府可貴，宫詞已浮冗，律詩尤淺俚不入格。如答寄芙蓉冠子云：「雖經小兒手，不稱老夫頭。」新居云：「自掃一間房，惟鋪獨卧牀。」題禪院僧云：「不剃頭多日，禪來白髮長。」題金家竹溪云：「山頭鹿下長驚犬，池面魚行不怕人。」官舍云：「眇身多病惟親藥，空院無錢不要關」；贈田將軍云：「大小獨當三百陣，縱横祗用五千兵」；送唐大夫云：「旄節抱歸官路上，公卿送到國門前。」贈索暹將軍云：「渾身著箭瘢猶在，萬槊千刀總過來。」贈王屋道士云：「法成不怕刀槍利，髓實常欺石榻寒。」贈王處士云：「鼠來案上常偷水，鶴在牀前亦看棋。」其淺俚多類此。佳句如「一院落花無客醉，五更殘月有鶯啼」，則温飛卿詩；「斜月照牀新睡覺，西峰夜半鶴來聲」，則姚武功詩，誤入建集耳。自云「鍊精詩句一頭霜」，吾未見其精也。然以樂府得與張文昌齊名，學詩者信以古體爲先務矣。

陳僅竹林答問：問：唐人新樂府何如？（答）樂府音節不傳，唐人每借舊題自標新義，至少陵並不襲舊題，如三吏、三别等詩，乃真樂府也。其他如元道州之系樂府，元微之之樂府新題，香山、張、王之新樂府，温飛卿之樂府倚曲，皮日休之正樂府皆是。微之以下，雖以古詩之體爲樂府，而樂府之真存。

又：問：張、王、元、白等新樂府，可以被管絃否？（答）此雖不可知，考之郭茂倩樂府詩集，則當時入樂者，初唐多五律，盛唐多七絶，亦有截律詩之半以爲樂曲者，如想夫憐爲右丞「秦川一半夕陽開」七律，都子歌爲香山東城桂七絶第三首，所歌者不必定爲樂府詩也。大抵唐時詩人多通音樂，故其詩皆可被之管絃。

永瑢等四庫全書總目卷一五〇别集類三張司業集提要：籍以樂府鳴一時，其骨體實出王建上，後人概稱張王，未爲篤論。

又四庫全書簡明目録卷一五别集類一王司馬集：元、白、張、王並以樂府擅長，而元稹、白居易多作長調，以曲折盡情；張籍及建多作短章，以抑揚含意。同工異曲，各擅所長。至宫詞百首，以詩紀事，其格亦自建開之。

厲志白華山人詩説卷二：張王樂府，出詩穉嫩，意少真誠，何足爲後人法？

延君壽老生常談：七古，高、岑、王、李是一種，李、杜各一種，李長吉一種，張、王樂府一種，韓一種，元、白又一種，後人幾不能變化矣。

又：樂府不傳久矣，歷朝紛紛聚訟，究亦不知何説近是。李、杜偶爲之，皆以現事借樂府題目，不另立名色，即雜於歌行中，最是。若只就題面演説，則了無意味，可以不作。張、王、鐵崖皆不能近古，成其爲張、王、鐵崖之歌行詩可耳。

朱庭珍筱園詩話卷一：大曆以降，風調漸佳，氣格漸損，故昌谷以雄奇勝，元白以平易勝，温李以博麗勝，郊島以幽峭勝，雖品格不一，皆能自成局面，亦皆力求其變化者。即張、王、皮、陸之屬，非無意翻新變故者，特成就狹小耳。

又卷二：惟名家之中，又有正副，合分爲二等論次之耳。如郊島張王，則郊猶可附列名家，島則小家，張王亦是小家。

劉熙載藝概詩概：白香山樂府，與張文昌、王仲初同爲自出新意，其不同者，在此平曠而彼峭窄耳。

李慈銘越縵堂讀書記集部别集類：閱王建詩一卷。仲初宫詞固佳，其他詩都有俗氣，樂府最名於代，雖稍有工者，亦多失之質直。七律格韻尤卑下，乃開晚唐五季庸劣一派，可謂惡詩。中唐以後人五律如姚祕監、王仲初等，皆極淺弱，稍於一二近景瑣事，刻畫取致，亦往往有工語。然道眼前景，每至取極俗極瑣小極無意味者，乃墮打油、釘鉸惡道，仲初詩「小婢偷紅紙」等類是也。咸豐辛酉（一八六一）八月初九日。

紀　事

范攄雲溪友議卷下「琅琊忤」條：王建校書爲渭南尉，作宫詞，元丞相亦有此句，河南、渭南合成二首矣。時謂長孫翺、朱慶餘各有一篇，苟爲當矣。長孫詞曰：「一道甘泉接御溝，上皇行處不曾秋。誰言水是無情物，也到宫前咽不流。」朱君詞曰：「寂寂花時閉院門，美人相對泣瓊軒。含情欲説宫中事，鸚鵡前頭不敢言。」元公以諱秀，明經、制策入仕，（秀字紫芝，爲魯山令，政有能名，顔真卿爲碑文，號曰元魯山也。）其一篇自述云：「延英引對碧衣郎，紅硯宣毫各别牀。天子下簾親自問，宫人手裹過茶湯。」是時貴族競應制科，用爲男子榮進，莫若兹乎，乃自河南之喻也。渭南先祖内官王樞密，盡宗人之分，然彼我不均，後懷輕謗之色。忽因過飲，語及桓、靈信任中官，多遭黨錮之罪，而起興廢之事，樞密深憾其譏，詰曰：「吾弟所有宫詞，天下皆誦於口，禁掖深邃，何以知之？」建不能對，元公親承聖旨，令隱其文。朝廷以爲孔光不言溫樹，何其慎靜乎！二君將遭奏劾，爲詩以讓之，乃脱其禍也。建詩曰：「先朝行坐鎮相隨，今上春宫見長時。脱下御衣偏得著，進來龍馬每教騎。常承密旨還家少，獨奏邊情出殿遲。不是當家頻向説，九重争遣外人知！」

計有功唐詩紀事卷四四王建：建，大曆進士。爲昭應丞、太府寺丞，終於司馬。

辛文房唐才子傳卷四：(王)建字仲初，潁川人。大曆十年丁澤榜第二人及第。釋褐授渭南尉，調昭應縣丞。諸司歷薦，遷太府司丞、祕書丞、侍御史。大和中出爲陝州司馬，從軍塞上，弓箭不離身。數年後歸，卜居咸陽原上。初遊韓吏部門牆，爲忘年之友。與張籍契厚，唱答尤多。工爲樂府歌行，格幽思遠。二公之體，同變時流。建性耽酒，放浪無拘。宫詞特妙前古。建初與樞密使王守澄有宗人之分，守澄以弟呼之，談間故多知禁掖事，作宫詞百篇。後因過燕飲，以相譏謔，守澄深銜之，忽曰：「吾弟所作宫詞，内庭深邃，何由知之？明當奏上。」建作詩以謝，末句云：「不是姓同親説向，九重争得外人知！」守澄恐累己，事遂寢。建才贍，有作皆工，蓋嘗跋涉畏途，甘分窮苦。其自傷詩云：「衰門海内幾多人，滿眼公卿總不親。四授官資元七品，再經婚娶尚單身。圖書亦爲貧移盡，兄弟還因數散貧。獨自在家常似客，黄昏哭向野田春。」又於征戍遷謫、行旅離别、幽居宦況之作，俱能感動神思，道人所不能道也。集十卷，今傳於世。

藝　文

楊巨源寄昭應王丞：武皇金輅輾香塵，每歲朝元及此辰。光動泉心初浴日，氣蒸山腹總成

春。謳歌已入雲韶曲，詞賦方歸侍從臣。瑞靄朝朝猶望幸，天教赤縣有詩人。（全唐詩卷三三三）

韓愈玩月喜張十八員外以王六祕書至：前夕雖十五，月長未滿規。君來晤我時，風露渺無涯。浮雲散白石，天宇開青池。孤質不自憚，中天爲君施。戢戢夜遂久，亭亭曙將披。況當今夕圓，又以嘉客隨。惜無酒食樂，但用歌嘲爲。（昌黎先生文集卷七）

劉禹錫送王司馬之陝州（原注：自太常丞授，工爲詩。）：暫輟清齋出太常，空攜詩卷赴甘棠。府公既有朝中舊，司馬應容醉後狂。案牘來時唯署字，風煙入興便成章。兩京大道多遊客，每遇詞人戰一場。（全唐詩卷三五九）

張籍登城寄王祕書建（原校：一本無祕書二字）：聞君鶴嶺住，西望日依依。遠客偏相憶，登城獨不歸。十年爲道侶，幾處共柴扉。今日煙霞外，人間得見稀。（全唐詩卷三八四）

又寄昭應王（中）丞：借得街西宅，開門渭水頭。長貧唯要健，漸老不禁愁。獨憑藤書案，空懸竹酒篘。春風石甕寺，作意共君遊。（同上）

又使至藍谿驛寄太常王丞：獨上七盤去，峰巒轉轉稠。雲中迷象鼻，雨裏下筝頭。水没荒橋路，鴉啼古驛樓。君今在城闕，肯見此中愁。（同上）

又贈太常王建藤杖筍鞋：蠻藤剪爲杖，楚筍結成鞋。稱與詩人用，堪隨禮寺齋。尋花入幽徑，步日下寒階。以此持相贈，君應愜素懷。（同上）

又贈王祕書：不曾浪出謁公侯，唯向花間水畔遊。每著新衣看藥竈，多收古器在書樓。有官衹作山人老，平地能開洞穴幽。自領閒司了無事，得來君處喜相留。（同上卷三八五）

又酬祕書王丞見寄（原校：一作酬王祕書閒居見寄）：相見頭白來城闕，卻憶漳溪舊往還。今體詩中偏出格，常參官裏每同班。街西借宅多臨水，馬上逢人亦説山。芸閣水曹雖最冷，與君長喜得身閑。（同上）

又書懷寄王祕書：白髮如今欲滿頭，從來百事盡應休。衹於觸目須防病，不擬將心更養愁。下藥遠求新熟酒，看山多上最高樓。賴君同在京城住，每到花前免獨遊。（同上）

又贈王祕書：早在山東聲價遠，曾將順策佐嫖姚。賦來詩句無閒語，老去官班未在朝。身屈衹聞詞客説，家貧多見野僧招。獨從書閣歸時晚，春水渠邊看柳條。（同上）

又逢王建有贈：年狀皆齊初有髭，鵲山漳水每追隨。使君座下朝聽易，處士庭中夜會詩。新作句成相借問，閑求義盡共尋思。經今三十餘年事，卻説還同昨日時。（同上）

又賀祕書王丞南郊攝將軍：正初天子親郊禮，詔攝將軍領衛兵。斜帶銀刀入黄道，先隨玉輅到青城。壇邊不在千官位，仗外唯聞再拜聲。共喜與君逢此日，病中無計得隨行。（同上）

又贈别王侍御赴任陜州司馬（原校：一作贈王司馬赴任）：京城在處閒人少，唯共君行並馬蹄。更和詩篇名最出，時傾杯酒户常齊。同趨闕下聽鐘漏，獨向軍前聞鼓鼙。今日春明門外别，更無因得到街西。（同上）

又寄王六侍御：漸覺近來筋力少，難堪今日在風塵。誰能借問功名事，衹自扶持老病身。貴得藥資將助道，肯嫌家計不如人。洞庭已置新居處，歸去安期與作鄰。（同上）

又贈王侍御：心同野鶴與塵遠，詩似冰壺徹底清。府縣同趨昨日事，升沈不改故人情。上陽春晚蕭蕭雨，洛水寒來夜夜聲。自欺獨爲折腰吏，可憐驄馬路傍行。（同上）

又喜王六同宿：十八年來恨別離，唯同一宿詠新詩。更相借問詩中語，共説如今勝舊時。（同上卷三八六）

又寄王侍御：愛君紫閣峰前好，新作書堂藥竈成。見欲移居相近住，有田多與種黄精。（同上）

又贈王建：于君去後交遊少，東野亡來篋笥貧。賴有白頭王建在，眼前猶見詠詩人。（同上。「于」字原作「白」，據黎庶昌古逸叢書景宋本張司業集改，于君謂于鵠。）

白居易寄王祕書：霜菊花萎日，風梧葉碎時。怪來秋思苦，緣詠祕書詩。（白氏長慶集卷一九）

又送陝州王司馬赴任（原注：建，善詩者。）：陝州司馬去何如？養靜資貧兩有餘。公事閑忙同少尹，料錢多少敵尚書。衹攜美酒爲行伴，唯作新詩趁下車。自有鐵牛無詠者，料君投刃必應虚。（同上卷二六）

又別陝州王司馬：笙歌惆悵欲爲別，風景闌珊初過春。争得遣君詩不苦？黄河岸上白頭

人。（同上卷二一七）

姚合送王建祕書往渭南莊：白髮芸閣吏，羸馬月中行。莊僻難尋路，官閒易出城。看山多失飯，過寺故題名。秋日田家作，唯添集卷成。（全唐詩卷四九六）

又寄陝州王司馬：家寄秦城非本心，偶然頭上有朝簪。自當臺直無因醉，一别詩宗更懶吟。世事每將愁見擾，年光唯與老相侵。欲知居處堪長久，須向山中學煮金。（同上卷四九七）

又贈王建司馬：久向空門隱，交親亦不知。文高輕古語，官冷似前資。老覺僧齋健，貧還酒債遲。仙方小字寫，行坐把相隨。（同上）

朱慶餘題寄王祕書：唯求買藥價，此外更無機。扶病看紅葉，辭官著白衣。斷籬通野徑，高樹蔭鄰扉。時復留僧宿，餘人得見稀。（全唐詩卷五一四）

雍陶酬祕書王丞見寄：朝下有閑思，南溝邊水行。因來見寥落，轉自歎平生。白首丈夫氣，赤心知己情。留詩本相慰，卻憶苦吟聲。（全唐詩卷五一八）

賈島答王建祕書：人皆聞蟋蟀，我獨恨蹉跎。白髮無心鑷，青山去意多。信來漳浦岸，期負洞庭波。時掃高槐影，朝回或恐過。（全唐詩卷五七二）

又王侍御南原莊：買得足雲地，新栽藥數窠。峰頭盤一徑，原下注雙河。春寺閑眠久，晴臺獨上多。南齋宿雨後，人許中來麼？（同上卷五七三）

又送陝府王建司馬：司馬雖然聽曉鐘，尚尤高枕恣疏慵。請詩僧過三門水，賣藥人歸五老

峰。移舫緑陰深處息，登樓凉夜此時逢。杜陵惆悵臨相餞，未寢月前多屐蹤。（同上卷五七四）

又酬張籍王建：疏林荒宅古坡前，久住還因太守憐。漸老更思深處隱，多閑數得上方眠。鼠抛貧屋收田日，雁度寒江擬雪天。身是龍鍾應是分，水曹芸閣枉來篇。（同上）

著録與序跋

王堯臣崇文總目卷五別集類三：王建詩二卷。

新唐書藝文志四：王建集十卷。

晁公武郡齋讀書志卷一七別集類上：王建詩十卷。右唐王建也，大曆十年進士，爲昭應縣丞，大和中，陝州司馬。尤長宫詞。

尤袤遂初堂書目別集類：王建宫詞。

又：王建集。

陳振孫直齋書録解題卷一五總集類：三家宫詞三卷，唐王建、蜀花蕊夫人、本朝丞相王珪三人所著。

又卷一九詩集類上：王建詩十卷，唐陝州司馬王建仲和撰。建長於樂府，與張籍相上下，大曆十年進士也。歷官昭應縣丞，大和中爲陝州司馬。尤長宫詞。

又：王建宫詞一卷，即集中第十卷録出别行。
楊士奇文淵閣書目卷二：王建司馬詩一部一册。
陳第世善堂藏書目録卷下：王建詩集十卷。
錢曾述古堂藏書目卷二：王建集十卷。
錢謙益絳云樓書目卷三：王建詩集十卷。
季振宜季滄葦藏書目詩集部：王建詩集（一本，抄）。
孫星衍孫氏祠堂書目内編卷四唐詩百名家全集四函（席啓寓編，俱仿宋刻本）：王建詩集十卷。
又：五家宫詞一册（明毛晉刊本），唐王建、蜀花蕊夫人、宋徽宗、宋王珪、宋寧宗楊皇后。
汪士鐘藝芸書舍宋元本書目宋板書目集部：王建詩集（抄補）十卷。
邵懿辰撰邵章續録增訂四庫簡明目録標注卷一五集部二：王司馬集八卷，唐王建撰。康熙中胡介祉校刊本。席刊本十卷。汲古閣刊本八卷。［續録］宋刊本，繆藝風有殘宋本，以舊鈔配全，十行十八字，蓋書棚本也，甚佳。胡刻八卷，甚精美，版心下有「谷園」二字。
又卷一九集部八：三家宫詞三卷，明毛晉編。三家者，一唐王建，一蜀花蕊夫人費氏，一宋王珪也。汲古閣刊本，原名三百宫詞。明新都黄氏重刊宋本於蘭雪山房。［續録］詩詞雜俎本。緑君亭本。石印本。四家宫詞三卷，唐王建、蜀花蕊夫人、宋徽宗、宋王珪撰。明黄魯曾編刊本。朱竹垞刊十家宫詞十二卷，初刻於山左，又刻於大梁，後刻本佳。宋徽宗三卷，宋白一卷，王建一卷，花蕊夫人一卷，王珪一卷，胡偉一卷，和凝一卷，張公庠一卷，王仲修一卷，周彦質一卷。此書倪闇公得宋槧，竹垞録副本，囑胡循齋介祉刊之，兩次皆胡刻也。

錢曾讀書敏求記卷四：王建詩集十卷。建與樞密王守澄有宗人之分，偶因過飲相譏，守澄憾，欲借宫詞奏劾之，建作詩以解，結句云：「不是當家親向説，九重争遣外人知？」事遂寢。「當家」猶今人言一家也，此集作「姓同」，其爲後人改竄無疑。

明正德劉成德刻本王建詩集卷首：唐王建字仲初，潁川人。大曆十年進士。太和中爲陜州司馬。與韓愈、張籍同時，而籍尤相友善。工爲樂府歌行，思遠格清。詩八卷。

毛晉王建詩集跋：建字仲初，潁川人，大曆十年進士。初爲渭南尉，值内官王樞密名守澄者盡宗人之分，然彼我不均，復懷輕謗之色。忽過飲，語及漢桓、靈信任中官，起黨錮興廢之事，樞密深恨其譏，廼曰：「吾弟所作宫辭，天下皆誦於口，禁掖深邃，何以知之？」建不能對，將奏劾。爲詩以贈之，云：「先朝行坐鎮相隨，今上春宫見長時。脱下御衣偏得著，進來龍馬每教騎。常承密旨還家少，獨對邊情出殿遲。不是當家頻向説，九重争遣外人知。」事遂寢。歷官昭應丞、太府寺丞，太和中爲陜州司馬。陳氏云：長於樂府，與張籍相上下，尤長宫詞。在本集第十卷，録出另行。馬氏云：宫詞天下傳播，倣此體者雖有數家，而建爲之祖。計氏止載宫詞百絶，及上李庶子、王樞密兩篇。王氏百家詩集不列姓氏。余舊刻三家宫詞，惜未詳覈，因録苕溪漁隱叢話數則於八卷之尾，以爲補注。崇禎壬申秋七月，隱湖毛晉跋。（明崇禎毛氏汲古閣刻六唐人集王建詩八卷，亦附載明正德劉成德刻本王建詩集）

馮舒王建詩集跋：崇禎庚午十二月十五日夜校完。此本照柳大中手書本抄，楊伯祥所書也。宫詞一卷用洪魏公萬首唐絶，對所注篇次，皆唐絶本也，大氐此本誤耳。凡唐絶所有而此本無者，并録於左。孱守居士記。（録自宋臨安府陳解元宅刻本王建詩集，吴慈培抄本王建詩集亦附）

又：宋人張邦基墨莊漫録第六卷有王建夢看梨花雲歌，且云：「建集共七卷，印行本一卷，乃無此詩。」余此本亦爲柳大中傀改，竟不知所謂七卷本又何如也。（同上）

胡介祉王司馬集題詞：王司馬建字仲初，潁川人，登大曆十年進士。與中官王樞密名守澄者善，司馬自恃才高，每多非刺。一日酒中以漢桓、靈信任中官，起黨錮興廢之事爲譏，樞密深恨之，曰：「爾所作宫詞百首，天下傳誦，禁庭深邃，何從而得也？」司馬無以對。樞密將劾之，司馬乃作詩贈云：「先朝行坐鎮相隨，今上春宫見小時。脱下御衣先賜著，進來龍馬每教騎。長承密旨歸家少，獨奏邊機出殿遲。自是姓同親向説，九重争得外人知。」樞密見詩，恐其波及己事，乃寢。後官陝州司馬。所爲樂府與張籍齊名，而宫詞尤爲人所傳誦。其全集世多鈔本，相沿既久，亥豕愈多。虞山毛氏曾有刊本行世，校對亦未盡善。至宫詞自宋南渡後逸去其七，好事者妄爲補之，如「淚盡羅巾」，白樂天詩也；「鴛鴦瓦上」，花蕊夫人詩也；「寶帳平明」，王少伯詩也；「日晚長秋」與「日映西陵」，樂府銅雀臺詩也；「銀燭秋光冷畫屏」與「閑吹玉殿昭華管」，皆杜牧之詩也。獨楊升庵集中別載七首，云出之古本，今録於卷後，以俟博雅君子論定云。谷園主人茨邨胡介祉。（清康熙胡介祉谷園刻本王司馬集）

朱彝尊十家宮詞序：宮詞不著録於隋唐經籍、唐宋藝文志，惟陳氏書録解題有三家宮詞三卷，唐陝州司馬王建、蜀花蕊夫人、宋丞相王珪作也。又五家宮詞五卷，石晉丞相和凝、宋學士宋白、中大夫張公庠、直祕閣周彥質，及王珪之子仲修五人詩各百首，馬氏通考取焉。上元倪檢討闇公得十家宮詞於肆中，益以宣和御制三卷、胡偉絶句一卷，蓋猶是宋時雕本。予見而亟録其副，會山東布政司參議胡君茨村，以轉運至潞河，屬其復録諸木鋟。未竟而闇公歿於官，其仲子亦夭，求宋本不再得，藉胡君之力，而是書以存，誠厚幸也。鄱陽洪伋稱宮詞古無有，至唐人始爲之，不知周南十一篇皆以寫宮壼之情，即謂之宮詞也，奚而不可？然則雞鳴，齊之宮詞也；柏舟、緑衣、燕燕、日月、終風、泉水、君子偕老、載馳、碩人、竹竿、河廣，邶、鄘、衛之宮詞也。下而秦之壽人、漢之安世、隋之地厚天高，皆房中之樂，凡此其宮詞所自始乎？闇公嘗言之矣：花蕊，春女之思也，可以怨；王建而下，詞人之賦也，可以觀。至道君以天子自爲之，風人之旨遠矣。可謂善言詩者也。闇公殁已二年，胡君持母喪還京師，鏤板歸於予所，乃序其本末，而印行之。（曝書亭集卷三六）

四庫全書總目卷一五〇集部別集類三：王司馬集八卷（浙江巡撫採進本），唐王建撰。建字仲和，潁川人。大曆十年進士。大和中爲陝州司馬。據文獻通考，建集十卷。此本爲國朝胡介祉所校刊，凡古體二卷，近體六卷，蓋後人所合併。前有介祉序，謂虞山毛氏曾有刊本行世，校對亦未盡善，至宫詞自宋南渡後逸去其七，好事者妄爲補之，如「淚盡羅巾」，白樂天詩也；「鴛鴦瓦上」，花蕊夫人詩也；「寶帳平明」，王少伯詩也；「日晚長秋」與「日映西陵」，樂府銅爵臺詩也；「銀燭秋光冷畫屏」與「閑吹玉殿昭華館」，皆杜牧之詩也。獨楊升庵集中別載七首，云得之古本，今録於後云云。介祉所論，蓋本之胡仔苕溪漁隱叢話，其考證皆精確。惟楊慎之言多不足據，石鼓文尚能僞造，何有於王建宫詞！介祉遽從而增入，未免輕信之失。至於傷近而不見，乃玉臺新詠舊題，此本訛爲傷近者不見；江南三臺，名見樂府詩集及才調集，此本訛爲江南臺，亦未免小有所失。不能全譏毛本，但取以相較，猶爲此善於彼耳。

又卷一八九集部總集類四：三家宫詞三卷（浙江巡撫採進本），明毛晉編。晉有毛詩草木鳥獸蟲魚疏廣要，已著録。三家者，一爲唐王建，一爲花蕊夫人，一爲宋王珪，各七言絶句一百首。建詩集別著録。其宫詞百首，舊刻雜入王昌齡長信秋詞一首、劉禹錫魏宫詞二首、白居易後宫詞一首、張籍宫詞二首、杜牧秋夕作一首、出宫人一首，晉並考舊本釐正。花蕊夫人，蜀孟昶妃費氏也。宋熙寧五年王安國檢校官書，始得其手書於弊紙中，以語王安石，王安石以語王珪、馮京，始傳於世。珪所撰華陽集，明代已佚，今始以永樂大典所載裒集著録。惟此宫詞有別本孤行，而流俗傳寫，誤以其中四十一首竄入花蕊夫人詩中，而移花蕊夫人詩三十九首屬之於珪，又摭唐詩二首足之，顛舛殊甚。此本亦一一校改。建贈王守澄詩，有「不是當家親向説，九重争得外人知」句，雖一時劫制之詞，而宫禁深嚴，流傳瑣事，亦未必不出於若輩，其語殆不盡誣。費氏身備掖庭，述所見聞；珪出入禁闥，歷仕四朝，不出國門而至宰相，耳濡目染，亦異乎草野傳聞。晉裒而編之，皆足以考當日之軼事，不但取其詞之工也。

又四庫全書簡明目録卷一九集部八總集類：三家宫詞三卷，明毛晉編。三家者：一唐王建，一蜀花蕊夫人費氏，一宋王珪也。建爲宫詞之祖，花蕊夫人身列宫闈，王珪官居禁祕，故述所親見，有異於影響傳聞。

黄丕烈蕘圃藏書題識卷七集類一：嘉慶癸亥六月四日收於郡廟前五柳居。所收王建詩集以編年計之，此爲第三本。前兩本一爲影宋鈔綿紙本，有毛仲辛氏一印。一爲叢書堂鈔紅格竹紙本，有「汲古閣」一印，並有「子晉校」字。三書同出一源，而久分復合，是一奇也。并記。蕘翁。（又附載明正德劉成德刻本王建詩集跋）

又：此刻爲明監察御史河中劉成德編校本，唐人詩集如此刻者頗鮮。頃遊海禺，於坊中遍索古書，僅見一元刻校宋本郭茂倩樂府，中有毛子晉字，擬購之而議價未果，心甚怏怏。後於故家獲書數種，内有明刻唐人張籍詩，亦劉所梓。其版刻之古拙近是。每葉每行，字數亦同。唯張詩有直格，與此殊耳。因憶此集卷端弁言，有「與韓愈、張籍同時，而籍尤相友善」語，當是劉公屬意兩家之詩，故並梓之也。昔並梓而今並儲之，誠爲快事。爰記於此。蕘翁。（又附載明

正德劉成德刻本王建詩集跋

又：王建詩集八卷（明刻毛校本）：此毛子晉手校本王建詩集八卷本，與余舊藏吴匏庵家鈔本正同。吴本亦藏自汲古閣，而毛所校時合時不合。子晉云依宋刻校正，未知所據何本。此刻相傳爲明代川中刻，刻手既惡劣，印本復糊塗，幸得子晉手校，加以題跋。且屢經名家收藏，其所知者，南京解元六如居士，爲吾吴唐伯虎圖章；玉峰徐炯，即傳是樓後人，曾住我郡齋門内之花谿。竹垞跋播芳文粹云：「丙戌三月留徐，學使章仲花谿别業觀宋槧本」，即其人也。其餘戎郎、私印中文蔣癡、米汁頭陀，皆未詳其人。古香馣馤，珍重異常書，之以前賢手澤而足重者此爾。蕘翁。（又附載明正德劉成德刻本王建詩集）

繆荃孫藝風藏書續記卷六：王建集十卷，宋刻本，唐王建撰。每半葉十行，行十八字，目録有「臨安府棚北睦親坊巷口陳解元宅刊行」一行，目録首葉有宋本朱文腰圓印、「汪士鐘曾讀」朱文長方印，首葉有湘雲館朱文方印。

又馮氏鈔本王建詩集跋：宋陳解元書棚本，半葉十行，行十八字。荃孫昔年得之滬市，中止存舊刻三十餘葉，餘皆影鈔也。頃京估以常熟馮己蒼鈔本見眎，行款與宋本同，黑格後有「馮氏鈔本」四字。卷五、卷十後有己蒼手跋，又有朱書「馮氏不借本」五字。校勘圈點，細密慎重，固馮氏之家法。首頁邊闌馮氏朱文小印，末有「孱守堂」三字並列朱文方印、「馮己蒼手校本」朱文小方印、「謙牧堂藏書記」白文方印、「謙牧堂圖書記」朱文方印、「上党馮舒」白文小印、「禮邸珍玩」朱文方印，各印皆真。與宋本對校，二卷增十首、四卷增十五首、五卷增六首、六卷增四首、九卷增三十八首，共增七十三首。已蒼跋云：「抄自柳大中手書本，不知何處得到來。」二卷跋云：「以下十首宋版無，依別本補入。」五卷跋云：「馬戴詩，舊本無，柳誤添。」是已蒼曾見宋本，而大中所增之七十三首，有誤收他人之作。後之重刻是書者，宜仍以宋本爲主，而此七十三首別爲補遺於後，不可溷入，以存其真。宣統紀元芒種日，荃孫跋於對雨樓。（又附載宋臨安府陳解元宅刻本王建詩集）

又：現行毛斧季本、胡介祉本，皆八卷。墨莊漫録云：「建集七卷，印行本一卷。」今宋本十卷，不知視七卷本何如。敏求記十卷，想亦宋本。記云：「建與樞密王守澄有宗人之分，偶因過飲相譏，守澄憾，欲借宮詞奏劾之，建作詩以解，結句云：『不是當家親向說，九重爭遣外人知？』事遂寢。當家，猶今人言一家也，此集作『姓同』，其爲後人改竄無疑。」宋本正作「姓同」。（又附載宋臨安府陳解元宅刻本王建詩集）

陳乃乾王建詩集跋：王建集傳本甚稀，即明刻亦不易觀，況宋刻邪！此本爲汪閬源舊物，藝芸書舍宋元書目著録，復經藝風老人據馮已蒼鈔本手校。其第一、第四兩卷首頁已刻入宋元書景中，後有得者，當勿以殘帙忽之。辛酉六月，陳乃乾。（録自宋臨安府陳解元宅刻本王建詩集）

傅增湘藏園群書經眼録卷一二集部一：王建詩集十卷（唐王建撰，存卷一、四、五，計三卷，餘鈔配），宋臨安府陳解元宅刊本，半葉十行，行十八字。此書余嘗校過，甚佳，繆氏藝風堂藏。

又：宫中詞一百首（唐王建撰），明寫本，棉紙藍格，板心有「江村别墅」四字。按：此本疑爲天一閣佚出之書，趙君斐雲所貽。

又藏園群書題記三集卷五校明鈔本王建宫詞跋：此王建宫詞百首，爲毛氏緑君亭刊本。余既據朱竹垞翻宋本校正一過，編次既有參差，詞句復多違異，咸悉志之卷中矣。嗣又以家藏明萬曆甲午吴氏雲栖館三家宫詞本覆勘之，訂正文字，視宋本不盡符合，而其中與花蕊、王珪兩家羼雜尤多，知所據與宋刻非出一源，頗難爲之刊正。頃承趙君斐雲以明人寫本一册相贈，因更取以對勘，次第與各本咸不同，而其中異字較之宋本轉爲佳勝。雖寥寥數葉，而珍奇祕異逾於十朋良友之惠，當什襲以儲之。原本棉紙藍格，半葉九行十八字，板心有「江村别墅」四字。末紙幅殘破，字迹間有蠧損，審其天一閣遺物。卷末數番載小遊仙詩四十六首，未審爲何人所作，竢考之。

又十家宫詞跋：三家宫詞三卷，爲唐王建、蜀花蕊夫人、宋王珪所作；五家宫詞五卷，爲晉和凝、宋宋白、張公庠、周彦質、王仲修所作。咸人爲一卷，詩各百首。見於直齋書録解題，馬端臨通考因之。清初上元倪太史闇公得宋刊十家宫詞，蓋於八家之外又益以宣和御制三卷、胡偉集句一卷也。朱竹垞見而録副，以授山東布政司參議胡循齋，鋟木於潞河。嗣胡氏旋京師，仍以刊板歸之竹垞，卷首有康熙二十八年竹垞自序。至乾隆初年，史開基得其版於外舅家，又補其殘蝕以行世，即此本是也。考張宗橚漁洋詩話言倪刻宋本十家詞世不多覯，蒿庵先生曾贈余一册，凡四卷，是乾隆時張氏所得，已非全帙。此帙鈐有「鮑氏知不足齋藏書」、「天都鮑氏困學齋圖籍」、「袁簡齋書畫印」各印，書衣有勞季言題字一行云：「道光乙巳五月購於知不足齋，丹鉛精舍主人記」。宣和宮詞後勞氏手寫緑君亭本十首，又補録滌飲跋五行。王建宮詞後録楊升庵所補七首、緑君亭三首。知前輩考訂精勤，護持珍重，皆視爲罕祕之笈矣。

吴慈培王建詩集跋：二月杪在鄧正闇先生案上見孱守居士手校抄本王建詩集十卷，亟求假歸。時先生將之官吉林，垂發軔矣。先生雖厚我，不肯效馮氏之隘，而珍視此册，固踰尋常，約五日還瓻。余作楷拙緩，度不能卒，業而又不可不如約，乃行書傳録。然細校再三，無少訛謬，行款題識，俱存面目。暇日端楷寫成，詎不足爲人間增一善本耶？宣統二年三月初四録畢記。吴慈培。（吴慈培抄本王建詩集）

又：去年夏，予爲謀食，重至奉天。客中無聊，檢行篋所攜王建詩集，以楷書寫之。秋初復還入關，纔畢五卷。抵天津，未逾月而國變，作風鶴頻警，避居租界。屋纔容膝，器物凌雜，不可爬梳。又愧無古人顛沛流離、夷然弗改其常之操，廢筆硯者累月。今年夏，移居稍舒，而鄧正闇先生博大沉深，先後來天津，晨夕過從，引予讀書之興，乃圖竟前功。并予所校毛刻次第異字悉移録書眉，又從正闇先生借錢牧翁所輯唐詩細校一過。人事時復間輟，計自去年夏初寫，迄今中秋卒，業已踰朞年。一書之難成，有如此。而余寫此十卷之書，遂閲興廢，可勝慨乎！文獻通考、書録解題俱稱建集十卷，此本與之合，然編次凌亂，實不如錢、毛兩本八卷之整齊近理。且馮氏校卷二柘枝詞云：「以下十首宋版無。」卷五塞上第一首云：「舊本無，柳誤添。」卷末跋更明言此本爲柳大中傈改，然則十卷之數雖符，而決非宋本之舊可知。獨怪馮氏既知其誤，何以不據宋本一一改正，乃僅校異字數處，據萬首唐人絶句校宫詞一卷而已耶？正闇先生嘗以所藏宋書棚本碧雲集爲余校手抄本，復取錢輯唐詩對勘，與宋本不爽纖毫。絳雲祕笈充手，所據之善，理有固然。此集八卷，必非臆造，特不知併自何時何人。毛刻編次與錢本大略相同，字句亦多合，兩家所據，當出一源。惟毛刻第七卷止載五絶，其七絶連宫詞爲第八卷，與錢本五、七絶合爲第七卷，宫詞自爲一卷者不同。以理測之，錢本近是，毛氏刻書固不可憑也。錢本校此本多詩二十四首，除銅雀臺一首已補自毛刻，秋夜曲一首重出。宫詞十首已補自唐人絶句，其十二首録於左。又斜路行諸詩題下注，疑出牧翁之手，而非舊本所有。且文多，行間不能容與。所輯建傳，並附卷尾。余於此書抄校之功，自謂精到。世無宋槧，余此本流傳於後，要爲不可數覯之善本矣。壬子中秋後三日，慈培。（同上）

雜録

白居易授王建祕書郎制：敕：太府丞王建：太府丞與祕書郎，品秩同而禄廪一，今所轉移者，欲職得宜而才適用也。詩人之作麗以則，建爲文近之矣。故其所著章句，往往在人口中，求之流輩，亦不易得。帑藏之吏，非爾官也，而翺翔書府，吟詠祕閣，改命是職，不亦可乎！可祕書

郎。（文苑英華卷四〇〇）

何光遠鑑誡録卷九「分命録」條：咸通中，王建侍御吟詩寒碎，竟不顯榮。乾符末，李洞秀才出意窮愁，不登名第。是知詩者，陶人情性，定乎窮通，故韋莊補闕有長安感懷云「大道不將爐冶去，有心重築太平基」，此則苞括生成，果爲臺輔。長興末，何僕射瓚有蜀城書事云「到頭須卜林泉隱，自愧無能繼卧龍」，詩後十旬，得疾而卒。今録四公全什，用明將來。

劉克莊後村詩話後集卷一：荆公選唐百家詩，與高適、岑參各取七十餘首，其次王建、皇甫冉各六十餘首。

王士禛香祖筆記卷六：王介甫唐詩百家選全本，近牧仲開府寄來新刻，乃常熟毛扆所得江陰某氏藏本，計百有四人，有乾道己丑蘭皋倪仲傅序。……余按：其去取多不可曉，如李、杜、韓三大家不入選尚自有説，然沈、宋、陳子昂、張曲江、王右丞、韋蘇州、劉眘虚、劉文房、柳子厚、劉夢得、孟東野概不入選，下及元、白、温、李不存一字，而高、岑、皇甫冉、王建數子，每人所録幾餘百篇。介甫自序謂「欲觀唐詩者，觀此足矣」，然乎？否耶？世謂介甫不近人情，於此可見。故物自可寶惜，然謂爲佳選，則未敢謂然，請以質諸後之善言詩者，當知予言不妄。

又分甘餘話卷二：諸説皆言：王介甫與宋次道同爲三司判官時，次道出其家所藏唐詩百餘編，俾介甫選其佳者。介甫使吏鈔録，吏倦於書寫，每遇長篇，輒削去。今所傳本乃群牧吏所删也。余觀新刊百家詩選，又不儘然。如删長篇，則王建一人入選者凡三卷，樂府長篇悉載，何未刊削？王右丞、韋蘇州十數家，何以絶句亦不存一字？余謂介甫一生好惡拂人之性，是選亦然，庶幾持平之論爾。

又居易録卷一：朱檢討（彝尊）竹垞貽所撰日下舊聞四十二卷，所引書至千三百餘部。又所刻十家宫詞，爲倪檢討（粲）雁園家宋刻本，唐陝州司馬王建、蜀花蕊夫人、石晉丞相和凝、宋宣和御制、丞相王珪、珪子仲修、學士宋白、中大夫張公庠、直祕閣周彦質，又胡偉集句，凡十家。

沈德潛説詩晬語卷下：唐詩選自殷璠、高仲武後，雖不皆盡善，然觀其去取，各有指歸。唯王介甫百家詩選雜出不倫，大旨取和平之音，而忽入盧仝月蝕；斥王摩詰、韋左司，而王仲初多至百首，此何意也？勿怖其盛名，珍爲善本。

汪師韓詩學纂聞詩集：再如王建宫詞百有四篇，録出別行。宋王珪亦有宫詞，又合二王、花蕊夫人爲三家宫詞，和凝、宋白、張公庠、周彦質、王仲修有五家宫詞，合三家、五家，又益以宣和御制及胡偉爲十家宫詞。

潘德輿養一齋詩話卷五：（張文潛）輸麥行、放牛兒兩詩，摹寫情態，質而愈文，雖使文昌、仲初爲之，寧復過此？

陳僅竹林答問：宋人不知詩者，無如王半山，百家詩選王仲初而斥右丞、左司。

陸鎣問花樓詩話卷二：劉誠意功業文章，有明一代功臣之冠……其擬樂府諸篇，評者云在文昌、仲初之間。

附録三

王建繫年考

王建字仲初，潁川人。

辛文房唐才子傳卷四王建：「建字仲初，潁川人。」王建，兩唐書無傳，新唐書藝文志四著録王建集，僅云「大和陝州司馬」。唐人關於王建生平事蹟的記載又極爲少見，故祇能從王建本人的詩作以及與友人的往還贈答詩中去考證其生平經歷。

關於王建之字，唐才子傳云字仲初，陳振孫直齋書録解題卷一九詩集類上著録王建集稱「唐陝州司馬王建仲和」，云王建字仲和，此又一説，未詳孰是。古人名與字在字義上大多有些關聯，但「建」字與「初」字「和」字都能拉上關係，故王建到底是字仲初還是字仲和，殊難斷定。

唐才子傳云王建潁川人，未詳所據。唐代王姓有潁川一族，五代前蜀開國皇帝王建爲許州人，新五代史卷六三前蜀世家第三王建：「王建字光圖，許州舞陽人也。」許州即潁川，唐屬河南道。若此，兩個王建不僅同姓名，而且同族，太有些不可思議。詩人王建是否潁川人其實是頗可疑的。王建自稱「衰門海內幾多人」（自傷），當非望族。

代宗大曆元年（七六六），生於此年。少年時代在關中度過。

王建生年，聞一多唐詩大系定其生大曆三年（七六八），劉大傑中國文學發展史定爲約七六六年即大曆元年。張籍逢王建有贈（全唐詩卷三八五）云：「年狀皆齊初有髭，鵲山漳水每追隨。」可知張、王二人同年歲。這樣，判斷王建的生年，也就成了判斷張籍生年的問題了，幸好，判斷張籍生年還有一些綫索可循。白居易讀張籍古樂府（白氏長慶集卷一）：「張君何爲者？業文三十春。……如何欲五十，官小身賤貧。」作於白居易爲太子左贊善大夫時。又白居易與元九書（同上卷四五）云：「近日孟郊六十，終試協律；張籍五十，未離一太祝。」後者作於元和十年（八一五），可知元和十年張籍五十歲。前者當作於元和九年，是年張籍四十九歲，正是「欲五十」之時。由此上推張籍生於大曆元年。這也是王建的生年。韓愈大曆三年生，白居易大曆七年生，則張籍、王建皆長韓愈二歲、白居易六歲。韓愈張中丞傳後叙（韓昌黎全集卷一三）云：「張籍曰：有于嵩者，少依於（張）巡，及巡起事，嵩常在圍中。籍大曆中於和州烏江縣見嵩，嵩時年六十餘矣，以巡初嘗得臨渙縣尉，好學，無所不讀。籍時尚小，粗問巡、遠事，不能細也。」以張籍大曆十四年於和州見于嵩計，時年爲十四歲，正已是記事的年齡了。又張籍病中寄白學士拾遺（全唐詩卷三八三）云「自寓城闕下，識君弟事焉」，自稱爲弟，爲謙虚之詞，並非張籍年歲果真小於白居易。

王建送韋處士老舅云：「憶昨癡小年，不知有經籍。常隨童子遊，多向外家劇。偷花入鄰里，弄筆書牆壁。照水學梳頭，應門未穿幘。人前賞文性，梨果蒙不惜。賦字詠新泉，探題得幽石。」此韋處士是誰雖不得而知，但由此可知王建的母親姓韋。此詩描寫小時候的情況頗爲真切而生動，且可知王建家和外祖之家相距不遠，否則不可能經常去外祖家遊玩。此詩還云：「自從出關輔，三十年作客。風雨一飄摇，親情多阻隔。」則又可知王建之家是在關中之地，亦即他成長的地方。姚合有送王建祕書往渭南莊，王建有酬柏侍御與韋處士同遊靈臺寺見寄，靈臺寺在渭南，屬京兆府，韋處士即「韋處士老舅」，與姚合詩合參，可知王建有家在渭南。

德宗建中四年（七八三），十八歲。約於此年出關輔，於邢州求學，結識張籍。

王建送韋處士老舅云：「自從出關輔，三十年作客。」這首詩作於哪一年雖不得確知，但王建約在元和八年爲昭應縣丞，當是出關後的首次將家安居於關中，故由元和八年上推三十年約在建中四年，即是王建出關求學的時間。求學之地在哪里？張籍逢王建有贈云：「年狀皆齊初有髭，鵲山漳水每追隨。使君座下朝聽易，處士庭中夜會詩。新作句成相借問，閑求義盡共尋思。經今三十餘年事，卻説還同昨日時。」鵲山在邢州。李吉甫元和郡縣圖志卷一五河北道邢州：「鵲山在（內丘）縣西三十六里，昔扁鵲將號太子游此山采藥，因名。」樂史太平寰宇記卷五九邢州：「鵲山，水經注云：鵲山有穴，出雲母。又云：其西有龍騰溪、鶴渡嶺。」漳水從邢州流過，元和郡縣圖志卷一五邢州：「濁漳水今俗名柳河，在（平鄉）縣西南十里。」王建送張籍歸江東亦云：「昔歲同講道，青襟在師傍。出處兩相因，如彼衣與裳。」也説的是二人同學之事。可見二人早在青年時代的求學期間就已相識，並結下了深厚的友誼。以二人生於大曆元年計，至建中四年爲十七歲，與張籍所言「年狀皆齊初有髭」的情況相合。

邯鄲主人：詩云：「遠客無主人，夜投邯鄲市。飛蛾繞殘燭，半夜人醉起。壚頭酒家女，遺我湘綺被。合成雙鳳花，宛轉不相離。」此詩當是赴邢州路經邯鄲時所作，故其中充滿了年輕人的浪漫與真誠。

貞元五年（七八九），二十四歲。約於是年前後曾與張籍同去貝州。

貝州與邢州都屬河北道，當時屬魏博節度使管領。張籍爲胡珦婿，胡珦爲貝州人，張籍與胡氏一家很可能就是在貝州相識的。韓愈唐中散大夫少尉監胡良公墓神道碑（韓昌黎全集卷三〇）：「與公婿廣文博士吳郡張籍，以公之族出行治，歷官壽年爲書……胡姓本出安定，後徙清河，於今爲宗城，屬貝州。」王建有宋氏五女，宋氏五女也是貝州人，詩爲經五女故居時所作，故以爲他們曾同去貝州。

宋氏五女：題下注曰：「貝州宋處士若芬（按：『若』爲『庭』之訛。新唐書后妃傳下宋氏五女之父名廷芬)五女：若華、若昭、若倫、若憲、若茵。」(按：茵，諸書皆作「荀」，作「茵」誤。)舊唐書后妃傳下女學士尚宫宋氏：「女學士尚宫宋氏者，名若昭，貝州清陽人。父庭芬，世爲儒學，至庭芬有詞藻。生五女，皆聰惠。庭芬始教以經藝，既而課爲詩賦，年未及笄，皆能屬文。長曰若莘，次曰若昭、若倫、若憲、若荀。若莘、若昭文尤淡麗，性復貞素閑雅，不尚紛華之飾。嘗白父母，誓不從人，願以藝學揚名顯親。若莘教誨四妹，有如嚴師。著女論語十篇……貞元四年，昭義節度使李抱真表薦以聞，德宗俱召入宫，試以詩賦，兼問經史中大義，深加賞歎。德宗能詩，與侍臣唱和相屬，亦令若莘姊妹應制。每進御，無不稱善，嘉其節概不群，不以宫妾遇之，呼爲學士先生。庭芬起家受饒州司馬，習藝館内，敕賜第一區，給俸料。」若莘一名若華，舊唐書穆宗紀：「(元和十五年十二月)戊寅，召故女學士宋若華妹若昭掌文奏」，與元稹追封宋若華制(元氏長慶集卷五〇)皆作「若華」。王建此詩云：「行成聞四方，征詔環佩隨。同時入皇宫，聯影步玉墀。鄉中尚其風，重爲修茅茨。」新唐書地理志三河北道貝州清河郡屬縣有清陽。

贈趙侍御云：詩云「年少同爲鄴下遊，閑尋野寺醉登樓。」此趙侍御未詳何人。唐相州鄴郡，亦屬魏博節度使管領之地，所述當亦是王建在邢州學習時的一段經歷。又有銅雀臺，當作於遊相州時。

貞元七年（七九一），二十六歲。曾至長安，疑於此年應進士試，不第。旋返邢州。

從元太守夏宴西樓：元太守爲元誼，詩作於邢州。詩云「山東地無山，平視天海垠」，邢州處華北平原中部，「山」則指太行山，與邢州的地理位置是相合的。新唐書地理志三邢州平鄉縣下小注：「貞元中，刺史元誼徙漳水，自州東二十里出，至鉅鹿北十里入故河。」可知元誼貞元中爲邢州刺史。貞元十年元誼權知洺州，舊唐書德宗紀下：「（貞元十年七月）壬申朔）以昭義軍押衙王延貴爲潞府左司馬，充昭義節度留後，賜名虔休。（李）抱真別將權知洺州事元誼不悦虔休爲留後，據洺州叛，陰結田緒。」同書：「（十二年正月）庚子，元誼、李文通率洺州兵五千、民五萬家東奔田緒。」邢、洺爲鄰郡，大約可知貞元七年前後元誼正任邢州刺史。舊唐書田緒傳田緒子季安，季安子懷諫，「懷諫母，元誼女」，可見田緒爲其子季安娶元誼女。後來王建赴魏州入田季安幕，或許正是由元誼的引薦。

元太守同游七泉寺：元太守仍爲元誼。又有七泉寺上方。七泉寺當在邢州或鄰州。

王建貞元前期的一段行蹤頗不易知，但並非未離開過邢州。有幾首詩顯然作於早期，由這幾首詩看，他是去過京城的。

送唐大夫罷節歸山：唐大夫爲唐朝臣。舊唐書德宗紀上：「（貞元二年七月）戊午，以鄜坊節度唐朝臣爲單于大都護、振武綏銀節度使。」資治通鑑卷二三三唐德宗貞元四年：「振武節度使唐朝臣不嚴斥候，（七月）己未，奚、室韋寇振武，執宣慰中使二人，大掠人畜而去。」未言唐朝臣所終。據舊唐書德宗紀下，貞元六年五月，以寧州刺史范希朝爲單于大都護、麟勝節度使，當即接替唐朝臣者。于鵠有送唐大夫讓節歸山（全唐詩卷三一〇），與王建詩所云無疑爲一人。文苑英華卷二一三目録有開府席上賦得詠美人名解愁，同作者有盧綸、楊郇白（伯）、于鵠、王建、白居易，祇盧綸詩存，然此「開府」未詳何人，但已足證王建與于鵠相識。唐才子傳卷四于鵠傳：「大曆中，嘗應薦，歷諸府從事。出塞入塞，馳逐風沙」，或于鵠即曾爲唐朝臣從事。張籍哭于鵠（全唐詩卷三八三）云「我初有章句，相合者唯君」，又有別于鵠，看來張籍、王建早年即與于鵠相識。于鵠詩云「朱門鴛瓦爲仙觀，白領狐裘出帝城」；王建詩云「旄節抱歸官路上，公卿送到國門前」，看來送別之地是在長安。此詩便是貞元六、七年間王建在長安之證。

送阿史那將軍安西迎舊使靈櫬：此阿史那將軍未詳。林寶元和姓纂卷五：「阿史那，夏后氏後，居涓兜牟山，北人呼爲突厥窟歷。魏晉十代爲君長，後屬蠕蠕，阿史那最爲首領。後周末，遂滅蠕蠕，霸强北土蓋百餘年。至處羅、蘇尼失等歸化，號阿史那。開元改爲史……貞元神策將軍、兼御史大夫阿史那思暕，並其支族。」阿史那（或史）姓於中唐爲官者甚爲罕見，疑此阿史那將軍即阿史那思暕。安西，貞觀十四年於交河置安西都護府，顯慶三年移治龜兹，龍朔元年統轄龜兹、于闐、焉耆、疏勒四鎮，後没於吐蕃。王溥唐會要卷七三：「貞元六年十二月，吐蕃陷北庭都護府。初，北庭、安西既假道於回鶻以朝奏，有附庸焉。……（吐蕃）率葛禄白服之衆，去冬來寇北庭，回鶻大相頡干迦斯率衆援之，頻戰敗績。吐蕃攻圍頗急，北庭之人既苦回鶻，是歲，乃舉城降於吐蕃，沙陀亦降焉。北庭節度楊襲古，舉麾下二千餘人奔西州。（貞元）七年秋，頡干迦斯又悉其國丁壯六萬人，將復北庭，仍召襲古偕行，我兵爲吐蕃葛禄所敗，死者大半。襲古餘衆，僅百六十，將復入西州，頡干迦斯紿之曰：『與我同至牙帳，當送君歸本朝。』襲古從之，及牙帳，竟殺之。」資治通鑑卷二三三繫此事於貞元六年，并云：「安西由是遂絶，莫知存亡」。王建此詩云「漢家都護邊頭没」，疑即指楊襲古遇害事，則此詩當作於貞元七年。詩又云：「卻入杜陵秋巷裏，路人來去讀銘旌」，則王建時在長安亦無疑義。

將歸故山留别杜侍御：王建詩集「御」字注云：「一作郎。」按：作「郎」是。此詩云：「虎戟衛重門，何因達中誠」，可見對方門衛之嚴。若作侍御，唐侍御史官僅從六品，而侍郎官爲正四品，詩所描寫更符合正四品的身分，故以爲當作「杜侍郎」。王建此詩云「有川不得涉，有路不得行，沉沉百憂中，一日如一生。錯來干諸侯，石田廢春耕」，無疑作於早期。故此杜侍郎當謂杜黄裳。舊唐書杜黄裳傳云：「後入爲臺省官，爲裴延齡所惡，十年不遷。貞元末，爲太常卿。」不言其爲侍郎事。然杜黄裳貞元七年曾權禮部侍郎知貢舉，樂史廣卓異記卷七「禮部同年三人同在相位」條：「右按唐書：貞元七年，禮部侍郎杜黄裳下三十人及第」，即令狐楚、蕭俛、皇甫鏄之座主。細味王建此詩之意，王建於貞元七年亦來京城應進士試，可是未及第。此詩即留别本年知貢舉之杜黄裳之作。一般來説，入京應進士試先應通過鄉試，取得鄉貢進士的身份。前已考知，從元太守夏宴西樓之元太守爲邢州刺史元誼；張籍逢王建有贈亦云「使君座下朝聽易」，他們是與州郡長官有來往的，推測其由邢州鄉貢入京應試，當非純係捕風捉影之詞。

晁公武郡齋讀書志卷一七、陳振孫直齋書録解題卷一九、辛文房唐才子傳卷四皆云王建大曆十年（七七五）進士及第，記載如此之一致，説明他們所依據的是宋元時猶可見到的唐人登科記，這當然是可靠的。前面已考定，王建生於大曆元年，即使此生年有些可商榷之處，大曆元年也是上限，即以此計算，大曆十年才十歲，十歲孩童如何能進士及第？如果王建是神童，也祇能參加童子科的考試。故譚優學王建行年考及其爲傅璇琮主編的唐才子傳校箋之王建所作的箋注，皆斷然否定王建進士及第之説。可是諸典籍明言王建大曆十年進士，該又如何解釋呢？譚優學説：「或當時有同名爲王建者，爲大曆十年進士，張冠李戴，誤以爲仲初王建。」考同時賈島有光州王建使君水亭詩云：『楚水臨軒積，澄鮮一畝餘。柳根連岸盡，荷葉出萍初。極浦清相似，幽禽到不虚。夕陽庭際眺，槐雨滴稀疏。』又留别光州王使君建詩下注：『一本無建字。』云：『杜陵千里外，期在末秋歸。既見林花落，須防木葉飛。楚從何地盡，淮隔數峰微。回首餘霞失，斜陽照客衣。』細會此兩詩意，了不似賈島爲詩贈詩人之作。則一本無建字，或係脱誤。王建詩中及其他有關記載，均未見仲初曾爲光州刺史者。故大曆十年進士，又刺光州之王建，乃誤爲詩人王建。此雖揣測，當不甚相遠。」（唐才子傳校箋第二册，一九八九年第一版第一五二頁）此説有理。看來大曆十年進士及第之王建與詩人王建不是一人，郡齋讀書志等未加細考，遂合兩王建之事爲一人了。

貞元九年（七九三），二十八歲。送張籍返江東。不久王建也離開了邢州。

送薛蔓應舉：詩云：「一士登甲科，九族光彩新。……子去東堂上，我歸南澗濱。願君勤作書，與我山中鄰。」此詩當作於在邢州山中學習之時，故屢言「南澗」「山中」。薛蔓未詳。

送同學故人：詩云：「各爲四方人，此地同事師。業成有先後，不得長相隨。」顯然亦作於在邢州學習期間。張籍有襄國别友（全唐詩卷三八四），襄國即邢州。元和郡縣圖志卷一五邢州：「秦兼天下，於此置信都縣，屬鉅鹿郡，項羽改曰襄國，蓋以趙襄子謚名也。……隋開皇三年，以襄國縣屬洺州……大業三年，改爲襄國郡。武德元年，改爲邢州。」由詩意看，張籍與王建詩皆作於秋季，很可能所送的爲同一人。

張籍登城寄王祕書建（全唐詩卷三八四）：「聞君鶴嶺住，西望日依依。……十年爲道侶，幾處共柴扉。」據此可定二人同學時間約爲十年，後分手，王建作詩與張籍留别。送張籍歸江東云：「行成歸此去，離我適咸陽。失意未還家，馬蹄盡四方。訪余詠新文，不倦道路長。……回車遠歸省，舊宅江南廂。歸鄉非得意，但貴情義彰。五月天氣熱，波濤毒於湯。慎勿多飲酒，藥膳願自强。」可知二人分手是在夏季。由詩意觀之，張籍先赴咸陽，又回邢州，後再去江南。分手後，張籍有詩寄王建。登城寄王祕書建曰「聞君鶴嶺住」，此鶴嶺在哪里？按太平寰宇記卷五九邢州：「其（按指鵲山）西有龍騰溪、鶴渡嶺。」鶴嶺即鶴渡嶺，可知其在邢州。那麼如何解釋詩題中的「祕書」二字呢？如果這首詩作於王建在祕書省供職之時，就不可能再在邢州學道。全唐詩於此詩題下校者注曰：「一本無祕書二字。」無「祕書」二字是對的，可知此詩的詩題當作登城寄王建。當然也就明白了這首詩是張籍與王建於邢州分手後張籍寫給仍在邢州學道的王建的。

王建山中寄及第故人云：「去年與子别，誠言暫還鄉。如何棄我去，天路忽騰驤。……十年居此溪，松桂日蒼蒼。自從無佳人，山中少輝光。盡棄所留藥，亦焚舊草堂。還君誓己書，歸我學仙方。既爲參與辰，各願不相望。始終名利途，慎勿罹咎殃。」此詩之及第故人未詳是何人，但由此詩可知，張籍走後以及聽説故人及第後不久，王建也離開了邢州山中的習隱之地。此詩不足以説明王建鄙夷科第，唐代讀書人大都是憑藉科第以求取功名，且被他們視爲正途，入幕爲職是退而求其次者，除此之外也没有其他出路。鄙視科第就等於鄙視出仕，若果真如此，王建又何必出來做官呢？

貞元十二年（七九六），三十一歲。是年前後曾至洛陽。

王建行宫詞：「上陽宫到蓬萊殿，行宫巖巖遥相見。向前天子行幸多，馬蹄車轍山川遍。……兩邊仗屋半崩摧，野火入林燒殿柱。休封中岳六十年，行宫不見人眼穿。」此詩詠寫洛陽行宫，自玄宗開元二十四年之後便再無行幸洛陽之事，下推六十年爲貞元十二年，故以爲此年前後王建曾至洛陽。其北邙行、上陽宫詩當亦作於此次游洛陽之時。

貞元十六年（八〇〇），三十五歲。約於是年入幽州節度使劉濟幕。

王建别楊校書云：「從軍走馬十三年，白髮營中聽早蟬。故作老丞身不避，縣名昭應管山泉。」王建元和八年爲昭應縣丞，上推十三年正是貞元十六年，是王建從軍生活之始。最早從軍之地在哪里？其寄李益少監兼送張實遊幽州詩云：「星辰有其位，豈合離帝旁。賢人既遐征，鳳鳥安來翔？」這些話無疑都是針對李益説的，可見李益當時不在京城而是從軍在外。李益最後一次從軍是在幽州節度使劉濟幕。舊唐書李益傳云：「北遊河朔，幽州劉濟辟爲從事。」卞孝萱李益年譜稿（中華文史論叢一九七九年第二輯）定李益貞元十三年至十六年在幽州幕，甚是。又由此詩看，王建對李益之詩大加推崇，云「常恐一世中，不上君子堂」，是非常想與李益相結識的意思。如此説來，王建的第一次從軍即在幽州。當時的幽州節度使是劉濟，李益正在劉濟的幕府。大概正是通過李益的推薦，王建才得以入劉濟幕的。從軍後寄山中友人詩云：「愛仙無藥住溪貧，脱卻山衣事漢臣。……勞動先生遠相示，别來弓箭不離身。」王建出山從軍，很大程度上是爲了解決生活問題，在這裏説得很清楚。

寄李益少監兼送張實遊幽州： 李益，兩唐書有傳。舊唐書李益傳云：「憲宗雅聞其名，自河北召還，用爲祕書少監」，難以定其年月。新唐書宰相世系表二上姑臧大房載李虯子：「益，祕書少監。」岑仲勉認爲「按益官終禮部尚書，則少監應是元和七年時見官」（見唐史餘瀋卷三「韓愈送幽州李端公序」條）。新表據林寶元和姓纂，而姓纂成書於元和七年，岑説有理，故可據以論定。然由王建詩看，李益在幽州幕已帶少監銜。據新唐書百官志四下：「都督掌督諸州兵馬、甲械、城隍、鎮戍、糧廩，總判府事。武德初，邊要之地置總管以統軍，加號使持節……自左右丞以下，諸司郎中略如京省。又有食貨監一人，丞二人……有農圃監一人，丞四人……有武器監一人，丞二人……有百工監一人，丞四人……監皆正八品下，丞正九品下。」看來邊塞之都督府也設監與丞，丞可稱少監，但實與京城諸監、少監等是不同的。張實則是欲遊幽州，王建作詩送之。關於張實，舊唐書王遂傳載王遂爲沂州刺史、沂兖海等州觀察使，「訾罵將卒，牙將王弁乘人心怨怒，「（元和）十四年七月，遂方宴集，弁噪集其徒，害遂於席，判官張實、李甫等同遇害。」疑即此張實。資治通鑑卷二四一唐憲宗元和十四年亦載此事，云與王遂同遇害者爲副使張敦實。

幽州送申稷評事歸平盧： 申稷爲丹陽申堂構之子，見元和姓纂卷三。詩云「升堂展客禮，臨水濯塵襟」，譚優學王建行年考認爲申稷爲平盧幕吏，帶大理評事銜，因公事來幽州，幕主劉濟命王建接待，當其歸平盧時，作此詩送行。此説有理。唐平盧軍節度使駐營州，與幽州爲毗鄰。此詩亦可證王建當時已在劉濟幕。

貞元十八年（八〇二），三十七歲。仍在幽州節度使劉濟幕。曾奉劉濟之命出使淮南。

淮南使回留别竇侍御：竇侍御爲竇常。褚藏言竇常傳（全唐文卷七六一）：「府君大曆十四年舉進士……繇擢第至釋褐，凡二十年。洎貞元十四年秋，成德軍節度使太尉王公命從事御史盧泚貺五百金，辟爲書記，不就。其年，淮南節度、左僕射杜公奏爲參謀，授祕書省校書郎。厥後歷泉府從事，繇協律郎遷監察御史裏行。居無何，湘東倅戎，轉殿中侍御史，賜緋魚袋。」可知竇常貞元十四年爲淮南節度使杜佑從事，貞元十九年三月杜佑入朝，竇常遷湖南觀察副使。

夜看揚州市：此詩即作於出使淮南時。

揚州尋張籍不見：此詩亦作於出使淮南時。詩云：「西江水闊吴山遠，卻打船頭向北行」，没有見到老朋友，便衹好回去了。

貞元十九年（八〇三），三十八歲。仍在幽州節度使劉濟幕。疑於此年年底離開劉濟幕。

權德輿唐故幽州盧龍軍節度副大使知節度事管内支度營田觀察處置押奚契丹兩番經略盧龍軍等使開府儀同三司檢校司徒兼中書令幽州大都督府長史上柱國彭城郡王贈太師

劉公（濟）墓誌銘并序（權載之文集卷二一）：「（貞元）十九年，林胡率諸部雜種浸淫於漕薊之北，公親率革車會九國室韋之師以討焉。飲馬灤河之上，揚旌冷陘之北，戎王棄其國遁去。公署南部落刺史爲王而還。登山斫石，著北伐銘以見志。」王建塞上二首、遠征歸、渡遼水、遼東行等詩，當皆爲此次戰事而作。遼東行云「寧爲草木鄉中生，有身不向遼東行」，遠征歸云「萬里發遼陽，處處問家鄉」，塞上云「夜來山下哭，應是送降奚」，這些詩都明確地表達了作者對這場戰争的態度。

貞元二十年（八〇四），三十九歲。入魏博田季安幕。

王建謝田贊善見寄：詩云：「五侯三仕未相稱，頭白如絲作縣丞。」此田贊善雖難以考定到底是誰，但對方是田弘正一族中人則是確定無疑的。所謂「五侯」，指在魏博連任節帥的田承嗣、田悅、田緒、田季安、田弘正。田承嗣原爲安禄山、史思明部將，史朝義敗後歸降朝廷，朝廷用爲魏博節鎮，子孫世襲。所謂「三仕」，指王建先後在田季安、田懷諫、田弘正的幕府中任職。此詩道出在田季安時代王建即已入魏博幕。張籍贈王祕書（全唐詩卷三八五）「早在山東聲價遠，曾將順策佐嫖姚」，王建上李吉甫相公「曾向山東爲散吏」，皆説的是王建曾爲魏博從事的這一段經歷。山東指太行山以東，魏博正在太行山之東。

憲宗元和元年（八〇六），四十一歲。仍居魏博田季安幕。此年曾奉田季安賀表至長安。

王建元日早朝詩曰：「大國禮樂備，萬邦朝元正。」又曰：「三公再獻壽，上帝錫永貞。」

據此，詩當作於永貞元年。然永貞元年無元日。貞元二十一年正月，德宗卒，太子李誦即位，是爲順宗。是年八月，順宗內禪太子李純，是爲憲宗，改貞元二十一年爲永貞元年。第二年正月又改元元和。舊唐書憲宗紀上：「元和元年春正月丙寅朔，皇帝率群臣於興慶宮奉上太上皇尊號曰應乾聖壽太上皇。丁卯，御含元殿受朝賀。禮畢，御丹鳳樓，大赦天下，改元元和。」是正月一日即改元元和。此詩用改元前夕的年號。王建參加這次典禮當是奉田季安的賀表進京祝賀的。此詩云「舉頭看玉牌，不識宮殿名」，正是首次參加如此隆重的盛典，既激動而又陌生的感覺。

上田僕射：田僕射爲田季安，田緒子。舊唐書田緒傳：「緒卒時，季安年纔十五，軍人推爲留後，朝廷因授起復左金吾衛將軍，兼魏州大都督府長史、魏博節度營田觀察處置等使。服闋，拜銀青光禄大夫、檢校尚書右僕射，進位檢校司空，襲封雁門郡王。」自貞元十二年八月節鎮魏博，至元和七年八月，卒。詩云：「仰憶去年寒食會」，故酌繫是年。

寄韋諫議：詩曰：「獨有龍門韋諫議，三徵不起戀青山。」可知爲韋況。新唐書韋安石傳附韋況：「況少隱王屋山，孔述睿稱之，及述睿以諫議大夫召，薦況爲右拾遺，不拜。未幾，以起居郎召，半歲輒棄官去，徙家龍門。除司封員外郎，稱疾固辭。元和初，授諫議大夫，勉諭到職。數月乞骸骨，以太子右庶子致仕，卒。」舊唐書憲宗紀上：「（元和元年閏六月）以前司封員外郎韋況爲諫議大夫。」此詩作於長安。（此條見陶敏全唐詩人名彙考）

元和二年（八〇七），四十二歲。疑於此年前後赴嶺南趙昌幕。

別李贊侍御：詩云「同受艱難驃騎營，半年中聽揭槍聲」，可知所寫爲從軍魏博時的情景。宋闕名寶刻類編卷五王立伯名下：「觀音寺碑，李贊撰，元和二年立，大名。」宋之大名府即唐時魏州。當即此李贊，年代亦合。此詩又云「薦書自入無消息，賣盡寒衣卻出城」，當是王建離開魏博時與李贊告別之作。

王建的嶺南之行還可以找到其他佐證。南中詩云：「天南多鳥聲，州縣半無城。野市依蠻姓，山村逐水名。瘴煙沙上起，陰火雨中生。」描寫南方景物頗帶新奇之感，正是北方人眼中的南方風物。又荆門行云「斜分漢水横湘山，山青水緑荆門關。向前問個長沙路，舊是屈原沉溺處」，又江館對雨云「鳥聲愁雨似秋天，病客思家一向眠。草閣門臨廣州路，夜聞蠻語小江邊」。明確提到長沙路、廣州路，其嶺南之行不容置疑。

但王建嶺南之行的時間頗難斷定。王建有多首寫給杜元穎的詩，杜當時正在江陵趙宗儒的荆南節度使幕府中任職，而此時王建已由嶺南歸來。趙宗儒元和四年爲荆南節度使，故定王建於元和二年赴嶺南最合情理，前此則嫌早，後此則嫌遲。元和二年時的嶺南節度使是誰？據郁賢皓唐刺史考嶺南道廣州，元和元年至元和三年，廣州刺史、嶺南節度使爲趙昌。則王建所赴任爲趙昌的幕府從事。

元和三年（八〇八），四十三歲。隨趙昌赴江陵，爲荆南幕府從事。

王建在嶺南的時間不長，元和三年趙昌改任荆南，王建亦隨之北返。舊唐書憲宗紀上：「（元和三年四月）乙亥，以嶺南節度使趙昌爲江陵尹、荆南節度使。」

元和四年（八〇九），四十四歲。仍在荆南爲幕府從事。是年趙昌徵回京爲太子賓客，趙宗儒爲荆南節度使。曾奉趙宗儒命出使成都。

趙昌、趙宗儒何年交替爲荆南節度使，史無明文。舊唐書趙昌傳：「元和三年，遷鎮荆南，徵爲太子賓客。及得見，拜工部尚書、兼大理卿。」白居易有除趙昌檢校吏部尚書兼太子賓客制（白氏長慶集卷五四），稱「前荆南節度管內支度營田觀察處置等使、金紫光禄大夫、檢校兵部尚書、兼江陵尹、上柱國、天水郡開國公趙昌」，作於元和四年，時白氏爲左拾遺、翰林學士。可見趙昌回京任太子賓客是在元和四年。舊唐書趙宗儒傳：「尋檢校吏部尚書、守江陵尹、兼御史大夫、荆南節度營田觀察等使……（元和）六年，又入爲刑部尚書。」

趙昌雖然調走，王建仍留任了荆南趙宗儒的幕府從事。

江陵即事：「夜半獨眠愁在遠，北看歸路隔蠻溪」；江陵道中：「菱葉參差萍葉重，新蒲半折夜來風。江村水落平地出，溪畔漁船青草中。」以上詩皆作於江陵。

荆南贈别李肇著作轉韻詩：李肇，兩唐書無傳。新唐書藝文志二著録李肇國史補三卷下注曰：「翰林學士。坐薦柏耆，自中書舍人左遷將作少監。」丁居晦重修承旨學士壁記載李肇元和十三年七月自監察御史充翰林學士，十四年四月遷右補闕，五月加司勳員外郎，長慶元年正月出守本官。又據舊唐書穆宗紀，長慶元年十二月李肇被貶爲澧州刺史。關於李肇早期仕歷，全唐文卷七二一李肇小傳云「元和七年試太常寺協律郎」。其東林寺經藏碑銘并序云：「(元和)七年，博陵崔公以仁和政成，憫默舊績，由是東林以遺功得請篆刻之盛，其成公志。故家府從事李肇爲之文曰。」博陵崔公爲時任江西觀察使的崔芃。舊唐書憲宗紀上：「(元和六年八月)辛巳，以常州刺史崔芃爲洪州刺史、江西觀察使。」又：「(元和七年十一月)己卯，江西觀察使崔芃卒。」大概李肇元和六年由江陵改赴江西從事，元和七年回京爲試太常寺協律郎。此詩至「早歲慕嘉名」句之前說的皆是李肇的事，此句之下則說的是自己。詩云：「兩京二十年，投食公卿間，封章既不下，故舊多慚顔。賣馬市耕牛，卻歸湘浦山。」這是爲李肇而發。又曰：「上宰鎮荆州，敬重同歲遊」，則顯然李肇正在荆南節度使的幕府中任職，帶著作郎銜。唐人稱同年進士登第者爲同年或同歲，前已說過，時荆南節度使爲趙宗儒，遺憾的是，趙宗儒進士及第並無明文，舊唐書趙宗儒傳僅云：「宗儒字秉文，舉進士。」趙璘因話録卷二：「族祖天水昭公，以舊相爲吏部侍郎，考前進士杜元穎弘詞登科，鎮南又奏爲從事。」可知杜元穎亦在荆南趙宗儒幕，疑「同歲」者謂李肇與杜元穎。杜元穎貞元二十一年博學宏詞登第，時趙宗儒正爲吏部侍郎，大概李肇也是於此年博學宏詞登第的。此詩還說：「欣欣還切切，又二千里别。楚筆防寄書，蜀茶憂遠熱。

關山足重疊，會合何事節？莫歎各從軍，且愁歧路分。美人停玉指，離瑟不中聞。争向巴山夜，猿聲滿碧雲。」此詩既爲告别李肇而作，則王建所去之地也可尋出一些線索。既曰蜀茶，又曰巴山，則王建所去之地當是蜀中。故以爲此詩是王建奉趙宗儒之命出使成都府時所作。考王建行蹤者皆以此詩爲王建赴嶺南時與李肇告别之作，未確。王建有寄蜀中薛濤校書，即爲赴蜀途中寄薛濤之作。當時的成都尹、劍南西川節度使爲武元衡，王建與武元衡後來有多首唱和詩，看來二人就是在成都結識的。

寄蜀中薛濤校書：晁公武郡齋讀書志卷一八薛洪度詩一卷：「右唐薛濤字洪度，西川樂妓。工爲詩，當時人多與酬贈。武元衡奏校書郎，大和中卒。」武元衡西川使宅有韋令公時孔雀存焉暇日與諸公同玩座中兼故府賓妓興嗟久之有賦此詩用廣其意詩（全唐詩卷三一六），題中「故府賓妓」即謂薛濤。

傷韋令孔雀詞：韋令爲韋皋。韋皋貞元元年爲成都尹、兼御史大夫、劍南東川節度觀察使，貞元末以擒論莽熱功檢校司徒兼中書令，封南康郡王，永貞元年卒，見兩唐書韋皋傳。武元衡有西川使宅有韋令公時孔雀存焉暇日與諸公同玩座中兼故府賓妓興嗟久之有賦此詩用廣其意，爲武元衡在成都時作。孔雀以及飼養孔雀之池苑皆在成都，王建此詩當亦作於成都。

元和五年(八一〇),四十五歲。在江陵爲荆南節度幕府從事。

王建在江陵尚曾奉使至汝州。江陵使至汝州:「回看巴路在雲間,寒食離家麥熟還。日暮數峰青似染,商人説是汝州山。」便作於此次奉使途中。汝州屬都畿道,在江陵的北方。

江樓對雨寄杜書記:杜書記爲杜元穎。舊唐書杜元穎傳:「元穎,貞元末進士登第,再辟使府。元和中爲右拾遺、右補闕,召入翰林充學士。」可知杜元穎曾累佐使府,祇是舊傳未出使府之名。王建上杜元穎學士「閑曹散吏無相識,猶記荆州拜謁初」,可知王建是在荆州與杜元穎相識的。杜元穎曾爲趙宗儒江陵節度使府從事,見上。

元和六年(八一一),四十六歲。三月,嚴綬接替趙宗儒爲荆南節度使。是年離開江陵,曾回長安,旋返魏博田季安幕。

舊唐書憲宗紀上:「(元和六年三月)丁未,以檢校右僕射嚴綬爲江陵尹、荆南節度使。」嚴綬繼爲荆南節度使時,王建當時尚在江陵,有送司空神童詩可以爲證。「司空」即謂嚴綬。送司空神童詩云:「初年七歲著衫衣。」楊巨源送司徒童子(全唐詩卷三三三):「衛多君子魯多儒,七歲聞天笑舞雩。」元稹贈嚴童子(全唐詩卷四一四),題下注曰:「嚴司空孫,字照郎,十歲能賦詩,往往有奇句,書題有成人風。」詩云:「十歲佩觽嬌稚子」,三詩所寫無疑爲一人,故此可知此神童爲嚴綬之孫。元稹詩之「十歲」與王建、楊巨源詩之「七歲」當有一誤。元稹當時在江陵任士曹參軍,故與嚴綬相熟知。嚴綬鎮江陵爲檢校右僕射,爲山南東道節度使方檢校司空，舊唐書憲宗紀下：「（元和九年九月）以荆南節度使嚴綬檢校司空、襄州刺史、山南東道節度使。」但右僕射亦可稱司空，不必過於拘泥。

但此後不久王建就離開了江陵。

道中寄杜書記：「西南東北暮天斜，巴字江邊楚樹花。珍重荆州杜書記，閑時多在廣師家。」此詩當是王建離開荆州後道中寄杜元穎之作。「西南」指杜元穎在的荆州，「東北」則指王建將要去的魏州，可知王建離開江陵後又赴魏博。大概王建的家就安頓在魏州，這次遠赴嶺南，當是没有帶家眷，故詩中屢有懷鄉之思。

酬張十八病中寄詩：張十八爲張籍。詩云「本性慵遠行，綿綿病自生」，生病者當是王建本人。張籍有喜王六同宿（全唐詩卷三八六），詩云：「十八年來恨别離，唯同一宿詠新詩。更相借問詩中語，共説如今勝舊時。」以貞元九年二人於邢州分手算起，至元和六年恰好爲十八年。王六即王建。張籍與王建此詩當皆作於長安，元和六年張籍在長安爲太常寺太祝，見潘競翰張籍繫年考證。看來王建到京城後生了一場病，顯然與他的到處奔波有關。此詩亦爲王建曾短期在長安之證。

贈王侍御：詩云：「三受主人辟，方出咸陽城。遲疑匪自崇，將顯求賢名。自來掌軍書，無不盡臣誠。何必操白刃，始致海内平。」故以爲此王侍御爲王起。舊唐書王起傳：「起字舉之，貞元十四年擢進士第，釋褐集賢校理。登制策直言極諫科，授藍田尉。宰相李吉甫鎮淮南，以監察充掌書記。入朝爲殿中。遷起居郎。」李吉甫爲淮南節度使在元和三年九月至五年十二月，此詩當作於王起隨李吉甫入朝爲殿中侍御史時，姑定於元和六年。

元和七年（八一二），四十七歲。在魏博幕。

寄分司張郎中：分司張郎中疑爲張季友，貞元八年進士及第。韓愈唐故虞部員外郎張府君墓誌銘（魏懷忠五百家注音辨昌黎先生文集卷二九）：「尚書虞部員外郎安定張君諱季友，字孝權，年五十四，病卒東都……明年，故相趙宗儒鎮荆南，以孝權爲判官，拜監察御史。經二年，拜真御史。明年，分司東臺，轉殿中……遷留司虞部員外郎。（補注：謂分司東都也。）」詩云「江郡遷移猶遠地，仙官榮寵是分司」，與張季友的經歷正合。計其年月，張季友以殿中侍御史分司東都在元和六年，後轉虞部員外郎。王建詩稱張郎中，與張季友爲虞部員外郎有所未合。按：此處大可不必拘泥，王建時在外地，聽説張季友轉官，即寄詩表示祝賀，職銜有差訛，情理之中事。由王建詩看，王建與張季友早就相識，在荆州再次相逢，更加深了二人的友誼。

是年十月，魏博軍政發生變故。舊唐書憲宗紀下：「（元和七年）冬十月乙未，魏博三軍舉其衙將田興知軍州事。時田季安死，子懷諫年十一，爲副大使知軍府事，軍政一決於家僮蔣士則，數易大將，軍情不安。因田興入衙，兵環而劫請，興頓仆於地，軍衆不散。興曰：『欲聽吾命，勿犯副大使。』衆曰：『諾。』但殺蔣士則等十數人而止。即日移懷諫於外，令朝京師。甲辰，以魏博都知兵馬使、兼御史中丞、沂國公田興爲銀青光禄大夫、檢校工部尚書，兼魏州大都督府長史，充魏博節度使。」此次魏博兵變，王建當時正在魏州。留别田尚書詩云「擬報平生未殺身，難離門館起居頻」，可見王建是以田季安、田懷諫故吏的身份被田興起用的。

元和八年（八一三），四十八歲。在魏博田弘正幕。爲昭應縣丞。

是年二月，田興改名弘正。舊唐書田弘正傳：「弘正樂聞前代忠孝立功之事，於府舍起書樓，聚書萬餘卷，視事之隙，與賓佐講論古今言行可否。」王建當亦爲賓佐之一。

是年王建爲昭應縣丞，當即出於田弘正的推薦，或裴度回朝後也幫着做了些工作，才得此職。上裴度舍人詩曰「仙侶何因記名姓，縣丞頭白走塵埃」，可證裴度是出了力的。王建非科第出身，又非望族，衹好長年任外府從事，能回京任畿縣之職，非有力者舉薦，恐不能得此。歸山莊詩云「長安寄食半年餘，重向人邊乞薦書」，可知王建到長安之後約有半年的時間才得到這一職務的。

留别田尚書：詩云：「一代甘爲漳岸老，全家卻作杜陵人。朝天路在驪山下，專望紅旗拜舊塵。」此詩作於赴任昭應縣丞之前與田弘正告别之時，對田弘正的感戴之意溢於言表。後二句是說：企盼着您入朝覲見皇帝的那一天，我必望您的紅旗而拜。

路中上田尚書：「去婦何辭見六親，手中刀尺不如人。可憐池閣秋風夜，愁緑嬌紅一遍新。」作於赴長安的途中。

范攄雲溪友議卷下「瑯琊忤」條稱「王建校書爲渭南尉」，唐才子傳卷四亦云「釋褐授渭南尉，調昭應縣丞」，誤。王建首次任官爲昭應縣丞。初到昭應呈同僚「白髮初爲吏，有慚年少郎」，「昭應官舍」「文案把來看未會，雖書一字甚慚顔」，別楊校書「故作老丞身不避，縣名昭應管山泉」，上裴度舍人「仙侣何因記名姓，縣丞頭白走塵埃」，皆可證王建是做縣丞，縣爲昭應。張籍寄昭應王中丞（全唐詩卷三八四），「中」字爲衍文，岑仲勉讀全唐詩札記已言之。新唐書地理志一京兆府京兆郡：「昭應，次赤。本新豐，垂拱二年曰慶山，神龍元年復故名。有宫在驪山下，貞元十八年置，咸亨二年始名温泉宫。」據新唐書百官志四下：「畿縣……丞一人，正八品下。」「縣令掌導風化，察寃滯，聽獄訟……縣丞爲之貳。」即相當於副縣令。

張籍逢王建有贈即作於此年，詩云「經今三十餘年事，卻説還同昨日時」，以建中四年二人相識算起，至元和八年爲三十一年，正合三十餘年之數。是年張籍在京爲太常寺太祝。

上裴度舍人：舊唐書裴度傳：「（元和）七年，魏博節度使田季安卒，其子懷諫幼年不任軍政，牙軍立小將田興爲留後。興布心腹於朝廷，請守國法，除吏輸常賦，憲宗遣度魏州宣諭……使還，拜中書舍人。九年十月，改御史中丞。」舊唐書憲宗紀下：「（元和七年十一月）乙丑，詔：『田興以魏博請命，宜令司封郎中、知制誥裴度往彼宣慰……。』」爲元和七年十一月事。王建結識裴度即在裴度宣慰魏博時，故任縣丞之後作詩表示感謝。

上武元衡相公：武元衡元和二年正月爲門下侍郎、同平章事，同年八月出爲西川節度使，元和八年三月入朝再爲門下侍郎、同平章事，至元和十年六月爲盗所殺，見新唐書宰相表中。此詩云「旌旗坐鎮蜀江雄」，知作於元和八年武元衡回朝後。

上李吉甫相公：據新唐書宰相表中，元和二年正月己酉，御史中丞武元衡爲門下侍郎，中書舍人李吉甫爲中書侍郎，並同中書門下平章事。至元和三年九月戊戌，李吉甫檢校兵部尚書兼中書侍郎、同平章事，出爲淮南節度使。元和六年正月庚申，吉甫再入爲中書侍郎、同中書門下平章事，直至元和九年十月丙午，薨。此詩當作於元和八年。

和武門下傷韋令孔雀：武門下爲武元衡，元和二年爲門下侍郎、同平章事，出爲成都尹、劍南西川節度使。八年回朝仍爲門下侍郎、同平章事。淮蔡用兵，憲宗委以機務，爲王承宗等所咎。元和十年六月三日將赴朝，爲盗殺於靖安里宅第東北。見兩唐書武元衡傳。韋令爲韋皋，貞元末以擒論莽熱功檢校司徒兼中書令，封南康郡王。卒於永貞元年，見兩唐書韋皋傳。武元衡原作爲西川使宅有韋令公時孔雀存焉暇日與諸公同玩座中兼故府賓妓興嗟久之有賦此詩用廣其意，爲武元衡在成都時作。韓愈有奉和武相公鎮蜀時詠使宅韋太尉所養孔雀（韓昌黎文集卷七），白居易有和武相公感韋令舊池孔雀（白氏長慶集卷一五)，皆作於元和八年，時武元衡已回朝。

十五夜望月寄杜郎中：杜郎中疑爲杜羔。杜羔曾與李益、廣宣聯句，見全唐詩卷七八九，王建當因李益而與杜羔相結識。新唐書杜羔傳：「(杜兼)從弟羔，貞元初及進士第……元和中爲萬年令……未幾，授户部郎中。後歷振武節度使，以工部尚書致仕。」據册府元龜卷一五三，杜羔爲萬年縣令在元和六年，故酌繫此詩於元和八年。白居易有前長安縣令許季同除刑部郎中前萬年縣令杜羔除户部郎中制(白氏長慶集卷五五，岑仲勉白氏長慶集僞文認爲是僞作)。

元和九年(八一四)，四十九歲。爲昭應縣丞。

和門下武相公春曉聞鶯：武相公爲武元衡。武元衡原作春曉聞鶯：「寥寥蘭臺曉夢驚，緑林殘月思孤鶯。猶疑蜀魄千年恨，化作冤魂萬轉聲。」(全唐詩卷三一七)一時和者甚衆，有李益、許孟容、韓愈、楊巨源等，皆作於元和九年春。

唐昌觀玉蕊花：考武元衡、楊凝皆有唐昌觀玉蕊花(分别見全唐詩卷三一七、卷二九〇)，王建此詩當與武元衡同作於元和九年春。康軿劇談録卷下：「上都安業坊唐昌觀舊有玉蕊花，其花每發，若瑶林瓊樹。元和中，春物方盛，車馬尋玩者相繼。忽一日，有女子年可十七八，衣緑繡衣，乘馬，峨髻雙鬟，無簪珥之飾，容色婉約，迥出衆人……時觀者如堵，咸覺煙霏鶴唳，景物輝焕。舉轡百餘步，有輕風擁至，隨之而去。須臾塵滅，望之已在半空，方悟神仙之遊，餘香不散者經月餘日。時嚴給事休復、元相國、劉賓客、白醉吟俱有聞玉蕊院真人降詩。」據舊唐書楊虞卿傳，大和二年，嚴休復爲給事中，則劇談録所云「元和」爲「大和」之誤。嚴休復唐昌觀玉蕊花折有仙人遊悵然成二絶（全唐詩卷四六三），白居易酬嚴給事題下自注：「聞玉蕊花下有遊仙絶句。」（白氏長慶集卷二五）；元稹、劉禹錫、張籍諸作亦皆有「和嚴給事」字樣，他們的詩皆作於大和年間。王建此詩卻無「和嚴給事」字樣，可知與嚴休復詩無關，故定此詩作於元和中。

謝田贊善見寄：韓愈答魏博田僕射書：「奉十一月十二日示問，欣慰殊深。贊善十一郎行，已曾附狀」，魏懷忠五百家注音辨昌黎先生文集卷一九於「十一郎行」下注引孫汝聽曰：「弘正子布、肇、犨、卓、牟、章。」意「贊善」爲田弘正諸子之一，然不詳到底是哪一個。韓愈此文作於元和九年。疑此田贊善指田弘正之兄田融，而非田弘正之子。唐東宫官有左、右贊善大夫。

贈郭將軍：郭將軍爲郭釗。郭釗爲郭曖子、郭子儀孫。舊唐書郭釗傳：「元和初爲左金吾衛大將軍、充左街使，九年十一月，檢校工部尚書、兼邠州刺史、充邠寧節度使。」

哭孟東野二首：孟東野爲孟郊。韓愈貞曜先生墓誌銘（韓昌黎文集卷二九）：「唐元和九年，歲在甲午，八月己亥，貞曜先生孟氏卒……年六十四。」

元和十年（八一五），五十歲。爲昭應縣丞。

寄楊十二祕書：楊十二祕書爲楊巨源。晁公武郡齋讀書志卷一七「楊巨源詩一卷」云：「右唐楊巨源字景山，河中人，貞元五年第進士。爲張弘靖從事，自祕書郎擢太常博士，遷禮部員外郎，出爲鳳翔少尹，復召除國子司業。」白居易有贈楊祕書巨源，朱金城白居易年譜謂元和十年作。元稹亦有和樂天贈楊祕書詩。時楊巨源年事已長，故張籍題楊祕書新居云：「愛閑不向争名地，宅在街西最静坊。卷裏詩過一千首，白頭新受祕書郎。」考楊巨源有辭魏博田尚書出境後感恩戀德因登叢台、和裴舍人觀田尚書出獵、賀田僕射子弟榮拜金吾（皆見全唐詩卷三三三）等詩，皆爲田弘正而作，可知楊巨源曾參田弘正幕府，王建與楊巨源當結識於魏博幕。楊巨源有寄昭應王丞詩，即酬王建之作。

酬盧祕書：盧祕書爲盧拱。元稹酬盧祕書詩序（元氏長慶集卷一二）：「予自唐歸京之歲，祕書郎盧拱作喜遇白贊善詩二十韻，兼以見貽。白時酬和先出，予草蹙未暇，皇（一作盧。岑仲勉讀全唐詩札記：『余按盧未必挑戰，此殆白字訛皇也。』）頻有致師之挑。」白居易酬盧祕書二十韻即同時之作。白又有題盧祕書夏日新栽竹二十韻、戲題盧祕書新移薔薇，皆酬盧拱之作。元稹元和十年正月自唐州召還，月底抵長安，可證其時盧拱正爲祕書郎。白居易與元九書：「如張十八古樂府，李二十新歌行，盧、楊二祕書律詩，竇七、元八絶句……」「盧」即謂盧拱。是書作於元和十年冬，可知至年底盧拱仍爲祕書郎。

上李益庶子：趙璘因話録卷二：「李尚書益，有宗人庶子同名，俱出於姑臧公，時人謂尚書爲『文章李益』，庶子爲『門户李益』，而尚書亦兼門地焉。嘗姻族間有禮會，笑謂家人曰：『大堪笑，今日局席兩個坐頭，總是李益。』」此詩云：「上界詩仙獨自行」，當是文章李益。計有功唐詩紀事卷三〇云李益「左遷右庶子」，是文章李益亦曾爲右庶子。李益爲右庶子當在其任右散騎常侍之前，册府元龜卷四八一：「李益爲右嘗（常）侍，元和十五年入閣失儀，侍御史許康佐奏乖錯，俱待罪，各罰俸一月。」

元和十一年（八一六），五十一歲。爲昭應縣丞。

和錢舍人水植詩：錢舍人爲錢徽。據丁居晦重修承旨學士壁記，錢徽元和三年八月自祠部員外郎充翰林學士，六年四月加本司郎中，八年五月轉司封郎中知制誥，十年七月遷中書舍人，十一年正月出爲太子右庶子。韓愈有奉和錢七兄曹長盆池所植，王元啟讀韓記疑曰：「按公時與錢同官，故稱爲曹長。此詩亦（元和）十一年降官以後作。」諸注家皆無異辭。錢徽原唱爲小庭水植率爾成章，見錢仲聯韓昌黎詩繫年集釋卷九附録。

題柏巖禪師影堂：權德輿唐故章敬寺百巖禪師碑銘并序（權載之文集卷一八）：「師諱懷暉，姓謝氏，東晉流寓，今爲泉州人……於是抵清涼，下幽都，登徂徠，入太行。所至之邦，被蒙發昧。止於太行百巖寺，門人因以百巖號焉。元和三年，有詔徵至京師，宴坐於章敬寺。每歲召麟德殿講論，後以病固辭。十年十二月恬然示滅，其年六十，其夏三十五。

弟子智朗、智操等，以明年正月，起塔於灞陵原。」柏巖即百巖。李益有哭柏巖禪師（全唐詩卷二八三），賈島有哭柏巖和尚（全唐詩卷五七二），柏巖禪師曾游幽州，李益曾居幽州劉濟幕，賈島爲幽州人，李、賈與柏巖顯然是在幽州相識的。王建此詩云「恨不生前識，今朝禮畫身」，看來王建至幽州時柏巖已離去。

送李郎中赴忠州（「李」字各本作「吴」，據文苑英華卷二七五改）：李郎中爲李宣。舊唐書憲宗紀下：「（元和十一年九月）辛未，（貶）屯田郎中李宣爲忠州刺史。」元稹有憑李忠州寄書樂天，白居易有謝李六郎中寄新蜀茶，岑仲勉唐人行第録以爲並指李宣。

昭應官舍（二首）、縣丞廳即事、歸昭應留别城中、昭應官舍書事、昭應李郎中見貽佳作次韻奉酬、書贈舊渾二曹長（「二年同在華清下，入縣門中最近鄰」可證）、奉同曾郎中題石甕寺得嵌韻、題石甕寺、温泉宫行、華清感舊、曉望華清宫、華清宫前柳、逍遥翁溪亭等詩皆當作於爲昭應縣丞的這幾年時間，衹是具體年月無法確定。

太平廣記卷六七崔少玄：「至景申年中，九疑道士王方古，其先瑯琊人也，遊華嶽回，道次於陝郊，時（盧）陲亦客於其郡。因詩酒夜話，論及神仙之事，時會中皆貴道尚德，各徵其異。殿中侍御史郭固、左拾遺齊推、右司馬韋宗卿、王建，皆與崔恭有舊，因審少玄之事於陲。陲出涕泣，恨其妻所留之詩，絶無會者。方古請其辭，吟詠須臾，即得其旨。歎曰：『太無之化，金華大仙，亦有傳於後學哉！』時坐客聳聽其辭，句句解釋，流如貫珠，凡數千言，方盡其義。因命陲執筆，盡書先生之辭，目曰少玄玄珠心鏡。好道之士，家多藏之。」注曰「出少玄本傳」。景（丙）申即元和十一年，是年王建爲昭應縣丞，昭應正處於陝州至長安的路上。太平廣記引此篇不著撰人，明人所編虞初志據廣記録入，撰人署唐王建。此傳後面所提到的幾個人如郭固、齊推、韋宗卿，皆具官銜，唯王建例外，卞孝萱關於王建的幾個問題（文學遺産增刊第八輯，一九六一年）據此以爲此傳的作者即王建。李劍國證而成其説，認爲廣記引文往往將原作第一人稱改爲第三人稱，此傳之「王建」處，疑亦作「余」字，廣記改用其名，虞初志正是據此而署名王建，並非另有别本；並認爲篇名應作崔少玄傳（見唐五代志怪傳奇叙録第二卷，南開大學出版社一九九三年第一版，第三九六頁）。其説可從。

元和十二年（八一七），五十二歲。疑於是年罷昭應縣丞，在京城閑居。

唐六品以下地方官員的任職年限一般是三至四年，期滿就要守選，等候安排新的職位。對此，王勛成唐代銓選與文學一書有詳細的論述。故定此年王建罷昭應縣丞。

寄廣文張博士：韓愈唐故中散大夫少尉監胡良公墓神道碑（韓昌黎全集卷三〇）云「與公婿廣文博士吴郡張籍」，又云胡珦「元和十二年，朝廷以公年老，能自祗力，事職不懈，可嘉，拜少府監兼知内中尚。明年，以病卒」，則元和十三年胡珦卒時張籍已爲廣文博士。張籍患眼（全唐詩卷三八六）：「三年患眼今年校，免與春光使隔生。昨日韓家後園裏，看花猶似未分明。」又閒遊(同上):「老身不計人間事,野寺秋晴每獨過。病眼校來猶斷酒,却嫌行處菊花多。」韓愈遊城南十六首贈張十八助教(錢仲聯韓昌黎詩繫年集釋卷九)亦云:「喜君眸子重清朗,攜手城南歷舊遊。忽見孟生題竹處,相看淚落不能收。」國子監所屬有廣文館,設博士二人。韓愈舉薦張籍狀(韓昌黎全集卷三九),便爲韓愈爲國子祭酒時舉薦張籍爲國子博士而作。又有雨中寄張博士籍侯主簿喜詩。廣文館博士與國子博士不是一職,前者比後者品次要低。可知,張籍實是先爲國子監助教,改廣文館博士,後轉祕書省祕書郎,又被韓愈舉薦爲國子博士。王建此詩云「春明門外作卑官,病友經年不得看。莫道長安近於日,昇天卻易到城難。」「作卑官」者謂自己,當時仍爲昭應縣丞,故末句又云「到城難」。故可定此詩作於元和十二年。時張籍正爲廣文館博士。

贈華州鄭大夫:華州鄭大夫爲鄭權。舊唐書鄭權傳:「(元和)十一年代李遜爲襄州刺史、山南東道節度使,十二年,轉華州刺史、潼關防禦、鎮國軍使,十三年遷德州刺史、德棣滄景節度使。」又憲宗紀下:「(元和十三年二月庚辰)以華州刺史鄭權爲德州刺史、横海軍節度、德棣滄景觀察使。」

上崔相公:崔相公爲崔群。據新唐書宰相表中,元和十二年七月丙辰,户部侍郎崔群爲中書侍郎、同中書門下平章事,至元和十四年十二月己卯,群罷爲湖南觀察使。

東征行:詩云:「桐柏水西賊星落,梟雛夜飛林木惡。相國刻日波濤清,當朝自請東南征。舍人爲賓侍郎副，曉覺蓬萊欠佩聲。」顯然是寫裴度自請受命征討淮西吴元濟事。舊唐書憲宗紀下：「（元和十二年七月）丙辰，制以中書侍郎平章事裴度守門下侍郎、同平章事，使持節蔡州諸軍事、蔡州刺史、充彰義軍節度使、申光蔡觀察處置等使，仍充淮西宣慰處置使。……以刑部侍郎馬總兼御史大夫，充淮西行營諸軍宣慰副使。以太子右庶子韓愈兼御史中丞，充彰義軍行軍司馬。以司勳員外郎李正封、都官員外郎馮宿、禮部員外郎李宗閔皆兼侍御史，爲判官、書記，從度出征。」詩之相國即指裴度，侍郎謂馬總，舍人謂韓愈，此前韓愈曾官中書舍人。

贈李愬僕射二首：二詩皆寫李愬淮西之功，可知作於平定吴元濟後不久。元和十二年十月，隨唐節度使李愬率師攻入蔡州，擒吴元濟，淮西平。

元和十三年（八一八），五十三歲。爲太府寺丞。

酬柏侍御聞與韋處士同遊靈臺寺見寄、酬柏侍御答酒：二詩之柏侍御爲柏元封。靈臺寺在渭南。宋敏求長安志卷一七：「靈臺山在（渭南）縣東南三十五里。」詩云：「縣中賢大夫，一月前此遊。賽神賀得雨，豈暇多停留。二十韻新詩，遠寄尋山儔。」可知柏侍御時爲渭南縣令。周紹良等主編唐代墓誌彙編續集大和〇三八郭捐之撰唐故中散大夫守衛尉卿上柱國賜紫金魚袋贈左散騎常侍魏郡柏公（元封）墓誌銘并序：「袁公滋鎮白馬……辟書繼至。公以袁公德可依，諾其請，奏授左金吾衛兵曹參軍，充節度推官。尋以嘉畫轉支使，明年遷觀察判官。而薛太保代袁公鎮白馬，乞留公……遷大理評事，攝監察御史。……明年，轉監察御史裏行，充節度判官。尋加殿中侍御史内供奉，仍賜緋魚袋。府罷，授京兆府渭南縣令。」薛太保爲薛平。舊唐書薛平傳：「元和七年，淮西用兵，自左龍武大將軍授兼御史大夫、滑州刺史、鄭滑節度觀察等使。……居鎮六年，入爲左金吾大將軍。」則薛平元和十三年罷滑州刺史、義成軍節度使。柏元封爲渭南縣令亦在此年。侍御爲柏元封舊官銜。前詩之韋處士即王建送韋處士老舅之老舅，亦居渭南。（柏侍御之考見陶敏全唐詩人名彙考）

雲溪友議卷下、唐才子傳卷四皆云王建曾爲渭南尉，此記不確，上述二詩亦不能證王建曾爲渭南尉。酬柏侍御聞與韋處士同遊靈臺寺見寄曰「聞」，可知王建不在渭南；詩又曰「相將長無因，從此生離憂」，可知王建不在渭南爲職，故不得一同聚遊。再説，縣尉比縣丞的品秩低，王建先爲縣丞，再爲縣尉，於情理亦不合。

王建爲太府寺丞，其初授太府丞言懷已自道之。詩云：「除書亦下屬微班，喚作官曹便不閑。檢案事多關市井，聽人言不在雲山。……此去仙宫無一里，遥看松樹衆家攀。」新唐書百官志三太府寺：「掌財貨、廪藏、貿易，總京都四市、左右藏、常平七署。凡四方貢賦、百官俸秩，謹其出納。」「丞四人，從六品上。掌判寺事。」這是個財經部門，太府寺丞的工作相當於今天的會計和出納。王建元和十三年爲太府寺丞，由其留别張廣文詩可證，詩云「謝恩身入鳳凰城，亂定相逢合眼明」，「亂定」指去年十月平定淮西吴元濟叛亂事，「眼明」指張籍眼病新愈。元和十三年，王建新授太府寺丞，故云「謝恩身入鳳凰城」。

留别張廣文：詩云：「謝恩身入鳳凰城，亂定相逢合眼明。千萬求方好將息，杏花寒食的同行。」「謝恩身入鳳凰城」者謂自己，時王建新授太府寺丞。張籍元和十年冬爲國子監助教，病眼三年，一度罷官閑居，元和十五年轉官祕書省祕書郎，長慶元年春爲國子博士（見潘競翰張籍繫年考證，安徽師範大學學報一九八一年第二期）。然云張籍轉官校書郎，誤）。據前考，張籍其實是先爲國子監助教，改廣文館博士，後轉祕書省祕書郎，又被韓愈舉薦爲國子博士。王建此詩云「亂定」，指平定淮西亂事，故可判定此詩作於元和十三年。時張籍仍爲廣文館博士。廣文館博士與國子博士不是一職。

題元郎中新宅：元郎中爲元宗簡。白居易故京兆元少尹文集序（白氏長慶集卷六八）：「居敬姓元，名宗簡，河南人。自舉進士，歷御史府、尚書郎，訖京兆亞尹，二十年。」又有潯陽歲晚寄元八郎中庾三十三員外、答元八郎中楊十二博士等詩，俱係在江州酬元宗簡之作，約於元和十三年元宗簡已官郎中。元稹有元宗簡授京兆少尹制，可知長慶元年元宗簡轉官京兆少尹。張籍和左司元郎中秋居十首其七（全唐詩卷三八四）：「爲郎凡幾歲，已見白髭鬚。」白居易予與故刑部李侍郎早結道友以藥術爲事與故京爪元尹晚爲詩侶有林泉之期周歲之間二君長逝李住曲江之北元居昇平西追感舊遊因貽同志（白氏長慶集卷一九）,可知元宗簡居長安昇平坊。楊巨源有和元員外題昇平新齋詩。

别楊校書：楊校書爲楊茂卿。姚合有寄楊茂卿校書（全唐詩卷四九七）,楊巨源有贈從弟茂卿（全唐詩卷三三三）,題下注曰：「時欲北遊。」詩曰：「鄴中更有文章盟」,可知當時楊茂卿欲赴魏博。楊牢唐故文林郎國子助教楊君（宇）墓誌銘（周紹良主編唐代墓誌彙編大中〇五九）：「皇考諱茂卿,字士蕤,元和六年登進士科。天不福文,故位不稱德,止於監察御史,仍帶職賓諸侯。」新唐書李甘傳：「始,河南人楊牢,字松年,有至行,甘方未顯,以書薦於尹曰：『執事之部孝童楊牢,父茂卿,從田氏府,趙軍反,殺田氏,茂卿死。牢之兄蜀,三往索父喪,慮死不果至。牢自洛陽走常山二千里,號伏叛壘,委髮羸骸,有可憐狀。讎意感解,以尸還之。』」可知楊茂卿爲魏博節度使田弘正從事,後從田弘正死於鎮州王庭湊之叛。王建此詩與楊巨源贈從弟茂卿當作於一時,蓋茂卿欲赴河北魏博田弘正幕府,王、楊則剛由北地歸來,故作詩留别。

上杜元穎學士（「學士」詩集誤作「相公」,此據文苑英華卷二五四）：舊唐書杜元穎傳：「元和中爲右拾遺、右補闕,召入翰林充學士。」丁居晦重修承旨學士壁記：「杜元穎元和十二年□月十三日自太常博士充。二十日,改右補闕。（十三年二）月十八日,賜緋。……長慶元年二月十五日,以本官拜平章事。」李肇翰林志：「元和十二（三）年,肇自監察御史入,明年四月,改左補闕,依舊職守,中書舍人張仲素、祠部郎中知制誥段文昌、司勳員外郎杜元穎、司門員外郎沈傳師在焉。」此詩王建自稱「閑曹散吏無相識」，當爲初任太府寺丞時事，故酌繫是年。

賀楊巨源博士拜虞部員外：楊巨源，兩唐書無傳，其生平事蹟略見辛文房唐才子傳卷五。巨源爲太常博士當在元和十年後，有同太常尉遲博士闕下待漏詩，即爲官太常博士時所作。尉遲博士則爲尉遲汾。舊唐書張仲方傳：「時太常定（李）吉甫謚爲恭懿，博士尉遲汾請敬憲。」李吉甫卒元和九年，大致可知尉遲汾與楊巨源官太常博士之年。白居易有答元八郎中楊十二博士，楊十二博士即爲楊巨源，詩作於元和十三年，是年又有聞楊十二新拜省郎遥以詩賀，則元和十三年巨源自太常博士遷虞部員外郎，王建詩亦作於此時。（以上參朱金城白居易年譜元和十年酬楊祕書巨源詩箋。）

贈盧汀諫議：魏懷忠五百家注音辨昌黎先生文集卷五韓愈酬司門盧四兄雲夫院長望秋作引集注曰：「盧四名汀，公詩有和虞部盧四汀酬翰林錢七徽赤藤杖歌，又有和盧郎中寄示送盤谷子詩，又有和庫部盧四兄元日朝回，又有早赴行香贈盧李二中舍，又有酬盧給事曲江荷花行。雲夫，貞元元年進士，新、舊史無傳，以此數詩考之，歷虞部、司門、庫部郎曹，遷中書舍人，爲給事中，其後莫知所終矣。」考孟郊有送盧汀侍御歸天德幕（全唐詩卷三七九），姚合有酬盧汀諫議（全唐詩卷五〇一），可知盧汀還曾任天德軍幕職及諫議大夫。魏本五百家注音辨昌黎先生文集卷七奉酬盧給事雲夫四兄曲江荷花行見寄并呈上錢七兄閣老張十八助教「我今官閑得婆娑」注：「樊（汝霖）曰：公時自中書舍人降太子右庶子。」韓愈爲太子右庶子在元和十一年五月，可知當時盧汀已爲給事中。新唐書百官志二門下省：「左諫議大夫四人，正四品下」，「給事中四人，正五品上」。則盧汀官諫議大夫當在給事中後，姑繫元和十三年。

贈崔杞駙馬：新唐書宰相世系表二下博陵二房崔氏：「杞，駙馬都尉。」同書諸帝公主傳：「（順宗女）東陽公主始封信安郡主，下嫁崔杞。」此詩姑繫是年。

贈田將軍：田將軍爲田布。田布爲田弘正子。舊唐書田布傳：「淮西平，拜左金吾衛大將軍、兼御史大夫。」舊唐書憲宗紀下：「（元和十二年十一月）以魏博行營兵馬使田布爲右金吾衛將軍，皆賞破賊功也。」

贈胡証將軍、和胡將軍寓直：胡將軍亦爲胡証。舊唐書胡証傳：「証，貞元中繼登科，咸寧王渾瑊辟爲河中從事……田弘正以魏博內屬，請除副貳，乃兼御史中丞、充魏博節度副使，仍兼左庶子……（元和）九年，以党項寇邊，以証有安邊才略，乃授單于都護、御史大夫、振武軍節度使……十三年，徵爲金吾大將軍，依前兼御史大夫。」

贈李愬僕射：詩曰：「獨破淮西功業大，新除隴右世家雄。」據舊唐書李愬傳，淮西吳元濟平，李愬以功授檢校尚書左僕射、兼襄州刺史、山南東道節度、襄鄧隋唐復郢均房等州觀察等使。憲宗有意復隴右故地，元和十三年五月，授愬鳳翔隴右節度使。未發，屬李師道叛，乃移愬爲徐州刺史、武寧軍節度使，代其兄李愿，兄弟交换岐、徐二鎮。故知此詩作於元和十三年。

元和十四年（八一九），五十四歲。仍爲太府寺丞。

送遷客：據首句「萬里潮州一逐臣」，此遷客爲貶謫潮州者。舊唐書憲宗紀下：「（元和十四年正月丁亥）迎鳳翔法門寺佛骨至京師，留禁中三日，乃送詣寺。王公士庶奔走捨施如不及。刑部侍郎韓愈上疏極陳其弊，癸巳，貶愈爲潮州刺史。」貶潮州者除韓愈外，前有常衮，在德宗大曆十四年，後有楊嗣復，在武宗會昌元年。前太早，後太遲，故此貶潮州者祇能是韓愈。

寄賀田侍中東平功成：詩云：「使回高品難城傳，親見沂公在陣前。」可知田侍中謂田弘正，所賀爲平淄青李師道事。舊唐書田弘正傳：「（元和）十三年，王師加兵於鄆，詔弘正與宣武、義成、武寧、横海等五鎮之師會軍齊進……十四年三月，劉悟以河上之衆倒戈入鄆，斬師道首，詣弘正請降，淄青十二州平。論功加檢校司徒、同中書門下平章事。是年八月，弘正入覲，憲宗待之隆異，對於麟德殿，參佐將校二百餘人皆有頒賜。進加檢校司徒、兼侍中，實封三百户。」

送裴相公上太原：裴相公爲裴度。舊唐書憲宗紀下：「（元和十四年四月）丙子，制金紫光禄大夫、門下侍郎、同中書門下平章事，兼弘文館大學士、上柱國、晉國公、食邑三千户裴度可檢校左僕射，兼門下侍郎、平章事、太原尹、北都留守，充河東節度觀察處置等使。」

和裴相公道中贈别張相公：裴相公爲裴度，張相公爲張弘靖。元和十四年四月，裴度爲太原尹、河東節度使以替張弘靖，徵弘靖入朝。五月，弘靖爲吏部尚書。據王建詩意，裴度與張弘靖相遇於赴太原的途中，裴度先有道中贈别張弘靖詩，然已不存。

上張弘靖相公：新唐書宰相表中：「（元和九年）六月壬寅，河中節度使張弘靖爲刑部尚書、同中書門下平章事。」「（元和十一年）正月己巳，弘靖罷。」出爲檢校吏部尚書、河東節度使，至元和十四年五月入朝爲吏部尚書。此詩云「傳聞三世盡河東」，張弘靖父張延賞曾爲太原少尹、兼行軍司馬、北都副留守，祖張嘉貞曾爲并州大都督府長史，弘靖又爲河東節度使，故云「三世」，亦可知此詩作於元和十四年五月張弘靖入朝爲吏部尚書時。

田侍中宴席：田侍中爲田弘正。據舊唐書田弘正傳，元和十四年八月田弘正入覲，憲宗待之隆異，進加檢校司徒、兼侍中，實封三百户。詩曰：「雖爲沂公門下客，争將肉眼看雲天。」此詩作於田弘正入覲時，於其子田布家設宴席，王建是以故吏的身份參加的。

田侍中歸鎮八首：田侍中仍爲田弘正。此一組詩作於田弘正歸魏州時。舊唐書田弘正傳：「弘正三上章願留闕下，憲宗勞之曰：『昨韓弘至朝，稱疾懇辭戎務，朕不得不從。今卿復請留，意誠可尚，然魏土樂卿之政，鄰境服卿之威，爲我長城，不可辭也，可亟歸藩。』」

朝天詞十首寄上魏博田侍中：田侍中爲田弘正。此一組詩當作於田弘正歸魏州之後。

元和十五年（八二〇），五十五歲。仍爲太府寺丞。

送振武張尚書：振武張尚書爲張惟清。此詩云「回天轉地是將軍」，可知此張尚書是由衛將軍出爲振武軍節度使的。舊唐書穆宗紀：「（元和十五年正月）丙寅，以右神策大將軍張維清爲單于大都護、充振武麟勝節度使。」新唐書地理志一關内道豐州九原郡：「東受降城，景雲三年，朔方軍總管張仁愿築三受降城。寶曆元年，振武節度使張惟清以東城濱河，徙置綏遠烽南。」張惟清即張維清。

寄上韓愈侍郎：詩云「重登太學領儒流」，舊唐書韓愈傳：「（元和）十五年，徵爲國子祭酒，轉兵部侍郎。」舊唐書穆宗紀：「（長慶元年七月庚申）以國子祭酒韓愈爲兵部侍郎。」可知此詩作於長慶元年韓愈初爲兵部侍郎時。

和元郎中從八月十一至十五夜翫月五首：此元郎中爲元稹。舊唐書元稹傳：「長慶初，（崔）潭峻歸朝，出稹連昌宮詞等百餘篇奏御，穆宗大悦，問稹安在？對曰：『今爲南宮散郎。』即日轉祠部郎中知制誥。」元稹爲祠部郎中知制誥實爲元和十五年五月事，長慶元年正月正拜中書舍人、翰林承旨學士。白居易元稹除中書舍人翰林學士賜紫金魚袋制（白氏長慶集卷五〇）：「尚書祠部郎中知制誥賜緋魚袋元稹，去年夏拔自祠曹員外，試知制誥……」可知元稹爲祠部郎中知制誥在元和十五年。元稹有八月十四日夜玩月一首(全唐詩卷四二三),其餘當已散佚,王建此五首即酬元稹之作。

送魏州李相公:魏州李相公爲李愬。舊唐書穆宗紀:「(元和十五年十月乙酉)以昭義節度使、檢校尚書左僕射、同中書門下平章事李愬可本官,爲魏州大都督府長史、充魏博等州節度觀察等使。」

穆宗長慶元年(八二一),五十六歲。是年轉官祕書郎。

唐才子傳卷四云王建「諸司歷薦,遷太府寺丞、祕書丞、侍御史」。於太府寺丞與祕書丞之間漏載祕書郎一職。王建爲祕書郎見白居易授王建祕書郎制(文苑英華卷四〇〇、全唐文卷六五七),制云:「敕,太府丞王建,太府丞與祕書郎,品秩同而禄廪一。今所轉移者,欲職得宜而才適用也。詩人之作麗以則,建爲文近之矣。故其所著章句,往往在人口中,求之流輩,亦不易得。帑藏之吏,非爾官也。而翱翔書府,吟詠祕閣,改命是職,不亦可乎。可祕書郎。」此制作於長慶元年白居易爲主客郎中知制誥時,白氏又有寄王祕書詩(白氏長慶集卷一九),可與此制相證。新唐書百官志二祕書省:「監掌經籍圖書之事,領著作局。」「祕書郎三人,從六品上,掌四部圖籍。」太府寺丞也是從六品上,與此制所云「品秩同而禄廪一」者相合。看來將王建由掌管財經的太府寺轉官掌管圖籍的祕書省是爲了才盡其用。

太和公主和蕃：舊唐書穆宗紀：「(長慶元年五月)皇妹太和公主出降回紇登羅骨没施合毗伽可汗，甲子，命金吾大將軍胡証充送公主入回紇使，兼册可汗。又以太府卿李鋭爲入回紇婚禮使。」新唐書諸帝公主傳憲宗十八女：「定安公主，始封太和，下嫁回鶻崇德可汗，會昌三年來歸。」

和蔣學士新授章服：蔣學士爲蔣防。據丁居晦重修承旨學士壁記，蔣防長慶元年十一月十六日自右補闕充，二十八日賜緋；二年十月九日，加司封員外郎；三年三月一日，加知制誥；四年二月六日，貶汀州刺史。王建此詩當作於長慶元年十一月，爲賀蔣防賜緋作。

長慶二年(八二二)，五十七歲。仍爲祕書郎。

送嚴大夫赴桂州：嚴大夫爲嚴謩。舊唐書穆宗紀：「(長慶二年四月)丁亥，以祕書監嚴謩爲桂管觀察使。」「謩」爲「謩」之誤。白居易嚴謨可桂管觀察使制(白氏長慶集卷五一)，稱「朝議大夫、前守祕書監、驍騎尉、賜紫金魚袋嚴謨」，可證。謨同謩。大唐傳載：「李相國程執政時，嚴謩、嚴休復皆在南省，有萬年令闕，人多屬之，李公云：『二嚴不如謩。』」岑仲勉唐史餘瀋卷三謂李程爲相在長慶四年至寶曆二年，當時嚴謩已出爲桂管觀察使，約四年底卒於桂管任上，唐尚書省郎官石柱題名户部員外郎有嚴謩，推其年代，正在長慶間，故大唐傳載之「嚴謩」爲「嚴謩」之訛，甚是。韓愈、白居易、張籍皆有送嚴大夫赴桂州詩。

雲溪友議卷下「瑯琊忤」條：「王建校書爲渭南尉，作宮詞，元丞相亦有此句，河南、渭南合成二首矣。……渭南先祖內官王樞密盡宗人之分，然彼我不均，後懷輕謗之色。忽因過飲，語及桓靈信任中官，多遭黨錮之罪，而起興廢之事。樞密深憾其譏，詰曰：『吾弟所有宮詞，天下皆誦於口，禁掖深邃，何以知之？』建不能對。元公親承聖旨，令隱其文。朝廷以爲孔光不言温樹，何其慎靜乎！二君將遭奏劾，爲詩以讓之，乃脱其禍也。建詩曰：『先朝行坐鎮相隨，今上春宮見長時。脱下御衣偏得著，進來龍馬每教騎。常承密旨還家少，獨奏邊情出殿遲。不是當家頻向説，九重爭遣外人知？』」此等小説家言，本不必認真對待。如王建未曾爲校書郎，也未曾爲渭南尉，此云「王建校書爲渭南尉」，便已與事實不符。然與王守澄的一段經歷，則是可信的。內官王樞密即王守澄，舊唐書宦官傳王守澄：「王守澄，元和末宦官。憲宗疾大漸，內官陳弘慶等弒逆……時守澄與中尉馬進潭、梁守謙、劉承偕、韋元素等定册立穆宗皇帝。長慶中，守澄知樞密事。」則王建與王守澄的這一段經歷當發生在長慶年間，時王守澄爲樞密使。其中所提到的「元公親承聖旨」之元公爲元稹，長慶元年爲翰林學士、知制誥，二年二月拜平章事，六月出爲同州刺史。所述大體也符合當時的情況。

長慶三年（八二三），五十八歲。是年轉官祕書丞。

張籍酬祕書王丞見寄（全唐詩卷三八五）詩云：「相看頭白來城闕，卻憶漳溪舊往還。今體詩中偏出格，常參官裏每同班。街西借宅多鄰水，馬上逢人亦説山。芸閣水曹雖最冷，與君長喜得身閑。」芸閣指祕書省，水曹指尚書水部的郎官，當時張籍爲水部員外郎。詩題稱王建爲祕書王丞，可證當時王建已爲祕書丞。賈島酬張籍王建（全唐詩卷五七四）：「身是龍鍾應是分，水曹芸閣枉來篇」，水曹謂張籍，芸閣謂王建。長慶二年張籍出使時已爲水部員外郎，見白居易逢張十八員外籍「白髮江城守，青衫水部郎」（白氏長慶集卷二〇），爲白居易長慶二年出守杭州時作。故酌定王建轉官祕書丞在長慶三年。據新唐書百官志二祕書省：「丞一人，從五品上。」可見官品比祕書郎略有升遷。

送鄭權尚書赴南海：韓愈送鄭尚書序（韓昌黎文集卷二一）：「長慶三年四月，工部尚書鄭公爲刑部尚書、兼御史大夫，往踐其任……及是命，朝廷莫不悦。將行，公卿大夫苟能詩者，咸相率爲詩，以美朝政，以慰公南行之思。韻必以來字者，所以祝公成政而來歸疾也。」又有詩送鄭尚書赴南海（同上卷一〇）；張籍亦有送鄭尚書出鎮南海詩，題下注：「各用來字。」（全唐詩卷三八四）皆作於一時。

長慶四年（八二四），五十九歲。仍爲祕書丞。

韓愈玩月喜張十八員外以王六祕書至，魏懷忠五百家注音辨昌黎先生文集引樊汝霖曰：「公長慶四年夏，以病在告。至八月滿百日，免吏部侍郎。張籍祭詩云：『中秋十六夜，魄圓天差晴。公既相邀留，坐語於階楹。』此詩首言『前夕雖十五，月長未滿規』，則十六夜作此明矣。此正與籍詩合。」以爲韓愈是詩作於長慶四年，甚是。此詩可證至長慶四年張籍仍爲水部員外郎，王建仍爲祕書丞。

敬宗寶曆元年（八二五），六十歲。仍爲祕書丞。此後曾短期閑居。

張籍賀祕書王丞南郊攝將軍（全唐詩卷三八五）曰：「正初天子親郊禮，詔攝將軍領衛兵。斜帶銀刀入黃道，先隨玉輅到青城。」舊唐書敬宗紀：「寶曆元年春正月乙巳朔。辛亥，親祀昊天上帝於南郊，禮畢，御丹鳳樓，大赦，改元寶曆元年。」當即此年事。所謂攝將軍，即代行將軍的職責。將軍負責皇帝的保衛工作以及維持秩序。

王建辭官之事，是從友人寄贈的作品之中推測出來的。朱慶餘題寄王祕書（全唐詩卷五一四）：「唯求買藥價，此外更無機。扶病看紅葉，辭官著白衣。斷籬通野徑，高樹蔭鄰扉。時復留僧宿，餘人得見稀。」所寫顯然是王建辭官後的生活情景，何況「辭官著白衣」已明確地道出了辭官。王建早年就曾求仙訪道，從軍後寄山中友人「愛仙無藥住溪貧」、山中寄及第故人「歸我學仙方」，皆可證。張籍贈王祕書（全唐詩卷三八五）：「不曾浪出謁公侯，唯向花間水畔遊。每著新衣看藥灶，多收古器在書樓。有官祇作山人老，平地能開洞穴幽。自領閑司了無事，得來君處喜相留。」此詩寫在王建猶爲祕書丞時，但已可見王建煉藥、修道、求仙的生活情況了。姚合送王建祕書往渭南莊（全唐詩卷四九六）：「白髮芸閣吏，羸馬月中行。莊僻難尋路，官閑易出城。看山多失飯，過寺故題名。秋日田家作，唯添集卷成。」此詩亦作於王建爲祕書丞時，芸閣即謂祕書省。由此詩可知王建家在渭南。渭南亦爲畿縣。

送吴諫議上饒州：吴諫議爲吴丹。白居易故饒州刺史吴府君（丹）神道碑銘并序（白氏長慶集卷六九）：「官歷正字、協律郎、大理評事、監察、殿中侍御史、太子舍人、水部庫部員外郎、都官駕部郎中、諫議大夫、大理少卿、饒州刺史……寶曆元年六月某日薨於饒州官次。」吴丹好神仙之術，白氏碑銘云：「既冠，喜道書，奉真籙，每專氣入静，不粒食者累歲。顥氣充而丹田澤，飄然有出世心。」雍陶有哭饒州吴諫議使君（全唐詩卷五一八），亦爲吴丹，云：「神仙難見青騾事，諫議空留白馬名。」王建詩云「鄱陽太守是真人」，皆云其好神仙。其爲饒州刺史亦爲寶曆元年事。

寄汴州令狐相公：汴州令狐相公爲令狐楚。令狐楚穆宗長慶四年九月爲檢校禮部尚書、汴州刺史、充宣武軍節度使，直至文宗大和二年十月入京爲户部尚書，見兩唐書令狐楚傳、舊唐書穆宗紀與文宗紀上。

贈閻少保：閻少保爲閻濟美。閻濟美曾爲福建觀察使、浙西觀察使、潼關防禦使等，舊唐書良吏傳下閻濟美：「以工部尚書致仕，接以恩例，累有進改。及歿於家，年九十餘。」

舊唐書敬宗紀：「（寶曆元年五月）丙寅，太子少傅致仕閻濟美卒。」此詩云：「髭鬚雖白體輕健，九十三來卻少年」，姑繫於寶曆元年。張籍亦有贈閻少保詩。

寶曆二年（八二六），六十一歲。爲殿中侍御史。曾知右巡至洛陽。

唐才子傳卷四云王建曾爲侍御史，張籍有寄王六侍御（全唐詩卷三八五），此王六侍御即王建，亦可證王建曾爲侍御。詩云：「漸覺近來筋力少，難堪今日在風塵。誰能借問功名事，祇自扶持老病身。貴得藥資將助道，肯嫌家計不如人。洞庭已置新居處，歸去安期與作鄰。」大概王建曾一度準備歸老洞庭，故曰「洞庭已置新居處」。賈島答王建祕書（全唐詩卷五七二）「信來漳浦岸，期負洞庭波」，亦可證。唐侍御史、殿中侍御史皆可稱侍御。趙璘因話録卷五：「御史臺三院：一曰臺院，其僚曰侍御史，衆呼爲端公，見宰相及臺長，則曰某姓侍御，知雜事，謂之雜端……二曰殿院，其僚曰殿中侍御史，衆呼爲侍御，見宰相及臺長雜端，則曰某姓殿中。最新入，知右巡，已次知左巡，號兩巡使，所主繁劇……三曰察院，其僚曰監察御史，衆呼亦曰侍御，見宰相及臺長雜端，則曰某姓監察。」那麽王建是任侍御史呢還是殿中侍御史？抑或是監察御史？王建外按詩云：「夾城門向野田開，白鹿非時出洞來。日暮秦陵塵土起，從東外按使初回。」秦陵在驪山附近，「從東」可知王建巡使是向洛陽方向，「初」字又可知王建此次是初次出巡。顯然作於知巡回京之時。殿中侍御史知左右巡，新唐書百官志三：「監察御史分日直朝堂……開元七年，又詔隨仗入閤，分左右巡，糾察違失。左巡知京城内，右巡知京城外，盡雍、洛二州之境，月一代……其後，以殿中掌左右巡，尋以務劇，選用京畿縣尉。」可知殿中侍御史知巡事，右巡直至洛陽。據王建外按詩，可定王建所任爲殿中侍御史，且知右巡。又據王建自傷：「衰門海内幾多人，滿眼公卿總不親。四授官資元七品，再經婚娶尚單身。圖書亦爲頻移盡，兄弟還因數散貧。獨自在家常似客，黄昏哭向野田春。」所謂「四授官資元七品」，指任太府寺丞、祕書郎、祕書丞、殿中侍御史四職。此詩即作於爲殿中侍御史之時，七品即其現任官品。新唐書百官志三御史臺：「殿中侍御史九人，從七品下。」故定王建再次爲官是任殿中侍御史。由從五品上之祕書丞爲從七品下之殿中侍御史，左遷如此之劇，以致頗有人致疑於此。其實此前王建曾一度罷官閑居，再徵爲殿中侍御史，官品有所下降，情理可通。

王建曾知右巡至洛陽是由王建洛中張籍新居詩定出的。此詩云：「最是城中閒静處，更回門向寺前開。云山且喜重重見，親故應須得得來。借倩學生排藥合，留連處士乞松栽。自君移到無多日，牆上人名滿緑苔。」張籍則有贈王侍御（全唐詩卷三八五），此王侍御即爲王建。詩云：「心同野鶴與塵遠，詩似冰壺見底清。府縣同趨昨日事，升沉不改故人情。上陽春晚蕭蕭雨，洛水寒來夜夜聲。自歎獨爲折腰吏，可憐驄馬路傍行。」詩中提到上陽宫與洛水，上陽宫即在洛陽，此詩作於洛陽是毫無疑問的。問題是張籍何時到的洛陽。長慶四年八月張籍偕王建同訪韓愈，時張爲水部員外郎，王爲祕書丞。張籍祭退之云「籍受新官詔，拜恩當入城」，同韓侍郎南溪夜賞云「忽聞新命須歸去」，可知張籍正有新的任命。又據送李司空赴鎮襄陽，此李司空爲李逢吉，寶曆二年十一月爲山南東道節度使，可知至寶曆二年底張籍已回到京城。則張籍在洛陽任職的時間自長慶四年底至寶曆二年底。（以上參遲乃鵬張籍王建交遊考述商榷，文學遺産一九九八年第三期）。

尋補闕舊宅：詩曰：「知得清名二十年，登山上阪乞新篇。」補闕指李渤。舊唐書李渤傳：「隱於嵩山，以讀書業文爲事。元和初，户部侍郎鹽鐵轉運使李巽、諫議大夫韋況更薦之，以山人徵爲左拾遺，渤托疾不赴，遂家東都。……九年，以著作郎徵之，詔曰：『特降新恩，用清舊議。』渤於是赴官。歲餘，遷右補闕……十二年，遷贊善大夫。」李渤舊宅在洛陽，此詩爲王建知右巡至洛陽作。李渤元和初得名，至寶曆二年，與詩「知得清名二十年」正合。（補闕謂李渤參陶敏全唐詩人名彙考）

文宗大和元年（八二七），六十二歲。轉官太常寺丞。

王建曾爲太常寺丞，張籍詩使至藍溪驛寄太常王丞（全唐詩卷三八四）可證。關於這首詩的寫作時間，因白居易有長慶二年七月至中書舍人出守杭州路次藍溪作（白氏長慶集卷八），作於赴杭州的途中，亦提到藍溪。白居易又有逢張十八員外籍云：「白髮江城守，青衫水部郎，客亭同宿處，忽似夜歸鄉。」則是張籍歸長安途中與赴杭州的白居易相遇，張籍的這次出使是在長慶二年、官爲水部員外郎，從而可知，朱金城白居易年譜、卞孝萱張籍簡譜（安徽史學通訊一九五九年第四、五期合刊）和潘競翰張籍繫年考證（安徽師範大學學報一九八一年第二期）都是這樣來確定的，認爲此年張籍由國子博士除水部員外郎，張籍的詩也提到藍溪，即作於此次出使之時，則可知此時王建已爲太常寺丞。但長慶二年之説實不足據，因劉禹錫送王司馬之陝州題下注「自太常丞授」，是王建由太常丞出爲陝州司馬的，故絶不可能長慶二年就已爲太常寺丞。遲乃鵬張籍王建交遊考述商榷認爲王建爲太常丞是在大和元年，甚是。以下所述即爲遲乃鵬的見解。張籍於長慶二年確曾以水部員外郎的身分出使，但這絶不是張籍的唯一一次出使。大和元年張籍以主客郎中的身分也曾出使江陵，考張籍有使回江陵留别李司空，此李司空爲李逢吉，據舊唐書敬宗紀及文宗紀上，寶曆二年十一月至大和二年十月李逢吉檢校司空同平章事爲襄州刺史、山南東道節度使、臨漢監牧使，張籍詩稱李逢吉爲李司空，此詩衹能作於此期間，而不可能是元和十五年至長慶二年李逢吉爲山南東道節度使之時。張籍詩云「回首吟新句，霜雲滿楚城」，可知時令爲秋季。張於大和二年已爲國子司業，無由出使，衹能是大和元年。其使至藍溪驛寄太常王丞詩即作於大和元年，爲出使江陵行至藍溪驛時所作。藍溪驛爲通往秦嶺南的必經之路，史記封禪書張守節正義引括地志：「灞水，古滋水也，亦名藍谷水。即秦嶺水之下游，在雍州藍田縣。」張籍還有贈太常王建藤杖筍鞋（全唐詩卷三八四），即作於此次出使歸來之後，藤杖、筍鞋則爲此次出使江陵時所得。故定王建轉官太常寺丞在大和元年。新唐書百官志三太常寺：「掌禮樂、郊廟、社稷之事，總郊社、太樂、鼓吹、太醫、太卜、廩犧、諸祠廟等署。……丞二人，從五品下，掌判寺事。」

大和二年（八二八），六十三歲。仍爲太常寺丞，旋出爲陝州司馬。

直齋書録解題卷一九及唐才子傳卷四皆云大和中出爲陝州司馬，是正確的。白居易送陝州王司馬建赴任（白氏長慶集卷二六）：「陝州司馬去何如？養静資貧兩有餘。公事閑忙同少尹，料錢多少敵尚書。祇攜美酒爲行伴，唯作新詩趁下車。自有鐵牛無詠者，料君投刃必應虚。」朱金城白居易年譜繫於大和二年，可從。王建此次出爲陝州司馬，一時詩人作詩送行者甚衆，如劉禹錫送王司馬之陝州（劉禹錫集卷二八）、張籍贈别王侍御赴任陝州司馬、賈島送陝府王建司馬（全唐詩卷五七四）。姚合亦有寄陝州王司馬（全唐詩卷四九七）、贈王建司馬（同上）。劉禹錫詩云：「暫輟清齋出太常，空攜詩卷赴甘棠。」題下自注：「自太常寺丞授，工爲詩。」可知王建是由太常寺丞出爲陝州司馬的。然張籍詩贈别王侍御赴任陝州司馬，稱王建爲侍御，該又如何解釋呢？全唐詩卷三八五此詩題下校者注曰：「一作贈王司馬赴陝州。」贈王司馬赴陝州纔是正確的詩題，故王建是由侍御史出爲陝州司馬的説法是没有依據的。據新唐書百官志四下：「大都督府……司馬二人，從四品下。」唐代的各部尚書都是正三品，白詩云「料錢多少敵尚書」，蓋指實際收入而言。

舊唐書文宗紀上：「（大和二年二月丁亥）以兵部侍郎王起爲陝虢觀察使，代韋弘景。」可知當時的陝虢觀察使爲王起。

大和三年（八二九），六十四歲。仍爲陝州司馬。

白居易別陝州王司馬（白氏長慶集卷二七）：「笙歌惆悵欲爲別，風景闌珊初過春。爭得遣君詩不苦，黄河岸上白頭人。」朱金城白居易年譜繫此詩於大和三年，時白氏長假告滿，免刑部侍郎，詔授太子賓客分司東都，自長安返洛陽，路經陝州，陝虢觀察使王起與陝州司馬王建相迎宴敘，故作此詩及陝府王大夫相迎偶贈答謝之。可見大和三年王建仍在陝州司馬任。

大和四年（八三〇），六十五歲。正月罷陝州司馬之任，居咸陽原上。

舊唐書文宗紀下：「（大和四年正月）癸卯，以前陝虢觀察使王起爲左丞。」王建罷陝州司馬之任亦當在此時。

唐才子傳卷四云王建「數年後歸，卜居咸陽原上」，元好問編唐詩鼓吹卷八郝天挺注：「從軍塞上，弓箭不離身。數年後歸，卜居咸陽原上。」王建有原上新居十三首，當即唐才子傳所本。詩云：「長安無舊識，百里是天涯」（其三），雖未明確説出咸陽原，定王建晚年歸居之地在咸陽，當無問題。又云：「老病應隨業，因緣不離身」（其七），「膩衣穿不洗，白髮短慵梳」（其十二），定此組詩作於晚年，也無問題。馬戴有經咸陽北原（全唐詩卷五五五）。張讀宣室志卷八：「開元二十三年秋，玄宗皇帝狩於近郊，駕至咸陽原。」資治通鑑卷二二四唐代宗大曆三年：「追謚（李）倓曰承天皇帝，庚申，葬順陵。」胡三省注：「順陵，在咸陽縣咸陽原。」咸陽原即畢原，雍正陝西通志卷九山川二咸陽縣：「畢原，即畢郢，一名畢陌，一名池陽原，一名長平阪，一名石安原，一名咸陽原，一名咸陽北阪，一名洪瀆原。在縣北。」李吉甫元和郡縣圖志卷一京兆府咸陽縣：「畢原即縣所理也。左傳曰：畢原豐郇，文之昭也。即謂此地。原南北數十里，東西二三百里，無山川陂湖，井深五十丈，亦謂之畢陌，漢氏諸陵並在其上。」

大和八年（八三四），六十九歲。約卒於開成年間。

王建卒年不可考，自卸任陝州司馬之後，王建很少與他人詩歌往還，幾於與世隔絕。觀其原上新居十三首，非作於一時，則晚年居咸陽原當亦有五六年光景。寄劉蕡問疾云：「年少病多應爲酒，誰家將息過今春？賒來半夏重煎盡，投弔山中舊主人。」詩寫劉蕡病中情況。據舊唐書文苑傳下劉蕡：劉蕡寶曆二年進士及第，大和二年試賢良方正能言極諫科，極言宦官專權之弊，試官馮宿、賈餗、龐嚴嘆服，執政之臣畏懼宦官勢力而不敢取。令狐楚在興元、牛僧孺在襄陽，辟爲從事，待如師友。令狐楚開成元年四月爲興元尹、山南西道節度使；牛僧孺開成四年至會昌元年爲襄州刺史、山南東道節度使，詩云「投弔山中舊主人」，當作於劉蕡爲興元從事之後，故疑王建卒於開成年間，則其卒年已過七十，然無確據。

主要參考文獻

傅璇琮主編唐才子傳校箋（第二册）卷四王建（譚優學箋釋），中華書局一九八九年版。
卞孝萱張籍簡譜，安徽史學通訊一九五九年第四、五期合刊。
卞孝萱關於王建的幾個問題，文學遺産增刊第八輯。
卞孝萱喬長阜王建的生平和創作，貴州大學學報一九八七年第三期。
遲乃鵬張籍王建交遊考述商榷，文學遺産一九九八年第三期。

引用書目

尚書　［漢］孔安國傳［唐］孔穎達等正義　中華書局影十三經注疏本
詩經　［漢］毛公傳［漢］鄭玄箋［唐］孔穎達等正義　中華書局影十三經注疏本
周禮　［漢］鄭玄注［唐］賈公彦疏　中華書局影十三經注疏本
禮記　［漢］鄭玄注［唐］孔穎達等正義　中華書局影十三經注疏本
左傳　［晉］杜預注［唐］孔穎達等正義　中華書局影十三經注疏本
爾雅　［晉］郭璞注［宋］邢昺疏　中華書局影十三經注疏本
孟子　［戰國］孟軻著［漢］趙岐注［宋］孫奭疏　中華書局影十三經注疏本
史記　［漢］司馬遷撰［宋］裴駰集解［唐］司馬貞索隱張守節正義　中華書局一九七五年校點本

漢書 〔漢〕班固撰〔唐〕顔師古注 中華書局一九六二年校點本
後漢書 〔宋〕范曄撰〔唐〕李賢等注 中華書局一九六五年校點本
三國志 〔晉〕陳壽撰〔宋〕裴松之注 中華書局一九五九年校點本
宋書 〔梁〕沈約撰 中華書局一九七四年校點本
南齊書 〔梁〕蕭子顯 中華書局一九七二年校點本
梁書 〔唐〕姚思廉 中華書局一九七三年校點本
北齊書 〔唐〕李百藥 中華書局一九七二年校點本
晉書 〔唐〕房玄齡等 中華書局一九七四年校點本
隋書 〔唐〕魏徵令狐德棻 中華書局一九七三年校點本
舊唐書 〔五代〕劉昫等 中華書局一九七五年校點本
舊五代史 〔宋〕薛居正等 中華書局一九七六年校點本
新唐書 〔宋〕歐陽修宋祁等 中華書局一九七五年校點本
宋史 〔元〕脱脱等 中華書局一九七七年校點本
資治通鑑 〔宋〕司馬光撰〔元〕胡三省注 中華書局一九五六年校點本
唐六典 〔唐〕李隆基撰〔唐〕李林甫注 影印文淵閣四庫全書本

通典　［唐］杜佑　中華書局影印本
唐會要　［宋］王溥　中華書局一九五五年排印本
文獻通考　［元］馬端臨　中華書局一九八六年影印本
三輔黄圖　［漢］闕名　四部叢刊三編本
水經注　［北魏］酈道元　上海古籍出版社一九九〇年陳橋驛點校本
華陽國志　［晉］常璩　上海古籍出版社二〇〇七年任乃强華陽國志校補圖注本
元和郡縣圖志　［唐］李吉甫　中華書局一九八三年賀次君點校本
太平寰宇記　［宋］樂史　中華書局二〇〇七年王文楚等點校本
方輿勝覽　［宋］祝穆編［宋］祝洙補訂　上海古籍出版社一九九一年影宋本
輿地紀勝　［宋］王象之　續修四庫全書影道光揚州刻本
長安志　［宋］宋敏求　影印文淵閣四庫全書本
遊城南記　［宋］張禮　影印文淵閣四庫全書本
雍録　［宋］程大昌　中華書局二〇〇二年黄永年點校本
天下郡國利病書　［清］顧炎武　四部叢刊三編本
唐兩京城坊考　［清］徐松　中華書局一九八五年方嚴校點本
嘉慶重修一統志　［清］穆彰阿等　四部叢刊續編本

崇文總目　［宋］王堯臣等　叢書集成初編本
遂初堂書目　［宋］尤袤　叢書集成初編本
郡齋讀書志　［宋］晁公武　上海古籍出版社一九九〇年孫猛郡齋讀書志校證本
直齋書録解題　［宋］陳振孫　叢書集成初編本
寶刻叢編　［宋］陳思　叢書集成初編本
寶刻類編　［宋］闕名　叢書集成初編本
述古堂藏書目　［清］錢曾　叢書集成初編本
讀書敏求記　［清］錢曾　叢書集成初編本
世善堂藏書目録　［清］陳第　叢書集成初編本
孫氏祠堂書目　［清］孫星衍　叢書集成初編本
四庫全書總目　［清］永瑢等　中華書局一九六五年影印本
四庫全書簡明目録　［清］永瑢等　中華書局一九六四年標點本
增訂四庫簡明目録標注　［清］邵懿辰撰［清］邵章續録　上海古籍出版社一九五九年標點本
蕘圃藏書題識　［清］黄丕烈　中華書局清人書目題跋叢刊本
藝風藏書記　［清］繆荃孫　中華書局清人書目題跋叢刊本

藏園群書經眼録　［清］傅增湘　中華書局校點本

藝文類聚　［唐］歐陽詢等　上海古籍出版社一九六五年排印本

初學記　［唐］徐堅等　中華書局一九六二年排印本

太平御覽　［宋］李昉等　中華書局影印本

玉海　［宋］王應麟　影印文淵閣四庫全書本

海録碎事　［宋］葉廷珪　中華書局二〇〇二年李之亮校點本

韻府群玉　［宋］陰時夫撰［宋］陰中夫注　影印文淵閣四庫全書本

國語　闕名撰［三國］韋昭注　上海古籍出版社一九八八年校點本

莊子　［戰國］莊周　上海書店排印王先謙注莊子集解本

山海經　闕名撰［晉］郭璞注　上海古籍出版社一九八〇年袁珂山海經校注本

穆天子傳　闕名撰［晉］郭璞注　上海古籍出版社諸子百家叢書本

海内十洲記　（舊題）［漢］東方朔　上海古籍出版社諸子百家叢書本

淮南子　［漢］劉安等　中華書局一九九八年何寧淮南子集釋本

列仙傳　［漢］劉向　上海古籍出版社諸子百家叢書本

白虎通義　［漢］班固　中華書局一九九四年陳立白虎通疏證本
論衡　［漢］王充　上海古籍出版社諸子百家叢書本
風俗通　［漢］應劭　上海古籍出版社諸子百家叢書本
釋名　［漢］劉熙　中華書局二〇〇八年畢沅王先謙釋名疏證本
説文解字　［漢］許慎撰［清］段玉裁注　浙江古籍出版社一九九八年影經韻樓刻本
西京雜記　（舊題）［晉］葛洪　江蘇廣陵古籍刻印社影筆記小説大觀本
抱朴子　［晉］葛洪　上海古籍出版社諸子百家叢書本
神仙傳　［晉］葛洪　上海古籍出版社諸子百家叢書本
拾遺記　［晉］王嘉　叢書集成初編本
古今注　［晉］崔豹　影印文淵閣四庫全書本
南方草木狀　［晉］嵇含　影印文淵閣四庫全書本
世説新語　［宋］劉義慶撰［梁］劉孝標注　中華書局一九八三年余嘉錫世説新語箋疏本
異苑　［宋］劉敬叔　中華書局一九九六年校點本
荆楚歲時記　［梁］宗懔　影印文淵閣四庫全書本
教坊記　［唐］崔令欽　中華書局二〇一二年吴企明點校本
隋唐嘉話　［唐］劉餗　中華書局一九七九年趙守儼點校本

大唐新語　［唐］劉肅　中華書局一九八四年許德楠、李鼎霞點校本
封氏聞見記　［唐］封演　中華書局趙貞信封氏聞見記校注本
安禄山事迹　［唐］姚汝能　上海古籍出版社排印本
元和姓纂　［唐］林寶　中華書局一九九四年岑仲勉校記郁賢皓陶敏整理本
翰林志　［唐］李肇　影印文淵閣四庫全書本
唐國史補　［唐］李肇　上海古籍出版社一九五七年校點本
重修承旨學士壁記　［唐］丁居晦　岑仲勉郎官石柱題名新考訂附翰林學士壁記注補　上海古籍出版一九八四年第一版
次柳氏舊聞　［唐］李德裕　上海古籍出版社一九八五年校點開元天寶遺事十種本
歷代名畫記　［唐］張彦遠　叢書集成初編本
酉陽雜俎　［唐］段成式　中華書局一九八一年方南生點校本
因話録　［唐］趙璘　上海古籍出版社一九五七年校點本
明皇雜録　［唐］鄭處誨　上海古籍出版社一九八五年校點開元天寶遺事十種本
開天傳信記　［唐］鄭綮　上海古籍出版社一九八五年校點開元天寶遺事十種本
幽閒鼓吹　［唐］張固　影印文淵閣四庫全書本
歲華紀麗　［唐］韓鄂　叢書集成初編本

北户録　〔唐〕段公路　叢書集成初編本
嶺表録異　〔唐〕劉恂　影印文淵閣四庫全書本
樂府雜録　〔唐〕段安節　中國戲劇出版社中國古典戲劇論著集成本
松窗雜録　〔唐〕李濬　影印文淵閣四庫全書本
資暇集　〔唐〕李乂　中華書局二〇一二年吴企明點校本
劇談録　〔唐〕康軿　影印文淵閣四庫全書本
雲溪友議　〔唐〕范攄　上海古典文學出版社一九五七年校點本
中朝故事　〔唐〕尉遲偓　影印文淵閣四庫全書本
北夢瑣言　〔五代〕孫光憲　中華書局二〇〇二年賈二强點校本
中華古今注　〔五代〕馬縞　中華書局二〇一二年吴企明點校本
開元天寶遺事　〔五代〕王仁裕　上海古籍出版社一九八五年校點開元天寶遺事十種本
唐摭言　〔五代〕王定保　上海古典文學出版社一九五七年校點本
鑑誡録　〔五代〕何光遠　叢書集成初編本
賈氏譚録　〔五代〕張洎　影印文淵閣四庫全書本
楊太真外傳　〔宋〕樂史　中華書局一九七八年汪辟疆唐人小説附載本
太平廣記　〔宋〕李昉等　中華書局一九六一年校點本

南部新書　［宋］錢易　叢書集成初編本
湘山野録　［宋］釋文瑩　中華書局一九八四年校點本
歸田録　［宋］歐陽修　影印文淵閣四庫全書本
江鄰幾雜志　［宋］江休復　江蘇廣陵古籍刻印社影筆記小説大觀本
王氏談録　［宋］王洙　影印文淵閣四庫全書本
唐語林　［宋］王讜　中華書局一九八七年周勛初唐語林校證本
宋景文筆記　［宋］宋祁　影印文淵閣四庫全書本
夢溪筆談　［宋］沈括　影印文淵閣四庫全書本
廣川畫跋　［宋］董逌　叢書集成初編本
事實類苑　［宋］江少虞　上海古籍出版社一九八一年校點宋朝事實類苑本
唐詩紀事　［宋］計有功　上海古籍出版社一九八七年校點本
重修政和證類本草　［宋］唐慎微撰［宋］寇宗奭衍義［金］張存惠重修　四部叢刊初編本
侯鯖録　［宋］趙令畤　中華書局二〇〇二年孔凡禮點校本
老學庵筆記　［宋］陸游　中華書局一九七九年李劍雄、劉德君點校本
入蜀記　［宋］陸游　中國書店影陸放翁全集本
桂海虞衡志　［宋］范成大　中華書局二〇〇二年點校范成大筆記六種本

演繁露 〔宋〕程大昌 影印文淵閣四庫全書本
野客叢書 〔宋〕王楙 江蘇廣陵古籍刻印社影筆記小説大觀本
鶴林玉露 〔宋〕羅大經 中華書局一九八三年點校本
雲麓漫鈔 〔宋〕趙彦衛 中華書局一九九六年傅根清點校本
曲洧舊聞 〔宋〕朱弁 中華書局二〇〇二年孔凡禮點校本
墨莊漫録 〔宋〕張邦基 中華書局二〇〇二年孔凡禮點校本
類説 〔宋〕曾慥 影印文淵閣四庫全書本
麈史 〔宋〕王得臣 影印文淵閣四庫全書本
碧雞漫志 〔宋〕王灼 中國戲劇出版社中國古典戲劇論著集成本
能改齋漫録 〔宋〕吴曾 上海古籍出版社一九八〇年排印本
西溪叢語 〔宋〕姚寬 中華書局一九九三年孔凡禮點校本
緯略 〔宋〕高似孫 叢書集成初編本
事物紀原 〔宋〕高承 叢書集成初編本
容齋隨筆 〔宋〕洪邁 上海古籍出版社一九九六年校點本
賓退録 〔宋〕趙與時 上海古籍出版社一九八三年齊治平校點本
愛日齋叢鈔 〔宋〕葉寘 影印文淵閣四庫全書本

歲時廣記　［宋］陳元靚　叢書集成初編本
事林廣記　［宋］陳元靚　中華書局影日本翻印本
齊東野語　［宋］周密　中華書局一九八三年點校本
雲煙過眼録　［宋］周密　影印文淵閣四庫全書本
南村輟耕録　［元］陶宗儀　中華書局一九五九年排印本
説郛　［元］陶宗儀　上海古籍出版社説郛三種影宛委山堂本
唐才子傳　［元］辛文房　中華書局傅璇琮主編唐才子傳校箋本
丹鉛總録　［明］楊慎　影印文淵閣四庫全書本
水東日記　［明］葉盛　中華書局一九八〇年點校本
四友齋叢説　［明］何良俊　中華書局一九五九年排印本
本草綱目　［明］李時珍　中國書店影清光緒刻本
焦氏筆乘　［明］焦竑　中華書局二〇〇八年李劍雄點校本
日知録　［清］顧炎武　上海古籍出版社二〇〇六年黄汝成集釋呂宗力、欒保群校點日知録集釋本
香祖筆記　［清］王士禛　齊魯書社二〇〇七年王士禛全集本
分甘餘話　［清］王士禛　齊魯書社二〇〇七年王士禛全集本

居易録　［清］王士禛　齊魯書社二〇〇七年王士禛全集本
陔餘叢考　［清］趙翼　中華書局一九六三年排印本
通俗編　［清］翟灝　續修四庫全書影乾隆刻本
登科記考　［清］徐松　中華書局一九八四年校點本
唐尚書省郎官石柱題名考　［清］勞格趙鉞　中華書局一九九二年徐敏霞王桂珍點校本
越縵堂讀書記　［清］李慈銘　上海書店出版社二〇〇〇年排印本
詩詞曲語辭匯釋　張相　中華書局一九五三年版
唐史餘瀋　岑仲勉　上海古籍出版社一九七九年新一版
唐人行第録　岑仲勉　中華書局二〇〇四年新一版
唐刺史考　郁賢皓　江蘇古籍出版社一九八七年第一版
唐音質疑録　吴企明　上海古籍出版社一九八五年版
全唐詩人名彙考　陶敏　遼海出版社二〇〇六年版
法苑珠林　［唐］釋道世　四部叢刊初編本
宋高僧傳　［宋］釋贊寧　中華書局一九八七年點校本
景德傳燈録　［宋］釋道元　四部叢刊三編本

翻譯名義集　［宋］釋法雲　四部叢刊初編本
真誥　［梁］陶弘景　叢書集成初編本
雲笈七籤　［宋］張君房　四部叢刊初編本
分類補注李太白集　［唐］李白撰［宋］楊齊賢注［元］蕭士贇補注　四部叢刊初編本
李太白全集　［唐］李白撰［清］王琦注　中華書局一九七七年排印本
王右丞集箋注　［唐］王維撰［清］趙殿成箋注　上海古籍出版社一九八四年排印本
杜工部草堂詩箋　［唐］杜甫撰［宋］蔡夢弼箋　叢書集成初編本
杜詩詳注　［唐］杜甫撰［清］仇兆鼇注　中華書局一九七九年排印本
新刊五百家注音辨昌黎先生文集　［唐］韓愈撰［宋］魏懷忠編　影印文淵閣四庫全書本
韓昌黎詩繫年集釋　［唐］韓愈撰　錢仲聯集釋　上海古籍出版社一九八四年版
柳宗元集　［唐］柳宗元　中華書局一九七九年吴文治等校點本
白氏长庆集　［唐］白居易　上海古籍出版社一九八八年版朱金城白居易集箋校本
元氏長慶集　［唐］元稹　四部叢刊初編本
張司業詩集　［唐］張籍　四部叢刊初編本
姚少監詩集　［唐］姚合　四部叢刊初編本

樊川詩集注　〔唐〕杜牧撰〔清〕馮集梧注　上海古籍出版社一九七八年排印本
太倉稊米集　〔宋〕周紫芝　影印文淵閣四庫全書本
後村先生大全集　〔宋〕劉克莊　四部叢刊初編本
竹溪鬳齋十一藁續集　〔宋〕林希逸　影印文淵閣四庫全書本
秋澗先生大全集　〔元〕王惲　四部叢刊初編本
東維子文集　〔明〕楊維禎　四部叢刊初編本
海桑集　〔明〕陳謨　影印文淵閣四庫全書本
升庵集　〔明〕楊慎　影印文淵閣四庫全書本
曝書亭集　〔清〕朱彝尊　四部叢刊初編本
茗柯文　〔清〕張惠言　四部叢刊初編本
通志堂集　〔清〕納蘭性德　上海古籍出版社影康熙刻本

楚辭補注　〔戰國〕屈原等撰〔漢〕王逸注〔宋〕洪興祖補注　中華書局一九八三年標點本
文選　〔梁〕蕭統編〔唐〕李善注　中華書局影印清胡克家刻本
樂府詩集　〔宋〕郭茂倩　中華書局一九七九年校點本
三體唐詩　〔宋〕周弼編〔元〕釋圓至注〔清〕高士奇輯注　影印文淵閣四庫全書本

唐詩鼓吹　［元］元好問編［元］郝天挺注［明］廖文炳解［清］錢朝鼒王俊臣校注　四庫全書存目叢書影乾隆刻本
瀛奎律髓　［元］方回編　上海古籍出版社一九八六年版李慶甲集評校點瀛奎律髓彙評本
唐音　［元］楊士弘編［明］張震輯注　影印文淵閣四庫全書本
唐詩品彙　［明］高棅　上海古籍出版社影印本
唐詩歸　［明］鍾惺譚元春　四庫全書存目叢書影明萬曆刻本
唐詩鏡　［明］陸時雍　影印文淵閣四庫全書本
唐詩解　［明］唐汝詢　四庫全書存目叢書影明萬曆刻本
刪補唐詩選脈箋釋會通評林　［明］周珽　四庫全書存目補編叢書影明崇禎刻本
唐風定　［明］邢昉　思適齋一九三四年影明刻本
唐詩快　［清］黄周星　清康熙刻本
唐詩評　［清］王夫之　嶽麓書社一九九六年排印船山全書本
貫華堂選批唐才子詩　［清］金聖歎　浙江古籍出版社一九八五年標點金聖歎評點唐詩六百首本
唐七律選　［清］毛奇齡　清康熙刻本
中晚唐詩叩彈集　［清］杜詔杜庭珠　中國書店影印本

重訂唐詩別裁集　［清］沈德潛　中華書局影印本
古唐詩合解　［清］王堯衢　清刻本
唐詩摘抄　［清］黄生選評［清］朱之荊增訂　黄山書社何慶善點校唐詩評三種本
全唐詩　［清］彭定求等　中華書局一九六〇年校點本
全唐文　［清］董誥等　上海古籍出版社影揚州官刻本
唐代墓誌彙編　周紹良主編　上海古籍出版社一九九二年版
全唐詩補編　陳尚君　中華書局一九九二年版

樂府古題要解　［唐］吴兢　中華書局排印歷代詩話續編本
六一詩話　［宋］歐陽修　中華書局排印歷代詩話本
温公續詩話　［宋］司馬光　中華書局排印歷代詩話本
後山詩話　［宋］陳師道　中華書局排印歷代詩話本
臨漢隱居詩話　［宋］魏泰　中華書局排印歷代詩話本
西清詩話　［宋］蔡絛　江蘇古籍出版社二〇〇二年版張伯偉稀見本宋人詩話四種本
詩話總龜　［宋］阮閲　人民文學出版社一九八七年校點本
彦周詩話　［宋］許顗　中華書局排印歷代詩話本

歲寒堂詩話　［宋］張戒　中華書局排印歷代詩話續編本
娛書堂詩話　［宋］趙與虤　中華書局排印歷代詩話續編本
韻語陽秋　［宋］葛立方　中華書局排印歷代詩話本
優古堂詩話　［宋］吳幵　中華書局排印歷代詩話續編本
艇齋詩話　［宋］曾季貍　中華書局排印歷代詩話續編本
對牀夜語　［宋］范晞文　中華書局排印歷代詩話續編本
後村詩話　［宋］劉克莊　中華書局一九八三年校點本
滄浪詩話　［宋］嚴羽　中華書局排印歷代詩話本
苕溪漁隱叢話　［宋］胡仔　人民文學出版社一九六二年校點本
詩人玉屑　［宋］魏慶之　中華書局上海編輯所一九五九年排印本
詩林廣記　［宋］蔡正孫　中華書局一九八二年校點本
滹南詩話　［金］王若虚　中華書局排印歷代詩話續編本
吴禮部詩話　［元］吴師道　中華書局排印歷代詩話續編本
懷麓堂詩話　［明］李東陽　中華書局排印歷代詩話續編本
唐詩品　［明］徐獻忠　明刻本朱警唐百家詩卷首
升庵詩話　［明］楊慎　中華書局排印歷代詩話續編本

藝苑卮言　［明］王世貞　中華書局排印歷代詩話續編本
四溟詩話　［明］謝榛　中華書局排印歷代詩話續編本
南濠詩話　［明］都穆　中華書局排印歷代詩話續編本
逸老堂詩話　［明］俞弁　中華書局排印歷代詩話續編本
存餘堂詩話　［明］朱承爵　中華書局排印歷代詩話本
詩藪　［明］胡應麟　上海古籍出版社一九七九年排印本
唐音癸籤　［明］胡震亨　上海古籍出版社一九八一年校點本
詩源辯體　［明］許學夷　人民文學出版社一九八七年校點本
詩鏡總論　［明］陸時雍　中華書局排印歷代詩話續編本
詩辯坻　［清］毛先舒　上海古籍出版社清詩話續編本
載酒園詩話　［清］賀裳　上海古籍出版社清詩話續編本
圍爐詩話　［清］吴喬　上海古籍出版社清詩話續編本
答萬季埜詩問　［清］吴喬　上海古籍出版社清詩話本
柳亭詩話　［清］宋長白　四庫全書存目叢書影清光緒刻本
然鐙紀聞　［清］何世璂　上海古籍出版社清詩話本
帶經堂詩話　［清］王士禛　人民文學出版社一九六三年校點本

師友詩傳録　〔清〕王士禛等　上海古籍出版社清詩話本
談龍録　〔清〕趙執信　上海古籍出版社清詩話本
漫堂説詩　〔清〕宋犖　上海古籍出版社清詩話本
古歡堂雜著　〔清〕田雯　上海古籍出版社清詩話續編本
歷代詩話　〔清〕吴景旭　影印文淵閣四庫全書本
古今詞話　〔清〕沈雄　中華書局排印唐圭璋詞話叢編本
一瓢詩話　〔清〕薛雪　上海古籍出版社清詩話本
説詩晬語　〔清〕沈德潛　上海古籍出版社清詩話本
詩學纂聞　〔清〕汪師韓　上海古籍出版社清詩話本
蘭叢詩話　〔清〕方世舉　上海古籍出版社清詩話續編本
小瀨堂雜論詩　〔清〕牟願相　上海古籍出版社清詩話續編本
拜經樓詩話　〔清〕吴騫　上海古籍出版社清詩話本
龍性堂詩話　〔清〕葉矯然　上海古籍出版社清詩話續編本
劍谿説詩　〔清〕喬億　上海古籍出版社清詩話續編本
重訂中晚唐詩人主客圖　〔清〕李懷民　清嘉慶刻本
石洲詩話　〔清〕翁方綱　上海古籍出版社清詩話續編本

趙秋谷所傳聲調譜　〔清〕翁方綱　上海古籍出版社清詩話本
雨村詩話　〔清〕李調元　上海古籍出版社清詩話續編本
讀雪山房唐詩序例　〔清〕管世銘　上海古籍出版社清詩話續編本
甚園詩説　〔清〕冒春榮　上海古籍出版社清詩話續編本
北江詩話　〔清〕洪亮吉　人民文學出版社一九八三年校點本
履園譚詩　〔清〕錢泳　上海古籍出版社清詩話本
詩筏　〔清〕賀貽孫　上海古籍出版社清詩話續編本
石園詩話　〔清〕余成教　上海古籍出版社清詩話續編本
老生常談　〔清〕延君壽　上海古籍出版社清詩話續編本
養一齋詩話　〔清〕潘德輿　上海古籍出版社清詩話續編本
竹林答問　〔清〕陳僅　上海古籍出版社清詩話續編本
詞徵　〔清〕張德瀛　中華書局排印唐圭璋詞話叢編本
問花樓詩話　〔清〕陸鎣　上海古籍出版社清詩話續編本
筱園詩話　〔清〕朱庭珍　上海古籍出版社清詩話續編本
藝概　〔清〕劉熙載　上海古籍出版社一九七八年點校本
詩境淺説　俞陛雲　北京出版社二〇〇三年校點本

新版後記

我對王建詩的注釋工作始於上世紀九十年代初，因王建詩並不難懂，大量精力花在了人事考證和地名的尋求上，好在郁賢皓先生的唐刺史考已經出版，解決了不少有關方面的問題。待粗具規模，便於二〇〇三年申請了「全國高校古籍整理委員會」的資助項目，有幸獲得批準。我用的王建詩的底本原是中華書局上海編輯所一九五九年排印的王建詩集，其底本則爲南宋臨安府陳解元書鋪的刻本，略有校對。得立項後，爲求準確，遂赴北京，與國家圖書館所藏的宋刻本作了比對（對後發現，排印本的王建詩集，還是值得信賴的一個本子），同時還比校了其他幾種王建詩集的版本。全書完成後二〇〇六年六月於巴蜀書社出版，收在趙逵夫先生主編的詩賦研究叢書中。書是出版了，但校注工作實在是十分粗疏，校勘所涉及的其他版本也僅有三種，校注中的錯誤與不當之處很多很多，甚感慚愧。

聞知中州出版社出版了王宗堂先生校注的王建詩集校注（是書二〇〇六年十二月出版），遂購得一閱，感覺王書無論校勘還是注釋方面優於我書處多有。如荆南贈别李肇著作轉韻詩「潘室幸諸甥」，我改「潘室」爲「潘館」，雖釋「潘」爲潘岳，引世説新語中的文字，却繞來繞去不得要領。其實初學記卷一便有「照潘室」的詞條，作「潘室」是。再如新晴「簷前著熟衣裳坐」，我校作「簷前熟著衣裳坐」，亦誤。上述皆當以王書爲是。王書還利用了陶敏先生的全唐詩人名考證，亦爲我所不及。

二〇一五年，以周勛初等先生爲主編的全唐五代詩編委會邀請我擔當其中王建詩的編輯，甚感榮幸，便用王建詩集的排印本與南宋刻本再比對一遍，同時又對校了其他幾個版本的王建詩，不過這次所用的宋本乃中華再造善本中的王建詩集，因易得且便翻閲。與諸本比對時，用不同的筆在王建詩集的排印本上作記録（正是這種做法導致了一些混淆，實爲教訓）。工作完成後，遂將校勘結果全部移於王建詩集校注的電子文檔中。故此次再版中的校記，已與巴蜀書社所出時完全不同。

這次有幸承蒙上海古籍出版社將此書收入中國古典文學叢書中，覺得有責任利用這次再版的機會，對此書作全面修訂。這次修訂主要體現在以下幾個方面：關於校勘，校記全部重寫。由於校文較繁，爲求清晰，與注釋改用兩套編號。陳尚君先生説：「古今校勘的基本原則是以對校爲主，重視他校和本校，慎用理校，且在底本確認後，他本錯訛不校，異文兩通者不校，底本可通者不改。在唐詩校定中情況就有些特殊。……我則覺得應該考慮文本的形成過程和如何更接近作者寫作之原貌。」（唐詩文本論綱，載唐詩求是，上海古籍出版社二〇一八年版第一一頁)此意見我甚是贊同。王建詩集校注中有兩處詩題是據文苑英華改,宮詞中也有幾處據唐詩紀事改,都是想更接近作者寫作之原貌,故不作變動。關於注釋。凡是已發現的原注中的錯誤,皆作改正。在人事方面,利用陶敏先生全唐詩人名彙考中的考證成果,補注酬柏御聞與韋處士同遊靈臺寺見寄、酬柏侍御答酒之柏侍御爲柏元封、寄韋諫議之韋諫議爲韋況、尋補闕舊宅之補闕爲李渤。關於輯評,增補了王夫之唐詩評選中的資料。關於體例,按照上古的出版體例,於專有名詞下加專名綫,改書名號爲加波浪綫。儘管做了上述工作,我想此書的錯誤與不當之處還是有的。王建繫年考儘管已修改多次,心中仍然不踏實,仍然覺得對於詩人的許多方面是無知的。以上敬請各位專家學者批評指正。

感謝上古編輯部主任劉賽對本書的支持。本書的責編戎默替我增加了校注説明中關於王建詩集版本的、原述較粗略的有關部分,認真核對了底本與校記中的文字,匡正了不少我的疏誤之處,並幫我核對引文。對書中的注釋也提出了很好的意見,如贈王屋道士赴詔中的「刀梯」之注、歲晚自感中的「一向」與「漉酒」之注,便是戎默提出的。我原校「刀梯」作「刀槍」,「漉酒」疑爲「漉酒」之誤,皆得以糾正。謹在此表示誠摯的謝意。

尹占華

二〇一九年十二月於西北師範大學寓所

甌北集	[清]趙翼著　李學穎、曹光甫校點
惜抱軒詩文集	[清]姚鼐著　劉季高標校
兩當軒集	[清]黄景仁著　李國章校點
惲敬集	[清]惲敬著　萬陸、謝珊珊、林振岳標校　林振岳集評
茗柯文編	[清]張惠言著　黄立新校點
瓶水齋詩集	[清]舒位著　曹光甫點校
龔自珍全集	[清]龔自珍著　王佩諍校點
龔自珍詩集編年校注	[清]龔自珍著　劉逸生、周錫䪖校注
水雲樓詩詞箋注	[清]蔣春霖著　劉勇剛箋注
人境廬詩草箋注	[清]黄遵憲著　錢仲聯箋注
嶺雲海日樓詩鈔	[清]丘逢甲著　丘鑄昌標點

牧齋初學集詩注彙校	[清]錢謙益著　[清]錢曾箋注 卿朝暉輯校
李玉戲曲集	[清]李玉著 陳古虞、陳多、馬聖貴點校
吴梅村全集	[清]吴偉業著　李學穎集評標校
歸莊集	[清]歸莊著
顧亭林詩集彙注	[清]顧炎武著　王蘧常輯注 吴丕績標校
安雅堂全集	[清]宋琬著　馬祖熙標校
吴嘉紀詩箋校	[清]吴嘉紀著　楊積慶箋校
陳維崧集	[清]陳維崧著　陳振鵬標點 李學穎校補
屈大均詩詞編年校箋	[清]屈大均著　陳永正等校箋
秋笳集	[清]吴兆騫撰　麻守中校點
漁洋精華録集釋	[清]王士禛著 李毓芙、牟通、李茂肅整理
聊齋志異會校會注會評本	[清]蒲松齡著　張友鶴輯校
敬業堂詩集	[清]查慎行著　周劭標點
納蘭詞箋注	[清]納蘭性德著　張草紉箋注
方苞集	[清]方苞著　劉季高校點
樊榭山房集	[清]厲鶚著　[清]董兆熊注 陳九思標校
劉大櫆集	[清]劉大櫆著　吴孟復標點
儒林外史彙校彙評	[清]吴敬梓著　李漢秋輯校
小倉山房詩文集	[清]袁枚著　周本淳標校
忠雅堂集校箋	[清]蔣士銓著　邵海清校 李夢生箋

揭傒斯全集　［元］揭傒斯著　李夢生標校
高青丘集　［明］高啓著　［清］金檀注　徐澄宇、沈北宗校點
唐寅集　［明］唐寅著　周道振、張月尊輯校
文徵明集（增訂本）　［明］文徵明著　周道振輯校
震川先生集　［明］歸有光著　周本淳校點
海浮山堂詞稿　［明］馮惟敏著　凌景埏、謝伯陽標校
滄溟先生集　［明］李攀龍著　包敬第標校
梁辰魚集　［明］梁辰魚著　吴書蔭編集校點
沈璟集　［明］沈璟著　徐朔方輯校
湯顯祖詩文集　［明］湯顯祖著　徐朔方箋校
湯顯祖戲曲集　［明］湯顯祖著　錢南揚校點
白蘇齋類集　［明］袁宗道著　錢伯城校點
袁宏道集箋校　［明］袁宏道著　錢伯城箋校
珂雪齋集　［明］袁中道著　錢伯城點校
隱秀軒集　［明］鍾惺著　李先耕、崔重慶標校
譚元春集　［明］譚元春著　陳杏珍標校
張岱詩文集（增訂本）　［明］張岱著　夏咸淳輯校
陳子龍詩集　［明］陳子龍著　施蟄存、馬祖熙標校
夏完淳集箋校（修訂本）　［明］夏完淳著　白堅箋校
牧齋初學集　［清］錢謙益著　［清］錢曾箋注　錢仲聯標校
牧齋有學集　［清］錢謙益著　［清］錢曾箋注　錢仲聯標校
牧齋雜著　［清］錢謙益著　［清］錢曾箋注　錢仲聯標校

東坡樂府箋	[宋]蘇軾著　[清]朱孝臧編年　龍榆生校箋
東坡詞傅幹注校證	[宋]蘇軾著　[宋]傅幹注　劉尚榮校證
欒城集	[宋]蘇轍著　曾棗莊、馬德富校點
山谷詩集注	[宋]黄庭堅著　[宋]任淵、史容、史季温注　黄寶華點校
山谷詩注續補	[宋]黄庭堅著　陳永正、何澤棠注
山谷詞校注	[宋]黄庭堅著　馬興榮、祝振玉校注
淮海集箋注	[宋]秦觀撰　徐培均箋注
淮海居士長短句箋注	[宋]秦觀著　徐培均箋注
清真集箋注	[宋]周邦彦著　羅忼烈箋注
石林詞箋注	[宋]葉夢得著　蔣哲倫箋注
樵歌校注	[宋]朱敦儒著　鄧子勉校注
李清照集箋注(修訂本)	[宋]李清照著　徐培均箋注
陳與義集校箋	[宋]陳與義著　白敦仁校箋
蘆川詞箋注	[宋]張元幹著　曹濟平箋注
劍南詩稿校注	[宋]陸游著　錢仲聯校注
放翁詞編年箋注(增訂本)	[宋]陸游著　夏承燾、吴熊和箋注　陶然訂補
范石湖集	[宋]范成大撰　富壽蓀標校
于湖居士文集	[宋]張孝祥著　徐鵬校點
稼軒詞編年箋注(定本)	[宋]辛棄疾撰　鄧廣銘箋注
辛棄疾詞校箋	[宋]辛棄疾著　吴企明校箋
姜白石詞編年箋校	[宋]姜夔著　夏承燾箋校
後村詞箋注	[宋]劉克莊著　錢仲聯箋注
雁門集	[元]薩都拉著　殷孟倫、朱廣祁校點

長江集新校	[唐]賈島著　李嘉言新校
張祜詩集校注	[唐]張祜著　尹占華校注
三家評注李長吉歌詩	[唐]李賀著　[清]王琦等評注
樊川文集	[唐]杜牧著　陳允吉校點
樊川詩集注	[唐]杜牧著　[清]馮集梧注
温飛卿詩集箋注	[唐]温庭筠著　[清]曾益等箋注
玉谿生詩集箋注	[唐]李商隱著　[清]馮浩箋注　蔣凡校點
樊南文集	[唐]李商隱著　[清]馮浩詳注　錢振倫、錢振常箋注
皮子文藪	[唐]皮日休著　蕭滌非、鄭慶篤整理
鄭谷詩集箋注	[唐]鄭谷著　嚴壽澂、黄明、趙昌平箋注
韋莊集箋注	[五代]韋莊著　聶安福箋注
李璟李煜詞校注	[南唐]李璟、李煜著　詹安泰校注
張先集編年校注	[宋]張先著　吴熊和、沈松勤校注
二晏詞箋注	[宋]晏殊、晏幾道著　張草紉箋注
乐章集校箋	[宋]柳永著　陶然、姚逸超校箋
梅堯臣集編年校注	[宋]梅堯臣著　朱東潤編年校注
歐陽修詩文集校箋	[宋]歐陽修著　洪本健校箋
歐陽修詞校注	[宋]歐陽修著　胡可先、徐邁校注
蘇舜欽集	[宋]蘇舜欽著　沈文倬校點
嘉祐集箋注	[宋]蘇洵著　曾棗莊、金成禮箋注
王荆文公詩箋注	[宋]王安石著　[宋]李壁箋注　高克勤點校
王令集	[宋]王令著　沈文倬校點
蘇軾詩集合注	[宋]蘇軾著　[清]馮應榴注　黄任軻、朱懷春校點

玉臺新咏彙校	吴冠文、談蓓芳、章培恒彙校
王梵志詩集校注(增訂本)	[唐]王梵志著　項楚校注
盧照鄰集箋注	[唐]盧照鄰著　祝尚書箋注
駱臨海集箋注	[唐]駱賓王著　[清]陳熙晉箋注
王子安集注	[唐]王勃著　[清]蔣清翊注
陳子昂集(修訂本)	[唐]陳子昂撰　徐鵬校點
孟浩然詩集箋注(增訂本)	[唐]孟浩然著　佟培基箋注
王右丞集箋注	[唐]王維著　[清]趙殿成箋注
李白集校注	[唐]李白著　瞿蜕園、朱金城校注
高適集校注(修訂本)	[唐]高適著　孫欽善校注
杜詩趙次公先後解輯校	[唐]杜甫著　[宋]趙次公注 林繼中輯校
杜詩鏡銓	[唐]杜甫著　[清]楊倫箋注
錢注杜詩	[唐]杜甫著　[清]錢謙益箋注
杜甫集校注	[唐]杜甫著　謝思煒校注
岑參集校注	[唐]岑參著　陳鐵民、侯忠義校注
戴叔倫詩集校注	[唐]戴叔倫著　蔣寅校注
韋應物集校注(增訂本)	[唐]韋應物著　陶敏、王友勝校注
權德輿詩文集	[唐]權德輿撰　郭廣偉校點
王建詩集校注	[唐]王建著　尹占華校注
韓昌黎詩繫年集釋	[唐]韓愈著　錢仲聯集釋
韓昌黎文集校注	[唐]韓愈著　馬其昶校注 馬茂元整理
劉禹錫集箋證	[唐]劉禹錫著　瞿蜕園箋證
白居易集箋校	[唐]白居易著　朱金城箋校
柳宗元詩箋釋	[唐]柳宗元著　王國安箋釋
柳河東集	[唐]柳宗元著　[宋]廖瑩中輯注
元稹集校注	[唐]元稹著　周相録校注

《中國古典文學叢書》已出書目

詩經今注	高亨注
楚辭今注	湯炳正、李大明、李誠、熊良智注
司馬相如集校注	[漢]司馬相如著　金國永校注
揚雄集校注	[漢]揚雄著　張震澤校注
張衡詩文集校注	[漢]張衡著　張震澤校注
阮籍集	[魏]阮籍著　李志鈞等校點
陸機集校箋	[晉]陸機著　楊明校箋
陶淵明集校箋(修訂本)	[晉]陶潛著　龔斌校箋
世説新語箋疏(修訂本)	[南朝宋]劉義慶撰　余嘉錫箋疏　周祖謨等整理
世説新語校釋(增訂本)	[南朝宋]劉義慶撰　[南朝梁]劉孝標注　龔斌校釋
鮑參軍集注	[南朝宋]鮑照著　錢仲聯增補集説校
謝宣城集校注	[南朝齊]謝脁著　曹融南校注集説
江文通集校注	[南朝梁]江淹著　丁福林、楊勝朋校注
文心雕龍義證	[南朝梁]劉勰著　詹鍈義證
詩品集注(增訂本)	[梁]鍾嶸著　曹旭集注
文選	[梁]蕭統編　[唐]李善注
蕭繹集校注	[南朝梁]蕭繹著　陳志平、熊清元校注